Karin Jäckel

Komm, mein liebes Rotkäppchen

Karin Jäckel

Komm, mein liebes Rotkäppchen …

Kindesmißbrauch – Wer sind die Täter?

Argon

Aus Gründen des Personenschutzes wurden in diesem Buch alle Eigennamen der Betroffenen bis auf den von Monika B. sowie die Ortsnamen geändert.

Die Aussagen und die Meinung der Autorin geben nicht zwingend die Meinung der an diesem Buch mitwirkenden Personen wieder. Dies gilt besonders für die Herren B. Denger, W. Friedebach und R. Slobodian, deren Mitwirken ausschließlich im Kapitelzusammenhang zu sehen ist.

1. Auflage 1994

Satz: ew print & medien service gmbh, Würzburg
Druck und Bindung: Franz Spiegel Buch GmbH, Ulm
Umschlaggestaltung: Maria Herrlich, Berlin
ISBN 3-78024-718-3

Inhalt

Ich widme dieses Buch meiner Freundin

Monika B.

Möge sie ihre Kindheit und Jugend im Schatten des sexuellen Mißbrauchs durch ihren Großvater, ihren Vater, ihre Mutter, ihre noch lebenden Brüder und durch sogenannte Freunde der Familie endgültig überwinden. Und möge ihr Beispiel auch weiterhin all denen, die wie sie Gewalt erleiden und erlitten haben, Mut machen, das Leben dennoch lieb zu behalten.

Komm, mein liebes Rotkäppchen

Draußen regnete es. Wie immer an einem Montag waren die Kinder in der Gruppe der »Glücklichen Biber« des Kindergartens Nord in S. besonders nervös, hatten die Fernsehsendungen vom Wochenende noch nicht verarbeitet. Kathrin, die Gruppenleiterin und Erzieherin der »Glücklichen Biber«, besprach sich kurz mit Ellen, der jungen Praktikantin. Geplant war für diesen Montag ursprünglich, mit der unruhigen Rasselbande im großen Garten des Kindergartengrundstücks eine Schnitzeljagd zu veranstalten. Dies ging natürlich bei Regen nicht. Als beste Alternative bot sich ein Rollenspiel an, in das alle Kinder mit einbezogen werden konnten, und zur Vorbereitung sollte ein Märchen vorgelesen werden.

Als um zehn Uhr das sogenannte freie Spiel der Kinder beendet war und die niedrigen Stühlchen in der Mitte des Gruppenraums zu einem Kreis angeordnet waren, nahm Kathrin das dicke Märchenbuch der Gebrüder Grimm aus dem Schrank und begann vorzulesen.

Es war einmal ein kleines Mädchen, das hatte jedermann lieb, der es nur ansah, am allerliebsten aber die Großmutter, die das Kind vor lauter Liebe so recht nach Herzenslust verwöhnte und beschenkte. Einmal schenkte sie ihm ein Käppchen von rotem Samt, und weil es damit so hübsch aussah und es keine andere Mütze mehr tragen wollte, hieß das Mädchen nur noch das Rötkäppchen.

Eines Tages sprach die Mutter: »Komm, Rotkäppchen, da hast du ein Stück Kuchen und eine Flasche Wein, bring das der Großmutter hinaus. Sie ist krank und schwach und wird sich daran stärken. Mach dich auf, bevor es heiß wird. Und wenn du hinauskommst, so spring und hüpfe nicht und geh nicht vom Weg ab, sonst fällst du und zerbrichst das Glas, und die Großmutter hat nichts. Und wenn du in ihre Stube kommst, so vergiß nicht, ›Guten Morgen‹ zu sagen, und guck nicht erst neugierig in allen Ecken herum.«

»Ich will schon alles gut machen«, versprach Rotkäppchen und gab der Mutter die Hand darauf.

Die Großmutter aber wohnte draußen im Wald, eine halbe Stunde vom Dorf entfernt. Wie nun Rotkäppchen in den Wald kam, begegnete ihm der Wolf. Rotkäppchen aber wußte nicht, was das für ein böses Tier war, und fürchtete sich nicht vor ihm.

»Guten Tag, Rotkäppchen«, sprach der Wolf freundlich. »Wohin so früh?»

»Guten Tag, Wolf«, sagte Rotkäppchen. »Ich gehe zur Großmutter.«

»Was trägst du da unter der Schürze?« fragte der Wolf.

»Kuchen und Wein«, antwortete Rotkäppchen. »Gestern haben wir gebacken. Da soll sich die kranke Großmutter stärken und wieder gesund werden.«

»Ja, Rotkäppchen, wo wohnt denn deine Großmutter?« fragte der Wolf und dachte bei sich: Das junge, zarte Ding ist ein fetter Happen. Der wird noch besser schmecken als die Alte. Du mußt es listig anstellen, damit du beide schnappst.

Rotkäppchen aber ahnte nichts Böses und sagte: »Noch eine gute Viertelstunde weiter im Wald, unter den drei großen Eichbäumen, da steht der Großmutter ihr Haus. Unten sind die Nußhecken, das wirst du ja wissen.«

Da ging der Wolf eine Weile neben Rotkäppchen her und dachte nach, wie er es wohl am besten fressen könnte. Auf einmal hatte er eine Idee. »Rotkäppchen«, sprach er, »sieh einmal die schönen Blumen, die ringsum stehen. Ich glaube, du hörst gar nicht, wie lieblich die Vögel singen. Du gehst ja, als wenn du zur Schule gingest, und dabei ist es so lustig hier draußen im Wald.«

Rotkäppchen hörte auf, nur auf den Weg zu schauen. Und als es sah, wie die Sonnenstrahlen durch die Bäume tanzten und alles voll schöner Blumen stand, dachte es: Wenn ich der Großmutter einen frischen Strauß mitbringe, der wird ihr auch Freude machen. Es ist so früh am Tag, daß ich noch Zeit genug habe, ein paar Blumen zu pflücken. Gleich lief es vom Weg ab, in den Wald hinein und suchte Blumen. Und wenn es eine gebrochen hatte, meinte es, weiter hinaus im Wald stünde eine schönere, und lief schnell hin und geriet immer tiefer in den Wald hinein.

Der Wolf ließ Rotkäppchen laufen und eilte geradewegs zum Haus der Großmutter und klopfte an die Tür und rief mit verstellter Stimme: »Hier ist Rotkäppchen, das bringt Kuchen und Wein. Mach auf!«

»Drück nur auf die Klinke«, rief die Großmutter. »Ich bin zu schwach und kann nicht aufstehen.«

Der Wolf drückte auf die Klinke, die Tür sprang auf, und der Wolf ging, ohne ein Wort zu sprechen, geradewegs zum Bett der Großmutter und verschluckte sie mit Haut und Haar. Dann zog er ihre Kleider an, setzte ihre Nachthaube auf, legte sich in ihre Himmelbett, zog die Vorhänge zu und begann zu warten.

Rotkäppchen aber hatte inzwischen einen wunderschönen Strauß Blumen gepflückt. Als es keine mehr tragen konnte, fiel ihm die Großmutter wieder ein, und es machte sich auf den Weg zu ihr. Rotkäppchen wunderte sich, daß die Haustür aufstand, und wie es in die Stube trat, kam es ihm seltsam darin vor, so daß es dachte: Was bin ich heute nur für ein Angsthase. Ich bin doch sonst so gern bei der Großmutter. Zum Glück fiel ihm ein, was die Mutter gesagt hatte, und es rief laut: »Guten Morgen!« Es bekam aber keine Antwort. Darauf ging es zum Bett und zog die Vorhänge zurück. Da lag die Großmutter und hatte die Haube tief ins Gesicht gezogen und sah ganz anders aus als sonst.

»Ja, Großmutter«, rief Rotkäppchen verwundert, »was hast du für große Ohren?« Da sagte der Wolf und verstellte seine Stimme, daß sie wie die Stimme der Großmutter klang: »Daß ich dich besser hören kann.«

Doch Rotkäppchen staunte noch mehr und rief: »Ja, Großmutter, was hast du für große Augen?«

»Daß ich dich besser sehen kann«, sagte der Wolf.

»Ja, Großmutter«, rief Rotkäppchen nun, »was hast du für große Hände?«

»Daß ich dich besser packen kann«, sagte der Wolf.

Da erschrak Rotkäppchen und rief voller Angst: »Ja, Großmutter, was hast du für ein entsetzlich großes Maul?«

»Daß ich dich besser fressen kann«, knurrte der Wolf, sprang aus dem Bett und verschlang das arme Rotkäppchen.

Wie der Wolf sein Gelüsten gestillt hatte, legte er sich wieder ins Bett und schlief und fing an, laut zu schnarchen. Der Jäger ging eben an dem Haus vorbei und dachte: Wie die alte Frau schnarcht. Du mußt doch sehen, ob ihr etwas fehlt. Rasch trat er in die Stube. Da sah er, daß der Wolf im Bett lag. »Finde ich dich hier, du alter Sünder!« sagte der Jäger. »Ich habe dich lange schon gesucht.« Doch als er sein Gewehr anlegen und den Wolf erschießen wollte, fiel ihm ein, der Wolf könne die Großmutter gefressen haben und sie wäre noch zu retten. Also schoß er nicht, sondern nahm sein Messer und schnitt dem schlafenden Wolf den Bauch auf. Kaum hatte er ein paarmal zugeschnitten, sah er das rote Käppchen leuchten, und noch ein paar Schnitte, da sprang das Rotkäppchen heraus und rief: »Ach, wie war es so dunkel in dem Wolf seinem Leib!« Und dann kam die alte Großmutter auch noch lebendig heraus. Rotkäppchen aber holte schnell große Steine. Damit füllten sie dem Wolf den Leib, und als er wieder aufwachte und fortspringen wollte, waren die Steine so schwer, daß er gleich niedersank und tot umfiel.

Da waren alle drei vergnügt. Der Jäger zog dem Wolf den Pelz ab und ging damit heim. Die Großmutter aß den Kuchen und trank den Wein, den Rotkäppchen gebracht hatte, und erholte sich wieder. Rotkäppchen aber dachte: Du willst nie wieder allein vom Weg ab in den Wald laufen, wenn die Mutter es dir verboten hat.

Und wirklich, als Rotkäppchen wieder zur Großmutter ging und ein anderer Wolf es vom Weg abbringen wollte, ließ es sich nicht verlocken, sondern lief schnell zur Großmutter und erzählte ihr, daß es dem Wolf begegnet wäre, der ihm guten Tag gewünscht, aber schrecklich böse aus den Augen geguckt hätte. »Wenn es nicht auf offener Straße gewesen wäre«, sagte Rotkäppchen und fürchtete sich sehr, »so hätte er mich gewiß gefressen.«

»Komm«, sagte die Großmutter, »laß uns die Tür verschließen, daß er nicht herein kann.«

Bald danach klopfte der Wolf und rief mit verstellter Stimme: »Mach auf, Großmutter, ich bin das Rotkäppchen und bring dir Gebackenes.« Da lachte die Großmutter Rotkäppchen an und legte den Finger auf den Mund, und sie schwiegen beide still und machten die Tür nicht auf.

Den Graukopf aber lockte das zarte Fleisch. Er lief nicht fort, sondern schlich weiter um das Haus und sprang endlich auf das Dach, um auf Rotkäppchen zu warten. Wenn es nach Hause ginge, wollte er ihm in der Dunkelheit nachschleichen und es fressen. Doch die Großmutter war nicht dumm. Sie merkte, was der Wolf im Sinn hatte, und faßte einen Plan. »Siehst du den großen Trog vor dem Haus?« fragte sie und führte Rotkäppchen in die Vorratskammer, wo ein großer Eimer voller Wurstbrühe stand. »Gestern habe ich Würste gekocht«, sagte sie, »und wollte mir von der Brühe eine gute Suppe kochen. Doch nun nimm den Eimer, Rotkäppchen und leere ihn rasch in den großen Steintrog aus, der im Hof steht.«

Rotkäppchen gehorchte. Wie nun der Steintrog im Hof voll Wurstbrühe war, stieg der Duft dem Wolf auf dem Dach in die Nase. Er schnupperte und schnupperte und guckte und guckte und machte den Hals so lang, daß er sich nicht mehr halten konnte. Und plumps! rutschte er vom Dach herab, gerade in den großen Trog hinein und ertrank. Rotkäppchen aber ging fröhlich nach Hause, und niemand tat ihm etwas zuleide.

Als Kathrin, die Erzieherin, das Märchen vom Rotkäppchen vorgelesen hatte und das Buch zuschlug, sagte Ina, ein vierjähriges, wegen seines aggressiven Verhaltens im Kindergarten wenig beliebtes und als schwierig eingestuftes Kind, laut in das allmählich einsetzende Geplapper der Kinder im Stuhlkreis: »Der Wolf kommt aber immer noch.«

»Nein.« Kathrin schüttelte den Kopf. »Heute gibt es bei uns keine Wölfe mehr im Wald, nur noch im Zoo. Und da können sie nicht raus. Niemand muß Angst vor ihnen haben.«

»Doch«, widersprach Ina, »muß man wohl. Sie kommen nachts. Wenn ich schlafe, kommt der Wolf. Und er tut mir weh. Ganz doll tut er mir weh. Hier!« Dabei zog sie mit einer schnellen Bewegung ihr Höschen herunter, krempelte mit beiden Händen ihre Schamlippen um und wiederholte: »Hier!«

Während die anderen Kinder in der Runde teils kichertern, teils offen lachten und mit den Fingern auf Ina zeigten, wußten Kathrin und auch die junge Praktikantin Ellen im ersten Moment nicht, was sie sagen sollten. Von sexuellem Mißbrauch an Kindern hatten sie schon gehört. Eine Gruppenleiterin einer der anderen Gruppen hatte auch einmal an einem Vortrag teilgenommen und anschließend im allgemeinen Gesprächskreis der Erzieherinnen der Stadt über das Problem berichtet. Doch mit eigenen Augen hatten sie noch nie ein mißbrauchtes Kind gesehen. Ellen faßte sich zuerst: »Und wer ist der Wolf?« fragte sie in lachendem Ton.

»Der Papi!« sagte Ina.

Was dieses Kind soeben anzudeuten schien, war so ungeheuerlich, daß es den beiden Frauen die Sprache verschlug. Sie wagten einander nicht anzusehen, aus Sorge, die Betroffenheit könne ihnen an den Augen abgelesen werden. Schließlich kannten beide den Vater, der Lehrer an einer Berufsschule war und seine Tochter jeden Morgen, Mittag und Nachmittag zum Kindergarten brachte beziehungsweise von dort abholte. Ein netter Mann, der Ina offensichtlich liebte und auch von ihr geliebt wurde. Nicht das geringste Anzeichen hatte bislang darauf hingedeutet, daß hier etwas nicht stimmen könne. Heftiger als gewollt nahm Kathrin das Kind am Arm, zog ihm das Höschen wieder an und sagte: »Unsinn! Ein Papi ist kein Wolf! Aber wenn du willst, kannst gerade du der Wolf sein, wenn wir gleich ›Rotkäppchen‹ spielen.«

Von diesem Tag an war das Spiel vom Wolf Inas Lieblingsspiel. Meist schon gleich morgens, in den ersten Minuten versuchte sie, entweder ein anderes Kind oder lieber noch eine der beiden Erzieherinnen dafür zu gewinnen. Dabei verlangte sie mit lauter, böse knurrender Stimme: »Zieh dich aus!« Dann warf sie sich wild und heftig auf den jeweiligen Spielgefährten und versuchte, diesen am Hals, an der Brust und zwischen den Beinen zu beißen.

Natürlich hatten sich die beiden Erzieherinnen mit ihren Kolleginnen in den anderen Kindergartengruppen über ihr seltsames Erlebnis mit Ina ausgetauscht und beschlossen, das Kind von nun an sorgfältig zu beobachten und eventuelle Auffälligkeiten in einem speziellen Merkheft zu notieren.

Allmählich kamen eine Reihe von Beobachtungspunkten zusammen. So bemerkte Kathrin, daß Ina, die bereits seit etwa einem Jahr in den Kindergarten kam und damals zuverlässig trocken gewesen war, plötzlich sehr oft wieder ins Höschen pinkelte oder auch »ein großes Geschäft« nicht bis zur Toilette zurückhalten konnte. Als Kathrin und Ellen versuchten, Ina an den Gang zur Toilette zu erinnern oder sie dorthin zu führen, weigerte sich das Kind mit schreiendem Weinen und behauptete, Schmerzen zu haben. Der hierzu befragte Vater wehrte jedoch lachend ab und meinte, seine Tochter sei eben ein bißchen zickig und eifersüchtig auf das neue Baby, das seine Frau erwarte. Das alles werde sich schon wieder von selbst einrenken. Am nächsten Tag brachte er unaufgefordert ein Paket Papierwindeln mit und bat die Erzieherinnen, Ina vorerst damit zu versorgen. Als Kathrin wenige Tage später zufällig mit Inas Mutter zusammentraf und sie zu ihrer zweiten Schwangerschaft beglückwünschte, stellte sich heraus, daß Inas Mutter gar kein Kind erwartete.

Über das Einnässen hinaus stellte Kathrin an Ina oftmals eine ungewöhnliche Blässe, dunkle Schatten unter den Augen und ein großes Schlafbedürfnis fest. Schon während der freien Spielstunden verkroch sich Ina häufig unter einen Tisch, rollte sich zusammen und schlief ein. Dabei lutschte sie so extrem an ihrem Daumen, daß die Haut aufplatzte. Oft schob sie sogar beide Daumen gleichzeitig in den Mund. Als Kathrin wissen wollte, warum ein so großes Mädchen denn noch den Daumen zum Einschlafen brauche, gab Ina zurück: »Weil dann der Wolf nicht mehr reinpaßt.«

Auch wenn Ina vormittags bereits geschlafen hatte, protestierte sie nicht gegen die allgemeine Ruhestunde nach dem gemeinsam eingenommenen Mittagessen. Allerdings kuschelte sie sich nie wie andere Kinder entspannt unter eine Decke, sondern bestand auch bei heißem Wetter hartnäckig auf einem Schlafsack und einem Platz auf einer Matratze direkt an der Wand. Nur dort legte sie sich eng zusammengekrümmt nieder, so daß sie mit dem Rücken die Wand berührte, zog den Reißverschluß des Schlafsacks bis unters Kinn zu und klemmte auch im Schlaf beide Hände fest zwischen die Beine. Auf die Frage, warum sie denn keine Decke haben wolle und so nah an der Wand schlafe, antwortete Ina: »Weil der Wolf das nicht leiden mag. Weil er keinen Reißverschluß aufkriegt. Und wenn er kommt, dann sehe ich ihn und krabble ganz tief rein, bis unten hin. Und dann geht er wieder.«

Als dem Kindergarten ein großes aufblasbares Kinderplanschbecken gestiftet wurde, gingen die Erzieherinnen dazu über, es an heißen Sommertagen im Garten aufzuschlagen, vorher gaben sie den Kindern Briefchen an die Eltern mit, in denen sie für den jeweiligen Nachmittag um Handtuch und Badeanzug baten. Bei dieser Gelegenheit stellte Kathrin fest, daß Ina immer dann nicht in den Kindergarten kam, wenn gebadet wurde. Als Entschuldigung führte der Vater in der Regel an, Ina habe sich nicht wohlgefühlt und deshalb das Bett hüten müssen. Ina selbst hingegen erklärte, sie habe die Oma besuchen dürfen, die in einem Nachbarort wohnte. Im Einvernehmen mit den anderen Erzieherinnen beschloß Kathrin daher, vor dem nächsten Badevorhaben Inas Eltern ausnahmsweise kein Briefchen mitzugeben. Tatsächlich kam Ina an diesem Tag wie gewohnt in den Kindergarten, hatte aber natürlich keine Badesachen dabei. Da Kathrin darauf vorbereitet war, hatte sie für Ina einen Badeanzug besorgt und ein Handtuch mitgebracht. Als sie Ina umziehen wollte, entdeckte Kathrin hochrote Flecken an der Brust und den Innenschenkeln sowie am Po des Kindes. Auf die Frage »Was hast du denn da gemacht?« antwortete Ina: »Das war der Wolf!«

Kathrins Verdacht, daß der Vater sich sexuell an Ina verging, erhärtete sich immer mehr. Da sie sich dennoch keinen Alleingang zum Jugendamt zutraute, bat sie den Ina behandelnden Kinderarzt um einen Gesprächstermin. In diesem Gespräch stellte sich heraus, daß auch der Arzt bereits stutzig geworden war, da Ina mehrmals wegen tiefer Risse im Genitalbereich behandelt werden mußte, die sie sich angeblich selbst zugefügt hatte und die so schmerzhaft waren, daß das Kind große Angst vor dem stechenden, brennenden Wundschmerz beim Wasserlassen hatte. Aus diesem Grund zögerte sie den Gang zur Toilette so weit wie möglich hinaus. Oft so weit, daß sie entweder ins Bett oder ins Höschen pinkelte und dafür sogar Schläge in Kauf nahm. Außerdem litt sie auffällig oft unter juckenden Ausschlägen am Mund und einer chronisch wiederkehrenden Pilzinfektion, die bereits innere Organe befallen hatte, so daß eine spezielle Diät und die Einnahme von Medikamenten nötig geworden waren. Da der Arzt die Eltern jedoch als liebevoll und besorgt erlebt hatte, hatte sich sein Verdacht auf einen unbekannten Täter gerichtet, und er hatte eine passende Gelegenheit abwarten wollen, um mit den Eltern zu sprechen.

Gemeinsam suchten Kinderarzt und Erzieherin nun einen befreundeten Kinderpsychologen auf, der bereits Erfahrungen im Umgang mit sexuell mißbrauchten Kindern gesammelt hatte. Ihm legten sie die gesammelten Beobachtungen vor, denen Kathrin noch einige Bilder beifügte, die Ina im Laufe der letzten Wochen im Kindergarten gemalt hatte. Sie zeigten unter anderem ein nacktes Mädchen ohne Hände und Füße, aber mit klar eingetragenem Geschlechtsmerkmal, das von einem phallusartigen schwarzen Wolf zu Boden geworfen und bespuckt wurde. Ina hatte dieses Bild kommentiert: »Wenn der Wolf kommt, macht er Klebepipi. Das muß man trinken. Aber es stinkt und schmeckt bäh!« Für den Kinderpsychologen war kein Zweifel mehr möglich.

Er erklärte Kathrin und dem Kinderarzt, daß Ina – wie viele andere sexuell mißbrauchte Kinder auch – das Bild ihres Vaters gespalten habe. Ein Teil sei der liebevolle Papi geblieben, der Ina täglich in den Kindergarten brachte, sie dort wieder abholte, mit ihr spielte und sie verwöhnte. Der andere Teil, der das Kind sexuell ausbeute und Schmerzen zufüge, sei in Inas Phantasie der *Wolf* geworden. Diese Umwandlung könne Inas eigenen Vorstellungen entstammen, indem sie Bilder und Motive aus ihr vorgelesenen Geschichten benutzt habe. Denkbar sei aber auch, daß der Vater als Täter sich dem Kind als der *Wolf* vorgestellt und sein Verhalten mit dem bösen, gefährlichen Tier identifiziert habe. Um Inas Gegenwehr zu verhindern, könne er beispielsweise gedroht haben: »Ich bin der Wolf. Wenn du nicht brav bist, fresse ich dich!«

Intuitiv habe Ina dieses Angebot des Vaters, bei allen sexuellen Übergriffen der *Wolf* zu sein, angenommen. Ohne daß dies dem Kind bewußt geworden sei, habe sie sich durch die Spaltung des Vaters in zwei voneinander scheinbar völlig unabhängige Personen zwar vor dem bösen *Wolf* fürchten müssen, den lieben Papi aber behalten und weiterlieben können.

Da die Situation des Kindes eindeutig war, beschlossen Kathrin, der Kinderarzt und der Kinderpsychologe, Inas Eltern zu einem Termin einzubestellen und beide bei dieser Gelegenheit mit der Tat des Vaters zu konfrontieren. Um vorab möglichst keinen Verdacht zu erwecken, sollte Kathrin als zuständige Erzieherin die Eltern bitten, wegen Inas nach wie vor anhaltenden Einnässen zu kommen. Bezweckt war, der vielleicht ahnungslosen Mutter die Augen zu öffnen und den Vater zu einem Geständnis zu bringen sowie im Anschluß daran sowohl ein Ende des Mißbrauchs als auch eine Familientherapie zu erzwingen. Als Druckmittel wollte man die Drohung benutzen, die Tat anzuzeigen.

Es kam jedoch anders. Die Mutter eines anderen Kindergartenkindes hatte Inas Vater auf die vielen roten Flecken angesprochen, die ihr Sohn an Inas Körper bemerkt hatte, und ihn gefragt, ob die Kleine wohl die Masern habe. Der Vater hatte sich lachend aus der Affäre gezogen, indem er behauptete, Ina habe am Tag zuvor mit einem roten Stempelkissen gespielt und sich lauter Finger- und Daumenabdrücke auf den Körper gezaubert, die wegen der bekannten Haltbarkeit von Stempelfarbe nicht abzuwaschen gewesen seien. Die Mutter des anderen Kindergartenkindes hatte sich mit dieser Antwort zufriedengegeben. Der Vater hingegen war aufgeschreckt worden.

Was dann genau passierte, weiß man bis heute nicht. Doch am nächsten Tag fand die Mutter, die nachmittags regelmäßig um 16 Uhr Feierabend hatte, weder Vater noch Kind zu Hause vor. Da das Wetter herrlich war und ihr Mann schon öfter allein etwas mit Ina unternommen hatte, zum Beispiel eine kleine Radtour oder einen Spaziergang im nahen Stadtwald, nutzte die Mutter die Ruhe im Haus zu einem ausgiebigen Bad, sah anschließend ein wenig fern und bereitete gegen 19 Uhr ein kaltes Abendessen vor. Als ihr Mann nach zwanzig Uhr noch immer nicht zu Hause war, wurde sie unruhig und rief reihum die Eltern und Schwiegereltern sowie eine ebenfalls in einem Nachbarort wohnende Schwägerin an, um nach Mann und Kind zu fragen. Niemand hatte die beiden gesehen. Alle versuchten jedoch, die Mutter zu beruhigen, der Mann werde schon kommen. Vielleicht habe er einen Kollegen getroffen und sich verquatscht; so etwas komme ja vor. Die Mutter setzte sich also erneut vor den Fernsehapparat. Doch die Sorge um Mann und Kind ließ ihr keine rechte Ruhe. Gegen 23 Uhr rief sie alle Krankenhäuser im Umkreis an, um nach einem Unfall zu fragen, an dem ein Mann und ein vierjähriges blondes Mädchen mit Pferdeschwanz beteiligt gewesen seien. Bald schon war klar, daß Mann und Kind nicht verunglückt sein konnten. Aber was dann? Der Mutter schossen schreckliche Bilder durch den Kopf: der Mann niedergeschlagen und verblutend in einem Straßengraben, das Kind entführt. Voller Verzweiflung rief sie die Polizeidienststelle an.

»Vermißt?« fragte der Beamte am anderen Ende der Leitung. »Ja, gute Frau, da müssen Sie schon selbst vorbeikommen. Und bringen Sie am besten Fotos mit, falls wir fahnden müssen.«

Voller Aufregung riß die Mutter die letzten Fotos von Mann und Kind aus dem Fotoalbum, warf sich in Hose und Sweatshirt und radelte auf dem schnellsten Weg zur Polizei. Falls ihr Mann doch noch heimkommen sollte, legte sie vorsorglich gut sichtbar einen Zettel mitten auf den Küchentisch, auf dem sie ihm eine kurze Erklärung hinterließ und ihn bat, die Polizei anzurufen.

Auf der Polizeidienststelle war man sehr freundlich. Man verstand die Besorgnis der Frau. Aber man wollte nichts Übereiltes unternehmen. Ob ihr Mann denn öfter mal mit dem Kind über Nacht weggeblieben sei und ihr keine Nachricht hinterlassen habe, fragte man. »Ja«, sagte die Mutter. Ein- oder zweimal sei es schon vorgekommen. Aber da habe ihr Mann sich immer von unterwegs gemeldet. Und außerdem habe er ihr versprochen, dies nicht mehr zu tun, da sie sich immer so furchtbar aufgeregt habe. Ob denn Kleider im Kleiderschrank fehlten, wollte man wissen. Ob der Vater vielleicht kurzfristig mit der Tochter verreist sei? Daran hatte die Mutter noch gar nicht gedacht. Sie hatte auch nicht im Kleiderschrank nachgeschaut.

Diese Aussage genügte den Polizeibeamten, die Suchaktion nach Vater und Kind noch bis zum nächsten Morgen aufzuschieben. Nach Hause zurückgekehrt, entdeckte die Mutter, daß die gesamte Sommergarderobe ihres Mannes und ihrer Tochter aus dem Kleiderschrank der Familie verschwunden war und auch die Sparbücher sowie sämtlicher Schmuck und die von ihrem Mann seit Jahren angelegten Münzsammlungen fehlten. Am nächsten Morgen stellte sie auf der Sparkasse fest, daß die gesamten Ersparnisse der Familie abgehoben worden waren, der Dispokredit auf dem Gehaltskonto ihres Mannes vollkommen ausgeschöpft und das Konto darüber hinaus mit fünftausend Mark belastet worden war. Bei ihrer Rückkehr sah sie den Anrufbeantworter blinken. Ihr Mann hatte angerufen, um ihr auf Band mitzuteilen, daß er mit der Tochter ein neues Leben beginnen wolle. »Bitte, such uns nicht!« sagte er. »Es ist besser so. Leb wohl!« Im Hintergrund weinte ein Kind. Das waren bis heute die letzten Lebenszeichen, die die Mutter von Mann und Tochter erhielt.

Mittlerweile sind seit Inas spurlosem Verschwinden fünf Jahre vergangen. Als die Mutter damals die Kraft fand, Inas Entführung durch den eigenen Vater im Kindergarten bekanntzugeben, wurde sie mit der schrecklichen Gewißheit konfrontiert, daß ihr Mann das vierjährige Mädchen sexuell mißbraucht und wohl aus der Ahnung heraus, entdeckt worden zu sein, entführt hatte. Da die Mutter Angst hatte, ihr Mann könne Ina in einem Akt der Verzweiflung ermorden, falls er sich in die Enge getrieben oder durch das Kind behindert fühle, verzichtete sie auf eine Anzeige bei der Polizei. Statt dessen gab sie nach außen hin vor, ihr Mann und Ina seien mit ihrem Einverständnis allein in Urlaub gefahren und kehrten in absehbarer Zeit zurück. Nur die engsten Familienangehörigen wußten, daß Vater und Tochter heimlich verschwunden waren. Die Mutter beauftragte für rund drei Wochen einen Privatdetektiv, Ermittlungen anzustellen; seine Bezahlung teilte sie sich mit Eltern, Schwiegereltern und der einzigen Schwester ihres Mannes.

Da der Vater die Stadt mit dem Auto verlassen hatte, nahm der Detektiv die Spur bei den verschiedenen Tankstellen auf, die im Radius einer Tankfüllung anzutreffen waren. Quer durch Deutschland und Frankreich bis hinunter nach Santiago de Compostela in Spanien führte der Weg. Hier war der Vater zuletzt mit dem Kind, das auf der Rückbank seines weißen Mercedes-Benz schlief, an einer Autobahntankstelle gesehen worden. Er hatte mit dem jungen Tankwart, einem jobbenden deutschen Studenten, Witze gerissen und beiläufig erzählt, er wolle ein paar Wochen Urlaub in Portugal machen. Ein Trinkgeld von fast dreißig Mark war dem jungen Mann im Gedächtnis geblieben, so daß er den Vater auf einem Foto wiedererkannte, das der Detektiv ihm zeigte. Aber hinter dieser Station verlor sich die Spur endgültig.

Bis heute spart die Mutter eisern, um zweimal im Jahr für jeweils zehn Tage nach Portugal fliegen zu können. Im Gegensatz zu den meisten Touristen hält es sie nicht lange am Strand. Sie mietet sich in dieser Zeit einen Jeep und klappert das Land ab. Sie hat sogar Portugiesisch gelernt. Sie will mit den einfachen Leuten reden, fragt sie nach einem hübschen blonden Mädchen mit braunen Augen, das Deutsch spricht und mit seinem Vater zusammenlebt. Sie hat sich von einem guten Porträtmaler ein Bild zeichnen lassen, das veranschaulicht, wie Ina heute aussehen könnte. Das zeigt sie vor, wenn sie nach ihr fragt.

Noch hat niemand Ina auf diesem Bild erkannt. Noch hat die Mutter sie nicht gefunden. Aber sie gibt nicht auf. »Eines Tages finde ich sie«, sagt sie. »Eines Tages nehme ich sie mit nach Hause. Eines Tages wird alles wieder gut.«

Kathrin, die Erzieherin von Inas ehemaliger Kindergartengruppe, hat der Mutter von Inas Lieblingsmärchen, von »Rotkäppchen«, berichtet. Die Mutter weint, als sie mir in unserem langen Interview davon erzählt.

»Ich weiß nicht, was ihn dazu gebracht hat, der *Wolf* zu werden«, sagte sie. »Ich kann es mir nicht erklären. Er war immer ein lieber Vater. Er hat Ina wirklich geliebt. Das weiß ich. Er hätte alles für sie getan, alles für sie aufgegeben. Die beiden hatten ein echtes Superverhältnis. Ich kam mir oft vor, als gehörte ich gar nicht dazu, und war eifersüchtig, weil sie sich so gut verstanden und mich so ausklammerten. Vielleicht habe ich deshalb nicht so genau hingeschaut, als es passiert ist. Vielleicht habe ich deswegen die Flecken und das Wundsein und die roten Zahnspuren an Inas Körper zwar bemerkt, aber nicht so richtig gesehen. Nie begriffen, was das zu bedeuten hat. Auch dann nicht, als Ina immer öfter krank wurde und der Kinderarzt so komische Fragen stellte. Mit wem sie in meiner Abwesenheit zusammen sei, ob sie manchmal außerhalb des Kindergartens von anderen Leuten betreut werde, ob sie Angst vor manchen Leuten hätte. Ich habe einfach nichts begriffen. Vielleicht habe ich auch gar nicht so weit denken können, weil mir so etwas Ungeheures noch nie wirklich begegnet ist, weil ich einfach nicht denken konnte, daß es das in meiner Familie gibt, daß mein Mann sich sexuell an meiner Tochter vergeht.

Ich habe so oft darüber nachgedacht. Aber ich weiß es nicht. Ich komme nicht auf die Lösung. Ich weiß nicht, was da passiert ist, daß er so etwas tun konnte. Trotzdem muß etwas passiert sein. Und eines Tages werde ich ihn fragen. Eines Tages weicht er mir nicht mehr aus. Das ist dann wie mit dem Jäger im Märchen. Ich kriege den *Wolf*. Einmal wird er nicht aufpassen. Einmal wird er schlafen, und dann hole ich mein lebendiges *Rotkäppchen* aus dem Wolfsbauch und stopfe Wackersteine hinein, bis alles ein Ende hat. Und dann fahren wir nach Hause und fangen neu an, die Ina und ich. Das schaffen wir schon. Das kriegen wir schon zusammen hin. Ich muß sie nur finden. Ich finde sie.«

Es klang wie eine Beschwörungsformel, die die Mutter immer wieder vor sich hinsprach. Ihre Gedanken kreisten nur noch um Ina. Daß sie sich vor drei Stunden mit mir getroffen hatte, um mir von ihrem Mann zu erzählen, hatte sie in diesem Moment vollkommen vergessen.

Sexueller Mißbrauch an Kindern – was ist das überhaupt?

Ein Schlagwort, sagen viele. Ein Modebegriff. Ein Medienthema. Ein Kassenmagnet, der Zuschauer vor Leinwände und Bildschirme sowie Leser vor gedruckte Seiten lockt. Viel Lärm um nichts. Aber ist es das wirklich?

Nein, sagen andere. Es ist ein Tabu. Etwas, das es schon immer gab und das es nun endlich nicht mehr geben darf. Etwas, das Öffentlichkeit braucht. Etwas, worüber gar nicht oft genug gesprochen und geschrieben, gar nicht heiß genug diskutiert werden kann. Etwas, das von immenser Bedeutung ist, weil es um unsere Kinder geht, um Menschenwürde und Menschenrechte, um Verbrechen und Gewalt, um unvorstellbares Leid und lebenslange Last.

Wieder andere wissen es noch besser. Sexueller Mißbrauch an Kindern und Jugendlichen ist ein Gesellschaftsproblem. Ein Geschehen, mit dem sich unsere rückhaltslose, geld- und machtbesessene, korrupte und kinderfeindliche Gesellschaft selbst entlarvt. Der Ruf nach schärferen Gesetzen, nach staatlichen Lebenshilfen nach Reglement und neuer Moral wird laut. Um so lauter, je weniger sich der einzelne Bürger mit der Gesellschaft identifiziert. Die Gesellschaft ist anonym. Ihre Probleme sind nicht die Probleme des einzelnen. Um die sollen sich andere kümmern. Andere, die es angeht, die damit zu tun haben. Schuldzuweisungen an die Gesellschaft gibt es en masse. An den Staat, der Eltern mit ihrer Verantwortung für ihre Kinder allein läßt, der zuwenig Kinderhorte und Tagesplätze für Klein- und Schulkinder schafft, der Frauen ausbeutet und Familien schröpft statt zu fördern. Schuld bekommen auch Kindergärten und Schulen, weil nicht ausreichend Platz und Personal sowie Geld vorhanden sind. Ebenso Kirchen, weil sie die Jugend nicht von der Straße holen und Erwachsene nicht mehr vom Hocker reißen. Schuldig gesprochen werden die Nachbarn, die nichts bemerkt haben. Schuld haben die Mütter, die den Täter decken. Schuld haben die

Väter, die die Täterin schützen. Wenn alle schuldig gesprochen werden, ist keiner schuld. Wenn die Gesellschaft etwas tun soll, brauchen die einzelnen nichts mehr zu tun. Es ist leicht, die Gesellschaft zu beschimpfen.

Schließlich kommen Zahlen ins Spiel. Kriminalstatistiken offiziell erfaßter Fälle, die zur Anzeige kamen, werden zitiert. Pro Jahr weniger als 20 000, Tendenz sinkend. Dem widersprechen Hochrechnungen aus den Beratungsbüros vornehmlich von Frauen. Psychotherapeutinnen, Rechtsanwältinnen, engagierte Frauenselbsthilfeorganisationen, die mit betroffenen Mädchen und Frauen arbeiten, behaupten, jährlich werden in Deutschland mindestens 300 000 Kinder sexuell mißbraucht. Tendenz keinesfalls sinkend, eher steigend, zumindest gleichbleibend. Die Opfer sind meist Mädchen. Die Täter sind die Väter.

Falsch, halten wieder andere dagegen. Alles übertrieben. Horrorgeschichten einer kleinen Minderheit. Reißerische Selbstdarstellungen hysterischer Geltungsbedürftiger. Verhetzungen männerfeindlicher Feministinnen, die jeden Mann zum potentiellen Sexualstraftäter abstempeln und am liebsten schon vorgeburtlich kastrieren lassen würden. Wenn von einem Mißbrauch die Rede sein könne, dann allenfalls von einem Mißbrauch des Mißbrauchs, verübt beispielsweise von scheidungslustigen Ehefrauen, die aus eigennützigen Gründen mit böswilligen Lügen gegen ihre Männer zu Felde ziehen. Oder von profilierungssüchtigen Kindergarten-Erzieherinnen, Sozialpädagogen und anderen, die aus dem Fingerfarbenbild einer Dreijährigen, die soeben einen rauchenden Schornstein auf dem krummrunden Dach eines phallusähnlichen Turmhauses gemalt hat, schließen, daß das Mädchen Opfer eines sexuellen Übergriffs geworden ist, und mit diesen Behauptungen unbescholtene Eltern in Teufels Küche bringen.

Es brodelt heftig in den Gemütern und Köpfen. Fakten, Analysen, Meinungen prallen wortstark aufeinander. Auf Fachtagungen ebenso wie in populären Talk-Shows oder anläßlich zahlreicher im Rahmen erzieherischer Tätigkeiten organisierter Informationsveranstaltungen. Manchmal kann man fürchten, daß der Streit um Täterzahlen und Opferzahlen, um Straftat und Strafmaß, um Therapieangebote und Kostenfragen das verdrängt, worum es wirklich geht: die Menschen.

Was bis vor etwa zehn Jahren noch verschwiegen und tabuisiert oder allenfalls hinter vorgehaltener Hand dem Nachbarn ins Ohr getuschelt wurde, ist zu einem der wichtigsten Themen des öffentlichen Interesses geworden. Die beständig wachsende Zahl von Darstellungen der Opfer, die mit ihrem Namen für die Wahrheit ihrer Geschichte bürgen, ist bis in die entlegendsten Dörfer vorgedrungen. Es gibt kaum noch jemanden, der nie davon gehört hat. Und was vielleicht noch entscheidender ist: Es gibt kaum noch jemanden, der, peinlich berührt, nichts davon wissen will. Die Parole »Es kann jedem Kind passieren, deinem vielleicht schon morgen« ist auf fruchtbaren Boden gefallen.

Wie sehr, stellt man immer wieder fest, wenn man, so wie ich, häufig in öffentlichen Räumen auftritt, um vor einem aus allen Altersstufen und sozialen Schichten bunt gemischten Publikum aus Büchern über das Leben und Leiden eines sexuell mißbrauchten Kindes vorzulesen und anschließend rückhaltlos offen darüber zu diskutieren. Waren 1988 und 1989, während meiner ersten Veröffentlichungen zu diesem Thema, fast ausschließlich Frauen und Mädchen im jugendlichen Alter auf den um das Lesepult gruppierten Stuhlreihen anzutreffen, saßen mir 1993 und 1994 – nur vier bis sechs Jahre später – bereits mindestens zu einem Drittel Männer gegenüber. Männer, die sich lebhaft, engagiert und mit wertvollen Beiträgen in die Diskussion einbrachten und deutlich zu verstehen gaben, daß sie mit diesem Problem zwar kein eigenes Erleben verband, es sie aber dennoch ebenso viel oder wenig anging wie eine beliebige der anwesenden Frauen.

Ohne die mutige Arbeit von Frauengruppen wie zum Beispiel »Wildwasser e.V.« oder der aus Frauen und Männern bestehenden Gruppe »Zartbitter e.V.«, die sich seit Jahren mit beispielhaftem Einsatz nicht nur teilweise persönlich als Opfer zu erkennen gegeben und damit die Diskussion um die Tat erst angeregt haben, sondern auch Tausenden von betroffenen Kindern und Erwachsenen hilfreich zur Seite standen und stehen, wäre ein solcher Fortschritt und öffentlicher Meinungswandel nicht erreicht worden.

Trotzdem stelle ich immer wieder fest, daß es noch viele offene Fragen gibt. Zwar ist der Begriff des sexuellen Mißbrauchs an Kindern und Jugendlichen in aller Munde und jedermann oder jedefrau weiß, wie sexuelle Kontakte aussehen. Dennoch lautet nach wie vor in meinen Lesungen und Diskussionen eine der Fragen, die am häufigsten und nur mit großem persönlichem Mut öffentlich geäußert werden: »Wenn ich mit meinem Kind schmuse – ab wann ist das denn schon sexueller Mißbrauch?«

Grundsätzlich ist darauf zu antworten, daß jedes Kind für eine glückliche Entwicklung liebevolle und zärtliche Eltern oder andere Bezugspersonen braucht. Schmusen und Liebkosungen sowie ein warmer, herzlicher Körperkontakt sind beglückende Erfahrungen, ohne die nicht nur ein Kind, sondern auch der Erwachsene seelisch verkümmert. Schädlich und unvorstellbar folgenschwer für ein Kind wird es erst, wenn der Erwachsene nicht zwischen Zärtlichkeit und Leidenschaft unterscheidet und sich zu sexuellen Handlungen gegenüber dem Kind hinreißen läßt. In einem solchen Fall setzt der Erwachsene seine eigenen Wünsche und Bedürfnisse über die des Kindes. Er beutet es aus. Er mißbraucht es.

Wie zum Beispiel Edwinas Vater, ein zum Zeitpunkt des ersten sexuellen Mißbrauchs an seiner Tochter 32 Jahre alter Schreinermeister, der eine eigene Werkstatt besaß und als SPD-Mitglied mit hoher Stimmenzahl in den Stadtrat seiner Heimatgemeinde gewählt worden war.

»Natürlich wußte ich, daß es schön ist und mir Spaß macht, wenn ich meinen Finger oder meinetwegen auch ein paar Finger zwischen meine Beine stecke und mich streichle«, sagte Edwina, die von ihrem Vater zum erstenmal sexuell berührt und benutzt wurde, als sie sieben Jahre alt war. »Für mich war das auch in Ordnung. Ich habe mir nichts dabei gedacht. Es gehörte irgendwie zu mir dazu. Und wenn meine Mutter einen Anfall bekam, weil ihr das peinlich war, wenn sie sah, daß ich das mal wieder machte, habe ich sie nicht verstanden. Aber als mein Vater, der eigentlich immer schon gern mit mir zusammen gebadet hatte und mit dem ich auch gern baden mochte, weil er immer so toll Kapitän spielen konnte und wie ein Walfisch prusten, als er an dem Tag damals, in der Badewanne, auf einmal sagte: ›Mach mir das doch mal vor. Nur für mich ganz allein! Es sieht ja keiner außer mir!‹, habe ich mich plötzlich tierisch geschämt. Ich wollte nicht, daß er mir bei den Spielchen zuguckt. Das ging irgendwie bloß mich etwas an. Aber dann wurde er sauer und sagte: ›Wenn du das nicht für mich tust, kannst du mich gernhaben. Dann sage ich der Mama, daß du das wieder gemacht hast, und baden kannst du dann von mir aus allein.‹ Da habe ich mir die Tränen verkniffen und mich hingestellt, wie er es von mir verlangt hatte, und habe es gemacht. Es war aber überhaupt nicht mehr schön. Es war bloß noch blöd. Ich wollte ihn überhaupt nicht dabei ansehen. Aber wie ihm dann dieser Riesenschniedeldiedel da vorn gewachsen ist, habe ich doch hingestarrt. Das hatte ich ja noch nie gesehen, und neugierig war ich schon auch irgendwie, was das jetzt wohl wäre. Da hat mein Vater gelacht und hat mich wieder ins Wasser gezogen, so ganz nah zu sich ran, und hat gesagt: »Jetzt darfst du den auch mal streicheln. Sollst mal sehen, wie der sich darüber freut.« Er hat dann meine Hand genommen und um seinen Dinger rumgelegt und auf und ab geführt, bis es ihm gekommen ist. Und dabei ist er fast unter Wasser geglitscht, damit bloß die Mama das Stöhnen nicht hört. Ich taube Nuß hab natürlich geglaubt, er stirbt oder so was in der Art, und hab mich an ihn geklammert und ihn geschüttelt und hätte auch nach meiner Mutter gebrüllt, damit sie ihm hilft, aber da hat er mir die Hand auf den Mund gelegt und gesagt: ›*Keinen Mucks, oder es ist aus! Das geht keinen was an. Das ist nur was für dich und für mich. Wehe, du sagst es der Mama, dann bist du meine Beste gewesen.*‹

Da, in dem Moment, habe ich eigentlich erst begriffen, daß das alles nicht in Ordnung gewesen ist, daß da etwas Verbotenes dabei gewesen ist oder etwas Schlechtes. Auf jeden Fall aber etwas, was meine Mutter nicht gut finden und wofür sie mit mir zanken würde. Und da habe ich mich dann ganz furchtbar gefühlt und ein wahnsinnsschlechtes Gewissen bekommen und gedacht, daß ich ein ganz böses Kind wäre, das seiner Mutter dauernd Kummer macht. Aber weil ich es ja getan hatte, weil mein Vater das toll fand, war ich mir irgendwie auch nicht sicher, ob es wirklich schlecht gewesen war, und hatte irre Zweifel.

Wie mein Vater mir anschließend den Rücken geschrubbt hat, fragte ich, warum meine Mutter denn eigentlich immer so wütend werden würde, wenn man sich da unten anfaßt. Da sagte er, weil sie eine total verklemmte Zimtzicke sei. Und daß er sie, wenn sie bloß halb so toll wäre wie ich, viel besser finden und viel mehr lieben würde. Aber zum Glück hätte er ja mich. Da wäre ihm das mit meiner Mutter egal.

Von dem, was er da gesagt habe, habe ich mich dann ganz toll gefühlt und habe meiner Mutter gegenüber so ein Gefühl bekommen, als ob ich mehr wert wäre als sie. Ich habe ihr freche Antworten gegeben und die Zunge rausgestreckt. Und wenn sie mich schlagen wollte, nur ans Ohr, weil anders oder mehr hat sie mich nie geschlagen, dann habe ich sie zurückgeschlagen. Hab ihr einfach eine gepatscht, auf den Arm oder wo ich gerade getroffen habe. Da hat sie oft geweint und auch mal versucht, mit mir zu reden. Was denn los wäre? Ob ich etwas gegen sie hätte? Was sie mir denn getan hätte? Aber ich habe nichts gesagt.

Da war so eine innere Einheit in mir mit meinem Vater. Meine Mutter war völlig außen vor. Wie ein Fremdkörper. Ich habe sie irgendwie nicht mehr so für voll genommen und mich als etwas Besseres gefühlt. Das war total stark. Aber es war auch wieder schlimm, weil ich ja eigentlich ein liebes Kind sein wollte und sie liebte und auch wollte, daß sie mich liebt. Das war so ein Zwiespalt. Und als mein Vater dann nicht mehr nur wollte, daß ich ihn mit der Hand streichle, sondern ich ihn an seinem Schniedeldiedel küssen sollte oder er ihn mir zwischen die Beine stecken und sich an mir reiben wollte, bis es ihm kam, da konnte ich meiner Mutter schon längst nichts mehr sagen, weil ich irgendwie das Gefühl hatte, daß ich es nicht mehr verdient hatte, daß sie mich liebt und mir hilft. Gleichzeitig war ich aber trotzdem auch voller Wut und Enttäuschung, daß sie mir nicht half, daß sie das alles einfach so zuließ und nichts dagegen machte. Wenn sie eine richtige Mutter gewesen wäre, dachte ich immer, dann würde sie gemerkt haben, was mein Vater mit mir tat. Und dann würde sie das verhindert haben. Wie sie das anstellen würde, wußte ich nicht. Sie sollte es nur tun. Und eine richtige Mutter, eine, die mich liebt, die hätte es getan. Ich erwartete das einfach von ihr. Und weil sie es nicht tat – ja also, da dachte ich, sie liebt mich nicht und will mir gar nicht helfen. Das war so ein unsagbares Gefühl, so etwas Verzweifeltes, so eine Einsamkeit, das kann ich keinem sagen. Das hat mich völlig isoliert. Wenn ich mich da gegen meinen Vater gewehrt hätte und nein gesagt hätte und er mich im Stich gelassen hätte, ja also, dann hätte ich keinen mehr gehabt. Dann wäre ich völlig verloren gewesen. Ich war doch noch ein Kind. Ich brauchte doch Eltern. Und da habe ich dann lieber alles über mich ergehen lassen, auch das, was später kam, und hab lieber mich selbst aufgegeben, als daß ich meinen Vater aufgegeben hätte.«

Sexueller Mißbrauch an Kindern und Jugendlichen geschieht selten hinter einem Gebüsch oder in der dunklen Ecke hinter dem letzten Haus auf der Straße mit dem fahlen Laternenlicht. Selten sind es Fremde, die ein Kind ins Auto zerren und ihm auf irgendeinem öden Acker Gewalt antun. Es ist falsch und sehr gefährlich, vor allem vor diesen Tätern zu warnen. Es gibt sie; daran besteht kein Zweifel. Meist sind sie es, die angezeigt werden und über die dann in sensationell aufgemachten Artikeln nebst Bild mit dem berühmten Balken vor den Augen in allen Zeitungen berichtet wird. Doch verglichen mit den Tätern, die aus der eigenen Familie oder dem engsten Freundes- und Bekanntenkreis, der Nachbarschaft oder dem vertrauten Freizeitbereich der sexuell mißbrauchten Kinder stammen, ist die Anzahl der Fremden verschwindend gering. In Wahrheit findet sexueller Mißbrauch hinter der makellosen Fassade gutbürgerlicher Familien statt.

Den betroffenen Kindern ist auf den ersten Blick meist nichts anzumerken. Fast immer scheinen sie aus einem besonders liebevollen und behütenden Elternhaus zu stammen, werden schulisch gefördert, gut oder doch ordentlich gekleidet, regelmäßig zum Frisör geschickt. Vielleicht fällt auf, daß sie ein wenig zu sehr nach außen hin abgeschirmt, ein wenig zu sehr kontrolliert, ein wenig zu sehr eingeengt werden. Daß sie zum Beispiel auch dann noch vom Vater oder dem Opa oder einer anderen engen Bezugsperson regelmäßig in den Kindergarten oder zur Schule gebracht und wieder abgeholt werden, wenn die anderen gleichaltrigen Kinder längst alleine kommen oder gehen. Oder daß sie fast nie Freunde mit zu sich nach Hause einladen, fast nie selbst zu Besuch kommen dürfen. Vielleicht fällt auch auf, daß sie ungewöhnlich oft mit ihren Gedanken ganz woanders zu sein scheinen, fast als seien sie nur als Körperhülle anwesend, aus der alles Lebendige weit fort oder tief nach innen verschwunden sei. Daß sie entweder unkindlich ernst und in ihrem Bewegungsdrang gebremst sind oder, im krassen Gegensatz dazu, zum Klassenclown werden oder durch ein befremdend zotiges, unkindlich sexualisiertes Protzgebaren Aufmerksamkeit erregen wollen.

Was wirklich in den Kindern vorgeht, was sie erleben und erleiden, was sie zu dem macht, was sie sind, dringt selten nach außen. Durch einen einzigen bösartigen Schachzug gelingt es dem Täter oder der Täterin, das Kind nicht nur sexuell auszubeuten, sondern auch zum Mittäter zu machen. Es genügt zu sagen: *Das ist unser Geheimnis!*

Dabei ist jede einzelne sexuelle Handlung gegenüber einem Kind natürlich nur das Geheimnis des Täters oder der Täterin. Einzig der Erwachsene muß das, was er getan hat, verheimlichen und vertuschen, weil er eine vor dem Gesetz strafbare, ethisch und moralisch verwerfliche und abscheuliche Tat begangen hat, für die ihn die Mehrheit aller anderen Menschen ablehnen würde. Und das weiß er auch. Die Angst, als Täter entlarvt zu werden, sitzt dem Täter oder der Täterin also vom allerersten Vergehen an im Nacken. Zugleich erfüllt ihn oder sie aber auch das beruhigende Wissen, daß das Kind weder durchtrieben noch lebenserfahren genug ist, um gefährlich werden zu können, und vor allem, daß es den Täter oder die Täterin mit absoluter Hingabe liebt.

Sobald sich der Täter oder die Täterin nach dem Rausch der sexuellen Handlung mit dem Kind befriedigt abwenden, sind er oder sie bestrebt, sich vor Entdeckung zu schützen. Haben er oder sie bis jetzt nur den Körper des Kindes in Besitz genommen, nehmen er oder sie nun auch die Seele für sich in Anspruch. *Das ist unser Geheimnis!* Diese Behauptung, die zugleich auch eine Forderung und ein Befehl ist, bindet die Seele des Kindes für immer.

Zum einen bereitet es jedem Kind, das dem Täter oder der Täterin in natürlicher kindlicher Liebe zugetan ist, eine große Freude, mit dem geliebten Vater oder der Mutter ein Geheimnis zu teilen, das nur ihnen beiden ganz allein gehört. Es findet es schön, ein Geheimnis anvertraut zu bekommen, weil auch ein Kind schon weiß, daß man nur mit ganz besonderen Leuten Geheimnisse teilt. Ein Geheimnis verbindet. Es bewirkt, daß man sich einander ganz nah fühlt, daß andere aus dieser Gemeinschaft ausgeschlossen werden, daß man eine Sonderrolle bekommt. Wie herrlich, den Papi oder die Mama so ganz eng für sich zu haben! Allein aus diesem Grund wird fast jedes Kind ein Geheimnis von einem geliebten Menschen annehmen und zu seinem eigenen machen.

Nur dann, wenn die Gefühlsbindung des Kindes an den Täter oder die Täterin schwach und eine andere Bezugsperson die vertrautere ist, läuft der Täter Gefahr, spontan verraten zu werden. Für diesen Fall beugt er jedoch sogleich vor, indem er dem Kind eindeutig voraussagt, daß der Verrat des Geheimnisses bedeutet, die Liebe dieser anderen Bezugsperson zu verlieren. Die Warnung *Wenn du es der Mama sagst, wird sie böse und hat dich nicht mehr lieb!* verfehlt selten ihre Wirkung. Ohne nachzudenken, weiß jedes Kind in dieser Situation, daß es sowohl die Liebe des Täters oder der Täterin als auch jeder anderen geliebten Bezugsperson verlieren wird, wenn es das Geheimnis bricht. Ohne diese Liebe leben zu müssen, ist einem Kind unvorstellbar. Wie ein doppelter Riegel verschließt die Angst ihm von nun an den Mund.

Mit der wachsenden Erkenntnis, was ihm durch den Täter oder die Täterin widerfährt, breiten sich in dem heranwachsenden Kind allmählich neben der Angst auch Scham und Schuldbewußtsein aus. Indem der Täter das Kind zum Mitwisser seines Geheimnisses macht und durch verschiedene körperlich oder seelisch wirksame Druckmittel Stillschweigen erzwingt, wird das Kind aktiv in das Geheimnis mit einbezogen. Es entsteht in dem Kind der Eindruck, daß es selbst schuld an allem sei, was ihm geschieht, weil es erstens geschwiegen und sich zweitens nicht oder nicht genügend gewehrt habe.

»Ich kann mir einfach nicht verzeihen«, sagte Edwina, »daß ich nicht alles laut rausgebrüllt habe, daß ich nicht aus dem Fenster gesprungen bin oder sonst etwas gemacht habe. Was hab ich denn schon gemacht, daß es aufhört? Die Beine zusammengepreßt, klar, die Hose mit Wäscheleine zugebunden, mir Korken innen reingesteckt, damit der Schniedeldiedel nicht mehr reinpassen sollte, mich unten rum mit der Rasierklinge geschnitten, damit er sich ekeln sollte und mich in Ruhe ließ. Ausgerissen von daheim, einmal bis hinter München, quer durch Deutschland durch, per Anhalter oder heimlich hinten auf einem Anhänger oder schwarz mit der Bahn, bis die Bullen mich wieder geschnappt und zurückgebracht haben. So was, das hab ich schon gemacht. Aber was hat das gebracht? Daß er mich geschlagen hat, das hat es gebracht. Daß er mir Flaschen unten reingebohrt hat und Schraubenzieher, das Ende, das dicke, den Griff. Das hat es gebracht. Daß ich es ihm dauernd, dauernd mit dem Mund machen mußte. Hätte ich mich doch totschlagen lassen von ihm! Oder mich umgebracht. Irgendwas, damit jeder es gesehen hätte, jeder gewußt hätte, daß er es mit mir macht und nicht ich mit ihm.«

Dieser aufgezwungene Eindruck, das Opfer mache es mit dem Täter, ist eines der Druckmittel, die weitere Geheimhaltung zu erzwingen, wenn das Kind in ein Alter kommt, in dem ihm die Tatsache bewußt wird, daß Sex mit dem Vater oder der Mutter oder einem anderen Erwachsenen verboten ist. Oftmals nimmt ein Kind in diesem Alter allen Mut zusammen und fragt den Täter oder die Täterin: »Warum machst du das mit mir?« Häufig aber greift der Erwachsene einer solchen Frage des Kindes auch vor, indem er im vollen Bewußtsein, daß dies gelogen und eine schwere Verdrehung der Tatsachen ist, behauptet: *Du willst das doch! Dir macht das doch Spaß. Du brauchst das. Du machst mich an. Du bringst mich dazu, daß ich es mit dir mache. Ich will das ja gar nicht. Aber du bist so süß, daß ich nicht anders kann.*

Auch auf Edwina wirkten solche Äußerungen des Vaters vernichtend. Als sie mit elf Jahren zarte Busenrundungen und weichere Hüften bekam, vollzog der Vater erstmals den Beischlaf mit ihr. »Weil du jetzt eine richtige kleine Frau bist,« sagte er. »Weil dein Busen mich ganz verrückt macht. Weil der unheimlich schön ist, viel schöner als der von Mama.«

Wochenlang, bevor es dann passierte, hatte er bereits darüber gesprochen, daß er es nicht mehr lange aushalten könne, daß kein

Mann das aushalten könne, so lange warten zu müssen. »Wenn ich dich nur sehe, steht mir schon einer«, sagte er. »Du hast so tolle Beine. Die bringen einen total um den Kopf.«

»Ich verstand ihn da eigentlich gar nicht«, sagte Edwina. »Ich habe mich nie als schön empfunden. Im Gegenteil, ich konnte meinen Körper absolut nicht ausstehen. Daß ich Beine hatte, na ja, schließlich mußte ich irgendwie laufen. Mir kamen sie spindeldürr und spargelig bleich vor, weil ich ja sowieso meistens lange Schlabberhosen anhatte und Röcke schon allein deswegen nicht ausstehen konnte, weil mein Vater mir mit Vorliebe im Vorbeigehen an den Hintern griff. Ich fand auch den Busen, der da so mir nichts, dir nichts rauskam, einfach ätzend. Und die Haare überall sowieso. Ich wollte keine Frau werden, nicht erwachsen werden. Mein Vater hatte gesagt, wenn man erwachsen ist, macht man immer Sex und kann nicht genug davon kriegen. Das kotzte mich an. Dieses Gelabbere und Geschlabbere da an mir rum, und das sollte dann immer sein. Pfui Deubel! Und jetzt behauptete der geile Bock auch noch, daß dieser blöde Busen, der mir zu dem Zeitpunkt sowieso dauernd weh tat, wenn man ihn bloß berührte – und er fummelte und quetschte immer daran herum, daß ich am liebsten gebrüllt hätte –, daß der ihn anmachte. Irgendwie bekam dieser Busen da plötzlich eine Art Eigenleben. Der wuchs zwar an mir fest. Aber der gehörte nicht zu mir. Mit dem war es wie mit allem, es passierte einfach, ohne daß ich es wollte. Das Ding wuchs aus mir raus. Keiner hatte mich gefragt. Aber ich wollte es nicht. Ich wollte überhaupt nichts an mir, was wie eine Frau aussah. Und wenn ich es schon nicht loswerden konnte, weil es nun mal da war und auch da bleiben würde, fing ich dann an, mir riesenweite T-Shirts und am liebsten einen noch weiteren Pulli drüberzuziehen. Wenn der möglichst griesgrau oder dunkelgrün oder schmutzigblau aussah, um so besser. ›Warum machst du dich bloß so häßlich?‹ fragte meine Mutter ›Laß sie doch‹, sagte mein Vater. ›Wo nichts zu sehen ist, fingert auch kein grüner Bengel dran rum.‹ Ihn selbst hielt das allerdings nicht davon ab, mich zu betatschen und zu begrabschen und zu belabbern. Ich hab mich oder meinem Körper regelrecht gehaßt deswegen.«

Für den Tag, an dem der Vater *richtig* mit Edwina schlafen wollte, hatte er einen Montag ausgewählt, an dem die Mutter wegen eines lange geplanten Zahnarztbesuchs ganz sicher für einige Stunden außer Haus war und anschließend wohl kaum ansprechbar sein würde. Zwar war es ein regulärer Schultag, doch dies sah der Vater nicht so eng. Eine Entschuldigung war schnell geschrieben. Edwina litt zu diesem Zeitpunkt bereits häufiger unter Migräne, was sogar der Kinderarzt attestiert hatte. Um Edwina das große Ereignis eindrucksvoll und schön zu gestalten, hatte der Vater Massageöl gekauft und die im Keller des eigenen Wohnhauses installierte Saune angeheizt.

»Er hatte sogar einen sündhaft teuren Heublumenaufguß zum Verdampfen gekauft«, sagte Edwina. »Zumindest behauptete er, daß er sündhaft teuer gewesen wäre. Für mich sei ihm aber nichts zu teuer. Das kam gleich hinterher. Seitdem kann ich bis heute nicht vertragen, wenn auf den Wiesen gemäht und Heu zum Trocknen ausgeworfelt wird. Zuerst mußte ich ihn ausziehen. Dann verlangte er, daß ich ihm den Schniedeldiedel blase, damit es ihm schon gleich mal kommen sollte. Dadurch, sagte er, würde es nachher länger bei ihm dauern, wenn wir dann richtig zur Sache kämen, und das wäre schöner für mich. Er war an dem Tag unheimlich geil und richtig zittrig. Das merkte ich ganz genau und bekam noch mehr Angst, als ich sowieso schon immer hatte. Außerdem wollte ich nicht, daß er es richtig mit mir macht. Ich hatte ja schon so einen Eindruck, daß man davon schwanger werden kann. Mit elf ist man ja schon ganz gut informiert, auch von der Schule her. Aber als ich ihm das sagte, lachte er bloß und meinte, daß ich nicht wollte, würde es ja erst richtig schön machen. So eine Frau wäre ihm am allerliebsten.

Als er dann fertig war, legte er mich auf die Bank und fing an, mich mit Öl einzuschmieren. Dabei ließ er sich reichlich Zeit und machte das auch nicht mit Gewalt oder so. Er war richtig zärtlich. Und ich empfand das auch als schön, obwohl ich gleichzeitig nicht wollte, daß er es machte. Es war so doppelt. Einesteils fand ich es toll und hätte das gern richtig zugelassen. Es ist ja irgendwie auch eine geile Sache, einen Orgasmus zu kriegen. Ich weiß gar nicht, wann ich das zum erstenmal hatte. Ich glaube, schon ziemlich früh, also noch als kleines Kind auf jeden Fall. Mein Vater war ja in der Zeit nie brutal oder so. Er war echt lieb, so verdammt saulieb. Der konnte mich streicheln, daß ich ganz hin und weg war und gar nicht genug bekommen konnte. Und natürlich behauptete er dann immer, daß ich es ja gewollt hätte. Und ich hatte es ja auch gewollt. Er sollte mich ja auch streicheln. Aber ich hatte nicht von Anfang an im Kopf gehabt, daß er mich so streicheln sollte. Das kam erst durch ihn. Das hatte er mir beigebracht. Alles hatte er mir beigebracht. ›Wenn dich mal ein anderer Mann kriegt, der kann sich *von* schreiben,‹ sagte er immer. ›Du bist so scharf, da bleibt einem der Verstand stehen.‹ Und zum Beweis führte er an, daß ich immer ziemlich schnell zum Höhepunkt kam und dann auch stöhnte und mich unter ihm bewegte. Dabei wollte ich das gar nicht. Ich wollte es wirklich nicht. Ich biß mir manchmal fast die Zunge ab, um keinen Mucks von mir zu geben, und dachte nichts anderes als bloß immer: Ich will nicht, ich will nicht! Aber das ging trotzdem in mir los und machte meinen Kopf und alles, was ich wollte, weg. Das war automatisch in mir. Ich hatte das einfach nicht im Griff. Für meinen Vater war das aber *der* Beweis. Und ich habe ihm das auch wer weiß wie lange geglaubt. Ich habe erst jetzt, nachdem ich jahrelang in Therapie bin, so ganz allmählich zu begreifen angefangen, daß jeder Körper auf Sex reagiert, wenn er manipuliert wird, und daß das natürlich ist und wirklich ziemlich automatisch. Aber damals habe ich nur gedacht, daß ich ein total verkommenes Stück Dreck bin, weil ich mit meinem eigenen Vater so eine Lust habe und ihn dadurch dazu bringe, das immer wieder mit mir zu machen.

Ich glaube, ich war richtig darauf programmiert, schnell zu reagieren, denn wenn ich schnell soweit war, war auch mein Vater schnell fertig, und dann war es vorbei. Dann ließ er mich liegen und ging weg.

An dem Tag in der Sauna bin ich zum erstenmal richtig aus mir ausgestiegen und habe ihn halt machen lassen und mir vorgestellt, ich wäre auf einer Wiese und über mir wäre der Himmel und ganz viele kleine weiße Wolken und Vögel und Schmetterlinge. Vor allem Schmetterlinge. Die waren mir damals das Liebste. So zart und fein und leicht und gar nicht anzufassen. So wäre ich auch gern gewesen. Dann wäre ich auf meinen wunderschönen Flügeln einfach weggeschwebt.

Mein Vater machte inzwischen immer mehr an mir rum und brachte sich und mich dabei ziemlich auf Touren. Aber irgendwie war ich das nicht. Die da auf der Pritsche lag und alles mit sich machen ließ, war eine andere. Die sah bloß so aus wie ich. Ich war ja bei den Schmetterlingen. Als die andere auf der Pritsche dann soweit war, drang mein Vater in sie ein. Das tat aber so weh und war so neu, daß es mich von den Schmetterlingen wegholte und ich alles voll mitbekam und zu schreien anfing und wegrutschen wollte. Aber mein Vater ließ mich nicht weg. Er grunzte bloß noch und hielt mir den Mund zu und schnaufte und stöhnte und rubbelte auf mir rum, und dann merkte ich, daß er sein Zeugs in mir abließ und dann von mir runterrollte. Von dem Tag an war ich irgendwie zwei. Die eine mit meinem Vater und die andere mit den Schmetterlingen. Bis der Mißbrauch dann aufhörte, also als ich 17 war, war ich sogar noch viel mehr. In der Therapie kam raus, daß wir mindestens fünf waren. Drei Mädchen, ein Baby und ein Junge. Der hieß Piet und konnte fliegen wie Peter Pan. Und wenn mein Vater eins von meinen Mädchen holte, flog er mit uns anderen weg. Das war unheimlich toll.«

Diese innere Aufspaltung von sexuell mißbrauchten Kindern findet sehr häufig statt. Multiple Persönlichkeiten und Bewußtseinsstörungen sind als Symptome des Mißbrauchs alltäglich. Ich habe in den Jahren der intensiven Beschäftigung mit diesem Thema mehrere Frauen und auch einige Männer mit diesen Symptomen kennengelernt. Ebenfalls habe ich von Therapeuten erfahren, daß Patientinnen und Patienten zu ihnen in Behandlung kamen, die sich bis in 14 verschiedene Persönlichkeiten geteilt hatten. Wenn sie, zum Beispiel in Gesprächen über den Mißbrauch, deren Wendung für die eine oder andere abgespaltene Persönlichkeit zu bedrängend wurde, zum Vorschein kamen, um den bedrängten Teil zu schützen, veränderte sich nicht nur die Mimik, sondern auch die Stimme des sexuell Mißbrauchten, so daß auch äußerlich eine andere Person aus dem Opfer herausgetreten zu sein schien.

»Ich habe zum Beispiel nur dann geweint, wenn ich Anna war«, sagte Edwina. »Anna war das Weichei, der Schwachkopf, die Heulsuse, die sich alles gefallen ließ. Die nur den Daumen in den Mund stecken und sich in die Hose pinkeln konnte. Was hat meine Tina alles für diese blöde Anna eingesteckt. Tina war nämlich die, die wütend werden konnte. Die getobt hat, wenn mein Vater mit seinem Schniedeldiedel angestunken kam. Die wollte, daß die blöde Anna ihm das Ding einfach abbeißt oder ihm kochendes Wasser über die Eier schüttet oder ihm im Schlaf einen Backstein draufschmeißt. Die hat manchmal so gebrüllt, daß die Anna bloß noch zittern konnte. Dann ist aber immer die Nena gekommen und hat die Anna getröstet und die Tina weggeschickt. Die Nena war nämlich stärker als die Tina und hatte so was Mütterliches. Die hat die Anna dann im Arm gehalten und gesagt, daß sie ja nichts dafür könnte, was der Papa macht, und daß sie ein gutes Kind wäre. Meistens hat sich dann aber das doofe Baby breitgemacht und hat die Anna weggedrängt, weil es geschaukelt und gewiegt und gestreichelt und gewärmt werden wollte. Und wenn die Nena keine Lust hatte und die anderen sich die Ohren zuhielten und auch nicht wußten, was sie machen sollten, dann sind wir alle zusammen oft ausgetickt vor lauter Babygebrüll und sind mit dem Kopf an die Wand oder haben an uns rumgeschnippelt oder die Fingernagelhaut abgerissen, bis bloß noch Blut um den Nagel war. Irgendwann hat dann zum Glück meistens der Piet das Baby genommen und ist ein bißchen damit rumgeflogen. Dann war es ruhig und ist eingeschlafen. Beim Fliegen konnte nichts passieren. Das war irgendwie ganz sicher.«

Jede der Persönlichkeiten, in die ein sexuell mißbrauchtes Kind als multiple Person schlüpft, kennzeichnet ein bestimmtes Stadium des Mißbrauchs. Sie hat aber auch eine bestimmte ausgeprägte Charaktereigenschaft und eine ganz feste Funktion zum Schutz des mißbrauchten Kindes, das sich selbst unbewußt auf einen innersten, unversehrt gebliebenen Seelenkern reduziert hat. Dieser Kern wurde mir oftmals als Baby dargestellt, das die einzelnen Betroffenen in sich immer wieder, oft über lange Zeiträume hinweg, laut schreien und weinen hören und zu dem sie meist eine sehr ambivalente innere Einstellung hatten. *Mein Kind* nannten sie es alle. Vielfach waren sie wütend über das ewig heulende, nichtsnutzige Baby, das nichts anderes konnte als weinen. Gleichzeitig aber hatten sie auch ein heftiges Bedürfnis, dieses Kind zu beschützen und zu bewahren und in Sicherheit zu bringen, so daß es nie und nimmermehr zerstört werden könne.

Eine Betroffene vertraute *ihr Kind* in Zeiten höchster seelischer Bedrängnis durch eine Flut auf sie einströmender, lange verdrängter Erinnerungen an den jahrelangen sexuellen Mißbrauch durch den Vater ihrer Therapeutin an. Sie legte es ihr bildlich in den Arm und bat sie, gut darauf aufzupassen. »Ich war sicher«, sagte sie mir in unserem Gespräch, »daß sie es annehmen und trösten und für mich bewahren würde. Es war gut bei ihr aufgehoben. Sie paßte gut darauf auf. Bei ihr konnte meinem Kind nichts passieren. Sie war so viel stärker und mutiger als ich. Sie würde es beschützen. Das war mir so wichtig. Ich wußte, daß ich in mir nur wieder heil werden konnte, wenn sie das Kind annahm. Ich habe es dann auch wirklich, als es mir besser ging, wieder bei ihr abgeholt. Ich habe es angenommen und in mir aufgenommen. Ich habe es nicht verstoßen. Es ist jetzt wieder mit mir zusammen. Es weint nicht mehr.«

In den seltensten Fällen ist sexueller Mißbrauch an Kindern und Jugendlichen vom ersten Übergriff an eine massiv sexuelle Handlung. Fast immer steigert sie sich nach und nach, so daß aus der scheinbar harmlosen, fast zufälligen Berührung allmählich mehr wird.

mitgenommen, und dann sind wir zusammen über'n Acker. Heute denke ich, daß meiner Mutter eigentlich hätte auffallen müssen, daß ich fast bloß noch mit dem Kleinen zusammensein wollte und meine ganze Freunde abserviert hatte. Ich war ja mit fast keinem mehr zusammen. Es sollte ja keiner was wissen. Und die waren mir auch echt lästig. Ich war da, glaube ich, total auf dem Sextrip. Das war wie eine Sucht. Ich kam nicht davon los. Das mußte ich haben. Am liebsten schon morgens vor der Schule. Ich habe mir damals sogar eine ganze Wand voll Babyfotos an mein Bett gepinnt und die angeschaut, wenn ich onaniert habe. Mit dem Kleinen, wenn ich den mitgenommen hatte, habe ich dann zusammen im Gras gelegen, und wir haben unseren Spaß gehabt. Wenn einen so kleine Hände berühren und die so weich sind und zart und einen trotzdem mal kneifen oder kratzen, das war damals das Höchste für mich. Der Kleine, der war echt lieb. Der hat so gelacht, wenn ich ihn gekitzelt habe und mit ihm rumgeknutscht habe. Der hat kein bißchen protestiert, sich überhaupt nicht gewehrt. Dem hat das gefallen. Das hat man gemerkt. Bis ich dann mal zu grob geworden bin. Ich war wohl echt zu geil drauf, hab ihm den Schwanz zu weit in den Hals gesteckt. Da hat er sich verschluckt und zu brüllen angefangen und wollte nicht mehr. Und wie ich dann am nächsten Tag gekommen bin und mit ihm was machen wollte, fing er gleich an zu schreien und hatte keinen Bock. Da bekam ich dann Angst, die merken was zu Hause. Und dann bin ich nicht mehr gekommen. Davon losgekommen bin ich aber nicht. Ich habe mir dann immer in der Nachbarschaft oder später auch per Inserat kleine Jungs, Mädchen nie, gesucht und Babysitter bei denen gemacht. Ich war immer vorsichtig, hab denen nie weh getan. Und wenn sie dann so anderthalb waren und zu quasseln anfingen, hat das ja sowieso aufgehört, weil ich dann wieder weg und zu anderen hin bin. Schluß gemacht habe ich damit eigentlich erst, als ich dann mal ein Mädchen kennengelernt habe und von der regelrecht verführt worden bin. Da hatte ich dann ja Ersatz. Jedenfalls eine Zeitlang. Bis das nicht mehr so neu war, bis ich gemerkt habe, daß Mädchen viel anstrengender sind als Babys, daß sie dauernd was von einem wollen und man nicht mehr selbst bestimmen kann, wann man was und wie will. Da bin ich dann wieder auf die Babys gekommen und hab das gemacht, bis mir keiner mehr abgenommen hat, daß ich bloß gern Babysitter gespielt habe. Seitdem lade ich kleine Jungs von der Straße zu mir ein. Die lese ich regelrecht auf. Ich bin gut zu denen. Ich tu denen nichts, was die nicht wollen. Aber irgendwie habe ich trotzdem ein schlechtes Gefühl dabei und bin deshalb auch in Therapie gegangen.«

Daß das in jedem Täter, in jeder Täterin zumindest anfangs hellwache schlechte Gewissen dazu führt, freiwillig eine Therapie zu beginnen, ist leider äußerst selten. Fast immer decken Mißbraucher beiderlei Geschlechts den Mantel des Schweigens über ihre Tat und lassen sich von ihren eigenen, immer grenzenloser werdenden, nie gestoppten Bedürfnissen und ihren immer maßloser, oft perverser und brutaler ausufernden Phantasien zu immer schwerwiegenderen sexuellen Handlungen hinreißen.

Ich bin mir jedoch mit vielen Experten einig, daß die Männer oder die Frauen, die ein Kind sexuell mißbrauchen, im Grunde ihres Wesens Grenzen suchen. Sie wollen gestoppt, sie wollen aufgehalten werden. Es wird ihnen jedoch meist erst bewußt, wenn der Mißbrauch aufgedeckt worden ist, wenn ihnen in Gesprächen ihr Tun klar vor Augen geführt wird, sie sich also ernsthaft damit auseinandersetzen, und wenn das Kartenhaus der Lügen, Verstecke und Heimlichkeiten in sich zusammenbricht. Die Erleichterung, wenn Täter und Täterin erstmals Verantwortung für ihr Tun übernehmen und laut und deutlich aussprechen können: *Ich habe mein Kind mißbraucht!*, ist grenzenlos. Nicht nur für das Kind, das an einem sexuellen Mißbrauch immer vollkommen unschuldig ist und dem mit einem solchen Bekenntnis endlich die unerträgliche Last einer Schuld abgenommen wird, die allein der Täter oder die Täterin zu tragen haben. Nein, auch für den Mißbrauchstäter, die -täterin bedeutet ein solches Bekenntnis den ersten Schritt zurück in ein sauberes, würdiges Leben, nach dem sich fast alle mehr oder minder bewußt längst gesehnt, das sie aber zwischen trotzigem Verharren und hoffnungsloser Angst für immer verloren geglaubt haben.

Was ist sexueller Mißbrauch? fragt dieses Kapitel. Einige Antworten sind bereits versucht worden, ein letzter Hinweis soll noch folgen. Auch wenn sexueller Mißbrauch sich manchmal aus harmlosen Schmusen entwickelt, hat er doch mit Zärtlichkeit eigentlich nichts zu tun, aber viel mit Macht.

»Sexuelle Gewalt gegen Frauen und Mädchen ist nicht ein aggressiver Ausdruck von Sexualität, sondern der sexuelle Ausdruck von Aggressivität und Feindseligkeit gegen Frauen«, schrieb der im Wiesbadener Bundeskriminalamt tätige Kriminologe Michael C. Baurmann 1987 in »Wenn ich nicht lieben darf ...« von S. R. Dunde. Ich möchte diese Aussage etwas erweitern, möchte die sexuelle Gewalt gegen Jungen mit aufnehmen und dann sagen: Sexuelle Gewalt gegen Schwächere hat in Wahrheit nichts mit an sich positiv zu bewertenden sexuellen Gefühlen zu tun. In ihr zeigt sich einzig und allein ein Machtstreben, das darauf abzielt, einen anderen Menschen zu erniedrigen und ihn bis in die tiefsten, ureigensten Bereiche von Körper und Seele zu beherrschen. Auf diese Weise soll das Selbstbewußtsein des Täters oder der Täterin gestärkt werden.

Ein solcher Machtanspruch aber darf in einer Gesellschaft, deren Mitglieder zunehmend gebildet sind, nach Aufklärung verlangen, verantwortungsvoll miteinander umgehen und in der moralischen Abkehr von Gewalt erzogen werden, nicht mehr durchgesetzt werden. Auch nicht in dem allgemein tabuisierten und wie nichts anderes geschützten Umfeld der Familie. Davon bin ich überzeugt.

Wie oft sexueller Mißbrauch von Kindern und Jugendlichen noch vorkommen kann und wie heftig er Angst erzeugen muß, hängt daher entscheidend von jedem einzelnen ab. Von seiner Aufmerksamkeit, von seinem Verständnis, von seinem Verantwortungsbewußtsein und seiner Zivilcourage. Es geht darum, in jedem einzelnen ein dauerhaft waches Bewußtsein zu wecken. Dies aber gelingt nur, wenn Betroffene das Geheimnis brechen und reden.

Dies gelingt nur, wenn wir alle das Vergehen wirklich zur Kenntnis nehmen. Wenn wir uns mit Tätern beziehungsweise Täterinnen sowie dem, was sie zur Tat getrieben hat, ernsthaft auseinandersetzen. Nur dann ist es möglich, dem sexuellen Mißbrauch wirksam zu begegnen.

Warum soll man sich mit den Tätern beschäftigen?

Wie schon gesagt, Erwachsene, die sich sexuell an Kinder vergehen, sind selten Fremde. Wer aber sind sie dann? Ist diese Frage eigentlich wichtig? Sind diejenigen, die ihren sexuellen Trieb an Kindern befriedigen, eine solche Frage überhaupt wert? Soll man diejenigen, die es tun, nicht besser als Menschen ausradieren, abschieben, verschwinden lassen? Stehen sie nicht sogar im Gefängnis, zwischen Mördern und anderen Gewaltverbrechern, auf der alleruntersten Stufe, verachtet und ausgegrenzt selbst von denen, denen ein Leben keinen Pfifferling wert ist und Gewalt nur ein Schulterzucken abringt?

Mitte Januar 1994 stellte ich meine Frage nach den Tätern der Expertin für sexuellen Mißbrauch Monika Frommel, Direktorin des Instituts für Kriminologie der Universität Kiel. Von dem Telefongespräch mit ihr hatte ich mir viel versprochen.

Sie lachte. Ein fröhliches, ansteckendes Lachen. »Das kann man nicht beantworten. Die Täter! Sie stecken immer im Umfeld der Familie. Sind völlig uninteressant. Entweder pathologisch, was selten vorkommt, oder stinknormal.«

»Was macht denn aus stinknormalen Menschen Täter?« wollte ich wissen und bemühte mich, die Antwort wortwörtlich mitzuschreiben.

»Langeweile«, kam es von Monika Frommel aus Kiel zurück. »Aber wer nach den Tätern schaut, will sich in Wirklichkeit drücken. Viel wichtiger ist, was tut die Freundin der Freundin, bei der's passiert. Wie wir damit umgehen, das ist viel wichtiger als der Täter.«

»Soll das heißen«, fragte ich, »es gibt keine vorbeugende Maßnahme, nichts, was Eltern warnen oder Kinder vorbeugend schützen, was verhindern kann, daß Menschen zu Tätern werden?«

»Nein.« Monika Frommel lachte schon wieder. Fast zornig jetzt, ironisch. »Täter sind total normal. Wenn sie mißbrauchen, entsteht das aus einer persönlichen Macke heraus, aus einer

Situation, einer persönlichen Schwäche. Aus Langeweile, wegen Beziehungsstreß oder Alkohol oder, selten, aus pathologischer Ursache. Das ist unberechenbar.« Eine kurze Atempause, dann kühl: »Jedenfalls helfe ich Ihnen bei der Suche nach den Tätern nicht. Täter, die gibt es so nämlich nicht. Täter werden schon seit über zweihundert Jahren erforscht, und nichts ist dabei herausgekommen. Nichts! Unser Gespräch jetzt, das war ›Abprall – Abprall – Abprall‹ in der Comic-Sprache, wenn Sie die verstehen. Wenn Sie sich wirklich für sexuellen Mißbrauch interessieren, dann sollten Sie die vorhandene Literatur studieren. Da gibt's nämlich jede Menge Schriften über den Umgang mit sexuellem Mißbrauch in der Gesellschaft. Wenn man sich damit beschäftigt, gibt das mehr her als die Frage nach irgendwelchen Tätern.«

»Vielen Dank für das Gespräch«, sagte ich. Aber Monika Frommel hatte bereits den Telefonhörer eingehängt.

»Abprall – Abprall – Abprall!« murmelte ich und dachte an die Frauen und Männer, die sich mit mir in vielen langen, oft herben und schmerzlichen, aber auch wütenden und sogar haßerfüllten Gesprächen unterhalten und sich mit ihrer Tat und Täterschaft auseinandergesetzt hatten. Dachte an die Lebensgeschichten, die dahintersteckten, an die Ursachen, die die Tat begünstigt hatten, an Kleinigkeiten, durch die man sie hätte verhindern können. Ist dies alles wirklich so uninteressant? So unbedeutend? Sind diese Menschen es tatsächlich nicht wert, daß man sich mit ihnen auseinandersetzt? Ist es wirklich nur die Tat, um die es geht?

Ich dachte auch an die Frauen und Männer in den Sälen, in denen ich als Autorin über sexuellen Mißbrauch gelesen und diskutiert hatte. Die Jugendlichen in Schulen fielen mir ein, in deren Gesichtern das Mitgefühl und das Entsetzen über Leben und Leiden meiner Freundin Monika B. so deutlich wie mit dem Prägestempel aufgedrückt zu sehen gewesen war. Ich blätterte in den Stapeln von Leserzuschriften, die mich im Laufe mehrerer Jahre erreicht hatten. Erinnerte mich an die verzweifelten Menschen, die mir ihre persönliche Mißbrauchsgeschichte anvertraut hatten. Sie alle hatten gefragt: *Wer sind die Täter? Was sind das für Menschen? Warum tun sie das? Sind das Monster oder arme Schweine oder was?*

An diesem Punkt hätte ich mit Monika Frommel ihr »Abprall – Abprall – Abprall« gern ein wenig intensiver erörtert, sie gern nochmals gesprochen. Doch leider kam die Verbindung nicht mehr zustande.

Zum Glück gab es viele andere Verbindungen mit anderen Fachleuten, mit mehr Offenheit, weniger an der Tat und der Gesellschaft und näher am Menschen orientiert. Ich habe nicht Buch geführt über die mit diesen Gesprächen verbrachten Stunden. Es waren viele, sehr viele. Aber keine Minute war zuviel. Keine unnütz vertan.

Wer sind die Täter? ist eine wichtige Frage. Eine, die uns alle angeht. Denn ohne die Frage nach den Tätern können wir die Frage nach den Opfern und nach der Tat vergessen. Nur wenn wir die Frage nach den Tätern beantworten, werden wir langfristig Erfahrungen sammeln, warum ein Mensch zum sexuellen Mißbrauchstäter wird und wie man die Tat verhindern kann.

Die Öffentlichkeit zeichnet von Menschen, die (ihre) Kinder sexuell mißbrauchen, ein gnadenloses Bild. Die Bezeichnungen spiegeln die volle Breite des Abscheus und des Ekels wider, die uns erfaßt, wenn wir uns gefühlsmäßig und gedanklich auf die Vorstellung einlassen, was einem hilflosen Kleinkind ausgerechnet dort, wo es geborgen und geschützt sein sollte, widerfährt, wenn sich ihm ein erwachsener Mensch in Leidenschaft und Lust aufzwingt.

Auch Menschen, die beruflich mit dem sexuellen Mißbrauch umgehen müssen, haben mit heftigen Abwehrgefühlen zu kämpfen. In meinem Beisein haben sowohl ein Mann, der seine Tochter sexuell mißbraucht hat, als zu einem anderen Zeitpunkt auch eine Frau, die sich an ihrem Sohn verging, bei jeweils vier unterschiedlichen Psychotherapeuten beziehungsweise Therapeutinnen angerufen, die in noch zumutbarer Reichweite des jeweiligen Lebensraumes des Täters beziehungsweise der Täterin praktizieren, um sich als Täter zu einer Therapie anzumelden. Nicht einer der professionellen Helfer oder Helferinnen war zu einem Termin bereit. Die Begründung lautete: Man fühle sich dem Problem aufgrund der bisherigen Therapie-Erfahrungen nicht gewachsen. Und nur eine einzige der Therapeutinnen hatte eine Alternative anzubieten, indem sie auf einen Spezialisten im Heidelberger Raum verwies, der sich »mit so etwas« auskenne und vielleicht weiter wisse.

Anders geartete und doch vergleichbare Erfahrungen machte ich selbst immer wieder, wenn ich versuchte, an Täter oder Täterinnen heranzukommen, die sich entweder in Untersuchungshaft oder im Gefängnis befinden. Fast durchweg wurde mir eine Kontaktaufnahme verweigert, da man »dem Täter kein Forum zur öffentlichen Selbstdarstellung bieten« wolle. So unter anderem auch im Fall des 1992 rechtskräftig zu einer achtjährigen Haftstrafe verurteilten und in Untersuchungshaft einsitzenden Vaters meiner Freundin Monika B., der wegen Formfehler in der Urteilsbegründung Revision beantragt hat, in der bis heute noch nicht entschieden wurde. Obwohl der Vater selbst mit Dreharbeiten und einer filmischen Dokumentation seines Lebens einverstanden ist und es vorstellbar wäre, daß er sich in einer intensiven verbalen Auseinandersetzung mit den gegen ihn erhobenen und gutachterlich beglaubigten Vorwürfen zu seiner Tat bekennen würde, erteilte das Gericht dazu bis heute keine Genehmigung.

Ein anderes Beispiel: Ein namhafter Verlag lehnte es ab, das vorliegende Buch über die Täter im sexuellen Mißbrauch zu veröffentlichen, da man befürchtete, ein solches Buch werde sich nicht öffentlich über den Ladentisch seriöser Buchhandlungen verkaufen lassen. Die Leser und Leserinnen müßten ja befürchten, schief angesehen zu werden, wenn sie sich für diesen menschlichen Abschaum interessieren. Ganz davon zu schweigen, daß man selbst als Verlag jeden Verdacht weit von sich weisen müsse, sich zum Sprachrohr perverser Sadisten und Kinderschänder gemacht zu haben.

Aus jeder dieser Reaktionen sprechen Abscheu und Angst. Beides kann ich verstehen. Und dennoch: So abscheulich und verächtlich die Tat ist, so schwerwiegend und leider allzuoft lebenslang nicht wiedergutzumachen sie in ihren Auswirkungen auf die Opfer bleibt – es genügt nicht, sich mit Schaudern und Ekel von dem abzuwenden, der sie begeht oder begangen hat. Ihn hinter Gefängnismauern brummen zu lassen, ihn ins Abseits zu stellen und aus der Gesellschaft auszustoßen.

Auch wenn sich der Täter als Monster aufführt oder aufgeführt hat, auch wenn er in uns keine Sympathien erwecken kann, so bleibt er doch immer ein Mensch. In diesem Sinne kommt es darauf an, einen sexuellen Mißbrauchstäter nicht einzig auf seine grauenhafte Tat festzulegen, sondern die Person und Persönlichkeit des Täters davon losgelöst zu betrachten. Eine solche Unterscheidung gehört beispielsweise zum Alltag einer jeden Mutter, die ihr Kind für einen Fehler tadeln muß. Wie schnell ist da gesagt: »Du böses Kind!« Und wieviel klüger und richtiger wäre es doch zu sagen: »Mein liebes Kind, jetzt hast du aber etwas Schlimmes angestellt!«

Dies bedeutet keineswegs, den sexuellen Mißbrauch zu sanktionieren. Im Gegenteil, jeder sexuelle Mißbrauch eines Kindes oder Jugendlichen ist eine Abscheulichkeit, die ich nur verurteilen und zutiefst ablehnen kann. Aber es steht nicht zuletzt im Interesse der Opfer, daß Tätern Möglichkeiten geboten werden, aus der Rolle des Täters aussteigen zu lernen und sich zu der Tat zu bekennen. Denn jede Hilfe für den Täter ist ein Weg, die nächste Tat zu verhindern. Und in diesem Sinne ist sie die einzig wirksame und unverzichtbare Hilfe auch für das Kind.

Wer sexuellen Mißbrauch verhindern will, kommt also an den Tätern nicht vorbei. Studien von Beratungsstellen wie zum Beispiel »Zartbitter e.V.« in Köln belegen, daß auf jeweils einen Täter in der Lebensspanne im Durchschnitt vierzig Opfer kommen. Diese Zahl kann im Einzelfall höher oder niedriger liegen.

»Es ist ja nicht immer der Familienvater«, sagte Rudi Slobodian von der Arbeiterwohlfahrt in Essen in unserem Gespräch über seine Arbeit mit betroffenen Männern, Opfern wie Tätern. »Es ist ja nicht immer der Familienvater, der sich ausschließlich an einem oder auch mehreren eigenen Kindern vergreift. Wenn man etwa an den Hausmeister denkt oder den Jugendwart im Pfadfinderlager oder im Sportverein, der sich über Jahre hinweg jeden Tag an drei, vier verschiedene Kinder heranmacht, kommt man leicht auf ein paar hundert Opfer für nur einen einzigen Täter. In jedem Fall aber gibt es immer sehr viel mehr Opfer als Täter. Wenn man das Rechenbeispiel umdreht, heißt das, daß erfolgreiches Arbeiten mit einem Täter im Durchschnitt vierzig und im Einzelfall sehr oft auch weit mehr Kinder schützt und Opfer verhindert. Allein aus diesem Grund muß man daher verstärkt dazu übergehen, mit Tätern zu arbeiten, Beratungen und Therapien anzubieten und durch einen Umdenkprozeß künftigen Mißbrauch zu verhindern.«

Ganz abgesehen davon, daß nicht zuletzt aus wirtschaftlicher, finanzieller Sicht ein lebhaftes staatliches Interesse daran bestehen muß, sexuellen Mißbrauch und dessen Folgekosten einzudämmen. Fließt doch ein noch nie genau definierter, aber gigantisch hoher Anteil an öffentlichen Geldern zum Beispiel in die oft lebenslang erforderliche medizinische und psychologische Versorgung und Unterbringung der Opfer in psychosomatischen Kliniken oder Rehabilitationseinrichtungen sowie in regelmäßig von Sozialarbeitern betreute Wohneinrichtungen. Oder in Sozialhilfeleistungen für die wegen ihrer massiven seelischen Verletzungen nicht selten für immer arbeitsunfähig gewordenen Opfer.

Gibt es ein eindeutiges Täterprofil?

Wenn man die Frage so stellt, lautet die Antwort ganz sicher: Nein. Täter, die Kinder und Jugendliche sexuell mißbrauchen, sind so individuell wie alle Menschen, die Faktoren, die zur Tat geführt haben, sind immer einmalig. In den mittlerweile fast neun Jahren, in denen ich mich persönlich als Mensch und beruflich als Journalistin und Autorin engagiert mit diesem Problemfeld beschäftige, habe ich noch keinen Menschen kennengelernt, der es gewagt hätte, sich global zu der Frage zu äußern, wer die Täter sind. Es wäre vermessen, sich hier zu allgemeingültigen Wertungen oder Prognosen hinreißen zu lassen.

Aber es gibt Merkmale, die wiederkehren. Merkmale, die Menschen tragen, und Merkmale, die Handlungen aufweisen. Ihnen ist meine Frage nach den Tätern auf der Spur.

»Die Wahrheit«, schrieb mir ein Täter im Juni 1992, »gibt es jeweils nur einmal. Aber sie ist ein Produkt aus vielen Teilwahrheiten. Und jede Teilwahrheit ist wie eine Komponente einer Farbe, die man auf einer Palette anmischt und vielleicht nie mehr wieder haargenau so hinbekommt wie beim ersten Versuch. Das macht es so schwierig zu antworten, wenn Sie mich fragen, wie ich dazu gekommen bin, meine Tochter zu mißbrauchen. Aber ich will es versuchen, denn es ist den Versuch wert.«

Auf Teilwahrheiten wie diese zielt meine Frage, wer die Täter sind, ab. Denn jede einzelne Teilwahrheit bedeutet eine Chance. Eine Chance, gewisse Grundsteine gar nicht erst zu legen, die unschuldige Kinder zu Erwachsenen mit sexuellen Tatmotiven machen. Eine Chance auch, künftigen sexuellen Mißbrauch in seinen ersten Ansätzen besser erkennen und/oder ihm vorbeugen zu können. Und nicht zuletzt eine Chance zu begreifen, daß Entsetzen über eine sexuelle Straftat an einem Kind oder Jugendlichen nicht zwingend nur Ohnmacht bedeutet, sondern in ein wirksames Hilfsprogramm münden kann.

Wer also sind die Täter?

Täter im sexuellen Mißbrauch sind Menschen wie du und ich. So viel steht fest. Jeder von ihnen war einmal ein unschuldiges Kind, denn kein Täter wird als solcher geboren. Immer wird er erst im Laufe seiner Entwicklung durch verschiedene prägende Einflüsse und Erfahrungen zu einem Täter gemacht. Dies kann bereits in der Kindheit geschehen, aber auch in jedem anderen Stadium des Lebens.

Die Ursachen, aus denen heraus in der Minute X ein bis dahin vollkommen akzeptabler, liebevoller und verantwortungsbewußt handelnder Vater oder eine zärtliche Mutter, ein in sein Enkelchen vernarrter Großvater oder ein anderer einem Kind nahestehender Mensch die körperlichen und seelischen Grenzen eines Kindes – des eigenen Kindes vielleicht – überschreitet und ein Mißbrauchstäter wird, diese Ursachen sind nicht auf eine kleine Handvoll einzuschränken und überschaubar in Statistiken zu erfassen. Was hier wie und warum abläuft, ist so verschieden wie Fingerabdrücke. Doch ähnlich wie man erkennungsdienstliche Fortschritte im Identifizieren von Fingerabdrücken erlangt hat, lassen sich auch im sexuellen Mißbrauch Strukturen aufzeigen, an denen man sich weitertasten und zu echten Erfolgen gelangen kann.

Daß dies nicht im raschen Rundumschlag erfolgen wird, liegt auf der Hand. Auch die Tatsache des sexuellen Mißbrauchs wurde ja nicht von heute auf morgen bewußt, sondern sickerte seit Anfang dieses Jahrhunderts mit vereinzelten Fällen an die Öffentlichkeit, bis in den letzten zehn Jahren zunächst aufgrund US-amerikanischer Forschungen, nachfolgend aber auch in Deutschland und weltweit das Ausmaß der Tragödie erkannt wurde.

Aufgrund dieser Forschungen weiß man, daß Täter überwiegend männlichen Geschlechts und ihre Opfer Kinder und Jugendliche beiderlei Geschlechts sind. Ich möchte hier keinesfalls das Verdienst der Frauenbewegung schmälern, die in beispielhafter Weise für die Interessen von Frauen eingetreten ist und bis heute eintritt. Noch weniger mache ich mich gemein mit Äußerungen, die das Ausmaß der Männergewalt in Form sexuellen Mißbrauchs an Kindern verharmlosen und mit dem Argument entschärfen wollen, da Frauen es auch tun, sei es kein Männerproblem, sondern ein allgemein menschliches. Dennoch muß man sich klar eingestehen, daß auch Frauen zu Täterinnen werden. Genau wie Männer beuten sie kleine Mädchen und kleine

Jungen bis ins Jugendalter hinein aus. Und dieser sexuelle Mißbrauch mag zwar zahlenmäßig geringer sein, in seinen Auswirkungen geringfügiger als der von Männern ausgeübte ist er nicht.

Und auch dies ist gewiß: Täter entstammen allen sozialen und gesellschaftlichen Schichten. Es gibt sie in allen Berufsgruppen und Einkommensstufen. Manche Täter sind Jugendliche, fast noch Kinder. Die Mehrheit ist erwachsen. Eine große Anzahl von ihnen ist schon so alt, daß man geneigt wäre, sie als jenseits von Gut und Böse einzustufen. Mit anderen Worten, Täter gibt es überall. Auch unter den Lesern dieser Zeilen.

Die herausragendsten Ergebnisse vieler Psychologen und Psychiater, Therapeuten und Sozialwissenschaftler, die zum Teil seit Jahrzehnten zu diesem Thema forschen und ihre Ergebnisse in der Fachliteratur veröffentlicht haben, möchte ich Ihnen hier kurz auflisten.

Täter ganz generell sind:

- In einem erschreckenden Übermaß von achtzig bis neunzig Prozent Männer. Allerdings muß man hinzufügen, daß die Erforschung weiblicher Täter in keiner Relation zu entsprechenden Untersuchungen von Männern steht und die bisher als stimmig dargelegten Zahlenangaben daher nicht absolut aussagefähig sind.
- In vierzig bis fünfzig Prozent aller Fälle mit ihren Opfern gut bekannt, aber nicht mit ihnen verwandt.
- In etwa dreißig Prozent aller Fälle die leiblichen Väter oder Brüder, Stiefväter oder Großväter, Onkel oder andere nahe Verwandte ihrer Opfer.
- In nur rund zehn Prozent Fremde.
- In höchstens zehn bis zwanzig Prozent aller Fälle Frauen. In dieser Zahlenangabe werden nicht nur fremde oder den Opfern gut bekannte Täterinnen, sondern auch leibliche Mütter, Stiefmütter, Schwestern, Tanten, Großmütter und ähnliche nahe Verwandte mit erfaßt.

Erwachsene Täter sind:

- Als Männer selten homosexuell, wenn sie Jungen mißbrauchen, und als Frauen selten lesbisch, wenn sie Mädchen mißbrauchen.
- In einem hohen, jedoch noch nicht genau erfaßten Prozentsatz pädophil. Das heißt, sie sind in ihrer Sexualität auf Kinder fixiert und verspüren wenig Neigung, sich sexuell auf eine

gleichberechtigte Beziehung zu einem Erwachsenen einzulassen. In der Regel erlischt das sexuelle Interesse eines Pädophilen an seinem Opfer, wenn es in die Pubertät eintritt.

- Selten dumme Menschen. Die große Mehrheit ist durchschnittlich bis überdurchschnittlich intelligent und übt einen Beruf im mittleren bis höchsten Bildungsbereich aus.
- Selten seelisch angegriffener oder nicht häufiger im Sinne einer psychiatrischen Diagnose krank als der Bevölkerungsdurchschnitt.
- Fast immer ihrem speziellen sozialen Umfeld bis zur Unauffälligkeit angepaßt oder überangepaßt.
- Polizeilich gut bis sehr gut beleumundet, als Nachbarn beliebt und als Vereins- oder Gemeindemitglieder anerkannt. Häufig zeichnen sie sich durch eine stark ausgeprägte christliche Einstellung aus, die sich in einer aktiven Beteiligung am Kirchendienst niederschlägt. Oft wird hier als besonders bevorzugter Schwerpunkt die Jugendarbeit angegeben. Nicht selten tritt ein sexuell Mißbrauchender auch politisch hervor und bemüht sich etwa um ein Mandat als Stadtrat.
- Nach außen hin selbstbewußt und besonnen, im Innersten aber meist selbstunsicher und gehemmt, so daß das oberflächlich als friedliebend und friedfertig einzuschätzende Verhalten in Wahrheit Beweis einer das ganze Leben prägenden persönlichen Feigheit ist.
- Selten in ihrer Familienstruktur und persönlichen Lebensführung nach außen geöffnet. Mit anderen Worten, Täter zeigen nach außen hin eine geordnete, absolut unauffällige Scheinwelt, deren Fassade sie zum Beispiel dadurch aufrechterhalten, daß sie keinen oder keinen unangemeldeten Besucher zu sich hereinbitten, ihren Kindern keinen oder nur sehr selten Freundesbesuch erlauben, den Bewegungsspielraum der einzelnen Familienmitglieder streng kontrollieren und einengen und als oberste Lebensmaxime predigen: »Was bei uns in der Familie vorgeht, geht keinen etwas an!«
- Auf Befragen in ihrer Selbstdarstellung meist frei von Schuld. Sie verdrängen die Tat entweder ganz aus ihrem Bewußtsein und der Erinnerung, oder sie nehmen diese von vornherein nicht als Unrecht gegenüber dem Kind wahr.
- Selten bereit, für das, was sie getan haben, bewußt Verantwortung zu übernehmen. Meist stellen sie den sexuellen Mißbrauch so dar, als habe das Kind den Täter zu der Handlung verführt, diese gewünscht, herbeigeführt und als schön genossen. In fast

allen Fällen stellen Täter sich selbst als die wahren Opfer dar und geben vor, das mißbrauchte Kind mehr geliebt zu haben als alles andere auf der Welt, so daß sie aus tiefstem Herzen heraus gar nicht anders konnten, als die sexuelle Vereinigung anzustreben und schließlich auch zu vollziehen.

- Häufig selbst einmal sexuell mißbrauchte Kinder gewesen. Bei Männern, so die Forschung, zu 30 bis 60 Prozent, bei Frauen zu 75 und mehr Prozent. Dieser Mißbrauch wurde in der Regel nie bewußt aufgearbeitet und überwunden, sondern möglichst tief verdrängt und verschwiegen. Daher fällt es vielen Tätern leichter, über ihre eigene Rolle als Mißbrauchstäter zu sprechen, als über ihre frühere Opferrolle. Indem sie selbst zum Täter werden, spielen sie ihre eigenen frühen Erfahrungen jedoch unbewußt nach, um sie auf diese Weise endlich für sich selbst bewältigen zu können. So gesehen, ist der sexuelle Mißbrauch als Tat nach außen hin ein Zeichen von Macht und Stärke, in Wahrheit aber genau das Gegenteil, nämlich ein Zeichen von Ohnmacht und Schwäche. (Aber ehemalige Opfer werden nicht immer und quasi automatisch zu Tätern. Ich selbst kenne einige in ihrer Kindheit sexuell mißbrauchte Erwachsene, die nie und nimmermehr selbst zu Tätern werden würden. Ja, die aus ihren eigenen Erfahrungen heraus einen solchen inneren Widerwillen vor einer sexuellen Handlung mit Kindern gefaßt haben, daß sie bei der Entdeckung ähnlich gearteter Neigungen an sich selbst eher den Freitod wählen würden als die Tat.)

Jugendliche Täter sind:

- In etwa 75 Prozent aller Fälle bereits vor ihrem 12. Lebensjahr sexuell aktiv. Sie hatten bereits mehrfach oder sogar regelmäßig Geschlechtsverkehr. Die Sexpartner waren in der Regel Erwachsene.
- In rund 70 Prozent aller Fälle Kinder von Eltern, die ihre Kinder sexuell mißbrauchen.
- In rund 60 Prozent aller Fälle Kinder von Eltern, die ihre Kinder sexuell mißbrauchen und selbst als Kinder bereits Mißbrauchsopfer waren.
- In etwa 60 Prozent aller Fälle bereits vor ihrem 17. Lebensjahr zum Täter geworden.
- In rund 30 Prozent aller Fälle zwischen ihrem 17. und ihrem 19. Lebensjahr zu Tätern geworden.
- In etwa 10 Prozent bereits bis zu ihrem 10. Lebensjahr zu Tätern geworden. Häufig sind diese sehr jungen Kind-Täter fast hem-

mungslos brutal oder töten ihr Opfer aus Angst vor den Folgen und um die Tat zu vertuschen.

- In ihrer Kindheit häufig selbst Opfer des Mißbrauchs gewesen. Dies gaben auf Befragen zwischen 50 und 80 Prozent der in den USA inhaftierten jugendlichen sexuellen Mißbrauchstäter an.
- Zu einem hohen Prozentsatz in Familien aufgewachsen, in denen körperliche Gewalt, elterliche Vernachlässigung und brutalste Mißhandlungen alltäglich vorkamen und daher als selbstverständlich empfunden wurden. Jugendliche Täter aus solchen Familien sind Nachahmungstäter, die ein negatives Vorbildverhalten kopieren.
- Überwiegend nicht nur sexuelle Mißbrauchstäter, sondern auch anderweitig verhaltensauffällig. Die Vielfalt der Auffälligkeiten läßt sich nicht aufzählen. Meist haben jugendliche Mißbrauchstäter jedoch keine oder nur »gekaufte« Freunde, zeigen ein ungewöhnlich aggressives oder aber ein ungewöhnlich passives Verhalten, begehen regelmäßig und sehr offensichtlich Diebstähle, schließen sich Jugendbanden an, nehmen Drogen oder prostituieren sich, neigen zu Depressionen bis hin zu selbstverstümmelnden Handlungen oder Selbstmord. Nicht selten vereinigen sie eine Mischung aus diesen oder anderen Verhaltensstörungen auf sich. Dabei kapseln sie ihr Inneres und das, was sie erleben, entweder rigoros ab und geben nichts von sich preis, oder sie zeigen ein so heftiges Mitteilungsbedürfnis, daß niemand das Mitgeteilte ernst nehmen will.

Alles in allem muß man feststellen, daß die Täter von sexuellen Übergriffen auf Kinder und Jugendliche nie als furchterregende wilde Kerle daherkommen, die sofort als Kinder schändende Sexmonster einzuschätzen sind. Im Gegenteil, sexuelle Mißbrauchstäter wirken weder bereits auf den ersten Blick zwingend und haarsträubend unsympathisch, noch erkennt man an ihrer Nasenspitze, *die* sind es. Ich habe immer wieder erlebt, daß gerade gutaussehende, gebildete, körperlich gepflegte und in ihrem Benehmen tadellose Männer Täter waren. Daß gerade die Frau, die ich spontan als Erzmutter, als liebevolle und behütende Bezugsperson Nummer eins bezeichnet hätte, heimlich ihre sexuelle Lust an ihrem Sohn oder ihrer Tochter stillte.

Immer aber geht es um Macht und Machtmißbrauch. Um den Wunsch, die eigene Feigheit und Ohnmacht hinter dem Gefühl der Herrschaft über einen anderen Menschen zu verstecken und sich selbst zu beweisen, wie stark man doch ist. Daß dies bei einem möglichst kleinen, möglichst schwachen und jungen, möglichst voller Liebe und Vertrauen zu dem Täter oder der Täterin aufschauenden Kind besonders leicht gelingt, ist keine Frage. Wann immer ein Kind sexuell mißbraucht wird, stempeln der Täter oder die Täterin es als Besitz ab, über den er oder sie die absolute Verfügungsgewalt zu haben glauben. Manchmal geht es auch um Wut oder Rache oder die eigene Hilflosigkeit, die in sinnlose Gewalt und Zerstörungslust ausartet. Und es geht um das Genuß- und Lustobjekt Kind, das von Pädophilen unter dem Deckmantel der reinen Liebe zu sexuellen Zwecken ausgenutzt wird. Was Täter oder Täterinnen zu ihrer Tat bewegt, ist so vielschichtig wie die Tat selbst.

Nur eins kann man vielleicht behaupten, und dies wage ich hier einmal. Ich bin überzeugt, daß man sexuell mißbrauchte oder auf eine andere schwere Weise mißhandelte Kinder bis weit ins Erwachsenenalter hinein an einem eher mit dem Herzen als in Worten zu erfassenden leblosen, zutiefst abwesenden Ausdruck ihrer Augen erkennt. An einem Ausdruck, der wie blind über diesen Augen liegt, so daß sie zwar sehen, aber nicht wirklich wahrnehmen. So daß die Seele, das Lebendige in diesen Augen fehlt.

Wenn Augen wirklich die »lieben Fensterlein« der Seele sind, wie Goethe es in einem seiner berühmtesten Gedichte ausdrückt, sind die Fenster von Kindern, denen der sexuelle Mißbrauch die Seele abgedrückt hat, dunkel und leer. Und dies, sage ich, kann man sehen. Verbunden mit einer Vielzahl von Einzelbeobachtungen, die das soziale Verhalten mißbrauchter Kinder eindeutig prägen, führt uns ein aufmerksames und waches Zusammenleben mit Kindern zielstrebig und unerbittlich zu Täter oder Täterin. Keine noch so perfekt abgezogene Lebensshow wird dann den wahren Schuldigen vor den Folgen seiner Tat schützen.

Es sind nicht immer nur die Männer

Daß Frauen als sexuelle Mißbraucherinnen weit seltener an die Öffentlichkeit gezerrt werden als – verdientermaßen – ihre männlichen Pendants, dafür gibt es eine Vielzahl von Gründen. Eine der entscheidenden Ursachen ist ohne Zweifel die weit verbreitete Männerfeindlichkeit vieler forschender und Bericht erstattender oder in Hilfsorganisationen tätiger Frauen, in deren Augen Frauen generell die besseren Menschen zu sein scheinen und Jungen lieber ohne »Tatwaffe Penis« geboren werden sollten.

Beweis hierfür ist unter anderem, daß die meisten Mädchen- und Frauenschützerinnen, wie zum Beispiel die bundesweit bekannte Gruppe »Wildwasser e.V.«, es kategorisch ablehnen, mit sexuell mißbrauchten Jungen zu arbeiten, Männern ihre Hilfsprogramme verweigern und männliche Mitarbeiter ausschließen. Ja, daß sie selbst zu öffentlichen Vorträgen Männern keinen Zutritt gewähren und mancherorts Mitglieder bestimmter Frauengruppen als Rausschmeißer fungieren, wenn sich eine komplette Familie widerrechtlich im ansonsten rein weiblichen Publikum eingefunden hat. Die sich in einer solchen Denk- und Lebensweise zeigende Selbstüberschätzung des Weiblichen läßt ganz offensichtlich eine kritische Auseinandersetzung mit Frauengewalt und vergleichbar unschönen Aspekten nicht oder nur unzureichend zu.

Klüger wäre es, ehrlich zu informieren und sich darauf zu besinnen, daß sexueller Mißbrauch erst dann aufhören wird, wenn Mann und Frau einander achten und respektieren.

Versucht man, sich auf Zahlen zu stützen, die Aussagen über die Häufigkeit des sexuellen Mißbrauchs von Kindern und Jugendlichen durch Frauen zulassen, stößt man, wie überall im gesamten Problemfeld, auf extreme Abweichungen. Die in polizeilichen oder anderen professionellen Studien erfaßten Zahlen lassen sich nicht einmal annäherungsweise mit geschätzten Angaben vergleichen.

Die Kriminalstatistik des deutschen Bundeskriminalamtes von Juli 1991 benennt für das Jahr 1990 insgesamt 5428 Tatverdächtige. Davon waren 98,3 Prozent Männer und 1,7 Prozent Frauen. Man müßte also auf einen verschwindend kleinen Anteil weiblicher Mißbrauchstäter schließen.

Der Deutsche Kinderschutzbund Frankfurt gibt jedoch in seinem Jahresbericht für 1990 von den polizeilichen Daten stark divergierende Zahlen an. So heißt es hier, daß in 10,7 Prozent der erfaßten Fälle die Kinder von Frauen mißbraucht wurden. Auf die leiblichen Mütter entfielen 6,8 Prozent, auf Pflegemütter 1,5 Prozent, auf Stiefmütter 0,8 Prozent.

Beratungsstellen und Selbsthilfeorganisationen gehen davon aus, daß allein in Deutschland jährlich rund 300000 Kinder sexuell mißbraucht werden. Legt man diese Zahl zugrunde, so ergibt sich bei einem ebenfalls geschätzten Mittelwert sexueller Mißbrauchstäterinnen von rund zwanzig Prozent, daß jedes Jahr mindestens 60000 Kinder von ihren Müttern oder anderen engen weiblichen Bezugspersonen sexuell ausgebeutet werden. Diese Zahlen stimmen mit Forschungsergebnissen zum Beispiel aus den USA und Dänemark überein.

Tatsache ist auch, daß Frauen im Geschäft mit der Kinderpornographie und am Verkauf ihrer Kinder an sexwillige Täter mitmischen und hier keineswegs zimperlich sind.

»Meine Mutter«, sagte meine Freundin Monika, deren Geschichte ich 1993 herausgegeben habe, »hat mich oft verkauft. Sie hat ja selbst als eine Art Callgirl gearbeitet und Sex mit anderen Männern gehabt, von denen sie dann bezahlt worden ist. Mein Vater hat das gewußt und auch gewollt, weil das Geld bei uns nie gereicht hat und meine Mutter, die ja als Kellnerin oder Verkäuferin in einer Metzgerei bloß ein paar Mark verdient hat, auf die Weise ziemlich viel Geld machen konnte. Wenn bei uns im Wohnzimmer oder oft auch im Schlafzimmer das Gestöhne losgegangen ist, ist mein Vater dann meistens zu mir und meinen Brüdern ins Kinderzimmer gekommen und hat sich mit mir vergnügt. Das hat meine Mutter genau gewußt. Sie hat mich ja oft sogar selbst zu ihm ins Bett geschickt, damit er sie nicht hernehmen oder verkloppen sollte. Da war ich dann immer als Gutwettermacher gut. Wenn mein Vater nicht da war – er war ja oft auf Montage arbeiten – und sie Extrageld brauchte, weil sie zum Beispiel mal wieder Schulden gemacht und Angst hatte, daß mein Vater es rauskriegen und sie bestrafen würde, hat sie mich dann ihren Typen angeboten. Oft hat sie das schon am Telefon gemacht, wenn die anriefen, ob sie mal wieder zu ihr kommen könnten. Bis die Typen dann da waren, hat sie mich vergattert, was ich zu tun hätte. Blasen oder mit der Hand oder richtig Sex, je nachdem. Das kostete alles unterschiedlich. Meistens so zwischen fünfzig und hundert Mark. Das habe ich nicht so genau mitgekriegt. Wenn meine Mutter gut gelaunt war, hat sie mir schon mal zehn Mark abgegeben oder so. Aber sonst hat sie alles behalten.

Es kam aber auch ziemlich oft vor, daß sie die Typen für sich selbst eingeladen hatte. Die meldeten sich ja auf Inserate, die meine Eltern in Zeitungen wie zum Beispiel ›Happy Weekend‹ aufgegeben hatten, oder weil sie von irgendwem gehört hatten, daß meine Mutter jeden an sich ranließ, der wollte. Meine Eltern waren zu der Zeit ja schon ziemlich in solchen Freizeitklubs zugange, in denen man Partnertausch macht und mit so Lederklamotten rumläuft und andere zugucken oder auch mitmischen läßt, wenn man's treibt. Das war ziemlich teuer, mindestens 150 Mark jedesmal. Dafür langte das nicht, was mein Vater verdiente. Die gingen ja andauernd da hin. Und wir zu Hause waren ja immerhin vier Kinder und zwei Erwachsene. Das kostete auch. Da mußte meine Mutter schon ordentlich ranschaffen, damit der ganze Sex-Scheiß lief. Wenn dann so einer kam, der vielleicht vorher noch nie da war, und meine Mutter sah – die war ja so fett wie eine Sau, da sah man ja schon nicht mehr, wo der Busen aufhörte und der Bauch anfing –, dann wollte oft einer einfach gleich wieder verduften. Aber das ging ja nicht. Schließlich sollte der zahlen. Ja, und dann war ich eben dran. Dann kam die Alte zu mir und zerrte mich an den Haaren, oder wo sie mich sonst gerade packen konnte, zu dem hin und sagte: ›Die kannste haben.‹ Da sagte keiner nein. Bei mir wollten sie alle. Ich war ja fast noch ein Kind damals. Das gefiel denen. ›So 'ne Junge wie dich krieg ich sonst ja gar nicht mehr!‹ sagte mal einer zu mir. Und dann gab er meiner Mutter das Doppelte von dem, was sie verlangt hatte, damit sie mich beim nächsten Mal für ihn reserviert. Das war dann am anderen Abend. Aber wehe, ich war nicht das, was die Typen sich so vorgestellt hatten! Wenn die zum Beispiel mitkriegten, daß ich mich total vor denen geekelt habe oder einfach keinen Orgasmus bekam, ganz egal, was die mit mir anstellten, oder wenn ich bei irgendeinem von den fetten, alten Kerlen keinen steif kriegte und denen dann von meinen Zähnen alles weh tat. Da war meine Mutter total nicht zimperlich. Die hat mich gewappscht, daß das Klatschen noch draußen auf der Straße zu hören war. Und dabei hat sie dann rumgebrüllt, daß ich zu tun hätte, was sie mir sagt. Daß ich ihr das schuldig wäre, weil sie schließlich meine Mutter ist und ich sie lieben und ehren müßte, weil das schließlich schon in der Bibel steht.«

Auch andere Journalisten haben vergleichbare Fakten recherchiert. So setzte sich zum Beispiel im August 1991 der Verfasser eines Artikels in der Wochenzeitschrift »Die Zeit« mit dem Fall eines ihm persönlich bekannten Jungen auseinander, der für pornographische Video-Aufnahmen in einer Sauna mißbraucht wurde. Dem Team, das die Aufnahmen herstellte, gehörte auch die Mutter des Jungen an. Sie filmte selbst, wie sich ihr Sohn gemeinsam mit einem anderen Jungen auf ein achtjähriges Mädchen stürzte und den sexuellen Akt mit dem Kind erzwang. Als der Autor des betreffenden Artikels einschritt und das Filmen verhindern wollte, wies ihn die Mutter mit den Worten zurecht: »Was geht das Sie an, was ich mit meinem Kind mache? Es gehört mir.«

Kein Zweifel, es gibt sie, die Frauen, die (ihre) Kinder zu sexuellen Handlungen zwingen. Und es sind viel mehr, als allgemein angenommen wird. Dennoch genießen sie, im Vergleich zu der Verteufelung der männlichen Täter, ein mir absurd erscheinendes Schutzverhalten der Öffentlichkeit. Als sei der sexuelle Mißbrauch eines Kindes allein darum weniger grauenhaft und verantwortungslos, weil er von einer Frau begangen wird, stößt man hier immer wieder auf den Versuch, die Tat zu verharmlosen und herunterzuspielen.

Auf einige der oft zitierten Behauptungen möchte ich näher eingehen.

These: Sexueller Mißbrauch ohne Penis schadet nicht

Als ich Hartmut mit dieser Aussage konfrontierte, schossen ihm spontan die Tränen in die Augen. Er brauchte ein paar Sekunden, ehe er aufhörte, den längst aufgelösten Zucker in seiner Kaffeetasse umzurühren, und mich ansehen konnte.

»Wenn ich nicht wüßte, daß Sie das nicht wirklich meinen«, sagte er, »wenn ich das nicht total sicher wüßte, ich würde jetzt aufstehen und gehen und Ihre Adresse zu den Adressen der anderen Arschlöcher stecken, die schon mit mir reden wollten und nichts kapiert haben. Das, was Sie da eben gesagt haben, ist jedenfalls der größte Bockmist und Schwachsinn, den ich jemals gehört habe. Das ist doch genau derselbe Scheiß, wie wenn eine Frau vergewaltigt wird und der Richter fragt, ob das Schwein es auch richtig gebracht und in sie rein ist, und wenn nicht, daß das dann ein minder schwerer Fall ist und es Freiheitsstrafe auf Bewährung gibt. Wenn einer so was behauptet, wenn einer das wirklich glaubt, daß ohne Penis, also ohne daß einer seinen Penis in dich reinsteckt, daß das kein Mißbrauch ist, also, ich muß schon sagen, der kann einem ja fast leid tun, sowenig Hirn, wie der hat. Meine Mutter, die hat es mit mir gemacht, seit ich zehn war. Ohne Penis. Exakt. Den hat sie auch nicht gebraucht. Hände, Mund und so, das hat immer gereicht. Damit hat sie sich alles von mir geholt, was sie gebraucht hat. Wenn sie einen Penis gehabt hätte und mich, was weiß ich, von hinten oder sonstwie damit mißbraucht hätte, das hätte mir vielleicht körperlich ein paar Schmerzen mehr eingebracht, aber seelisch hätte mich das nicht mehr kaputt gemacht als das, was sie ohne Penis gemacht hat. Daß sie meine Mutter ist und Sex mit mir hatte, daß sie sich an mir befriedigte und mich dabei benutzte und ich mich nicht wehren konnte und alles mitmachen mußte, daß ich nicht sagen konnte: Hör auf! – was hätte da ein Penis wohl noch schlimmer gemacht? Können Sie sich vorstellen, wie das ist, wenn man von der eigenen Mutter dazu gebracht wird, daß man es mit ihr treiben will, und heult, wenn man's tut, weil man es eigentlich doch nicht will? Wenn man dann von sich selbst bloß noch als Schwein denken kann, und die sagt einem, daß man sie ins Gefängnis bringt, wenn man was sagt, und man dann Angst hat, es käme irgendwie raus, weil man ihr vielleicht ein Kind gemacht hat und alles. Wie man sich dann ekelt vor sich selbst, wenn man eine Erektion bekommt, wenn die eigene Mutter einem abends, beim gemeinsamen Fernsehen mit dem Vater, eine Decke überlegt und dann unter der Decke mit der Hand kommt und alles. Und immer die Angst, der Alte könnte was merken. Und dann das doofe Gefühl, wenn er wieder mal nichts gemerkt hat, daß man so eine Wut und so eine Verachtung für den bekommt, weil er das alles irgendwie zuläßt und nichts macht und so ein richtiger Schlappsack ist. Das, was da in einem für immer kaputtgeht, so dieses Gefühl zum Beispiel, das ich an anderen sehe, die anders aufgewachsen sind als ich, also nicht mißbraucht wurden, dieses Gefühl, daß die wissen, das bin ich wert und das brauch ich mir nicht bieten zu lassen, das wäre auch nicht kaputter, wenn meine Mutter einen Penis gehabt hätte. Höchstens, daß ich mir vorstellen kann, daß ich Angst gehabt hätte, schwul zu werden, wenn sie einen gehabt hätte. Das wäre dann wahrscheinlich noch dazugekommen. Aber das wäre auch alles.«

In der Literatur zum Thema haben Aussagen wie Hartmuts wenig Gewicht. So schreiben zum Beispiel Nele Glöer und Irmgard Schmiedeskamp-Böhler (»Verlorene Kindheit. Jungen als Opfer sexueller Gewalt«), zwei der wenigen Autorinnen, die sich neben Claudia Heyne (»Täterinnen«) mit Frauen als Gewalttäterinnen befassen: »In der letzten Zeit hören wir auf Fortbildungen und in der therapeutischen Praxis häufiger von Frauen, die ihre Kinder sexuell ausbeuten. Es handelt sich dabei aber eher um nicht so offensichtliche Formen der Mißhandlung, sondern um eine Art sexualisiertes Sorgeverhalten.«

In anderen Veröffentlichungen, vornehmlich aus dem amerikanischen Forscherkreis, erfährt man, sexuell mißbrauchende Frauen seien viel weniger gewalttätig als Männer, überwiegend seelisch krank und daher weniger zurechnungsfähig, und im übrigen bereuten sie weit häufiger als Männer und zeigten sich auch sehr oft selbst als Täterinnen bei der Polizei an. Der Gipfel aller Entschuldigungsversuche aber scheint mir die immer wieder geäußerte Vorstellung, daß ein sexueller Mißbrauch ohne Penis ja wohl kaum Schaden anrichten und überdies eine Erektion eines Jungen nicht erzwungen werden könne.

Davon abgesehen, daß Frauen nicht nur Jungen sexuell mißbrauchen, sondern sich auch an Mädchen vergreifen, besteht aufgrund zahlreicher Forschungsarbeiten über den Mißbrauch an Jungen und über erwachsene Opfer homosexueller Vergewaltigungen kein Zweifel daran, daß sich eine Erektion sehr wohl erzwingen läßt. Diese erfolgt als eine ebenso automatische Körperreaktion auf bestimmte stimulierende Handlungen, wie etwa ein Orgasmus gegen den freien Willen eines Menschen herbeigeführt werden kann. Darüber hinaus ist der vollzogene Geschlechtsakt nur eine von vielen Praktiken des sexuellen Mißbrauchs.

Weit häufiger werden Kinder sexuell mißbraucht, indem der Erwachsene verlangt, daß ihn das Kind mit der Hand oder dem Mund bis zum Orgasmus befriedigt, oder indem er selbst die Geschlechtsteile des Kindes berührt und sich dabei bis zum Höhepunkt erregt. Diese Art des sexuellen Mißbrauchs erfordert weder, daß das Kind die geringste sexuelle Erregung verspürt, noch stellt sie eine Hürde für Frauen dar. In Fällen, in denen Täterinnen einen eigenen Penis vermissen, wissen sich die meisten von ihnen überdies mit einem handelsüblichen Massagestab zu helfen. Dabei schrecken sie auch keineswegs davor zurück, dem Kind damit erhebliche Schmerzen zuzufügen.

»Meine Mutter hatte so ein Ding, so einen Stab, der wie ein Penis geformt war«, sagte Frank, den ich 1989 kennenlernte, weil er mein Buch »Du bist doch mein Vater« gelesen hatte, das die Tagebuchaufzeichnungen eines sexuell mißbrauchten Mädchens wiedergibt. Die Lektüre des Buches hatte ihn aufgrund seiner eigenen Mißbrauchserfahrungen stark beschäftigt und dazu veranlaßt, sich in einem Brief darüber zu beklagen, daß der sexuelle Mißbrauch an Jungen in der Öffentlichkeit fast unbemerkt bleibt.

»Der Stab war weiß«, sagte er, »mit rundum kleinen Rillen und Noppen. Ich weiß noch genau, wie ich das Ding zum erstenmal sah. Da lag es in der Nachttischschublade neben einer Tüte Gummibärchen, und meine Mutter sagte, ob ich nicht wissen wollte, was das wäre. Ich war, glaube ich, acht oder neun damals. Meine Mutter nahm das Ding also raus und gab mir das in die Hand und sagte, damit sollte ich sie doch mal streicheln. Dafür wäre es extra gemacht. Und ich brauche mir nichts zu denken, weil es so ein bißchen komisch aussehen würde. Das wäre normal. Ich habe damals ziemlich oft bei ihr im Bett geschlafen. Mein Vater arbeitete Schicht, immer abwechselnd eine Woche vormittags bis mittags drei, eine Woche nachmittags bis nachts um drei. Wenn er Nachtschicht hatte, legte er sich einfach in mein Bett. Das fand ich damals super von ihm. Daß er das vielleicht machte, weil er keine Lust hatte, was mit meiner Mutter zu machen, habe ich mir erst viel später überlegt. Und da fand ich es dann auch super.

Ich hab meine Mutter mit dem Ding also zuerst auf dem Rücken gestreichelt. Dann hat sie sich umgedreht und gesagt, ich sollte auf dem Bauch weitermachen. Es wäre so schön. Als ich dann weitermachte, sagte sie, ich sollte es doch auch mal zwischen den Beinen probieren. Das wäre noch schöner. Sie würde es dann auch bei mir machen. Ich sah ja, daß es ihr gefiel. Und ich wollte ja auch, daß es ihr gefiel. Ich habe sie sehr geliebt. Als sie dann an der Reihe war, hat sie mich mit dem Ding am Schniepel gekitzelt. Das war ein bißchen peinlich, und ich hab mich geschämt. Aber weil meine Mutter so gelacht hat, habe ich mir dann auch nichts mehr dabei gedacht. Da hat sie dann auf einmal angefangen, mich überall zu küssen und mit der Zunge auf meinen Bauch zu malen. ›Laß das!‹ hab ich gesagt, als sie meinen Schniepel in den Mund nehmen wollte. Das weiß ich ganz genau.

Ich wollte das echt nicht. Aber sie hat nicht gehört und meine Hand weggeschoben und es doch getan. Und dann hat es mir auch irgendwie gefallen. Es war irgendwie schön. Da hat sie gesagt, ich wäre ja schon ein richtiger kleiner Mann, und ich sollte ihr doch mal zeigen, wie lieb ich sie hätte, und mich auf sie legen und ihre Brust küssen. Dabei hat sie mich so mit beiden Händen an den Pobacken gepackt und mich so richtig auf sich raufgehievt und die Beine breit gemacht, bis ich bei ihr drinnen war. Das war dann nicht so toll, eher ziemlich heiß und so. Aber ihr hat es trotzdem gefallen. Und dann hat sie es sich mit dem Stab bis zu Ende gemacht, und ich mußte dabei ihre Brust küssen.

Von dem Tag ist das irgendwie eine ganz andere Beziehung zu meiner Mutter gewesen. Ich würde sagen, wir waren ein richtiges Liebespaar. Ich habe sie echt geliebt. Und ich hatte auch Sehnsucht danach, daß sie das wieder mit mir macht. Ich will da ganz ehrlich sein. Das war schön. Und es hat mir gefallen, weil sie mich auf einmal nicht mehr wie einen kleinen Jungen behandelt hat, sondern eher wie einen Mann. Ich durfte jetzt abends viel öfter lange aufbleiben und mit ihr fernsehen, und wenn sie dann Lust bekam, hat sie mich vor dem Fernseher verführt und sich mit mir auf den Teppich gelegt.

Als ich zwölf war, hatte ich zum erstenmal einen echten Orgasmus mit Samenerguß und allem. Das war der Wahnsinn. Ich hab gedacht, so schön muß es im Himmel sein. Und meine Mutter hat gesagt, so wunderbar hätte es mein Vater noch nie mit ihr gemacht. Da bin ich aber ziemlich eifersüchtig geworden und habe gesagt, daß ich nicht will, daß sie es jetzt noch mit ihm macht. Aber sie hat das nicht versprochen. Sie hat gesagt, sie müßte ja, sonst würde er etwas merken, und dann müßte ich weg und ins Heim für Schwererziehbare. Da war dann immer auch so eine Angst in mir, sie könnte mich verlassen. Ich habe mir wahnsinnige Mühe gegeben, ihr keinen Ärger zu machen. Ich hab einfach nichts getan, was ihr nicht gefiel oder was sie nicht wollte. Ich war ihr total hörig. Und ich war auch sexuell von ihr abhängig. Sie hatte mich ja so früh an Sex gewöhnt, daß ich mir nicht vorstellen konnte, das mal nicht mehr zu haben. Ich hab echt Spaß dran gehabt. Und ich war auch ziemlich potent. Als ich so 13, 14 war, konnte ich in einer Nacht immer ein paarmal hintereinander. Oder am Tag, da haben wir es uns dann ganz gemütlich gemacht. Sie hatte so eine Art, das irgendwie alles ganz besonders zu machen, so mit vielen Kissen auf dem Boden und Räucherstäbchen und Windlichtern und Blumen. Das war immer das

Tolle daran, daß es nie gemein war, daß es immer so ungewöhnlich und irgendwie auch groß und schön war.

Das ging dann, bis ich 17 wurde. Da sagte sie mir, daß es jetzt aus sein müßte. Sie hätte sich in einen anderen Mann verliebt und wollte sich von meinem Vater scheiden lassen. Ich hab dann gelitten wie ein Hund und hab ein paarmal versucht, mir das Leben zu nehmen, mir die Pulsadern aufzuschneiden, vom Hochhaus zu springen, mich vor einen Zug zu werfen, Tabletten zu schlukken. Ich hab ihr die Reifen am Auto zerschnitten und dem Kerl, den sie dann hatte, die Windschutzscheiben zertrümmert. Ich hab sogar daran gedacht, den umzubringen. Aber das habe ich dann doch nicht fertiggebracht. Eher klappte das schon mit mir. Ich hab mir so ziemlich alles geboten, was man sich bloß bieten kann. Aber meiner Mutter, der war das alles egal. Für die war das alles bloß eine Episode. Als ich da im Krankenhaus gelegen habe mit den Verbänden und allem und sie gefragt habe, warum sie das damals mit mir gemacht hat, warum sie mich nicht ganz normal wie einen kleinen Jungen hat aufwachsen und Erfahrungen mit kleinen Mädchen machen und glücklich werden lassen, da hat sie bloß gelacht und ihre Hand unter meine Decke geschoben und in die Schlafanzughose rein und hat gemacht, bis sie mich da hatte, wo sie mich auch früher immer hatte, und dann hat sie gesagt: ›Da siehst du's, es hat dir doch gutgetan. Das hast du doch gebraucht. Und ich hab's auch gebraucht. Frankie, ich sag's dir, eines Tages, wenn du mal 'ne Frau hast, wirst du mir noch dankbar sein.‹

Aber ich habe keine Frau. Ich kann einfach mit keiner zusammensein, ohne daß sich meine Mutter dazwischen schiebt und ich mir wünsche, sie wäre es. Und ich bin ihr auch nicht dankbar. Sie hat mir alles kaputtgemacht. Mein ganzes Leben.«

An dieser Stelle möchte ich nur noch sagen, daß Frank tot ist. Er kam bei einem Autounfall ums Leben. Da seine Mutter meine Adresse in seinem Notizbuch fand, schickte sie mir eine Todesanzeige. Frank war wenige Tage vor seinem Tod 19 Jahre geworden.

These: Frauen mißbrauchen nur, wenn sie dazu gezwungen werden

Sehr häufig hört man in öffentlichen Diskussionen und liest dies auch in der einschlägigen Literatur, daß ein hoher Prozentsatz der wenigen Frauen, die Kinder und Jugendliche sexuell mißbrauchen, für ihre Tat kaum zur Verantwortung gezogen werden könne, weil ein Mann als Hauptverantwortlicher die Mittäterschaft erzwungen habe. Diese Aussage wird vor allem durch Ergebnisse amerikanischer Forschungsgruppen getragen, die feststellen, daß höchstens ein Drittel aller untersuchten Täterinnen aus eigenem Antrieb handelte. Die verbleibenden zwei Drittel der Täterinnen nahmen folglich an sexuellen Übergriffen auf Kinder nur unfreiwillig teil. Das dabei von dem männlichen Haupttäter angewandte Druckmittel sei die Angst, bei einer Verweigerung den Partner zu verlieren oder von diesem mißhandelt zu werden. Aus eigenem Antrieb und freien Stücken vergreife sich eine Frau so gut wie nie an einem Kind, da Gewalt eine eindeutig männliche Angelegenheit sei. Zu bemerken ist jedoch, daß die diesen Ergebnissen zugrunde liegenden stichprobenartig erforschten Fallbeispiele von ihrer Anzahl her sehr gering sind. Eine allgemeingültige Aussage läßt sich aus ihnen nicht ableiten. Dennoch wird dies in der öffentlichen Diskussion immer wieder versucht.

Zweifel an diesen Informationen kommen nicht nur von Männern in Jugendämtern und Kinderschutzzentren oder ähnlichen Institutionen, die mit Kindern arbeiten. Auch Frauen, die sich kritisch mit dem allgemeinen Täterinnenbild auseinandersetzen, sind nicht überzeugt. Claudia Heyne zum Beispiel, die sich in ihrem Buch »Täterinnen« eingehend mit der Täterschaft von Frauen in offenen und versteckten Aggressionen befaßt – unter anderem auch mit Frauengewalt im bewaffneten Kampf und im Dritten Reich –, kommt zu dem Schluß, daß die Nebenrolle der Frau im sexuellen Mißbrauch von Kindern keineswegs so eindeutig erwiesen ist, wie dies öffentliche Darstellungen glauben machen wollen.

Auch ich selbst glaube nicht, daß die meisten Täterinnen eine Art Opfer in der Nebenrolle sind. Wenn dies tatsächlich so wäre, dann hätte ich selbst im Laufe der vergangenen neun Jahre erstaunlich viele Ausnahmen von der Regel kennengelernt. Dies erscheint mir unwahrscheinlich. Selbst wenn man berücksichtigt, daß sowohl Opfer als auch Täterinnen Erinnerungslücken haben und das eine oder andere Detail ihrer Lebenserfahrungen mangelhaft wiedergeben, steht doch fest, daß fast die Hälfte der mir bekannten Täterinnen, die entweder ihre eigenen, nahen Verwandten oder ihnen gut bekannte Kinder sexuell mißbrauchten, Einzeltäterinnen waren. Einige lebten zur Zeit des Mißbrauchs alleinerziehend mit ihren Kindern, andere übten den Mißbrauch als Babysitterinnen oder in mehrmonatiger Abwesenheit des Lebenspartners aus, wieder andere waren beruflich mit Kindern befaßt. Männer gab es im Leben dieser Frauen nicht oder nur vorübergehend.

»Mir war eben danach«, sagten viele der Frauen, mit denen ich ins Gespräch kam. »Ich hatte so eine Stimmung, Lust eben und so ein bißchen Geilheit. So etwas Unbestimmtes, ein Gefühl eben. Da mußte mir keiner etwas vormachen. Wenn du allein bist, und da ist das Kind, so weich und warm und irgendwie ja auch so schnurrend, so dankbar für Streicheleinheiten, und dem ist es egal, wo du anfaßt und wo du willst, daß es dich anfassen soll, das geht manchmal von ganz allein los. Und wenn das dann erst mal passiert ist, wenn da so eine Hemmschwelle überschritten ist und nichts passiert ist, dann geht das einfach weiter. Dann machst du das wieder, wenn dir danach ist. Da denkst du gar nicht groß nach. Du machst bloß. Und irgendwie redest du dir auch ein, daß es dem Kind ja auch gefällt. Das merkst du ja doch, ob einer Spaß daran hat oder nicht. Das gehört ja auch dazu. Wenn man sich liebt, meine ich. Dann will man ja auch, daß der andere einen streichelt und daß man selbst streichelt. Das ist normal. Bloß, daß man es sonst vielleicht mit einem Mann macht oder mit einer Frau. Aber das ist noch anders, irgendwie, weniger von innen heraus, weniger zärtlich und innig. Mit einem Kind, das ist alles so sauber, nicht so mit Schweiß und Stöhnen und all das. Mit einem Kind bist du inniger und zarter, weil es ja auch viel verletzlicher ist und viel zarter und noch nichts weiß. Das ist alles ganz neu. Da kannst du alles steuern und so hinbringen, wie du es brauchst. Und du mußt dich nicht genieren, weil du was willst, was andere vielleicht blöd finden. Mit einem Kind, das weiß ja nichts. Und es schreit ja nicht, außer du tust ihm weh. Und weh getan habe ich ihm nicht. Ich habe es ja geliebt. Da will man einem doch nicht weh tun.«

Mit dieser Aussage einer Frau über ihre Beziehung zu einem Kind als Sexpartner habe ich Täter und Täterinnen im Mißbrauch an irgendeiner Stelle unserer Gespräche regelmäßig konfrontiert. Auf meine Frage, ob dies wohl ein Mann oder eine Frau geäußert habe, erhielt ich selten eine spontan richtige Antwort. Jedoch fanden sich die meisten meiner Interviewpartner und -partnerinnen in dieser Aussage wieder und hätten sie für sich selbst ähnlich formuliert.

Vor diesem Hintergrund glaube ich, daß sich Täter und Täterinnen im sexuellen Mißbrauch weniger grundlegend voneinander unterscheiden, als dies bislang wissenschaftlich nachgewiesen ist. Auch wenn Gewalt ohne Zweifel eine vorwiegend männliche Domäne ist und sexueller Mißbrauch an Kindern und Jugendlichen meist von Männern begangen wird, darf die Gruppe der Täterinnen nicht als zu vernachlässigende Minderheit unterschätzt werden. Auch deshalb nicht, weil die meisten Täterinnen die Mutter ihrer Opfer sind und dies eine ganz besondere Dimension des Mißbrauchs und des daraus entstehenden Leids bedeutet.

These: Von einer Frau missbraucht zu werden ist weniger schlimm

»Frauen«, sagte Ilka, die ihre siebenjährige Tochter Elena über drei Jahre lang sexuell mißbraucht und anschließend eine Psychotherapie aufgenommen hatte, weil sie befürchtete, entdeckt zu werden, »Frauen mißbrauchen weniger schlimm als Männer. Frauen sind viel feinfühliger und zarter und gehen viel besser auf Kinder ein als Männer. Vor allem ist da ein ganz großer Unterschied, was Gewalt angeht und so. Männer erzwingen da so viel und drohen auch oder schlagen. Frauen tun das nicht. Oder jedenfalls ganz selten mal. Die machen das alles mit viel mehr Liebe und Zärtlichkeit. Wenn ich an meine Elena denke, die war echt süß mit mir. Die fing oft von sich aus an und streichelte mich und wollte, daß ich sie mit der Zunge küsse. Das hat ihr gefallen. Das fand sie toll. Das hätte ich ruhig weitermachen können. Ich hab's nur nicht fertiggebracht, weil die Elena schon mehrmals mit fremden Leuten darüber gesprochen hatte, was sie Schönes mit mir macht, und ich allmählich Angst bekam, es käme raus, und was die Leute dann sagen, und daß das Kind dann darunter zu leiden hätte und alle mit dem Finger auf meine Tochter zeigen. Das wollte ich nicht. Das konnte ich nicht verantworten. Deswegen habe ich mir dann Hilfe geholt und nichts mehr mit der Elena gemacht.«

Mit ihrer Aussage, daß Frauen weniger gewalttätig mißbrauchen als Männer, steht Ilka nicht allein. Auch in der Fachwelt heißt es zum Teil, Frauen seien wesentlich weniger brutal. Und zwar nicht nur, weil in Ermangelung eines Penis praktisch keine Penetration stattfinde, sondern weil seltener Drohung und Erpressung angewandt würden. Allerdings halten andere Forscherinnen wie zum Beispiel Helga Hanks und Jacqui Saradjian, die in der Abteilung für Psychologie an der St. James' Universitätsklinik in Leeds Studien über Leben und Persönlichkeit sexuell mißbrauchender Frauen betreiben, dagegen, daß man heute noch viel zuwenig darüber wisse, ob Männer und Frauen auf unterschiedliche Weise und mit unterschiedlichen Auswirkungen mißbrauchen. Sicher scheint nur die Tatsache zu sein, daß es Frauen ebenso wie Männern um den Genuß und die Ausübung von Macht geht.

Wie zum Beispiel Heidruns Mutter, die nach der gescheiterten Beziehung mit Heidruns Vater mit einem zwölf Jahre älteren Mann zusammengezogen war, dessen anfängliche Eifersucht mit seinem zunehmenden Alter zu einer totalen Kontrolle ausartete. So rief er zum Beispiel beim Frisör oder beim Zahnarzt an, um zu überprüfen, ob die Mutter die von ihm persönlich für sie ausgemachten Termine tatsächlich wahrgenommen hatte. Auch ließ er ihr die Vollmacht für das gemeinsame Bankkonto sperren und teilte ihr jeden Abend vor dem Schlafengehen einen bestimmten Geldbetrag zu, mit dem sie dann den folgenden Tag zu bestreiten hatte. Da er grundsätzlich höchstens zehn bis fünfzehn Mark auf den Nachttisch legte, kam Heidruns Mutter damit oftmals nicht aus und ließ offene Beträge beim Kaufmann anschreiben. Diese summierten sich im Laufe einer Woche oder eines Monats, so daß am Ende eine üppige Rechnung zustande kam. Sie landete regelmäßig und unweigerlich zu Beginn des neuen Monats auf dem Schreibtisch des Hausherrn und zog einen lautstark und oft auch handgreiflich ausgetragenen Streit nach sich. Unter diesen Demütigungen litt Heidruns Mutter zwar, konnte sich aber nicht gegen den ihr weit überlegenen Mann durchsetzen.

»Meine Mutter kam dann meistens zu mir, wenn sie Zoff mit ihrem Alten gehabt hatte«, sagte Heidrun, die von ihrer Mutter sechs Jahre lang sexuell mißbraucht und mißhandelt worden war. »Wenn der sie wieder mal so richtig runtergemacht hatte, oder auch wenn die liebe Verwandtschaft kein gutes Haar an ihr gelassen hatte, so daß die Frau nicht mehr wußte, ob sie Männlein oder Weiblein war, dann war ich dran.«

Heidrun sah mich bei diesem Gespräch bewußt nicht an. Es fiel ihr schwer, die Erinnerungen zuzulassen und sich den Bildern zu stellen, die sie im allgemeinen aus ihrem Alltag verdrängte. Unablässig drehte sie ihre Serviette zur Wurst ein und wieder auf.

»Oft wartete meine Mutter schon im Bett, wenn ich aus der Schule kam. Sie hatte dann immer so eine komische Stimme. So irgendwie wie zugebunden. Ich wußte schon immer, was kam, wenn sie mich so rief. Zuerst mußte ich ihr dann immer die Schultern massieren, weil sie behauptete, daß sie so unheimlich verkrampft wäre. Wenn sie meinte, es hätte ihr gutgetan, mußte ich ihre Pobacken küssen und sie anschließend mit dem Mund befriedigen oder auch mit der Hand. Sehr oft meinte sie aber, ich hätte versagt und mich zickig angestellt und ihr nicht den Gefallen getan, den sie gebraucht hatte, dann mußte ich mich nackt in die Ecke der Dusche stellen, und sie hat mich eiskalt abgebraust. Manchmal so lange, bis ich ohnmächtig geworden bin. Ein paarmal bin ich dabei sogar umgefallen und wohl fast krepiert, so daß sie es mit der Angst bekam und einen Arzt geholt hat. Der hat mir dann eine Spritze gegeben und gesagt, ich hätt's mit dem Kreislauf, weil ich so schnell wachsen würde. Der hat echt nichts geblickt. Der war total blind. Dem hätte meine Mutter auch erzählen können, daß ich direkt vom Erzengel Gabriel abstamme, und der hätte es geglaubt. Wenn meine Mutter ihren Willen hatte, konnte sie oft echt lieb sein. Da wärst du nie auf den Gedanken gekommen, was für ein Biest und wie gemein und widerlich sie war. Meistens hat sie mir dann Geld für eine CD geschenkt, oder ich konnte mir einen Pulli aussuchen, irgendwas, egal. Ich hab das auch ausgenutzt. Ich hab sie sogar beklaut, manchmal hundert Mark. Ich hab mir einfach gedacht, das steht dir jetzt zu. Aber es war auch, weil ich genau wußte, daß sie wieder Krach mit dem Alten kriegt, wenn ihr Geld fehlt und sie nicht genau nachweisen kann, wofür sie das ausgegeben hat. Das war schon meine Rache. Auch wenn sie hinterher, wenn der Alte weg war, wieder mit mir anfing. Wenn ich jetzt so darüber nachdenke, meine ich, daß wir beide dieselben Muster angewandt haben, sie bei mir und ich bei ihr. Sie hat mir weh getan, weil ihr Alter sie unter Druck gesetzt hatte. Und ich habe ihr weh getan, weil sie mich unter Druck setzte. Das war ein Kreislauf. Ein echter Machtkampf. Und das haben wir auch beide irgendwie gewußt.«

»Hast du deine Mutter jemals darauf angesprochen?« fragte ich und verwünschte heimlich mein Tondbandgerät, dessen Tonkassette ausgerechnet jetzt vollgesprochen war und gewechselt werden mußte. Eine Unterbrechung dieser Art kann wie eine Ernüchterung oder wie ein Wecker im Tiefschlaf wirken. Mein kurzes Hantieren mit dem Gerät genügt oft schon, um dieses tranceartige Absinken in eine andere Erlebensebene zu durchbrechen und den Erzählfaden abreißen zu lassen. Doch diesmal geschah nichts. Heidrun sah mir zu, als sähe sie in Wirklichkeit gar nichts, und sprach einfach weiter. Die Sätze fehlten später auf dem Band. Aber wenn schon! Ich hatte sie mir gemerkt.

»Ich bin mit 16 von zu Hause weg«, sagte Heidrun. »Ich hatte die Realschule mit der mittleren Reife abgeschlossen und eine Lehre als Tischlerin angefangen. Mein Ausbildungsbetrieb war im Nachbarort. Ich fuhr jeden Tag mit dem Fahrrad dorthin. Das war im Winter oder bei schlechtem Wetter ziemlich ungünstig, weil ich oft derart durchgefroren oder eben auch naß war, daß ich mit meinen klammen Fingern kaum arbeiten konnte. Der Betrieb, in dem ich lernte, war so ein Familienunternehmen. Da gab's keine Kantine oder Aufenthaltsräume oder einen Betriebsrat. Das war alles viel persönlicher. Die Oma und die Frau vom Meister kochten für alle. Das war eigentlich das Gemütlichste. Wenn wir so zusammensaßen und alle aus den großen Schüsseln rauslangten, das war schön und hat mir mehr Geborgenheit gegeben, als ich jemals bei uns zu Hause hatte. Wie ich dann oft so erbärmlich ankam, hat die Frau vom Meister mir angeboten, daß ich ein Zimmer bei ihnen im Haus bekommen könnte, wenn ich wollte. Sie hätten ein Zimmer bei der Oma frei, weil der Opa vor einem Jahr gestorben war. Ich müßte auch nicht viel bezahlen. Da bin ich dann also ausgezogen und hab mit meinem Lehrlingsgeld zum erstenmal auf eigenen Füßen gestanden. Meine Mutter hat voll das Gezeter angefangen und wollte mich nicht ausziehen lassen. Aber ihr Freund hat gesagt, daß sie mich gehen lassen sollte, weil sie dann endlich für sich wären und machen könnten, was sie wollten, und nicht für einen unnützen Fresser mehr geradestehen müßten. Da hat meine Mutter nachgegeben. Bevor ich dann ausgezogen bin, hat sie noch mal versucht, mich ins Bett zu kriegen, aber ich hab mich gewehrt und gesagt, daß ich sie anzeige, wenn sie das noch mal macht. Da war sie ganz klein mit Hut und hat geweint und gesagt, daß sie das alles ja eigentlich auch gar nicht will und nie richtig gewollt hat und daß sie das bloß getan hat, weil sie immer so unter Druck gestanden hat und weil mein Vater, also mein richtiger Vater, so ein Schwein gewesen ist und sie in mir immer die Ähnlichkeit mit ihm gesehen hätte. Und da hätte sie oft so einen Haß gehabt, daß sie sich selbst nicht mehr gekannt hätte. Und dann hätte sie das mit mir gemacht. Das hätte ihr doch wenigstens manchmal das Gefühl gegeben, daß sie auch etwas in ihrem eigenen Leben zu sagen hatte.«

»Hat sie denn dabei nie an dich gedacht?« wollte ich wissen. »Hat sie sich nie überlegt, was sie mit dir macht, wenn sie dich zu sexuellen Handlungen gezwungen hat?«

»Nein«, sagte Heidrun. »Meine Mutter hat, glaube ich, noch nie viel über andere nachgedacht. Wahrscheinlich auch nicht über sich selbst. Die ist so eine, die lebt einfach, die tut und macht einfach, die fragt sich nicht groß, warum mach ich das jetzt oder warum nicht. Die kann schon denken, aber mehr so in die Richtung von Zahlen zusammenrechnen und Rechtschreibung. Daß sie mal für sich selbst Bilanz gezogen hätte oder sich selbst mal ins Gebet genommen hätte, das ist nicht vorgekommen. Das hat ihr wahrscheinlich auch keiner beigebracht. Bei ihr war das immer so eine Bedürfnisbefriedigung, etwas aus dem Bauch, nicht aus dem Kopf. Aber das kann ich schlecht erklären. Jedenfalls hat sie sich garantiert nicht über mich den Kopf zerbrochen, höchstens, wie sie mich zu dem kriegen könnte, was sie wollte. Ich hab mich ja nicht freiwillig zu ihr gelegt und alles. Da hat sie schon massiv kommen müssen. Der Kochlöffel und der Teppichklopfer, also, die gehörten eigentlich immer mit dazu. Ohne Gewalt und daß sie mich gekloppt hat und innerlich kleinkriegen mußte, lief das ja nicht. Jedenfalls nicht, seit ich zwölf war. Ich hab mich auch gewehrt. Das war manchmal eine regelrechte Schlägerei. Aber ich, Kleidergröße 34, und meine Mutter, Kleidergröße fünfzig, ich gerade mal vierzig Kilo, und sie so ungefähr neunzig, ich knapp 1,50 und sie gut 1,70 – das waren schon Unterschiede. Da hatte ich kaum eine Chance, auch deshalb schon nicht, weil ich mich nicht getraut habe, den Teppichklopfer zu benutzen oder sonst einen Gegenstand. Immerhin war die Frau ja meine Mutter. Und deine Mutter sollst du nicht schlagen, das war mir so intus. Das war, als wäre mir die Hand angefroren. Wie eine Lähmung im Gehirn. Das ging einfach nicht. Meistens hat sie mich dann irgendwann soweit gehabt, daß ich nicht mehr japsen konnte. Dann war sie voll in Fahrt. Das hat ihr gutgetan. Wenn ich so richtig fertig war und total unten, dann war sie groß. Das hat sie ja auch zugegeben. Sie hat ja gesagt, daß es ihr am meisten bedeutet hätte, daß ich machen mußte, was sie will, weil sie sonst immer machen mußte, was andere wollen. Das hat ihr Macht gegeben. Das hat sie gebraucht. Ich war da gar nicht so wichtig.«

Heidruns Erfahrungen mit ihrer Mutter sind kein Einzelfall. Ich weiß von Täterinnen, die den Oralsex mit ihren Söhnen erzwungen haben, bis sich der Penis des Jungen so schwerwiegend entzündete, daß nur eine Operation helfen konnte und die Vorhaut entfernt werden mußte. Ich weiß von Täterinnen, die ihre Töchter mit Küchengeräten penetrierten und die Gegenwehr ihrer Kinder zum Beispiel mit dem heißen Bügeleisen im Keim erstickten oder auch nicht vor kochendem Wasser als Strafmaßnahme zurückschreckten. Einige der Täterinnen, die sich mir im Gespräch anvertrauten, waren Sadomasochistinnen, die diese Neigung im Zusammensein mit dem Ehemann nicht auszuleben wagten, dies aber ungeniert mit ihren Söhnen oder Töchtern taten. Die Verletzungen, die die Kinder dabei erlitten und die teilweise über eine längere Zeit nicht zu übersehen waren, wurden selbst dem Kinderarzt gegenüber als Folgen von kindlichen Schlägereien oder Treppenstürzen ausgegeben, wenn nicht sogar behauptet wurde, daß Kind habe sie sich selbst beigebracht. Verdacht schöpfte nie jemand. Dein Kind, das unbekannte Wesen. Ich fürchte, so muß man es bis heute formulieren.

Zu unterstellen, daß allein deswegen die Gemeinheit der Tat und die körperlichen und seelischen Folgen des sexuellen Mißbrauchs weniger gravierend seien, weil sie von einer Frau verursacht werden anstatt von einem Mann, halte ich für einen gefährlichen Trugschluß. Es ist zudem Augenwischerei und der Versuch, sich vor den Tatsachen zu schützen, wenn man die Schwere der seelischen Belastungen eines Mißbrauchsopfers davon abhängig machen will, ob der sexuelle Übergriff brutal oder zärtlich stattgefunden hat.

Der unmittelbare körperliche Schmerz, der entsteht, wenn ein Mann das Jungfernhäutchen seiner Tochter im vollzogenen Beischlaf zerstört oder die Mutter dies mit dem Finger oder einem penisähnlichen Gegenstand tut, ist vergänglich. Der bleibende seelische Schmerz eines sexuell mißbrauchten Kindes ist nicht einmal davon abhängig, ob überhaupt eine Penetration stattfand oder nicht. Das Wie des Mißbrauchs ist immer nur Außenstehenden bedeutsam. Für einen Menschen, an dem sich jemand vergangen hat, zählt dies weniger. Für ihn ist vornehmlich die Erfahrung kaum zu verwinden, daß ein anderer Mensch in Körper und Seele eingedrungen ist und diesen benutzt und zu Reaktionen gebracht hat, als wäre es sein eigener. Die daraus erfahrene Nichtswürdigkeit der eigenen Person ist es, die jedes Opfer sexuellen Mißbrauchs ins Erwachsenenleben mitnimmt. Ob der Täter eine Frau war, mildert nichts. Im Gegenteil.

»Daß es meine Mutter war, die es mir angetan hat«, sagte Heidrun einmal, »war am allerschlimmsten. Eine Mutter, da denkt man doch immer, das ist der Mensch, der einen unter dem Herzen getragen hat, der einen am allermeisten liebt. Eine Mutter, das ist so etwas Besonderes. Das ist der Mensch, der einen im

Bauch getragen hat, bei dem man zu Hause ist wie bei keinem sonst. Und wenn sie dann so etwas mit einem macht, dann ist das der Beweis, daß du der letzte Dreck bist. Wenn nicht mal deine eigene Mutter dich respektiert, wenn sogar sie dich nicht versteht und dich zu Sachen zwingt, die falsch sind und ekelhaft, ja, gegen wen sollst du dich dann noch wehren dürfen? Wenn es ein Mann mit mir gemacht hätte, egal, auch wenn es mein Vater gewesen wäre, dann hätte ich den leichter hassen können, dann hätte ich zwischen ihm und mir eher einen Abstand schaffen, einen Unterschied machen können. Aber mit meiner Mutter, mit der habe ich mich ja auch irgendwie identifiziert. Meine Mutter, das war das, was ich sein wollte oder sein sollte und dann nicht mehr sein konnte. Sie war für mich immer so eine Art Maß gewesen, so eine wie sie wollte ich auch mal sein, so schön und stark und gut. Und dann war sie nichts von allem. Sie war gegen mich. Sie machte mich kaputt. Das hat mich wehrlos gemacht. Und so total wertlos. Das war das Allerschlimmste. Dieses Gefühl, gar nichts wert sein können, weil mich ja nicht mal die eigene Mutter geliebt hat. Weil, wenn sie mich geliebt hätte, hätte sie mir das nicht angetan. Damals, als ich anfing, das zu begreifen, da war das, als wäre ich das allereinsamste Kind auf der ganzen Welt. Wenn ich da unters Auto gekommen wäre, es hätte mir nichts ausgemacht.«

Da mir die Frage, ob eine sexuell mißbrauchende Frau minder schuldig sei, ungemein wichtig war, brachte ich sie in jedes meiner Interviews mit zahlreichen Fachleuten ein. Auch in dasjenige mit Rudi Slobodian, Sozialpädagoge bei der Arbeiterwohlfahrt in Essen, der heute schwerpunktmäßig in der Betreuung und Beratung von Männern arbeitet, die in ihrer Sexualität gestört sind. Im Laufe seiner Entwicklung hat er jedoch auch in vielen anderen Bereichen berufliche Erfahrungen sammeln können. So zum Beispiel in der Obdachlosenarbeit, in der Alten- und Kulturbetreuung sowie in der Arbeit mit jugendlichen Strafentlassenen und als Mitarbeiter eines Jugendarbeitskreises im Bereich der allgemeinen Jugendarbeit der Stadt Essen. Insgesamt fließen alle seine Erfahrungen in seine heutige sexualpädagogische Arbeit mit Männern ein, die ihn auch in Beziehung zu sexuellen Mißbrauchsopfern und -tätern bringt.

Ich selbst habe Rudi Slobodian bereits 1987/88 kennengelernt, als ich ihn für einen Beitrag zu einem authentischen Tagebuch gewinnen konnte, das ein sexuell mißbrauchtes junges Mädchen geschrieben hatte und das nur Jahre später unter dem Titel »Du bist doch mein Vater« zur Veröffentlichung überlassen worden war. In diesem Beitrag über seine Arbeit mit Jungen und den sexuellen Mißbrauch von Kindern und Jugendlichen bewies Rudi Slobodian ein für mich so bemerkenswertes Einfühlungsvermögen, daß ich mich entschloß, ihn in einem Interview zu seinen heutigen Erfahrungen mit Mißbrauchstätern zu befragen.

»Es gibt die Theorie, daß ein sexueller Mißbrauch durch eine Frau weniger schlimm sei als durch einen Mann«, sagte ich. »Was halten Sie davon?« Rudi Slobodian sah mich nachdenklich an. Nicht mehr blutjung, ein hochgewachsener Mann, das Haar kurz geschnitten. Die graugrünen ernsten Augen hielten mich fest. Eindringlich, bis in die Tiefe meiner Seele vordringend, als wollten sie nicht nur meine Fragen, sondern meine Gedanken erfassen. Dann ein Kopfschütteln, ein Lächeln, flüchtig nur, und ruhig, besonnen die Antwort.

»Ich bin der Auffassung, daß der sexuelle Mißbrauch durch zum Beispiel die leibliche Mutter oft viel verheerender in den Auswirkungen ist als der durch einen Mann. Sexueller Mißbrauch ist in den seltensten Fällen eine Gewaltbeziehung. Und Mütter oder Frauen können da viel subtiler vorgehen als Männer. So subtil, daß der stattgefundene Mißbrauch weniger anklagbar ist als der durch einen Mann. Hier läuft ganz viel über gefühlsmäßige und körperliche Nähe ab, die ja zunächst per se nicht unangenehm oder unerträglich, sondern angenehm ist. Häufig entsteht gerade durch eine mißbrauchende Frau der Mißbrauch nicht als deutlich einzugrenzende Handlung, die mehr oder weniger genau beschrieben werden könnte, sondern als eine gewisse nur gefühlsmäßig zu erfassende Grundstimmung, eine Atmosphäre. Und die stellt sich natürlich immer wieder als erste in einer Paarbeziehung ein und macht das Zusammensein schwierig bis unmöglich, auch ohne daß Mißbrauchsopfer sich zu diesem Zeitpunkt an den Mißbrauch erinnern oder konkrete Angaben über die von ihnen empfundenen Störungen machen können. Oder nehmen wir das Beispiel, wenn eine Mutter ihren Sohn streichelt und ihn, wenn er zum Beispiel elf oder 13 Jahre alt ist, am Penis anfaßt. Der Junge wird Lust empfinden und eine Erektion bekommen. Eben weil da ja auch eine enge Gefühlsbeziehung ist und die Mutter als erfahrene Sexualpartnerin genau weiß, was sie wie machen muß, um zu erreichen, was sie will. Und gerade dadurch, daß die Bedrohung in der emotionalen Nähe entstanden ist, in der nicht klar war, was gehört zu Zuneigung und Versorgung und was zu Sexualität, wird es dem

Erwachsenen später so schwer, die Gefühle zu differenzieren. So daß er nicht oder nur schwer unterscheiden kann, das gehört zum Mißbrauch von damals und das zu meiner heutigen Beziehung. Und dann geht alles durcheinander, Erinnerungen und Gegenwart, bis jede sexuelle Handlung von negativen Eindrücken besetzt ist. Was zum Beispiel bei Jungen und Männern dazu führen kann, daß eine Erektion nicht mehr möglich ist. In einem solchen Fall ist dies als unbewußte Schutzmaßnahme eingetreten, deren emotionale Grundlage so festgelegt ist, daß sie in einer Partnerbeziehung allein, ohne therapeutische Hilfe nicht aufgehoben werden kann.«

Eines war mir noch wichtig. »Wie häufig, glauben Sie, kommt sexueller Mißbrauch durch eine Frau vor?« Die Antwort kam rasch. »Ich bin überzeugt, daß die in neuesten Forschungsberichten angegebene Größenordnung von zirka zwanzig Prozent Frauen zutrifft. Die Tendenz kann ich auch aus meiner Arbeit mit betroffenen Männern bestätigen. Ich erlebe nämlich vor allem in jüngster Zeit, daß immer mehr Männer zu uns kommen, die von einer Frau und im besonderen durch ihre Mutter mißbraucht worden sind.«

Mein Tonband war abgespult, die vereinbarte Gesprächszeit vorbei. »Mit diesem Thema«, sagte Rudi Slobodian zum Abschluß hinter seiner Tasse Kaffee, »sind wir hier im Raum Essen auch zu Fortbildungen und Vorträgen unterwegs. Man kann uns einladen oder auch zu uns kommen. Das klappt eigentlich ziemlich individuell und auf Abruf. Oft sind wir zum Beispiel an Elternabenden in Schulen oder Kindergärten zugegen. Meistens kommt das zustande, wenn an der Schule ein Fall von Mißbrauch bekanntgeworden ist, wenn die Aufmerksamkeit geschärft wurde und man allein nicht weiterweiß. Das ist uns auch ein ganz wichtiges Anliegen. Aufklärung ist ja immer auch ein Stück Prävention.«

Ich dachte an die vielen Gemeinden und Städte, von denen ich weiß, daß der Bürgermeister, der Stadtrat, der Gemeinderat, der Pfarrer oder der Schulrektor Augen und Ohren vor dem Problem verschließen und den Kopf in den Sand stecken, anstatt aktiv zu werden. Dachte auch an Veranstalter von Lesungen aus meinem Buch »Monika B.«, die ohne mein Wissen bereits im Vorfeld Jungen als Zuhörer und Diskussionspartner ausgeschlossen hatten und mit dieser Gruppe gerade die vor die Tür stellten, die es auch und ganz besonders angeht. Oftmals waren es sogar Männer, die die größten Bedenken gegen ihre eigenen Geschlechtsgenossen auf den Zuhörerbänken hegten. »Die machen doch bloß blöde Bemerkungen. Die hören doch sowieso nicht zu. Die geilen sich doch bloß an so was auf. Die machen hinterher erst recht die Mädchen an. Das kann man Frauen doch gar nicht zumuten, daß Männer mit dabei sind.« Diese und ähnliche Argumente habe ich immer wieder gehört, immer wieder auch zu entkräften gesucht, doch ich konnte mich nur selten durchsetzen und den Saal für alle öffnen. Dann aber, wenn Jungen und Männer gemeinsam mit Mädchen und Frauen zuhören konnten, wenn sie sich den Gedanken und Gefühlen stellten, die sich bei diesen Lesungen unausweichlich einstellten, und sich anschließend mit wertvollen, ernstzunehmenden Beiträgen in die Diskussion einbrachten, dann hieß es im nachhinein jedesmal: »Das hätte ich nicht gedacht. Das hätte ich denen gar nicht zugetraut.« Und auch diese Sprecher waren fast immer Männer.

Aufklärung, das ist es. Auf Männer wie Rudi Slobodian und viele andere wartet Arbeit. Jede Menge.

These: Frauen bereuen schneller und zeigen sich oftmals selbst an

Dieser Behauptung bin ich vor allem in der amerikanischen Literatur begegnet. Aus deutschen Forschungsberichten konnte ich dazu nichts entnehmen. Rechtsanwälte und -anwältinnen, die ich dazu befragte, schüttelten nur den Kopf. Ihnen war dieses Phänomen so noch nicht begegnet.

Mit gewissen Abwandlungen stieß ich jedoch bei der Befragung von Täterinnen auf vergleichbare Aussagen. Es zeigte sich dabei, daß Frauen offensichtlich schneller Angst bekommen als Männer, wenn sie ihre eigenen oder ihnen bekannte Kinder sexuell ausbeuten. Und daß diese Angst rasch dazu führt, daß der Mißbrauch beendet wird. Oft sogar dazu führt, daß die Täterin sich in therapeutische Behandlung begibt und das Kind dazu mitnimmt oder auf Anraten des Therapeuten später hinzuzieht. Eine Selbstanzeige bei der Polizei hat jedoch keine der von mir befragten Frauen vorgenommen.

Die Angst resultierte häufig daraus, daß die mißbrauchende Mutter Verhaltensauffälligkeiten des Kindes bemerkte und befürchtete, Außenstehende könnten Rückschlüsse daraus ziehen. Vor allem bei Müttern, die ihr Kind ohne Wissen des Ehemannes mißbrauchten, war diese Angst von Anfang an groß. In einigen mir bekannten Fällen führte diese Angst dazu, daß die Mütter den sexuellen Mißbrauch bereits einstellten, als das Kind sich deutlich ausdrücken und gut verständlich machen konnte. Eine andere Quelle der Angst waren befürchtete oder auch tatsächlich ausgesprochene Bemerkungen des mißbrauchten Kindes in der Öffentlichkeit wie etwa im Kindergarten oder im Elternhaus von Schulfreunden. Anders als sexuell mißbrauchende Väter, die den Handlungsraum ihres Kindes nach außen hin radikal einzuschränken verstehen und Kontakt nicht nur verbieten, sondern auch verhindern, gelingt es Müttern weniger gut, das Kind abzugrenzen. Dies liegt wahrscheinlich daran, daß Mütter enger in ein nachbarschaftliches Netz und allgemeine soziale Kontakte eingebunden sind als Männer und auffielen, wenn sie sich daraus zurückzögen oder generell fernhielten.

»Ich war ja immer mit meinen Freundinnen zusammen gekommen«, sagte zum Beispiel Edith, die ihren Sohn sexuell mißbraucht hatte, bis er wegen einer Hodenentzündung ins Krankenhaus gekommen war. »Wie sollte ich denen denn wohl erklären, daß ich jetzt, wo ich auch ein Kind hatte, das mit ihren Kindern spielen konnte, nichts mehr mit ihnen zu tun haben wollte? Die hätten mich ja für verrückt erklärt. Und mein Mann hätte es auch nicht verstanden. Aber dieser Schiß, daß der Kleine etwas ausplappern könnte, daß der in seiner Babysprache brabbeln könnte, und die anderen würden etwas merken, das war schon herb. Ich wußte ja, daß das falsch ist, was ich mit ihm mache, daß ich irgendwie nicht ganz normal war, wenn ich ihn neben mir im Bett liegen hatte und ihn abknutschte und es mir dabei schön machte. Aber irgendwie kam ich auch nicht dagegen an. Das hatte ich früher schon mit meinen Puppen gemacht. Vor allem mit meinem Teddy, daran erinnere ich mich noch genau. Den hatte ich dauernd zwischen den Beinen und hab auf dem rumgejuckelt und das auch als sehr erregend genossen. Das war echt ein schönes Gefühl. Und später, als ich dann eine ganz junge Katze geschenkt bekam, die eigentlich noch gar nicht von der Mutter weggedurft hätte, aber die war überfahren worden, da hab ich die heimlich an meiner Brustwarze saugen lassen, weil das so ein irres Gefühl im Bauch gemacht hat. Das war dann so eine ähnliche Angst, daß mich einer dabei entdecken könnte. Ich habe es trotzdem gemacht. Ich mußte. Und das mit dem Kleinen, das lag auf einer ganz ähnlichen Schiene.«

Ein anders Beispiel bot mir Birgit, 33 Jahre alt, seit sechs Jahren verheiratet, Mutter von vierjährigen Zwillingen, einem Jungen und einem Mädchen, früher Fotomodell und heute Mitinhaberin einer gut geführten Boutique für Herrenmode in einer süddeutschen Kleinstadt. Birgit und ich lernten uns im Anschluß an eine Lesung kennen, die ich im Auftrag des Frauenschutzzentrums in Birgits Wohnort gehalten hatte. Auf dem Rückweg in mein Hotel war Birgit mir mit dem Auto gefolgt und hatte mich kurz vor dem Hoteleingang angesprochen. Zu diesem Zeitpunkt war ihr durch die Lektüre meines Buches »Monika B.« erstmals deutlich bewußt geworden, daß sie im Umgang mit ihrem Sohn schwerwiegende Fehler machte und einiges ändern mußte. Auch ändern wollte, aber wie? Die Beschäftigung mit dieser Frage hielt Birgit und mich in jener Nacht bis in die frühen Morgenstunden wach. Dann war zwar kein Patentrezept oder eine Lösung gefunden, aber doch ein Anfang gemacht und eine Richtung aufgezeigt. Sexuell mißbraucht hat Birgit ihren Sohn seit dieser Nacht nicht mehr.

Als ich sie Monate später, im Zusammenhang mit der Recherche zu diesem Buch, bat, ihre Geschichte mit veröffentlichen zu dürfen, war Birgit einverstanden. Sie wünschte sich allerdings, ihre Geschichte selbst aufzuschreiben, da sie in dieser Aufgabe eine weitere Möglichkeit sah, das, was geschehen war, besser in den Griff zu bekommen und zu bewältigen. Birgit schrieb:

»Wenn ich heute darüber nachdenke, was ich meinem Sohn angetan habe, möchte ich vor Scham im Erdboden versinken. Manchmal habe ich keine Kraft, ihm in die Augen zu sehen. Manchmal wage ich nicht, ihn in den Arm zu nehmen. Manchmal sehne ich mich mit einer solchen Sehnsucht danach, von ihm wie von einem Mann gestreichelt zu werden, daß ich meinen Mantel schnappe und hinaus in die Nacht laufe, um diesem Wunsch nicht nachzugeben. Nicht mehr nachzugeben, nie mehr nachzugeben. Es fällt mir schwer. Es ist ein Verlust an Nähe und Wärme und Zärtlichkeit, den ich nicht ausdrücken kann. Es ist, als hätte ich mir freiwillig ein lebenswichtiges Organ herausgerissen, das nun zuckend auf der Straße liegt, und ich trete es mit Füßen. Niemand kann es mir ersetzen. Mein Mann zuallerletzt. Es ist etwas anderes, ob man in den Armen eines erwachsenen Mannes liegt oder ob man mit einem Kind zusammen ist, das nichts fordert, das nur gibt, und das aus dem reinsten Herzen heraus, aus uneingeschränkter, bedingungsloser Liebe. Aus einem Gefühl heraus, das einem ein Erwachsener nie geben kann. Und das man selbst auch nicht mehr geben kann. Mit einem Kind Liebe zu machen, das ist ein Stück Himmel auf Erden, das ist ein Stück, selbst wieder zum Kind zu werden. Und es erregt mich, wenn ich nur daran denke. Es ist furchtbar.

Ich liebe meinen Sohn, wie ich nie einen anderen Menschen auf der Welt geliebt habe. Ich glaube, es ist das reinste und wunderbarste Gefühl, das ich schenken kann. Nie würde ich ihm weh tun, ihn verletzen wollen, ihm schaden. Aber ich habe es getan. Oder nicht?

Immer wieder quäle ich mich mit der Frage, ob ihm das, was wir getan haben, geschadet hat. Ob es sich in seinem Unterbewußtsein festgesetzt hat und sein späteres Sexualleben negativ beeinflussen wird. Ob er eine Erinnerung daran behalten wird. Und ich frage mich, was ich ihm antworten werden, wenn er mich eines Tages vielleicht fragen sollte. Ich weiß nicht, ob ich das erleben will. Wenn ich mir vorstelle, er könnte mich fragen wollen, möchte ich lieber tot sein. Ob er mich dafür hassen, mich verachten wird? Mich nie mehr sehen will? Sich lossagt von mir? Diese unaussprechliche Angst, ihn zu verlieren!

Als die Geschichte zwischen meinem Sohn und mir anfing, war mir das eigentlich gar nicht voll bewußt. Ich habe mich von verschiedenen Situationen und Gefühlen treiben lassen. Das war zuerst Zärtlichkeit, und auf einmal war es mehr. Den Übergang habe ich nicht registriert. Im nachhinein weiß ich nur, daß es nicht sofort, nicht gleich beim ersten Mal, zu mehr als Küssen gekommen ist und daß es passierte, weil ich so enttäuscht von meinem Mann war. Wir hatten uns gestritten. Er war, wie immer, wenn er nicht recht bekommt, auf und davon gestürmt. Ich wußte, daß er seine Stammkneipe aufsuchen und erst sternhagelvoll nach Hause kommen würde. Es war ja schon oft genug passiert und passierte auch danach noch oft genug und bis heute immer öfter. Ursprünglich hatten wir an diesem Abend zusammen sein wollen, schön essen, ein Glas Sekt, dann zusammen schlafen. Seit die Zwillinge da waren, hatten wir dafür nur noch selten Zeit. Wir hatten das eigentlich richtig geplant. Ich hatte mich auch sehr darauf gefreut und alles vorbereitet. Als wir uns dann beim Essen wegen irgendeiner im Grunde lachhaften Kleinigkeit in die Haare gerieten, war ich nicht bloß wütend. Ich war auch sehr enttäuscht und allein. Aus dieser Stimmung heraus bin ich dann ins Kinderzimmer gegangen und hab mir den Kleinen in mein Bett geholt. Das war da noch nicht, weil ich genau wußte, mit dem will ich jetzt etwas anfangen. Aber es war schon so, daß ich genau wußte, daß ich meine Tochter jetzt nicht holen wollte. Der Kleinen würde ich mich nie mit irgendwelchen sexuellen Wünschen nähern. Ich habe ja keine lesbischen Neigungen und könnte mir auch nicht vorstellen, mich von meiner Tochter verführen zu lassen.

Bei meinem Sohn ist das anders. Von seinem Körper habe ich mich eigentlich von Anfang an ansprechen lassen. Wenn ich ihn gebadet und ihm die Windeln gewechselt habe zum Beispiel oder beim Eincremen und Stillen. Sein Körper ist mir immer so ganz einmalig schön und süß und zart und so irgendwie wie Seide, sehr erregend und griffig vorgekommen. Ich habe ihn gern berührt und gestreichelt und mich an der Gänsehaut gefreut, die ihm überall am Körper kam, wenn ich ihn innen an den Oberschenkeln kribbelte. Das hat mich sexuell erregt und zuerst auch sehr beschämt. Ich dachte, daß ich ganz schön pervers wäre, wenn ich feucht werde, weil ich meinen Sohn im Arm halte. Aber ich habe auch ein bißchen darüber gelacht und das Gefühl genossen. Es wußte ja keiner. Es war etwas zwischen mir und meinem Sohn. Das ging keinen etwas an. Darüber mußte nicht gesprochen werden.

Vor allem aber habe ich das gemerkt, wenn ich mit anderen Frauen zusammen war und wir zum Beispiel über die zukünftigen Beziehungen unserer Kinder gesprochen haben. Eine Freundin meinte öfter im Scherz, daß mein Sohn sich bestimmt mal in ihre Tochter verlieben würde und die beiden dann zusammen im Kabrio losziehen würden, und wir Alten dürften ihnen dann zusammen nachwinken. Bei solchen Phantasien wurde ich immer sehr eifersüchtig und merkte das auch körperlich. Ich wollte meinen Sohn in solchen Momenten am liebsten ganz nah bei mir haben und spüren, daß er mir gehört. Ich wollte ihn nicht hergeben oder mit jemanden teilen müssen. Auch später nicht. Er ist für mich immer mein kleiner Mann gewesen. Und das war vom ersten Tag nach der Geburt an eine sehr körperliche Beziehung. Schon beim Stillen. Wenn ich ihn gestillt habe, war das ein anderes Gefühl als bei meiner Tochter. Es war etwas sehr Intimes, ein wie beim Orgasmus zu spürendes Lustgefühl. Und er hatte das auch. Das konnte ich ihm jedesmal anmerken, wenn er an meiner Brust lag und mich beim Trinken ansah und so richtig in mich hineinschmolz.

Meine Tochter hat sich selbst abgestillt, als sie vier Monate alt war. Sie hat die Brust einfach nicht mehr angenommen und so lange gebrüllt, bis ich ihr die Flasche gegeben habe. Aber mein

Sohn wollte noch gestillt werden, als er fast drei Jahre alt war und laufen konnte. Ich habe ihm das auch nicht verweigert. Wenn wir zum Beispiel zusammen auf dem Spielplatz waren, und er kam dann angetrippelt und rollte mir den Pullover hoch, weil er an meinen Busen wollte, dann hat ihm das schon auch gefehlt, wenn ich ihm nicht erlaubt habe, mich dabei zwischen den Beinen zu streicheln oder mit dem Kopf unter meinen Rock zu gehen. Das wollte er genauso wie ich. Das war eine Beziehung zwischen uns, die war so gewachsen, die konnte gar nicht anders sein. Wir waren so eins, wir standen uns so nah.

Für mich war das ein Gefühl, das hatte ich so noch nie kennengelernt. Nicht einmal mit meinem Mann, den ich wirklich aus Liebe geheiratet habe. Wenn ich zum Beispiel Streit mit meinem Mann hatte, was in der ersten Zeit nach der Geburt der Zwillinge häufig vorkam, weil mein Mann sich zurückgesetzt fühlte und mir mit den Kindern auch nicht helfen wollte, dann war der Kleine mein ganzer Trost. Er spürte immer, was in mir vorging. Und wenn er mich mit seinen kleinen Händen berührte und sich an mich drückte, dann war das so zärtlich und so unwahrscheinlich beglückend. Ich habe das Zusammensein mit ihm ausgekostet und ihn nach Herzenslust am ganzen Körper abgeküßt und meine Freude daran gehabt, daß es ihm gefiel. Irgendwann, als mein Sohn ein halbes Jahr alt war, wurde dann eine sehr sinnliche Beziehung daraus. Ich kann nicht behaupten, daß ich nicht gewußt hätte, was ich tu. Mir war schon sehr klar, daß nicht jede Mutter ihren Säugling zwischen den Beinen und am Penis küßt oder Spaß daran hat, ihn zwischen ihren Brüsten liegen zu haben oder so tief auf dem Bauch, daß er mit den Beinchen strampelt und dabei ihre Vagina berühren muß. Und mir war auch klar, daß das besser keiner wissen oder merken sollte. Ich hatte keine Lust, dumme Fragen zu beantworten. Und ich wollte auch nicht, daß man mir den Kleinen wegnimmt. Das, was ich da machte und wollte, das war etwas, das ging nur mich und den Kleinen etwas an. Das war unsere Intimangelegenheit.

Ein schlechtes Gewissen hatte ich zwar schon, aber nicht, weil ich das Gefühl hatte, etwas Falsches zu tun, sondern weil ich allein vom Verstand her wußte, daß ich von den Nachbarn und den Freunden und von meinen Eltern und meinem Mann für verrückt und pervers erklärt werden würde, wenn sie wüßten, was ich mit dem Kleinen trieb.

Dem Kind gegenüber hatte ich keine Gewissensbisse. Der Kleine hatte ja nichts dagegen. Für ihn war das in Ordnung, was ich wollte. Ich habe ihn ja nicht gequält. Und wenn das für ihn in Ordnung war und niemand etwas davon wußte, dann war das eben einfach unser süßes Geheimnis, so wie andere auch ein Geheimnis haben. Ich habe nicht einmal darüber nachgedacht, daß das, was ich von dem Kleinen will und mit ihm tu, ihm schaden könnte. Ich war immer zart mit ihm umgegangen, habe ihn nie geschlagen oder verletzt. Für ihn war das eine schöne Erfahrung und für mich auch. Das Schlechte, das machten die anderen daraus, die diese Gesetze und Verbote erlassen hatten.

In Zweifel geriet ich erst, aber auch da nicht massiv, als mein Sohn etwas älter wurde und mir immer und überall an den Busen oder zwischen die Beine wollte. Da war mir das oftmals schon peinlich, weil die anderen das sehen konnten und lachten und blöde Bemerkungen machten. Noch etwas unangenehmer wurde es, als mein Sohn dazu überging, sich jeder Frau, die zu Besuch zu uns kam, auf den Schoß zu schwingen und dort mit dem Hinterteil an ihr herumzureiben und an ihrem Busen herumzuspielen, ihn zum Beispiel mit offenem Mund ›heiß‹ machen zu wollen oder in die Brustwarze zu beißen oder zu kneifen. Wenn meine Bekannten dann herumalberten und sagten, aus meinem Sohn würde aber mal ein ganz scharfer Liebhaber, wußte ich oft nicht, ob ich lachen sollte oder schimpfen.

Mit drei Jahren kam mein Sohn schließlich in den Kindergarten und fiel dort fast sofort wegen seines heißgeliebten Doktorspielens auf. Das mögen zwar alle Kinder, wie ich mir habe sagen lassen, aber so exzessiv wie mein Sohn spielten es die anderen nun einmal nicht. Im Kindergarten wurde schließlich wegen meines Sohnes beschlossen, den Doktorkoffer für eine Weile aus dem Verkehr zu ziehen und mit den Kindern vorsichtig aufklärende Gespräche zu führen. Prompt fiel mein Sohn wieder damit auf, daß er mein Verhalten beim Masturbieren vorführte und auch noch behauptete, das mache seine Mama immer so. Man glaubte ihm zwar angeblich nicht, aber die Erzieherin in der Gruppe sprach mich darauf an, und das war mir schon sehr unangenehm.

In dieser Zeit fiel mir schließlich auf, daß mein Sohn und seine Zwillingsschwester sehr sexualisiert miteinander umgingen. Im Bett versuchten sie zum Beispiel den Beischlaf miteinander zu vollziehen, indem sie sich aufeinander legten und mit dem Unterkörper aneinander rieben. In der Badewanne erregten sie sich gegenseitig mit den Füßen und benuckelten sich und schoben meiner Tochter den Schnulli in die Vagina. Dabei quietschten und planschten sie zwar vor Vergnügen, aber so ganz normal kam mir das trotzdem nicht vor. In meiner Unsicherheit fragte ich Freunde, die auch zwei kleine Kinder hatten, keine Zwillinge, aber nur anderthalb Jahre auseinander, ob diese auch solche Anwandlungen hätten. Da hörte ich dann, das sei alles ganz üblich und käme bei allen Kindern vor. Aber ich war doch nicht so ganz sicher, ob das stimmte. Ich sah auf einmal in allem einen verdächtigen Hinweis und bekam zugleich immer mehr Angst, jemand anderem könne auch etwas Ungewöhnliches an den Kindern auffallen. Ich glaube, mein schlechtes Gewissen ließ sich nicht mehr unterdrücken.

Zu diesem Zeitpunkt fiel mir dann das Buch ›Monika B.‹ in die Hände. Ich habe es in einem Rutsch durchgelesen und dabei geheult und mich selbst zum Kotzen gefühlt. Was der Vater, was die Mutter und die Brüder diesem Mädchen angetan hatten, war so grauenhaft. Das konnten nur total vertierte Menschen sein. Es war, als ob mir das Buch einen Schutzschild weggerissen hätte. Ich konnte mich auf einmal nicht mehr hinter eingebildeten und vorgegebenen Entschuldigungen verstecken. Ich mußte zugeben, daß ich das auch tat, was der Monika angetan worden war. Und das war auch ganz egal, ob ich es genauso brutal tat und genauso pervers wie dieser Vater und diese Mutter. Ich tat es. Das hat mich fast wahnsinnig gemacht.

Ich habe lange überlegt, ob ich der Autorin schreiben könnte. Aber ich konnte ihr ja nur über den Verlag schreiben und hatte Angst, man würde den Brief dort vielleicht öffnen und womöglich Schritte gegen mich einleiten, so daß man mir die Kinder wegnehmen würde. Ich wäre auch gern zum Jugendamt gegangen. Aber davor hatte ich eine riesige Scheu, weil das Jugendamt in meiner Vorstellung einen negativen Aspekt hat. Wer bei uns mit dem Jugendamt zu schaffen hat, hat so eine Art Armutszeugnis ausgestellt bekommen. Ordentliche Leute haben damit nichts am Hut. Außerdem wollte ich nicht gesehen werden, wenn ich dorthin ginge oder jemand vom Jugendamt zu mir käme. Ich wollte überhaupt nicht, daß etwas auffiel. Aber ich mußte etwas tun. Ich konnte so nicht weiterleben.

Auf einmal wußte ich auch nicht mehr, was ich machen sollte, wenn mein Sohn mit den Wünschen zu mir kam, die ich erst in ihm geweckt hatte. Jetzt wehrte ich ihn ab, wenn er mit mir schmusen und an meinen Busen wollte, und schimpfte mit ihm und wollte nichts mehr mit ihm zu schaffen haben. Ich stillte ihn auch von heute auf morgen total ab. Das war für uns beide eine schlimme Prozedur, weil ich ja immer noch reichlich Milch hatte und dann eine Brustdrüsenentzündung bekam und echt Schmerzen hatte. Mein Mann verstand auch nicht, was vor sich ging. Er regte sich wirklich auf, weil ich , wie er sagte, eine Roßkur mit dem Kind machen würde. Nach seiner Vorstellung hätte ich den Kleinen allmählich entwöhnen müssen und nicht von einem Tag auf den anderen. Er hatte ja recht. Das wußte ich selbst. Aber ich konnte ihm doch nicht erklären, warum ich das machte. Wie hätte ich ihm denn sagen sollen, daß es mich sexuell verrückt machte, wenn ich meinen Sohn stillte? Das hätte mein Mann doch nie verstanden.

Am schlimmsten war jedoch, daß der Kleine so unter diesem Entzug zu leiden hatte. Manchmal, wenn ich ihn so verstört oder auch weinen sah, weil er ja gar nichts verstand, oder wenn er trotzig an mir riß und zerrte und mit Gewalt zu mir wollte, dann hatte ich das Gefühl, ich müßte mich umbringen oder abhauen und die Tür von außen zuschlagen und nie mehr wiederkommen.

Ich glaube immer noch, daß es eine Art Schicksalswink war, daß ausgerechnet damals eine Anzeige in unserer Tageszeitung stand, daß die Autorin Karin Jäckel im Frauenzentrum über sexuellen Mißbrauch an Kindern und Jugendlichen lesen und anschließend diskutieren würde. Ohne das anschließende Gespräch, das wir miteinander führten, würde ich wahrscheinlich in die alten Verhaltensmuster zurückgefallen sein und meinen Sohn noch immer sexuell mißbrauchen. Auf die Frage, ob ich mich selbst bei der Polizei als Täterin stellen würde, muß ich allerdings trotzdem ganz klar mit Nein antworten. Ich würde mich nie freiwillig anzeigen. Ich wüßte auch nicht, warum. Es würde niemandem nützen, nur schaden. Und das ergibt für mich keinen Sinn.«

Diese Sinnfrage stellten sich die meisten der Frauen, die mir gegenüber zugaben, ein Kind sexuell mißbraucht zu haben. Für sie alle bedeutete der Strafvollzug keine Lösung. Nicht nur, weil sie durch eine Haftstrafe oder eine Bewährungsstrafe den guten Ruf der Familie als ruiniert ansahen und glaubten, von ihrem bisherigen Wohnort wegziehen und andernorts ein neues Leben beginnen zu müssen, sondern auch deshalb, weil sie sich nicht vorstellen konnten, in einer Haftanstalt wirksam gegen ihr ganz spezielles Problem angehen zu können.

Reue war den meisten der Frauen hingegen ein vertrautes Gefühl. »Daß ich das überhaupt angefangen hatte, daß ich mich nicht hatte beherrschen können und jetzt der ganze Horror da war und nicht mehr ausradiert werden konnte, hat mir eigentlich schon beim ersten Mal leid getan«, sagte Renate. Sie hatte ihre

Tochter Ines, die wegen dieses Vergehens autistisch wurde, über einen Zeitraum von vier Jahren mißbraucht.

»Und es hat mir jedesmal wieder leid getan, wenn ich mir neue Ausreden ausdenken mußte, damit nichts rauskommt, oder wenn ich die Ines so richtig massiv bedrohen und einschüchtern mußte und manchmal überhaupt keine Lust dazu hatte, ihr das anzutun, weil ich sie viel lieber in den Arm genommen und abgeküßt hätte, als sie zu schlagen. Und am schlimmsten war es, wenn ich mir nicht mehr einreden konnte, daß die Ines mich liebhat, wenn ich genau sehen konnte, daß sie alles nur aus Angst mitmacht und mich am liebsten killen würde. Das war ein Gefühl, das ich meinem ärgsten Feind nicht wünschte. Vor allem jetzt, wo alles vorbei ist und ich weiß, daß ich die Ines nie wieder als Tochter zurückhaben kann, daß sie zwar mit mir zusammen lebt, daß sie aber innerlich ganz weit weg ist von mir und auch nichts mehr mit mir zu tun haben will. Das ist fast nicht zu ertragen. Das halte ich oft nicht aus. Aber dann muß ich mir sagen, daß ich das alles selbst zu vertreten habe, daß ich es gar nicht anders verdient habe. Das ist eine Reue, die zerreißt dich fast. Die wünsche ich keinem. Und wenn ich wüßte, wie ich das loswerden kann, dafür nähme ich schon einiges auf mich.«

Sonderfall Pädophilie oder Die Lust, ein Kind zu lieben

Eine ganz spezielle Tätergruppe beim sexuellen Mißbrauch an Kindern und Jugendlichen stellen die Erwachsenen dar, die in ihrer Sexualität auf Heranwachsende fixiert sind. Für diese auf Körper und Seele abzielende Liebe eines Erwachsenen zu einem Kind gibt es zwei vornehm klingende altgriechische Bezeichnungen. Handelt es sich um »eine erotische bzw. sexuelle Neigung zu Kindern oder Jugendlichen beiderlei Geschlechts« (Meyers Neues Lexikon), wird diese Liebe als Pädophilie bezeichnet. Geht es um die sogenannte Knabenliebe, die Päderastie, so ist die Rede von »einer pädophilen Sonderform der Homosexualität als erotische bis genital-sexuelle Beziehung zwischen einem erwachsenen, reifen Mann und einem Knaben im Entwicklungsstadium der Pubertät« (Meyers Neues Lexikon). Die Täter, bei denen es sich überwiegend um Männer handelt, heißen in diesen Fällen entweder Pädophile oder Päderasten.

Während des Formulierens dieser Zeilen hörte ich förmlich das Protestgeschrei aller derer, die als erwachsene, geschlechtsreife Menschen keine sexuelle Beziehung zu einem ebenfalls erwachsenen und geschlechtsreifen Mitmenschen aufbauen können oder wollen, sondern all ihre erotische Neigung, ihre Lust und sexuelle Erregbarkeit ausschließlich auf Kinder richten und an diesen erfüllen. Und die darauf pochen, jedes Kind habe das Recht auf Sex mit Erwachsenen, und die diese Forderung immer öfter in der Öffentlichkeit stellen!

Sowohl Pädophile wie auch Päderasten, die sich selbst in einem quasi sammelnden Überbegriff abgekürzt auch gern als Pädos bezeichnen, weisen es nämlich entschieden zurück, auf einer gemeinsamen Stufe mit sexuell Mißbrauchenden zu stehen. Ihre ausgelebte Liebe, so behaupten sie, stelle keine sexuelle Ausbeutung eines Kindes dar, sondern eine wahrhaft partnerschaftliche Beziehung, in der das Kind alle ihm gebührenden Rechte habe, auch das Recht, nein zu sagen. Wolle man die Liebe eines

Pädos mit der Liebe eines Mißbrauchers vergleichen, so hinke dieser Vergleich ungefähr so wie der zwischen einem zärtlich mit seiner Geliebten den Beischlaf vollziehenden Mann und einem Vergewaltiger.

Wie gern wurde in Gesprächen, die ich selbst während der Recherchen zu diesem Buch mit Pädophilen führte, auf das Beispiel des gegenwärtig wohl berühmtesten Kinderliebhabers, den Popsänger Michael Jackson, verwiesen! Er, so hieß es, liefere den besten Beweis für die Selbstlosigkeit, mit der Pädophile Kinder lieben. Habe er doch ein Vermögen für einen Freizeitpark ausgegeben, der nur zur Freude von Kindern eingerichtet worden sei und in dem er selbst mit diesen Kindern wieder zum Kind werde. Oder könne irgendein denkender Mensch bestreiten, daß er mit seinem Geld unzählige Kinder glücklich gemacht habe? Ja, daß selbst schwerkranke und behinderte Kinder für ihn vollwertige Menschen seien, denen er sich gerade bei seinen zahlreichen Auftritten liebevoll zuwende? Niemand von den sogenannten normalen Männern habe weltweit mehr für die Lobby von Kindern getan, und er werde dies auch weiterhin tun, wenn man ihn nur lasse. Und sei es nicht infam, wie dieser wahre Kinderfreund mit Lügen und Verleumdungen überschüttet werde? Wie man seine Liebe zu Kindern und die Liebe der Kinder zu ihm in dem Schmutz zerre und erst durch eine Verhetzungskampagne sondergleichen ein Unrechtsbewußtsein in den unschuldigen Kindern wecke, so daß man die, die bisher nur über alles geliebt worden seien, erst dadurch sexuell mißbrauche?

Auf meinen Einwand, daß alles, was ein Mann wie Michael Jackson für Kinder getan habe, wunderbar sei, solange er die Sexualität dabei aus dem Spiel lasse, wurde mit Kopfschütteln und Unverständnis reagiert. Wenn zwei Menschen sich liebten, gehöre Sex dazu, oder nicht? Oder sei ein Kind etwa nur deshalb kein Mensch, weil es klein ist?

Genau an diesem Punkt prallen Welten aufeinander, denn selbstverständlich sind – wie jede andere sexuelle Handlung eines Erwachsenen mit einem Kind – Pädophilie und Päderastie gesetzlich verboten. Die Täter werden mit demselben Strafmaß bedroht wie Männer und Frauen, deren sexuelle Neigung eigentlich Erwachsenen gilt und die den sexuellen Mißbrauch an Kindern und Jugendlichen als eine Art Zusatz- oder Ersatzbefriedigung vollziehen. Pädos allerdings empfinden ihre Neigung als gottgewollt oder naturgemäß. Da sie von daher ihre erotisch-sexuelle Beziehung zu Kindern stets bewußt planen und anstreben, auch zu wiederholten Malen mit einem Kind verkehren sowie oft jede sich bietende Gelegenheit nutzen, schlägt der Arm des Gesetztes meist mit voller Härte zu. Selten gibt es hier mildernde Umstände, selten den Bonus des einmaligen Fehltritts, selten Strafen auf Bewährung. Gibt es doch Bewährung, dann nur unter weit in den persönlichen Bewegungsspielraum eingreifenden Auflagen.

Pädos selbst sehen dies als himmelschreiendes Unrecht an. Ihre Begründung lautet: »Ich kann ja keine Frau lieben. Die macht mich absolut nicht an. Die erregt mich nicht. Von der will ich einfach nichts. Wenn bei mir die Post abgehen soll, brauche ich ein Kind!«

Wenn aber die Justiz einem Erwachsenen kein Kind als Lustobjekt gestattet, was dann? Ganz einfach: Kein Kind, kein Sex. Mit dieser schlichten Formel sieht sich der Pädo durch das Gesetz in der jedem Menschen zustehenden Ausübung seiner Sexualität gehindert. Und das schmerzt, verständlicherweise.

Außer vielleicht der kleinen Minderheit junger Männer und Frauen, die sich entschließen, »um des Himmelreiches willen« Priester oder Nonne zu werden und zölibatär zu leben, und einer ebenfalls vergleichsweise geringen Anzahl von Menschen, die aus einer Reihe von anderen Motiven partnerlos bleiben wollen, verzichtet wohl kaum jemand aus freien Stücken auf die immer wieder als schönste Nebensache der Welt bezeichnete sexuelle Lust mit einem geliebten Partner. Auch Pädos nicht. So nimmt es nicht Wunder, daß gerade in jüngster Zeit immer heftiger wider den Stachel der Justiz gelöckt und zum Kampf für die Befreiung von Kindern aus angeblich verstaubten Vorschriften, die aus sexuellen Verklemmung entstanden sein sollen, geblasen wird.

»Es lebe das Ego!« kann ich da nur sagen und weiß mich einig mit der Mehrheit aller, die Kinder nicht als zu kurz geratene Erwachsene ansehen, denen man ungestraft die Bedürfnisse von Erwachsenen überstülpen darf. Nach meinem Dafürhalten geht es weder Pädophilen noch Päderasten um das Wohl des Kindes. Nein, es geht ihnen um das eigene Wohl, und zwar nur darum. Mit der vordergründigen und äußerst medienwirksamen Behauptung, sich für die Befreiung von Kindern stark machen zu wollen und also quasi als Retter der Unterdrückten aufzutreten, wird in Wahrheit der Versuch unternommen, den eigenen körperlichen Bedürfnissen des sexuell fehlorientierten Erwachsenen entsprechende Zielgruppen zur Verfügung zu stellen und der »Tatwaffe Penis« ihr Opfer zu sichern.

Zu anderen Schlüssen kommt hier zum Beispiel Rüdiger Lautmann, der als Professor für Soziologie an der Universität Bremen doziert und sich aufgrund zahlreicher Veröffentlichungen im Zusammenhang mit kritischen Fragen zur Sexualität einen Namen gemacht hat. In seinem 1994 erschienenen Buch über »Die Lust am Kind« will er Pädophilie weder als Perversion noch als psychiatrisch zu behandelnden Defekt der Seele verstanden wissen, sondern als eine folgerichtige gesellschaftliche Entwicklung zu einer Sexualität hin, die »keinem Kommunikationsverbot« mehr unterliege. Durch die spätestens seit 1950 rasch fortschreitende Verbreitung der Erkenntnis von der Gleichberechtigung des Kindes als persönlichem Partner und einem notwendigen »herrschaftsfreien Umgang« zwischen Eltern und Kindern rückten die »Generationen damit so nahe aneinander«, daß, so Lautmannscher Originalton, »an dieser Stelle Pädophilie möglich geworden sein« müsse.

Bei mir, einer Mutter von drei Söhnen im Alter von sieben, dreizehn und achtzehn Jahren, lösen solche Ausführungen hellste Empörung aus. Nicht, daß ich meinen Kindern oder irgendeinem Kind die angeborene und altersgemäß entwickelte Sexualität abspreche, diese unterdrücke, für verboten halte oder auch nur als peinlich ansehe. Aber ich weiß aus meiner Erfahrung als Mutter und Frau, die gewohnt ist, mit wachen Blicken durch die Welt zu gehen, daß kindliche Sexualität total von den Vorstellungen, den Wünschen und Bedürfnissen und nicht zuletzt von den rein körperlichen Gegebenheiten des Erwachsenen abweicht. Und ich weiß auch, daß keines meiner eigenen Kinder oder der mir ansonsten bekannten Kinder – einschließlich der sexuell mißbrauchten – jemals aus eigenem Antrieb heraus auf den Wunsch verfallen wäre, etwa den Penis eines Mannes in den Mund zu nehmen und bei diesem einen Samenerguß herbeizuführen oder die Vagina einer Frau zu erkunden. Dies sind allein erwachsene Begehrlichkeiten.

Gerade weil fürsorgliche und verantwortungsbewußte Eltern und die meisten anderen, die ernsthaft engagiert mit Kindern umgehen, endlich gelernt haben, daß Kinder keine minderwertigen, unzulänglichen Geschöpfe sind, sondern unseren absoluten Respekt verdienen – gerade weil die Anerkennung ihres Rechtes auf Kindheit und kindgerechte Entwicklung endlich nicht nur diskutiert, sondern auch gelebt wird –, gerade deshalb soll der Weg für die leibliche Verfügbarkeit des Kindes zur Lustbefriedigung des Erwachsenen geebnet worden sein? Gerade deshalb soll es legitim sein, daß die Vagina einer Elfjährigen den Penis eines vielleicht Fünfzigjährigen aufzunehmen hat? Soll es selbstverständlich und gut sein, wenn ein Kinderliebhaber, wie bei Lautmann beschrieben, ausführt: »Es ist schön zu erleben, wenn du ihn mit zwölf kennenlernst, wie er heranwächst. Wenn du den ersten Orgasmus von ihm erlebst, wenn du den ersten Samenfluß von ihm erlebst, wenn du ihm das alles erklären kannst... Das ist wunderschön. Ich möchte sehen, wie er sich entwickelt, bis der Samenerguß kommt. Wenn ich einen Jungen habe, der zehn, elf ist, wünsch ich mir immer, daß er jetzt endlich soweit kommt, daß ich der erste Mensch bin, der seinen Samen schluckt«?

Für mich drückt sich in dieser Aussage nichts Positives aus. Nur Machthunger und Besitzgier, nur Egoismus und hemmungsloser Trieb. Mit einem Wort, nur sexueller Mißbrauch. Eine solche Aussage zu sanktionieren und die Tat durch entsprechende Gesetzesänderungen zu legitimieren hieße, die Quadratur des Kreises erfunden zu haben. Und auf eine solche pseudofortschrittliche Weltverbesserung kann man nicht nur, nein muß man verzichten.

»Der echte Pädophile«, schreibt Rüdiger Lautmann in seinem Buch, dem nach eigener Aussage das erste deutschsprachige Forschungsprojekt über die sozio-sexuellen Seiten der Pädophilie zugrunde liegt, »interessiert sich allgemein für soziale Kontakte zu Kindern, eingeschlossen eine sexuelle Seite.« Und, führt er aus, dieser »echte« Pädophile, der sich deutlich von sogenannten »Ersatzobjekt-Tätern« und »aggressiv-sadistischen Tätern« unterscheide, mache schätzungsweise fünf Prozent aller Menschen aus, die sich durch Sexualkontakte mit Kindern befriedigen.

»Vor dem Auge des pädophilen Verlangens«, formuliert Rüdiger Lautmann weiter, »steht ein ›richtiger Knabe‹ bzw. ›richtiges Mädchen‹ ... So ernst nimmt der Pädophile den jungen Menschen, daß er zu ihm in eine Liebe fallen kann.«

Für mich klingt dieser letzte Satz geradezu absurd. Ein Erwachsener, der ein Kind ernst nimmt und liebt, bedient sich des kindlichen Körpers nicht, um dessen sexuelle Potenz auszubeuten! Wer dies tut und dabei von Liebe spricht, setzt Liebe mit dem durch Sexualisierung und Penetration besiegelten Besitz eines Menschen gleich und weiß in Wahrheit nichts über das Wesen der Liebe.

Doch zurück zu Rüdiger Lautmann und seinen Forschungsergebnissen. Der spezielle Reiz eines Kindes für einen Pädophilen, fand er heraus, liege in der Gesamtheit der charakterlichen und körperlichen Persönlichkeit, wobei die Genitalien des Kindes »gewürdigt« und »mit Aufmerksamkeiten überschüttet« werden. Von besonderer Bedeutung sei hier das jugendliche Erscheinungsbild, weniger das tatsächliche Alter des Kindes. »Erst die Obacht gegen Schutzaltersgrenzen« stoße den Pädophilen auf die Zahlen, wobei keiner der von Lautmann Befragten sich eindeutig auf Altersvorlieben festlegen wollte. Vermutlich, so Lautmanns Kommentar, weil »sie ihre Wünsche selber moralisch bedenklich fanden«. Wichtig für eine Beziehung sei jedoch, daß eine »Rückstrahlung der Gefühle« erfolgen könne, was für viele Pädos nur denkbar zu sein scheint, wenn das voll sexuellen Begehrens geliebte Kind zwischen drei und höchstens 16 Jahre alt ist.

Knabenliebhaber, also Päderasten, unter Lautmanns Interviewpartnern äußerten zum Beispiel: »Ich liebe es, wenn so ein paar ganz leichte Härchen schon zu sehen sind. So ganz sachte, aber nur, drei, vier Haare. Man darf sie gerade eben erkennen können, mehr sollte es nicht sein.«

Auch Aaron, den ich Ende der siebziger Jahre in Mannheim kennenlernte, sah dies so. Aaron war damals ein Mann in den besten Jahren, beruflich gut situiert und viel auf Reisen. Er war in unserem Mehrfamilienwohnblock zwei Etagen über uns eingezogen und lebte dort mit einem noch sehr jungen, arbeitslosen Burschen, Ben, in einer festen Beziehung zusammen. Ben hatte den Part des Hausmanns übernommen. Da ich ihm oft auf dem in der Nähe unseres Wohngebietes abgehaltenen Wochenmarkt oder in einem Handarbeitsgeschäft begegnete, kamen wir ins Gespräch. Und so ergab es sich ganz ungezwungen, daß ich Ben irgendwann fragen konnte, ob Aaron wohl in der Jugendarbeit engagiert sei, da ihn seit seinem Einzug so erstaunlich viele Jungen im Alter zwischen vielleicht sechs und höchstens 13 Jahren besuchten. Ben wurde eindeutig verlegen. Nein, nein, Aaron sei Abteilungsleiter in einer großen Firma. Mit Kindern habe er nichts zu tun, und besuchen kämen ihn schon gar keine, das müsse er, Ben, ja am besten wissen, schießlich sei er ständig zu Hause. Hätte Ben anders reagiert, wer weiß, ob ich je herausgefunden hätte, was mit Aaron und den bis in die späten Abendstunden durch das Mietshaus schleichenden Jungen los war. So aber waren sowohl meine Neugier als auch ein plötzlich ungutes Gefühl geweckt, und ich begann aufzupassen, die Nachbarn in den drei unmittelbar an Aarons Wohnung angrenzenden Apartments zu befragen und schließlich auch den Jungen, der am häufigsten im Hausflur auftauchte.

Die Nachbarn sagten, doch, doch, die Jungen gingen zu Aaron, meist einzeln, manchmal in einer kleine Clique. Einzeln kamen sie überwiegend nach Einbruch der Dunkelheit und huschten dann in den frühen Morgenstunden, ehe Aaron zur Arbeit loszog, wieder davon. Dies geschah jedoch nur dann, wenn Ben, was häufig vorkam, zu seiner Schwester gefahren war, um auf deren Kinder aufzupassen. Eine Nachbarin hatte bemerkt, daß Aaron die Jungen dann hastig zu sich hineinzog, als fürchte er, beobachtet zu werden. Meist, sagte die Nachbarin weiter, sei er stark geschminkt und nur mit einem Bademantel bekleidet gewesen oder habe irgendwie orientalisch gewirkt. Eine andere wußte, daß er mit seinem jugendlichen Gast stundenlang überlaute Musik zu hören pflegte und offensichtlich immer gemeinsam mit ihm badete. Wieder eine andere berichtete mir von Schwaden schwüler Räucherstäbchenluft, die manchmal durch das geöffnete Fenster zu ihrer Wohnung hineinstrichen, während Aaron für seinen Gast Liebeslieder zur Gitarre sang. Von seiner Putzfrau, die die Wohnung stets in Aarons Abwesenheit reinigte und einen eigenen Schlüssel besaß, erfuhr ich, daß sie manchmal einen der Jungen nackt und schlafend in Aarons Bett überrascht hatte, wenn sie morgens unerwartet früh gekommen war, und daß er eine ganze Reihe Fotoalben mit Nacktaufnahmen von den Jungen besäße, die ihn besuchten. Unter anderem sei auch der Junge fotografiert worden, der mir schon so oft im Hausflur aufgefallen war.

Von diesem Tag an paßte ich gezielt auf, wann Ben zu seiner Schwester fuhr, und wartete auf Moritz, wie ich den Jungen von damals hier nennen will. Bereits kurze Zeit später schnappte ich ihn mir und stellte ihn mit dem Vorwand zur Rede, daß er versucht habe, an dem Kinderfahrrad meines damals noch kleinen ältesten Sohnes die Klingel abzumontieren. Dies wirkte um so glaubwürdiger, als in dieser Zeit tatsächlich immer wieder Fahrräder aus dem von allen Hausbewohnern genutzten Fahrradraum verschwanden und der Verdacht bereits auf Aarons Besucher gefallen war. Natürlich beteuerte Moritz seine Unschuld und sagte schließlich in größter Aufregung, er komme nur den Herrn Sch. besuchen, der von ihm Modefotos für eine Zeitung mache und ihm dafür fünfzig Mark geben wolle. Aber das dürfe er mir eigentlich gar nicht verraten, weil das eine geheime Sache sei und er seinem Freund Aaron versprochen habe, dichtzuhalten.

Mittlerweile hatte ich einen ziemlich genauen Verdacht gefaßt und beschloß, mir über Ben eine letzte Bestätigung zu holen, ehe ich das Jugendamt anrufen würde. Am nächsten Wochenmarktstag war es soweit. Ben schob soeben eine Tüte Kirschen in seinen Henkelkorb, als ich ihn entdeckte. Ich blieb ihm auf den Fersen, bis wir schließlich auf die Straßenbahnhaltestelle zusteuerten. Der Heimweg von der letzten Haltestation aus führte zu Fuß gut zwanzig Minuten an einer schienenfreien Straße entlang. Also zwanzig Minuten Zeit für unser Gespräch. Zwanzig Minuten Vertrauen.

»Aaron und ich kennen uns schon seit neun Jahren«, sagte Ben. »Als das mit uns anfing, war ich elf. Einzelkind, ziemlich verwöhnt, ziemlich altklug auch, würde ich sagen. Und allein. Andere Interessen vielleicht als die anderen. Hab immer viel gelesen, viel mit Lego gebastelt, gern für mich allein gespielt. Wenn einer mal bei mir war, haben die mir eigentlich zuviel kaputt gemacht, zu blöd dahergeschwätzt, sich einfach zu doof benommen. Das hat mich bloß genervt. Wenn ich das heute zusammenfassen soll, würde ich sagen, daß ich wohl immer ein ziemliches Weichei war. Kein richtiger Junge. Hatte kaum Freunde, war immer der zum Verkloppen, der Doofe. Und dann, in der Zeit, als meine Mutter schwanger mit meiner Schwester war, zog Aaron bei uns als Untermieter ein. Meine Eltern brauchten wohl das Geld. Ich war sofort von ihm fasziniert. Er hatte so eine Art, ich weiß auch nicht. Der nahm einen ernst, der redete mit einem, der spielte mit einem, der hörte zu. Der war auch komisch, das schon, aber das nahm ich dann einfach so hin.«

»Inwiefern denn komisch?« fragte ich und versuchte, Bens Blick einzufangen. Aber er sah mich nicht an, blickte nur vor sich hin auf den Weg.

»Komisch, das ist so ein Wort«, sagte Ben. »So für alles, irgendwie. Komisch, das war zum Beispiel, daß er so gern in seinem Kaftan rumlief und sich dann auch braun schminkte und Wasserpfeife rauchte oder Räucherstäbchen anzündete. Und daß er dann, so vor dem Zubettgehen, ehe er mich wegschickte, immer badete und ich ihn dann abseifen und eincremen durfte. Das machte mir aber eigentlich nichts aus. Es war eher so ein Ritual, so ein Geheimnis auch, etwas, das nur uns gehörte. Das war etwas Besonderes. Irgendwann lud er mich dann ein, mitzubaden. Und natürlich machte ich das auch. Das war doch klar. Ich hätte mich auch nicht getraut, es nicht zu tun. Ich hätte Angst gehabt, daß er mich dann vielleicht nicht mehr einlädt, daß er nichts mehr mit mir macht, ich meine, nicht mehr mit mir redet und Musik hört, keine Hausaufgaben mehr für mich ausrechnet, alles das. Nach dem Baden wollte er dann, daß ich ihm erlaube, mich zu fotografieren. Da hab ich mich etwas geschämt, weil er ja wollte, daß ich mich nicht anziehen sollte. Aber dann hab ich mir gedacht, daß das ja für ihn ist und daß ich das dann schon machen kann. Von da an hat das dann mit den Fotos angefangen. Das war schon ziemlich seltsam für mich, weil er mich dann auch immer berührt hat und gestreichelt und alles so hingelegt hat, daß er die Stellung dann gut fand. Und dann, noch später wieder, hat er gefragt, ob ich ihn auch mal fotografieren will. Und das wollte ich dann auch. Ich hatte noch nie selbst fotografieren dürfen. Meine Eltern haben immer gesagt, das wäre nichts für mich, die Bilder würden sowieso nichts. Aber er sagte bloß: »Quatsch! Klar kannst du!« und drückte mir den Apparat in die Hand und zeigte mir, wie ich den Auslöser drücken mußte. Und dann fragte er, ob er denn auch richtig sitzen oder stehen würde oder ich da noch etwas ändern wollte, und als ich mich dann wichtig fühlte und sagte, er sollte sich mal so oder so hinsetzen oder hinlegen, da sagte er dann, ja, das könnte er aber nicht verstehen, ohne daß ich ihn anfasse und alles so herrichte, wie es gut ist. Damit ging dann die Anfasserei los und alles. Das war schon irgendwie auch erregend. Es war ja auch ziemlich geheimnisvoll, so mit diesem Fotolicht und dem Kaftanstoff, auf den er sich dann immer gern hinlegte, und dieser Geruch und alles, das war wie verzaubert, wie eine ganz andere Welt. Und in der war das dann auch alles erlaubt. Das hatte irgendwie nichts mehr mit dem Aaron zu tun, der er sonst war, und auch nichts mit mir, wie ich sonst war. Und es war auch schön. Ich meine, daß er mich streichelte und ich ihn streichelte und er mich küßte und ich ihn küßte. Nur so naß geküßt zu werden und eigentlich überall und das mit seinem Glied, das war nicht so schön. Das war irgendwie eher eklig. Aber ich merkte ja doch, daß es ihm was gab. Und er hatte mir so viel gegeben, da konnte ich das ja auch für ihn tun. Und außerdem kamen mir da auch so Gefühle, die ich nicht so ganz einordnen konnte, aber die mich schon neugierig machten, die ich auch irgendwie wiederhaben wollte. Nachher fragte er mich dann jedesmal, ob es schön gewesen wäre, und ich sagte ja. Und dann sagte er, aber das nächste Mal würde es noch viel schöner. Und wenn es dann ganz schön für mich gewesen wäre, so wie bei ihm, dann wäre ich schon ein richtiger Mann. Das wollte ich natürlich gern sein. Und also wartete ich eigentlich jedesmal darauf, daß es bei mir auch so käme wie bei ihm. Aber das dauerte noch ziemlich lange, ich glaube, über ein Jahr.«

Ob denn niemandem etwas aufgefallen sei, wollte ich wissen. Ob die Eltern nichts gemerkt, nichts geahnt hätten? Ben grinste. »Wieso denn? für die war doch alles bestens. Wenn der Aaron sich mit mir abgeben wollte, sollte er doch. Die dachten sich doch nichts Sexuelles dabei. Auf die Idee wären die nie gekommen. So etwas war gar nicht in ihren Köpfen drin. Und außerdem hatten die dann ja auch meine Schwester. Die brüllte ziemlich viel. Da hatten sie genug um die Ohren. Na, und ich sagte ja auch nichts. Der Aaron war mein Freund, mein bester Freund oder auch der einzige, den ich hatte. Ich hätte nie was gesagt, obwohl mir schon irgendwie klar war, daß das mit uns nicht in Ordnung war. Das wäre mir wie Verrat vorgekommen, wie etwas total Unmögliches, so was machte man in meinen Vorstellungen einfach nicht, daß man einen Freund anschwärzt oder so. Auch als das dann später soweit war, daß das nicht mehr beim Küssen blieb und richtiger Verkehr dazu kam und mir das auch ziemlich weh tat, weil ich zu eng war und alles, auch da hätte ich nie etwas gesagt. Ich hab den Mann einfach geliebt. Und ich hab mir auch eingebildet, daß der mich liebt. Bis dann, als ich so 13 war und allmählich Haare bekam und schon ein ziemlich großes Glied und Pickel, da hieß es auf einmal, es wäre aus zwischen uns. Jetzt könnte er das nicht mehr, ich würde ihn nicht mehr anmachen, er hätte auch schon einen anderen, jüngeren, einen, der so zart noch wär und neu wie ich damals, und das müßte ich doch verstehen. Schließlich würden sich auch andere Leute trennen, so jung wäre ich ja nicht mehr, daß ich das noch nicht mitbekommen hätte, und ich könnte mir ja von ihm aus auch einen anderen anlachen und mich mit dem dann bei ihm treffen. Es wäre ja vielleicht ganz nett, wenn wir es zusammen machen könnten.«

»Aber«, wandte ich ein und schenkte Ben eine zweite Tasse Kaffee ein, denn wir waren inzwischen längst an unserem Mietshaus angekommen und stillschweigend zusammen in meine Wohnung gegangen, »aber Sie sind doch bis heute noch mit ihm zusammen.«

»Zusammen schon«, sagte Ben, »wenn Sie damit eine gemeinsame Wohnung meinen, aber nicht zusammen im Bett. Da läuft zwischen uns nichts mehr. Aaron liebt kleine Jungen, und ich liebe Männer. Das hat sich für mich im Laufe der Zeit so rausgestellt. Auch, daß wir zusammenbleiben wollten. Oder sagen wir, daß ich mit Aaron zusammenbleiben wollte und er schließlich einsehen mußte, daß das auch für ihn die bessere Lösung wäre als zum Beispiel Knast. Manchmal muß man seine Trümpfe nur zur rechten Zeit ausspielen.«

»Erpressung?« staunte ich und fand, daß Ben ein wirklich schlitzohriges Grinsen aufsetzen konnte.

»Man muß nicht immer alles bei seinem Namen nennen«, sagte er. »Man muß auch nicht immer alles wissen wollen. Zwischen Aaron und mir, das ist eine Symbiose. Das geht ganz gut so. Wenn er etwas vorhat, kratze ich die Kurve, und er zahlt mir dafür ein Hotelzimmer oder was ich sonst will. Das ist schon okay. Nur eins ist Scheiße. Wir fliegen immer wieder auf. Ich weiß gar nicht, wie oft wir inzwischen schon umgezogen sind. Das ist echt bescheuert.« Ein genüßliches Schlürfen noch über den Tassenrand hinweg, dann stand Ben auf. »Vielen Dank für den Kaffee«, sagte er. »Tat echt gut. Geht doch nichts über nette Nachbarn. Alsdann, eine gute Zeit noch.«

Die Hand gab er mir nicht. Auch nicht am nächsten Tag, als der Umzugswagen vor dem Haus stand. Da konnte er sie mir nämlich schon nicht mehr geben. Ben war zu diesem Zeitpunkt längst fort. Nachts noch hatten er und Aaron die Koffer in Aarons Kombi geladen und waren verschwunden. Ich fand niemals heraus, wohin.

Nur das Jugendamt setzte ich auf die noch warme Spur. Das fiel nicht schwer. Aaron war dort kein Fremder. »Im Visier haben wir den Kerl schon längst«, sagte die Sachbearbeiterin. »Wir wissen, daß er es tut. Nur beweisen, beweisen können wir es nicht. Was glauben Sie, wie oft wir den schon vorgeladen haben! Aber die Jungen, mit denen er es treibt, die schweigen wie das Grab. Aus denen kriegen Sie kein Wort raus. Alles, was er mit ihnen macht, wäre spielen, behaupten sie, Musik hören, harmlose Sachen. Das ist schließlich nicht strafbar. Und was Sie mir heute erzählen, da steht dann Aussage gegen Aussage. Das ist noch lange kein Beweis. Und außerdem ist der jetzt sowieso erst mal verschwunden. Der muß sich ja bei uns nicht abmelden, und polizeilich liegt gegen ihn nichts vor. Der kann tun und lassen, was er will. Solange dem nichts nachzuweisen ist, ist das ein unbescholtener Mann. Da können wir nichts machen.«

Noch versteckter als Knabenliebhaber treiben es »Mädchenfreunde«, wie Rüdiger Lautmann sie in seinem Buch »Die Lust am Kind« nennt, unter dem Ausschluß der Öffentlichkeit mit ihren Kindgeliebten. Anders als Päderasten, denen es weniger um die Schönheit »ihres« Jungen geht als vielmehr um dessen möglichst unreifes Erscheinungsbild, sorgen die auf Mädchen fixierten Pädos »sich um die Attraktivität der kleinen Geliebten« und führen dies zum Beispiel folgendermaßen aus: »Was mich reizt, ist, daß sie noch keine Spur von Schamhaaren haben. Das heißt, ich kann voll sehen, was Sache ist. Ihr schönster Ort ist nicht zugewachsen. Das beginnt ja schon mit 13, 14 zu wachsen; mit elf spärlich, mit zwölf sieht man schon etwas. Gut, ein paar Schamhaare, das macht nichts, das seh ich ganz gerne, aber am liebsten mag ich, wie man im Fachjargon sagt, ›ball pussy‹, das heißt nackte Muschi. Ich habe irgendwie einen Horror vor Schamhaaren. Ich selber bin auch rasiert. Also mit einer 14jährigen kann ich's mir schon gar nicht mehr vorstellen.«

Dies, so Lautmann weiter, sei »etwas anderes als kulinarischer Appetit auf junges Gemüse«. Jemandes Entwicklung zu beobachten gehöre nun einmal zu den »Urmotiven menschlicher Beziehungen, auch in der Liebe«, wobei sich, »allen Unkenrufen zum Trotz«, einer der bedeutenden »gesellschaftlichen Grundwerte« in Wachstum und Leistung niederschlage. Vor allem »in der Pubertät ... führt unser Körper dramatisch vor, wie er wächst und was er leistet ... Kein Wunder also, daß dieser Übergang sich erotisieren läßt.«

Und damit diese Zusammenhänge auch wirkich allgemein verstanden werden, ergänzt einer der Kinderliebhaber in einem Interview: »Ich glaube, daß es auch ein bißchen das Unfertige eines Körpers ist, das mich anzieht ... Der Mensch ist nicht in einem Endzustand; den gibt es ja gar nicht. Ich habe noch die Chance, ein Stück Entwicklung mitzuerleben. Und das ist etwas, was in meinem ganzen Leben, auch im geistigen, wichtig gewesen ist: mich entwickeln zu wollen und Entwicklung zu erleben ... Das prägt auch den sexuellen Aspekt der ganzen Sache, das fasziniert mich an Kindern, daß ich bei ihnen in meiner Erfahrung, in meiner Phantasie noch unterwegs sein kann.«

Wie entsetzlich grotesk die öffentliche Diskussion um die kindliche Sexualität zeitweilig bereits geführt wird, zeigen nicht nur diese Aussagen, sondern unter anderem auch Ausführungen des bekannten Sexualwissenschaftlers Professor Ernest Bornemann, eines Verfechters des pädophilen Anspruchs auf gelebte Sexualität. In einem Fernsehinterview behauptete Bornemann, ein vierjähriges Mädchen könne jeden vierzigjährigen Mann sexuell erregen und um den Finger wickeln und wisse dies auch. Ja, es kenne seine eigene sexuelle Wirkung und Ausstrahlung auf Männer sehr wohl und verstehe auch, diese bewußt einzusetzen. Aus diesem Grund hätte das vierjährige Mädchen die Macht über den Mann und nicht umgekehrt.

Nähme man einen solchen Ausspruch so ernst, wie er gemeint ist, würde man damit dem sexuellen Mißbrauch an Kindern und Jugendlichen Tür und Tor öffnen. Auf einmal wäre glaubwürdig und rechtens, wenn ein Täter sagte, seine sechs Monate alte Tochter habe ihn verführt. Dann wäre es legitim und nicht mehr strafbar, wenn eine in flagranti ertappte Täterin ausführte, der ihr zu Betreuung überantwortete Fünfjährige ihrer Nachbarin habe unbedingt Sex mit ihr gewollt. Das Ausmaß der Willkür und der kaum wiedergutzumachenden seelischen und körperlichen Grenzverletzungen an unseren Kindern mag jeder sich hier selbst weiter ausmalen.

Angesichts der Tatsache, daß Pädophile aller Couleur behaupten, sexuell nur durch Kinder erregt zu werden, ist man versucht, an eine leichte Identifizierung einer bestimmten Tätergruppe des sexuellen Mißbrauchs zu glauben. Doch weit gefehlt! Pädophile sind keineswegs notorisch bindungsunfähig und stets Singles. Sie sind keinesfalls zwingend impotent, wenn es um erwachsene Geschlechtspartner geht, und sie haben auch keinesfalls zwingend keine leiblichen Kinder. Im Gegenteil, ich habe Pädophile kennengelernt, die verheiratet sind und mehrere Kinder gezeugt haben, deren sexuelle Reize nun Papis größte Lust und Freude sind.

»Fremde Kinder sind mir zu gefährlich.« Dies hörte ich von Emilio, einem Opernsänger aus Hamburg, im schönsten Brustton seines Baßbaritons. »Die eigenen, die kannst du intensiver und ungestörter genießen. Da guckt dir keiner auf die Finger.« Erschrocken fragte ich zurück: »Soll das heißen, Sie zeugen sich eigene Kinder, damit Sie Sex mit ihnen habe können?« Noch erschrockener kam als Antwort: »Nein, wo denken Sie hin? Mich machen Kinder nicht an, ehe sie sechs, acht sind. Vorher, das wäre in meinen Augen Mißbrauch. Erst wenn die soweit sind, daß sie einen bewußt lieben können, wird das für mich interessant. Meine, die sind ja erst drei Jahre beziehungsweise sieben Monate alt!«

Von wegen, es gibt keine Pädophilen im innerfamiliären Bereich! Dieses Unterscheidungsmerkmal, das immer wieder in öffentlichen Diskussionen zur Abgrenzung der Pädophilie vom sexuellen Mißbrauch gebraucht wird, stimmt so nicht. Es gibt sie, die Kinderliebhaber mit Trauschein und Ehering. Dank ihrer Fähigkeit, besonders zärtlich und fürsorglich mit ihren Kindern umzugehen und auf diese Weise die gefühlsmäßige Abhängigkeit des Kindes oder der Kinder zu stärken, werden sie nur noch seltener als andere Mißbraucher als Täter angezeigt.

Meist ist nicht einmal die Lebensgefährtin oder Ehefrau über die sexuellen Vorlieben ihres Mannes im Bilde. In allen Fällen, die mir bekannt wurden, waren die Beziehungen zu einem Erwachsenen jedoch kühl berechnend als Täuschungsmanöver eingegangen worden. Sie dienten zum Beispiel wie bei Emilio, dem Opernsänger aus Hamburg, als Alibi, damit niemand auf »dumme Gedanken« käme, wenn der Hausherr ständig Kinder zu Besuch einlud, sobald die Ehefrau außer Haus weilte. Oder sie kamen zustande, weil man in der Nachbarschaft oder auf der Arbeitsstelle bereits Verdacht geschöpft hatte und eine berufliche Position zusammen mit dem gesellschaftlichen Ansehen auf dem Spiel zu stehen schien. Oder auch, weil bereits einmal oder gar mehrfach Anzeige beim Jugendamt erfolgt war und nur noch eine Eheschließung den keimenden Verdacht zerstreuen und der Beobachtung des mutmaßlichen Mißbrauchstäters ein Ende setzen konnte.

Wenn etwas die Gruppe der pädophilen Kindesmißbraucher kennzeichnet, dann ist es allenfalls das Phänomen, daß sie Kritik an ihrem Täterverhalten lautstark und zunehmend in aller Öffentlichkeit als unzeitgemäße Sexualfeindlichkeit, als Schwulenverhetzung und dem Nazi-Regime ähnliche, menschenverachtende Verfolgung von Minderheiten ausgeben, die entgegen der gesetzlich garantierten Gleichheit aller Menschen in ihrem Persönlichkeitsrecht auf sexuelle Entfaltung beschnitten werden. Vor allem aber kennzeichnet sie, daß Pädophile wegen dieser vollkommenen Uneinsichtigkeit in ihr schuldhaftes Verhalten weit schwerer als Nichtpädophile und selten dauerhaft erfolgreich zu therapieren sind und daher eine permante Bedrohung und Gefährdung unserer Kinder darstellen.

Gefährdet! Von der Angst, zum Täter zu werden

Es war in München. Sonne lag über den Isarauen. Jürgen und ich saßen im Gras zwischen Gänseblümchen und Butterblumen.

Während das Lachen einer Kindergruppe zu uns herüberscholl, dachte ich darüber nach, was ich bereits über Jürgen wußte.

Jürgen ist mit 23 Jahren der jüngste Sohn einer bayerischen Landwirtsfamilie mit insgesamt sieben Kindern. Seine beiden erstgeborenen Schwestern sind von seinem Vater sexuell mißbraucht worden. Vor kurzem erst hatten sie sich einer Selbsthilfegruppe betroffener Frauen angeschlossen und aufgrund der dort gemachten Erfahrungen den Entschluß gefaßt, sich mit Eltern und Brüdern auszusprechen. Dieses Gespräch führte zu einer totalen Aufspaltung der Familie. Auf der einen Seite stehen die Eltern und vier der Brüder, auf der anderen Seite die beiden Schwestern und Jürgen. Er teilt als einziger der Brüder die Auffassung der Schwestern, daß ihnen vom Vater Ungeheuerliches widerfahren ist. Und genau wie die Schwestern wurde er prompt aus dem väterlichen Testament gestrichen. Als sei das noch nicht genug, hatte er erst kurz vor unserem Treffen telefonisch eine von mehreren anonymen Morddrohungen erhalten für den Fall, daß er auf die Idee kommen sollte, die ganze angeblich erlogene Geschichte an die große Glocke zu hängen. Der Anrufer hatte seine Stimme verstellt, aber Jürgen glaubt, daß es sein ältester Bruder war. Eine der Schwestern hatte einer Freundin mitgeteilt, daß sie sich schon bald in der Landeshauptstadt mit einer Autorin treffen werde, die ein Buch über sexuellen Mißbrauch schreiben wolle. Vermutlich hatte diese Information den ältesten Bruder erreicht.

Jürgen richtete sich auf einen Ellenbogen auf, wandte sich mir zu. »Manchmal, wenn ich so über alles nachdenke«, sagte er, »wenn ich dran denk, wie alles bei uns daheim war, wie mein Vater war und die Mutter und wie keiner von außen etwas gemerkt hat – wie alle, die ganzen Nachbarn, der Herr Pfarrer, wie alle immer nur gedacht haben, was für eine Superfamilie wir sind, wie wir das alles so hinkriegen, die vielen Kinder und die Mutter, die nach mir nie mehr so richtig auf die Füße gekommen ist, und wie wir Kinder dann alles gemacht haben im Haus und auf dem Hof und meine große Schwester die Mutter so gut ersetzt hat und der Vater immer ein angesehener Mann war –, da wird mir dann schon manchmal angst und bange, man könnt so werden wie er. Mein Bruder, der Franz, der älteste, ich weiß nicht, ob der das alles damals wirklich nicht mitbekommen hat. Ich meine, was der Vater getan hat. Mit dem Franz war halt nie so recht zu reden, der war immer so weit von uns anderen weg, weil er ja doch acht Jahre älter ist als wir anderen und dem Vater sein Sohn allein, also von der ersten Frau der Sohn, die schon bei seiner Geburt gestorben ist. Eigentlich hat er bei uns nie so recht dazugehört, war immer der andere. Vor allem die Mutter hat ihn das schon spüren lassen. Das haben wir Kinder gemerkt und es der Mutter nachgemacht und gegen den Franz Bande gemacht. Für die Mutter war der Franz immer wie eine Konkurrenz zu ihren eigenen Kindern, weil er ja der Hoferbe war – das hatte der Vater schon vor der Hochzeit beim Notar so abgemacht – und auch, weil der Vater ihn immer als etwas Besonderes behandelt hat. Oft hab ich als junger Bursch so für mich gedacht, daß sie wohl froh gewesen wäre, der Franz wäre verschwunden. Er hat seiner eigenen Mutter immer gleich geschaut, vor allem, wie er noch ganz jung war. Unsere Mutter hat da wohl immer die Eifersucht gespürt, weil die erste Frau vom Vater, die war halt so eine ganz Feine, Zarte gewesen, so eine Schöne, daß wir Kinder heimlich immer die Bilder von ihr im Fotokasten bewundert haben. Den hat der Vater im Wohnzimmerschrank in einem besonderen Fach stehen gehabt, direkt bei der dicken Familienbibel, die hat kleine runde Füße gehabt und ein Schloß aus Silber. Da hat keins von uns rangehen dürfen, aber wir haben's halt doch getan. Und wenn uns da die Mutter überrascht hat, oh weh! Unsere Mutter, die war halt nicht so fein, die war schon mehr eine für einen Bauernhof, ein bißchen breiter und runder, mit Händen zum Zupacken. Eine, die halt nicht gleich beim ersten Kind wegstirbt, sondern sieben lebendig zur Welt gebracht hat und nochmal fünf oder sechs, das weiß ich nicht so genau, die schon vor der rechten Zeit weggestorben sind oder nur ein paar Tage gelebt haben. Das haben wir Kinder nie so recht mitbekommen, außer daß die Mutter halt manchmal wieder einen dicken Bauch hatte und dann keinen mehr und doch hat nichts in der Wiege geschrien.

Darüber, daß die Mutter schwanger war, ist bei uns nicht geredet worden. Wir sind auf dem Hof aufgewachsen und haben beim Vieh abgeschaut, wie das so war mit dem Ferkelwerfen oder Kalben. Da hat sich keins von uns etwas dabei gedacht. Das hat schon dazugehört. Das war auch irgendwie nicht der Rede wert, vielleicht weil's so natürlich war. Nur, wenn's nichts war damit, dann hat die Mutter schon arg rote Augen gehabt, wenn wir von der Tante heimgekommen sind, wo wir bei diesen Gelegenheiten immer untergebracht wurden. Jedesmal hat sie die Arbeit getan, wie wenn nichts gewesen wäre, nur daß sie dann oft im Hergottswinkel stehengeblieben ist und der Vater sie hat trösten müssen, weil sie geweint hat.

In so einer Zeit dann, wie die Mutter eine Fehlgeburt gehabt hat, hat das mit meiner großen Schwester angefangen. Sie sagt, das war, wie ich noch nicht auf der Welt war. Und nur, weil die Mutter den Vater aus dem Elternschlafzimmer fortgeschickt hat, weil der Arzt gesagt hat, sie soll kein Kind mehr haben. Der Vater, sagt die Schwester, war betrunken, wie er in ihre Kammer gekommen ist, und hat sie mit dem Namen der Mutter angeredet. Und er hat geweint und gesagt, er wär doch kein Schwein, er bräucht doch auch eine, die ihn liebt und die gut mit ihm ist. Und da hat er der Schwester so leid getan, daß sie ihn in den Arm genommen und ihm Platz im Bett gemacht hat, und da ist er zuerst eingeschlafen und hat geschnarcht. Und dann ist sie wach geworden, weil er an ihr herumgeküßt und ihre Nachthemdknöpfe aufgemacht hat, und dann ist es halt so gekommen. Die Schwester hat sich nicht getraut zu schreien, weil sie die kleine Schwester nicht hat wecken wollen. Sie hat den Vater nur weggedrückt und gebettelt, er soll das doch nicht machen mit ihr. Aber er hat nicht gehört und hat sich nicht wegdrücken lassen, sondern hat nur gelacht und sein Sach gemacht. Und die Schwester ist da noch Jungfrau gewesen und hat von nichts gewußt, und er hat ihr weh getan. Wie er dann endlich eingeschlafen ist, ist sie auf und hat sich gewaschen und an der Schlafzimmertür bei der Mutter gehorcht, und da hat die Mutter sie gerufen und hat gefragt, was denn geschehen sei und wo der Vater wäre. Die Schwester hat aber nichts sagen wollen und auch nichts sagen können, weil sie sich so geschämt hat, daß der eigene Vater das mit ihr gemacht hat. Aber weil sie so geweint hat und die Mutter dann auch zu weinen angefangen hat, hat sie doch geglaubt, daß die Mutter es von diesem ersten Mal an gewußt hat. Es ist aber nie darüber gesprochen worden. Der Vater hat nicht verlangt, daß sie nichts sagt. Das war bei der Schwester nicht nötig. Die hätte sich lieber den Mund ausgebrannt, als etwas zu sagen und der Mutter damit unter die Augen zu kommen. Nur beim Herrn Pfarrer war sie in der Beichte. Und wie sie durchs Gitter geflüstert hat, was der Vater ihr tut und was sie denn machen soll, damit es ein Ende hat, da hat der Herr Pfarrer den Beichtvorhang weggerissen und ist raus aus dem Beichtstuhl und hat so laut in die Kirche gedonnert, daß sie für ihr sündiges Reden ins ewige Fegefeuer kommen werde, daß alle anderen, die auch in der Kirche waren, weil sie hatten beichten wollen, es gehört haben. Und dann ist er fort. Da hat sich meine Schwester erst aus dem Beichtstuhl rausgetraut, als alle anderen gegangen waren und der Meßdiener die Kirchentür hat absperren wollen. Zur Beichte ist sie danach nie mehr gegangen, und der Herr Pfarrer hat getan, als hätte er nie etwas gehört. Es hat sich aber bei uns im Dorf doch herumgetrascht, daß sie im Beichtstuhl drinnen gewesen war, und da hat sie den schlechten Ruf weggehabt. Der Vater ist von dem Tag an regelmäßig jede Woche zu meiner Schwester in die Kammer gekommen. Die kleinere Schwester aber hat ausziehen und bei uns Burschen mit in der Kammer schlafen müssen.«

»Hat sich denn keiner darüber gewundert?« fragte ich. »Hat niemand etwas gemerkt?«

Jürgen zuckte mit den Schultern. »Gewundert? Keine Ahnung. Ich war damals gerade auf die Welt gekommen. Die Mutter hat's schwer mit mir gehabt. Fast, sagt sie, wäre sie daran gestorben. Ich hab halt so einen dicken Schädel gehabt, damals. Und wenn man's recht zusammenzählt, war ich ja weiß Gott das erste oder zweite Kind nicht und das letzte auch nicht. Auch wenn nach mir keins mehr gelebt hat. Wenn eine 13 oder 14 Kinder zur Welt bringen muß, so oder so, da kann's eine schon zusammenbröseln. Da kann eine schon die Augen zumachen und von nichts wissen wollen, und wenn sie's auch tausendmal weiß. Wie meine andere Schwester dann zu uns in die Burschenkammer ist, hat der Vater gesagt, es wär wegen mir, weil die Mutter zu schwach wäre. Da hat wohl keiner gemurrt. Daß sich eine um mich kümmern muß, haben sie ja gewußt. Verrecken hätten sie mich ja schon nicht lassen. Nur die Schwester hat genau gewußt, warum sie hat raus sollen aus ihrer eigenen Kammer. Sie hat ja doch mitgekriegt, daß der Vater zur Evmarie wie ein Ehemann gekommen ist und daß die Evmarie darüber ein ganz anderer Mensch geworden ist. Und sie war aber auch froh, hat sie später einmal zu mir gesagt, als ich sie danach gefragt hab, daß jetzt, wo sie draußen war, der Vater das mit ihr nicht hat machen können. Das war immer ihre größte Angst gewesen, weil sie das mit der Evmarie ganz genau mitangesehen und mitangehört hat.

Als die Evmarie 15 Jahre alt war und ein Kind hätte haben sollen, ist die Mutter mit ihr zur Engelmacherin fort. Da haben sie das Kind wegmachen lassen, weil es ja ein Hurenkind gewesen wäre, wie die Mutter gesagt hat. Und die Evmarie hat aus dem Haus müssen, weil sie im Dorf bei uns nicht mehr hat leben können. Da hat jeder mit dem Finger auf sie gezeigt und ihr nachgetrascht. Und für die Mutter war's nicht mehr zum Aushalten, weil sie ja tief drinnen doch gewußt haben muß, wer der Vater von dem Hurenkind war, auch wenn sie nach außen hin getan hat, als wüßte sie es nicht. Wie die Evmarie von uns weggegangen ist, weiß ich noch genau. Der Vater hat ihr nicht die Hand gegeben. Der ist im Haus gesessen mit der Pfeife im Mund. Und wie die Mutter mit uns anderen dann reingekommen ist, ist er gegangen. Wie er heimgekommen ist, war er sturzvoll. Die Evmarie ist aber zu einer Tante nach Chieming gekommen und dort geblieben, bis sie sich selbst hat erhalten können.

Der Vater war einer von den Vitalen. Wie die Evmarie fort ist, war er 53 oder 54. Da steht einer noch voll im Saft. Da braucht er noch was Handfestes, wie der Vater immer gesagt hat. Aber die Mutter, mit der war nichts mehr. Die war erst vierzig damals, aber das war nicht wie bei einer aus der Stadt, die mit vierzig erst richtig aufdreht. Die dann höchstens zwei Kinder hat oder drei und ins Fitneßstudio geht und ins Solarium und jede Woche zweimal zur Kosmetik und zum Frisör und zum Tennis und zum Shopping nach Bern oder sonstwohin. Für die Mutter gab es nur den Acker und den Hof und das Vieh jeden Tag und nie Urlaub und den Unfall, wo ihr ein Heuballen auf den Kopf gefallen war, daß sich der Unterkiefer für immer verschoben hat, und den anderen Unfall, wo sie mit dem Traktor vom Hang gerollt war und unter dem Rad gelegen hat, bis der Vater kam und da war die Hüfte gebrochen und das Bein obendrein und die Nieren gequetscht, und wie sie nach Wochen endlich wieder hat aufstehen können, da war das nicht Schonung, sondern da lag schon alles, was in der Zeit nicht hat erledigt werden können, für sie bereit und wollte geschafft sein. Verweigert hat sich die Mutter dem Vater wohl nicht. Aber ein gesundes Kind hat sie nach mir nicht mehr austragen können. Und für jedesmal, wo sie wieder schwanger war, hat sich der Vater eine Standpauke vom Arzt gefallen lassen müssen. Die Mutter soll die Pille nehmen, hat der

Arzt gesagt, oder ins Krankenhaus gehen und sich operieren lassen, daß sie keine Kinder mehr bekommen kann. Oder der Vater soll etwas machen lassen. Meine Schwester und ich haben oft mit dem Ohr an der Tür gestanden und gelauscht. Aber der Vater hat nichts wissen wollen von allem. Der Herrgott wird's schon richten, hat er gesagt. Und dabei blieb's dann.

Aber wie die Lisa zwölf war und die Evmarie noch kein halbes Jahr fort, da hat er die Lisa genommen. Die war damals zum Heuen allein am Berg. Bei uns hat's viele Flecken, wo nur mit der Sense gemäht werden kann. Und verzichten kann eins auf die Mahd halt auch nicht, wenn das Vieh im Winter im Stall stehen und gefüttert werden muß. Da hat jedes von uns Kindern mit der Sense gehen und mähen müssen. Das hat so dazugehört. Und da hat der Vater sie dann abgepaßt.«

»Hat Ihre Schwester nie versucht, den Mißbrauch zu beenden?«

»Auf ihre Weise schon«, sagte Jürgen. »Sie hat ihm halt erzählt, daß sie jetzt auch schon so weit ist und ein Kind kriegen könnte. Aber er hat's trotzdem mit ihr gemacht. Und wenn sie ihn gereizt hat mit ihrem Nein, dann um so ärger, weil er dann gar keine Rücksicht mehr genommen hat. Er hat ja sogar vor der Mutter nicht mehr an sich gehalten oder auch nicht, wenn ich im Zimmer war. Und das war mehr, als nur unter den Rock oder an den Busen greifen. Die Mutter ist dann immer still aus der Stube raus. Wenn du schlau warst, bist du ihr dann nicht in den Weg gelaufen, weil da konnt's schon sein, daß sie dir etwas nach und ins Kreuz geschmissen hat. Aber ich bin nicht raus. Mir hat das so einen komischen Kitzel gemacht. Ich hab da irgendwie auch zuschauen müssen. Das war, wie wenn ich angenagelt wär.

Ich erinnere mich, daß ich schon früh wie der Vater sein wollt und versucht hab, auch mit meiner Schwester zu schlafen. Da war ich sechs oder sieben. Ich hab den Vater nachahmen wollen. Hab mir gar nichts dabei gedacht, hab halt geglaubt, das ist ein Spiel. Bis die Schwester mich geschlagen hat und geschrien und geweint hat. Da hab ich dann schon so eine Ahnung bekommen, daß das alles irgendwie nicht stimmt. Und dann bin ich auf und davon und hab mich irgendwo versteckt und von allem nichts mehr wissen wollen. Aber gewußt hab ich's ja doch. Und wie ich älter geworden bin, da sowieso.«

»Und die Mutter?« fragte ich. »Hat sie nichts dagegen unternommen?«

»Nein.« Jürgen schob einen langen Grashalm zwischen die Zähne, nagte stumm darauf herum, sah mich nicht an. »Nein«, wiederholte er schließlich. »Der war's recht. Was die Mädel geschafft haben, hat sie schon nicht mehr schaffen müssen. Ich glaub, sie hat einfach genug gehabt. Und vielleicht hat sie auch gedacht, daß sie sich das um uns verdient hat, daß die Mädel ihr das jetzt abnehmen und der Mann sie damit in Frieden läßt. Ich weiß, einmal hat sie gesagt, daß, wenn wir Burschen mehr Geld ins Haus gebracht hätten, der Vater Geld genug gehabt hätte für eine Hur und daß er dann die Mädel im Haus nicht gebraucht hätte. Daß das ja vielleicht stimmt, hat mich bis heute nicht mehr losgelassen.«

Jürgen schwieg. Der Grashalm zwischen seinen Zähnen wippte auf und nieder. Schließlich spuckte Jürgen ihn aus. »Aber am schlimmsten von allem ist eins für mich. Und das ist schwer zu sagen. Darüber hab ich noch nie gesprochen. Das ist wie ein Stein, der auf mich runterrollt, vor dem ich nicht weg kann.«

Ich sah Jürgen aufmunternd an. »Ich hab Angst, daß ich das auch mal mach«, sagte er. »Daß das bei uns in der Familie liegt, daß ich das im Blut hab, daß ich das abgeschaut hab, irgendwie gelernt hab und dann selbst mal machen muß.« Abermals langes Schweigen. Das Rauschen der Isar klang lauter als zuvor.

»Niemand muß das tun, was er bei einem anderen gesehen hat«, begann ich. »Keiner zwingt Sie dazu. Aber was bringt Sie auf den Gedanken, Sie könnten das Verhalten Ihres Vaters nachahmen?«

»Weil«, sagte Jürgen und sah mich erstmals voll an, »weil ich merke, daß es mich nicht kalt läßt, wenn sich zum Beispiel die kleine Tochter meiner Freundin auf meinen Schoß setzt. Daß es da schon passieren kann, daß ich Regungen spüre. Daß ich da Lust kriege. Daß ich mir auch manchmal richtig vorstelle, wie das jetzt wäre, wenn ich das mit ihr mach. Ob das technisch überhaupt ginge, oder ob sie wohl schreien würde, oder ob sie Spaß daran hätte. Das ist manchmal wie ein Zwang, daß ich das ausprobieren will. Ich rühr die Kleine schon gar nicht mehr an. Aber ich merk, daß sie mich anmacht, daß sie nicht bloß ein Kind ist, sondern daß sie auch eine Frau ist, eine kleine, aber eine richtige, mit allem Drum und Dran. Daß sie einfach süß aussieht. Ich krieg da Phantasien. Dagegen kann ich gar nichts machen. Und das ist es ja gerade, was mir Angst macht. Daß ich anfange, meinen Alten zu verstehen. Daß ich merke, wie schnell du da in so eine Sache reinrutschen kannst. Daß du das gar nicht bewußt willst, und auf einmal ist es passiert. Aus einem Spielchen heraus vielleicht, oder was weiß ich. Ich will darüber gar nicht nachdenken.

Aber es spukt mir im Kopf herum. Und ich fühl mich verdammt mies dabei. Ich hab da echt Angst vor mir selbst.«

»Haben Sie mit Ihrer Freundin darüber gesprochen?« wollte ich wissen.

Jürgen ließ sich über den aufgestützten Ellenbogen zurück in den grünweißen Gänseblümchenteppich rollen. »Wie denn? Soll ich ihr etwa sagen: Du, schließ deine Tochter vor mir weg. Ich hab Schiß, daß ich sie mal vernasche.«

»Heißt daß, Sie lassen es darauf ankommen?« fragte ich.

Jürgen schien mich nicht zu hören. Irgend etwas summte er vor sich hin, eine Melodie, die ich nicht erkannte. Ein paar Grashalme hingen in seinem Haar, als er sich aufsetzte und beide Arme um die Knie legte. »Darauf ankommen lasse ich es nicht«, sagte er. »Aber es ist trotzdem etwas, was ich nicht zusammen mit der Frau regeln kann. Das geht nur mich etwas an. Und ich ganz für mich muß das auch in den Griff kriegen. Wie, weiß ich selbst noch nicht so genau. Aber auf keinen Fall über eine Therapie oder etwas in der Art. Davon halte ich nichts. Und ich hab auch nicht den Eindruck, daß ich da einen Punkt erreicht hab, wo ich mir selbst nichts mehr anbieten kann. Ich lese zum Beispiel unheimlich viel über das Thema. Ich versuche, mich in die Kinder reinzufühlen, denen so etwas passiert ist. Und ich versuche, mich ganz bewußt in Aktionskreise einzubringen, die etwas gegen sexuellen Mißbrauch unternehmen. Dazu gehört, daß ich seit ein paar Monaten regelmäßig in einem Gesprächskreis dabei bin, den meine beiden Schwestern mitaufgebaut haben. Oder daß ich in meiner Freizeit – ich studiere seit zwei Jahren Mathematik und Physik und will Lehrer werden – zusammen mit einer Frau in einem privaten Kindergarten jobbe und Kleinkinder bis zu drei Jahren betreue. Durch die Gespräche und den Umgang mit Kindern kann ich, glaub ich, diesen Wiederholungszwang abbauen, der sich seit meiner Kindheit in mir angestaut hat. Durch das, was ich auf die Art lerne, muß ich das nicht mehr praktisch ausprobieren, um zu wissen, wie Kinder reagieren. Vor allem, weil ich in der Kindergartengruppe, in der wir an einem Vormittag, zu den Einkaufs- oder Arztterminstoßzeiten, oft bis zu dreißig Kinder betreuen, zum erstenmal miterlebe, wie Kinder wirklich sind, daß die etwas absolut Eigenes sind und das auch bewußt ausleben, wenn man sie läßt.«

»Etwas total Eigenes?« wiederholte ich. »Wollen Sie damit sagen, daß Kinder eigenständige Persönlichkeiten sind?«

»Genau!« Jürgen stand auf. »Das war für mich bisher immer

etwas, worüber ich nie nachgedacht hab. Kinder, klar weiß man, was das ist; man sieht sie ja jeden Tag. Die sind einem total selbstverständlich. Aber wie Kinder wirklich sind, daß die nicht nur kleiner sind als Erwachsene, sondern daß die einfach anders sind, darüber hab ich echt nie nachgedacht vorher. Das merke ich jetzt erst. Wenn ich sehe, wie die sich selbst berühren oder wie die mit anderen schmusen, wie die streiten und weinen und all das. Das ist vollkommen anders als bei Erwachsenen. Wie anders, will ich jetzt gar nicht werten. Bloß, daß es anders ist, genügt für mich schon, daß ich das nicht vermischen darf. Daß ich nicht mit meinen Vorstellungen kommen und die Vorstellungen von einem Kind damit erdrücken darf, weil ich nun mal stärker bin und größer und älter und das Geld habe oder was weiß ich noch. Und seit ich das weiß, seit ich das ganz nah erlebe und mir das bewußt wird, seitdem komme ich auch mit mir und meinen Erinnerungen und diesem Lustgefühl gegenüber der Kleinen von meiner Freundin besser klar.«

Von der Isar zog Wind auf. Es wurde kühl im Gras. Jürgen grinste mich an. »Gehen wir Eis essen?« fragte er. Die Sonnenschirme auf der Terrasse vor dem Cafépavillon, auf den er zeigte, schienen verlockend zu winken. Jürgen hatte recht, ein Eis war jetzt genau richtig.

»Wissen Sie«, sagte er, während wir zusammen über den Rasen des Englischen Gartens schlenderten, »ich hab mich ja zuerst nur wegen meiner Schwestern mit diesem Thema beschäftigt. Und damals hab ich mir auch eingebildet, daß ich es für sie tu, daß ich damit im Grunde gar nichts zu tun hab, daß es mich, weil ich ein Mann bin und nie mißbraucht wurde und auch nie jemanden mißbrauchen will, überhaupt nichts anginge. Aber jetzt, wo ich immer mehr darüber erfahre, merke ich, daß es mich als Mann sehr wohl etwas angeht. Gerade, weil ich ein Mann bin. Und weil ich vom Körperlichen her, von der Opferrolle her, nichts damit zu tun habe. Ich denk, wenn ich mich da als Mann mit einbringe, wenn ich Kinder ernst nehme und Frauen ernst nehme, dann nehm ich mich auch als Mann ernst, und dann tue ich mehr gegen jede Form von Mißbrauch, als das auf den ersten Blick scheint. Und wenn ich das richtig sehe, dann ist es das schon wert, daß man sich selbst auch mal unangenehme Fragen stellt oder von anderen stellen läßt.«

Einträchtig bestellten wir unser Eis, lächelten einander zu. Jürgen hatte die Gefahr gespürt. Aber zum Täter würde er nicht werden. Die kleine Tochter seiner Freundin hat Glück.

Täter suchen sich ihre Opfer aus – wie schütze ich mein Kind?

Wie alt das Kind zu Beginn des sexuellen Mißbrauchs ist, darüber gibt es in der Fachliteratur unterschiedliche Angaben. Übereinstimmend wird jedoch angenommen, daß etwa die Hälfte aller betroffenen Kinder bereits im Vorschulalter erstmals mißbraucht werden. Im Durchschnitt sind Jungen 6,3 und Mädchen 5,5 Jahre alt. Die Zeit der größten Gefährdung tritt für beide Geschlechter erstmals mit sechs bis sieben Jahren und abermals zwischen zehn und zwölf Jahren ein. Dies wird darauf zurückgeführt, daß die bei sehr jungen Kindern für den Täter oder die Täterin auftretenden praktischen Schwierigkeiten bei der Durchführung des Mißbrauchs mit der zunehmenden Größe des Kindes beziehungsweise mit dem Eintritt der Geschlechtsreife geringer werden. Die sexuelle Mißbrauchsbeziehung zwischen Täter oder Täterin und Kind besteht im allgemeinen über mehrere Jahre, im Durchschnitt sind es drei bis vier. Fälle, in denen das Kind über 17 und mehr Jahre hinweg, bis ins junge Erwachsenenalter hinein, mißbraucht wird, sind allerdings keine Seltenheit.

Für den Beginn des sexuellen Mißbrauchs ist jedoch weder das Alter des Kindes noch dessen Körpergröße oder geschlechtliche Reife ausschlaggebend. Der wichtigste Entscheidungsfaktor ist die persönliche Situation des Täters oder der Täterin, vor allem die seelische. Als einen der schwerwiegendsten Gründe für den Beginn eines jeden sexuellen Mißbrauchs bezeichnen zahlreiche Sexualforscher das »Ansteigen der Bedürftigkeit« oder auch das »emotionale Loch« des Erwachsenen. Damit ist ein seelischer Zustand gemeint, in dem der Wunsch oder das Bedürfnis nach einer von außen kommenden Selbstbeschäftigung besonders stark ausgeprägt ist. Eine solche Bedürftigkeit läßt sich am wirkungsvollsten und einfachsten an einem Schwächeren befriedigen, da dieser entweder keinen oder nur einen so geringen Widerstand leisten kann, daß der Erfolg gewährleistet und keine Gefahr für Täter oder Täterin zu erwarten ist. Wobei die für den rücksichtslos auf sich selbst bezogenen Erwachsenen lustvollste und zugleich umfassendste Methode der Bedürfnisbefriedigung darin besteht, die vollkommen hingebende, bewundernde und kritiklose Liebe eines Kindes sexuell auszubeuten.

Da ein solches Ausgebeutetwerden den natürlichen Wunsch eines jeden Kindes nach zärtlicher Nähe und fürsorgender Liebe nicht stillt, erzeugt der Mißbrauch in der Seele des Kindes ein vergleichbares »Ansteigen der Bedürftigkeit« beziehungsweise ein vergleichbares »emotionales Loch«, das den Erwachsenen dazu veranlaßt, den Mißbrauch vorzunehmen. Auf diese Weise wird das Gefühlsdefizit sehr häufig wie in einer Familientradition von Generation zu Generation weitergegeben, wird sehr häufig aus dem Opfer ein Täter und aus dessen Opfer wiederum ein Täter und so fort. Den Kreislauf der Abhängigkeit und emotionalen Bedürftigkeit zu durchbrechen, ist schwer. So schwer, daß Sexualität für die meisten Opfer eines sexuellen Mißbrauchs ein Leben lang das einzige ihnen vertraute Mittel bleibt, sich Zärtlichkeit, menschliche Nähe und liebevolle Zuwendung im wahrsten Sinne des Wortes zu verdienen.

Im Originalton eines heute erwachsenen Mißbrauchsopfers klingen solche Schlußfolgerungen weit weniger nüchtern. Hören wir zum Beispiel Monika B., die zunächst von ihrem Großvater, dann dem Vater, der Mutter, von zweien ihrer Brüder und zusätzlich von einer nicht mehr mitgezählten Anzahl fremder oder mit den Eltern bekannter und befreundeter Männer sexuell mißbraucht worden war, ehe sie nach dem offiziell als Unfall deklarierter Selbstmord ihres jüngsten Bruders die Kraft fand, den Vater anzuzeigen und auf diese Weise den Mißbrauch endlich zu beenden. Und die überdies als junge Frau mehrfach von ihren eigenen Bekannten in deren Wohnung oder von flüchtigen Gesprächspartnern in Bus oder Bahn auf dem gemeinsem Heimweg vergewaltigt worden ist.

»Ich find's grauenhaft, widerlich«, sagte sie. »Sex macht mir Angst, und ich hasse es. Aber was erwartest du denn? Oder was soll ich anderes erwarten? Ich bin mindestens seit meinem vierten Lebensjahr zu Sex mit Erwachsenen gezwungen worden. An das erste Mal mit meinem Vater erinnere ich mich, als wäre es gestern gewesen, so grausam war das, daß er es mit mir tat, er, der doch für mich das Allerbeste und Allergeliebteste war, was ich hatte. Ich bin ja aber schon früher mißbraucht worden. Ich erinnere mich da an Szenen mit meinem Opa; da war ich noch keine vier, auch wenn ich nicht genau weiß, wann das war. Jedenfalls vor meinem Vater. Sex für Liebe, das hat mein Vater, das haben mir doch alle so beigebracht. Das kenn ich gar nicht anders. Ich wollte schmusen, die gaben mir Zungenküsse. Ich wollte gestreichelt werden, die haben mich masturbiert. Ich wollte im Arm gehalten werden, die schoben die Finger oder den Penis oder den Dildo oder sonst was in mich rein. Für jede Sekunde Zärtlichkeit, für jeden lieben Blick, für jedes In-den-Arm-Nehmen, für jedes Auf-dem-Schoß-Sitzen habe ich bezahlt. Mit meinem Körper bezahlt, mit den Händen, mit dem Mund, mit der Scheide. Ich hab das so gebraucht, daß mich mal einer hält, daß mich einer liebhat, daß ich zu einem gehöre, der mich haben will. Der zu mir sagt: ›Du bist mein Wunschkind!‹ und nicht: ›Eine wie du ist zu nichts nütze!‹ Ich hab Liebe gewollt, das stimmt. Ich hatte so einen Hunger danach. Ich hab Sex bekommen. Okay, das war schlimm. Das war nicht das, was ich wollte. Aber es war die einzige Liebe, die ich haben konnte. Und darum hab ich sie genommen.«

Monika B. hatte das Glück, daß ihr Körper eines Tages die Herrschaft über den Willen antrat und auf seine Weise dafür sorgte, daß das, was man Monika in ihrer ganzen Person antat, öffentlich wurde. Er versagte den Dienst, indem er Monikas an sich eher helle Stimme durch eine Lähmung der Stimmlippen und -bänder auf ein heiseres, wie kehlkopfloses Flüstern reduzierte und alle Welt dadurch aufhorchen ließ.

Knutschflecken, die Monika zeitweilig am ganzen Körper verteilt aufzuweisen hatte, Bißstellen oder Schnittverletzungen an Brust und Scheide, die ihr teils der Vater, teils sie sich selbst beigebracht hatte – all das war zu tarnen gewesen. Niemand hatte etwas davon zu sehen bekommen. Das Stimmversagen aber fiel auf. Die Lehrer protestierten zuerst, da Monika mit einer solchen Stimme nicht am Unterricht teilnehmen konnte. Auch eine gewisse Angst vor einer Ansteckung kam auf. Anders als in anderen Zusammenhängen, wenn die Eltern in die Schule bestellt worden waren, hatte Monikas Nicht-Funktionieren Folgen. Sie mußte zum Arzt. Sie mußte zu einer logopädischen Sprachbehandlung, schließlich zur Psychotherapie. Sie begann zu reden. Zögernd, mit vielen Rückzügen, aber im Laufe der Jahre doch stetig mehr, und endlich war es heraus: Ich werde mißbraucht.

Die meisten sexuell mißbrauchten Kinder kommen nie in eine Psychotherapie, beginnen nie zu reden, erfahren nie, daß man ihnen glaubt. Sie erfahren nur den eigenen Unwert. Sie sind Leibeigene in der ursprünglichsten Bedeutung des Ausdrucks. Und da sie mit ihrem Leib das Eigentum eines anderen sind, da ihnen ihr Körper nicht gehört, ist es den meisten von ihnen schließlich auch gleichgültig, was damit geschieht. Als ob dieser Körper, in dem sie leben, nichts mit ihnen zu schaffen und nur in der Zweckerfüllung zu überleben einen Sinn hätte, findet ein Prozeß der inneren Ablösung statt. Von einem bestimmten Zeitpunkt an wird der Körper auch von dem Kind selbst nur noch benutzt.

Vor diesem Hintergrund ist es verständlich, warum sexuell mißbrauchte Kinder so oft drogenabhängig werden, warum sie weiteren Mißbrauchstätern so leicht zum Opfer fallen, warum sie später, als sogenannte Lolitas oder Kindfrauen, ihren Körper auf dem Babystrich der Bahnhofszene verkaufen oder sich als Stricher von Freiern aus dem Homosexuellenmilieu benutzen und bezahlen lassen. Diese Kinder sind Fremde in ihrem eigenen Körper, in ihrem eigenen Selbst. Sie leben. Aber das Leben lieben können sie nicht. Und den meisten von ihnen gilt es gleich, ob sie sterben.

»Warum ich das hier mach?« fragte René, den ich in Berlin entdeckte, als er eine bestimmte Sorte ihm vielversprechend aussehender Männer mittleren Alters aus der Menge der Flughafengäste ausguckte und ihnen durch kaum merkliche Augenzeichen signalisierte, daß er leicht zu haben sei. »Weil ich die Knete brauch, weil ich Hunger hab, verstehste. Weil ich vielleicht mal was zurückleg für den goldenen Schuß, verstehste. Und jetzt laß mich in Ruh, verdammt. Dein Gesülze an mich hin vergrault mir die Freier.« Lange hatte ich sie ihm aber offenbar nicht vergrault. Als ich mir ein Taxi herbeiwinkte, schob René sich hinter einem Herrn in Mantel und Hut durch die Tür mit dem schwarzen Männersymbol. Kein schöner Ort für ein Rendezvous. Dem Herrn und René war es wohl egal.

»Täter suchen sich ihre Opfer aus«, sagte Rudi Slobodian von der Arbeiterwohlfahrt in Essen. »Sexueller Mißbrauch ist kein Zufall.«

»Ich hatte so einen Hunger nach Liebe«, sagte Monika B. »Ich wollte so gern gestreichelt und im Arm gehalten werden. Wenn ich nah bei meinem Vater sein durfte, wenn ich in seinem Arm sein durfte, das war Glück. Aber das gab es nicht umsonst. Man bekommt im Leben nichts geschenkt. Das habe ich früh kapiert. Und der Preis für Liebe ist Sex. Den wollte ich nicht. Aber Glück ohne Sex gab es nicht. Nicht bei meinem Vater, nicht bei meiner

Mutter, bei keinem. Glück mit Sex war alles, was ich bekommen konnte. Und ich habe es genommen. Die Liebe meines Vaters hat mich am Leben erhalten. Ohne die Liebe meines Vaters wäre ich verhungert. Und daß ich dann gestorben wäre, das habe ich schon immer, schon als ganz kleine Mädchen, genau gewußt.«

Nach meinem Dafürhalten ist Monika B. ein typisches Mißbrauchsopfer. Nicht allein deswegen typisch, weil sie sexuellen Mißbrauch in jeder Nuance von Gewalt und Perversion, von seelischer Folter und massiver Zerstörung erfahren hat. Nein, auch weil sie ein Paradebeispiel des zum Mißbrauchsopfer prädestinierten Kindes war. Dies möchte ich hier näher erläutern.

Monika B. wurde in einer Großstadt des Ruhrgebiets als einzige Tochter unter insgesamt vier Kindern einer gutbürgerlichen, gut beleumundeten, beruflich und finanziell nicht üppig, aber doch gutsituierten, erzkatholischen Familie geboren. Alle Kinder besuchten eine höhere Schule. Monika war als Jugendliche in der Jugendarbeit der Kirche aktiv. Ihre Brüder waren Mitglieder im Sportverein. Die innerhalb der Stadt und der näheren Umgebung weit verzweigte Großfamilie hielt zusammen. Man besuchte sich, griff einander unter die Arme, half bei den Kindern aus. Nach außen hin eine ordentliche Familie wie alle anderen ordentlichen Familien. Hinter der Fassade aber sah es anders aus.

Monikas Mutter war als Kind von ihrem Vater sexuell mißbraucht worden. Mindestens eine ihrer Schwestern ebenfalls. Wie ihre Geschwister, besuchte auch die Mutter eine höhere Schule, machte Abitur und begann anschließend zu studieren. Sie wollte Musiklehrerin werden, spielte gut Klavier, hatte eine Karriere vor sich. Kurz nach Studienbeginn wurde die junge Frau schwanger und mußte ihre Ausbildung abbrechen. Obwohl sie selbst von den Eltern »geächtet« wurde, nahmen diese den unehelich geborenen Sohn bei sich auf. Als die Mutter Monikas späteren Vater kennenlernte, arbeitete sie als Erzieherin in einem Kinderheim, gab diesen Beruf jedoch später, wegen ihrer Eheschließung, auf. Nach der Hochzeit nahm das junge Ehepaar den unehelich geborenen Sohn bei sich auf. Zwar wurde dieser nie adoptiert, er erhielt jedoch den gemeinsamen Familiennamen. Schon sehr bald nach der Hochzeit zeigte sich, daß Monikas Mutter eine chaotische Hausfrau war, nicht mit Geld umgehen konnte und heftig darunter litt, für sich selbst im Leben nichts erreicht zu haben. Drei Kinder wurden rasch hintereinander geboren. Haushalt, Schwangerschaften, Kindererziehung und ein paschaähnlich fordernder Ehemann waren mehr, als Monikas Mutter bewältigen konnte. Zudem wurde sie sehr bald eifersüchtig auf die Tochter, in der sie dem Ehemann gegenüber eine Konkurrentin sah. Liebe und Sex waren aus der Kindheitserfahrung der Frau heraus nicht zu trennen. Und wenn sie dies vielleicht auch gern getrennt hätte, so hatte sie doch nicht gelernt, wie dies zu bewerkstelligen sei. Aufgrund ihrer vielfältigen ungelösten und auch uneingestandenen persönlichen Schwierigkeiten konnte die Mutter keinem ihrer Kinder wirkliche Liebe vermitteln.

»Zu mir hat sie immer gesagt, ich wäre ein Wunschkind gewesen«, sagte Monika B. »Aber ich wäre es nicht wert, ein Wunschkind gewesen zu sein. Ich sollte am besten tot sein. Mein ältester Bruder, mein Halbbruder, zu dem hat sie gesagt, er wäre der Nagel an ihrem Sarg gewesen. Er hätte ihr Leben ruiniert. Zu meinem mittleren Bruder sagt sie, er wäre zwar kein Wunschkind gewesen, aber noch gerade so willkommen. Und zu meinem jüngsten Bruder sagte sie, der wäre noch flüssiger als Wasser, nämlich überflüssig. In den Arm genommen hat sie mich nie, höchstens mal meine Brüder. Aber wir mußten alle an ihr rummachen, besonders mein jüngster Bruder. Wenn er dann fertig war und sie sich ausgestöhnt hatte, dann konnte sie schon mal sagen, daß es ja doch ganz gut wäre, daß sie ihn bekommen hätte. Dazu wäre er ja doch ganz nütze. Aber sonst? Die konnte bloß auf einem rumkloppen und brüllen und einen fertigmachen und tagelang so tun, als wäre man Luft für sie, wenn man etwas angestellt hatte. Zum Beispiel, wenn ich mal nicht geputzt hatte oder ihr Widerworte gegeben hatte, dann sprach sie über mich weg. Dann stand sie zwar neben mir in der Küche oder im Bad und sagte trotzdem zu meinem Bruder, er sollte mir das und das ausrichten. Für die war ich gar nicht vorhanden. Oder wenn ich ins Krankenhaus mußte, und da war ich ja viel, weil ich oft Pseudokrupp hatte, daß sie dann sagte, sie holt mich einfach nicht mehr ab. Ich wußte irgendwie immer, daß die mich nicht will. Das hab ich schon als ganz kleines Kind gespürt, wenn sie mich zu ihren Eltern brachte und der Opa das mit mir machte und ich dann brüllte, daß sie meinen Vater anrufen mußten, damit er mich abholt. Er hat mich immer abgeholt, auch mitten in der Nacht. Er war immer da. Sie hat mich bloß weggebracht. Für mich war die Frau keine Mutter. Ich hab sie gehaßt. Und trotzdem ist sie meine Mutter, und ich kann mich nicht gegen sie wehren.«

Vor dem Hintergrund dieser unerfüllten Sehnsucht nach der Liebe der Mutter war es für Monikas Vater leicht, das Herz der

Tochter zu gewinnen. Wenn er sagte: »Mir bist du recht, wie du bist!«, war die Welt in Ordnung. In seinen Armen geborgen zu sein, das war Glück. Doch dieses Glück gab es nicht umsonst. Wenn Monika es haben wollte, mußte sie etwas dafür tun. Lieb sein, gehorsam sein, ja sagen, den Papa bewundern und lieben, lieben, lieben. Dann, und nur dann, war er der wunderbarste Vater der Welt. Schon für das kleine Mädchen Monika gab es jedoch nicht nur den wunderbar liebevollen Papa, sondern immer auch den Angstmacher. Wenn er mit ihr schimpfte und sagte: »Dann hab ich dich nicht mehr lieb!« Wenn er sie schlug und nicht mehr in den Arm nehmen wollte. Wenn er drohte: »So ein böses Mädchen wie du ist gar nicht mein Kind. Dich hat der Esel im Galopp verloren. Ich hab dich im Straßengraben gefunden. Und wenn du nicht lieb bist, bring ich dich dorthin zurück. Dann nehmen dich andere mit, oder du kommst ins Heim.«

In solchen Momenten konnte Monika sich nicht zur Mutter flüchten, dort Schutz und Trost und Liebe erhalten. Die Mutter, die eine solche Liebe gegeben hätte, gab es ja nicht. Statt Monika zu helfen, hätte sie sich mit dem Vater verbündet. Die einzige Chance, im Zustand des Glücks zu bleiben oder dorthin zurückzukehren, war, dem Vater zu gefallen. Auch dann, als er den äußersten Beweis der Liebe von seiner Tochter forderte und Sex für Liebe nahm.

Warum der Vater seine vierjährige Tochter, die er bis zu diesem Zeitpunkt väterlich geliebt hatte, sexuell mißbrauchte, kann hier nur vermutet werden. Obwohl zu acht Jahren Haft verurteilt, schweigt der Vater sich aus, beharrt darauf, unschuldiges Opfer einer geistesgestörten Kranken zu sein, und hat gegen das Urteil Revision beantragt. Genau diese Reaktion hatte Monika vorausgesehen. So hatte der Vater es ihr von klein auf für den Fall angekündigt, daß sie sagen würde, was er mit ihr tat.

»Das ist unser Geheimnis!« hatte er gesagt. »Wenn du jemand davon erzählst, passiert etwas ganz Schlimmes. Keiner wird dir das glauben. Ich sage, daß du das mit mir gemacht hast. Daß ich das gar nicht wollte. Wenn ich sage, daß du krank bist, kommst du ins Irrenhaus und nie mehr raus. Dann bist du nicht mehr meine Tochter.«

Man kann jedoch aus dem Wissen, das Monika B. über ihren Vater in ihren Erinnerungen gespeichert hat, Rückschlüsse darauf ziehen, wie es zum sexuellen Mißbrauch gekommen sein könnte.

Monika B.'s Vater wurde als unerwarteter Nachzögling einer in Monikas Heimatstadt lange ansässigen, gutbürgerlichen und beliebten Familie geboren. Seine Geschwister sind bis zu 15 Jahre älter als er. Verwöhnt und verhätschelt wurde der kleine Bruder vor allem von den älteren Schwestern, die in ihm sowohl Spielzeug als auch Ziehkind sahen und maßgeblicher für seine Erziehung verantwortlich waren als die mit ihrer großen Familie überlastete Mutter. Als einziges der Kinder hatte der Kleine ein eigenes Zimmer, durfte in den Ferien in Urlaub fahren, bekam ein Fahrrad geschenkt. Vor allem die Frauen und Mädchen im Haus taten einfach alles für ihn. Und genau dieses Alles-für-den-anderen-Tun setzte der Junge und später der Mann ein Leben lang mit Liebe gleich.

Daß er selbst Einsatz bringen müsse, um etwas zu erreichen, lernte der Junge nicht. Auch nicht in der Schule. Dank einer raschen Auffassungsgabe fiel es ihm leicht zu lernen. Trotz seines Faulenzens blieben daher die Zeugnisse akzeptabel. Auch in der sich anschließenden Lehre zum Starkstromelektriker trug ihm der mangelnde Ehrgeiz keine Schwierigkeiten ein. Und als er sich, bereits verheiratet und Familienvater, zur Meisterschule entschloß, genügte ihm ein Schmalspurabschluß vollkommen. Seinen Arbeitgebern offensichtlich auch, denn bald schon erhielt der frischgebackene Meister einen verantwortungsvollen Posten als Projektleiter, den er bis zu seiner Verurteilung und Inhaftierung wegen sexuellen Mißbrauchs innehatte. Auch Zuneigung und Freundschaft fielen dem sympathischen Bruder Leichtfuß quasi in den Schoß. »Man konnte Pferde mit ihm stehlen!« hieß es in einer Zeugenaussage vor Gericht. Niemand wollte ihm zutrauen, daß er *so etwas* getan haben könne.

Für die Schwierigkeiten, die es in seinem Leben auszuräumen galt, waren immer andere zuständig, andere verantwortlich. Seine Lieblingsschwester zum Beispiel, die, sogar als ihr Ziehkind verheiratet und mehrfacher Vater war, regelmäßig mit dem Putzeimer anrückte, um seine Wohnung zu säubern und aufzuräumen. Die zunächst Geld, später nur mehr Lebensmittel brachte, um seine Familie durchzufüttern. Die sich um die Betreuung und Erziehung seiner Kinder kümmerte, den jüngsten Sohn sogar adoptieren wollte und als einzige nachhaltig dafür sorgte, daß die Kinder in der Schule mitkamen. Die Spielzeug und Kleidungsstücke ihrer eigenen Kinder aussortierte und damit seine Kinder beglückte, so daß Monika von ihr die einzige Puppe ihres Lebens erhielt. Und die dann, als Monika von ihrem Vater geschwängert und einer Abtreibung unterzogen worden war, die von den Strapazen und dem Blutverlust geschwächte

Jugendliche gesund pflegte und ihr die Angst vor dem Sterben ausredete.

Aus dem verwöhnten, liebenswerten Faulenzer der Kinderjahre und dem jugendlichen Filou, der für jeden Unsinn zu haben war und mit dem man Pferde stehlen konnte, war ein selbstsüchtiger und sich selbst maßlos überschätzender Schwächling geworden. Nach außen hin selbstbewußt auftretend, ein angesehener Mann, dessen Wort nicht nur in den eigenen vier Wänden, sondern auch in Kirche und Stadtrat etwas galt, war Monikas Vater in Wirklichkeit in seinem Inneren ein unreifer, aus keiner Bewährungsprobe selbstbewußt hervorgegangener Junge geblieben, der mit dem Chaos seines Erwachsenenlebens nicht fertig wurde.

Als Monikas Vater ihre Mutter heiratete, war seine Welt noch vollkommen in Ordnung. In Monikas Mutter hatte er eine junge Frau kennengelernt, die ihm genau die zu allem bereite Liebe entgegenbrachte, die er von zu Hause her kannte und brauchte. Da sie bereits ein uneheliches Kind hatte und sich ihrer eigenen Schande sehr bewußt war, zog er sie durch eine Heirat zu sich empor, und das gefiel ihm. Es zeigte ihm selbst, seiner junge Frau und aller Welt, was für ein prima Kerl er doch war. Und erst, als er ihrem Kind seinen Namen gab! Da war der junge Ehemann wahrhaftig über sich selbst hinausgewachsen. Soviel innere Größe mußte ihm erst einmal jemand nachmachen. Das Glück war vollkommen, als sich zum genau gewünschten, ehrenhaften Zeitpunkt nach der Trauung ein Kind anmeldete. Mutter, Vater, Kind, so sollte es sein. So sieht die christliche Familie aus. Doch dann wurde das Idealbild brüchig, das Glück hielt nicht mehr, es kamen immer mehr und größere Schwierigkeiten, weil das Geld nicht reichte, weil die Wohnung zu klein war, weil die Kinder zu oft schrien, weil die Frau keine Lust hatte, immer nur zu kochen und zu putzen und kleinen Kindern die Nase und den Po zu wischen. Von diesem Zeitpunkt an drehte sich heimlich und unbemerkt das Karussell aus Macht und Ohnmacht, das immer schneller ins Choas führte. An jenem Abend, an dem Monikas Vater erfahren mußte, daß seine abgöttisch geliebte kleine Tochter zum Sexobjekt des eigenen Großvaters gemacht worden war und seine Ehefrau, die er bis zu diesem Zeitpunkt für ihre Mutterliebe bewundert hatte, keineswegs eine Supermutter war, sondern dem Opa den Sex mit dem eigenen Kind quasi als Bezahlung für etwa einen Tanzabend verkauft hatte, und daß diese Ehefrau zu allem Elend auch selbst von klein auf vom eigenen

Vater sexuell benutzt worden war und zu allem nichts anderes zu sagen hatte als nur: »Na und, ich bin nicht daran gestorben; sie wird's auch überleben!« – an jenem Abend muß das Kartenhaus seines Lebens in einem wahrhaft furiosen Inferno über Monikas Vater zusammengeschlagen sein.

Wenig später wird er selbst zum Mißbrauchstäter an seinem Kind. Warum? Noch einmal möchte ich mit Monika B.s Hilfe eine Antwort versuchen.

Es geschah in dem ersten Urlaub, den die Eltern sich hatten leisten können. Die Mutter hatte kurz zuvor ihrem vierten Kind, dem jüngsten Sohn, das Leben geschenkt. Sie war von den rasch aufeinander gefolgten Schwangerschaften ausgebrannt, von sich selbst und dem ungeahnt mühsamen Alltag ihres Lebens enttäuscht, und sie wollte keinesfalls nochmals schwanger werden. Die Muße und die räumliche Enge des Urlaubsdomizils weckten jedoch ausgerechnet in dieser Beziehung heftige Sehnsüchte des Mannes. »Die Eltern haben sich viel gestritten«, erinnerte sich Monika. »Tagsüber haben wir viel unternommen. Ich weiß heute noch, daß wir die Porta Nigra angeschaut haben und meine Mutter unheimlich viel darüber wußte. Aber abends war oft Krach. Da hatten wir Kinder ziemlich viel Angst. Vor allem ich. Es ging da viel um den Opa und was der mit mir gemacht hat. Und daß mein Vater da nie mehr hin wollte und meine Mutter stinksauer war.« Diese Situation muß in dem Vater ein immer heftigeres Gefühl von Ohnmacht, Verzweiflung und auch Angst entwickelt haben. Nichts mehr war in seinem Leben in Ordnung. Die Ehefrau geschändet, die Tochter geschändet, die Ehre abgeschnitten. Und dagegen konnte nichts unternommen werden, weil sonst alles herauskommen und an die große Glocke gehängt würde, so daß die Leute erst recht mit dem Finger auf ihn zeigen würden. In Monikas Vater war, um es mit den Worten eines Sexualforschers auszudrücken, ein Zustand höchster seelischer Bedürftigkeit eingetreten. Ein Zustand also, in dem das Gefühl der eigenen Minderwertigkeit so bedrohlich wird, daß es ohne Selbstbestätigung von außen nicht mehr weitergeht. Es mußte etwas geschehen.

Wie ein Schlafwandler, sagte Monika, sei der Vater in jener Nacht im Kinderzimmer zu ihr ans Bett gekommen. Als sei er gar nicht er selbst, habe er mit einer ganz fremden Stimme gesprochen und dabei ihr Nachthemd hochgeschoben. »Monilein, hast du den Papi lieb?« habe er gefragt und ihr dann, als sie ganz leise ja geflüstert und schon geahnt habe, was da jetzt käme, weil sie es vom Opa her kannte, den Penis in den Mund geschoben und gesagt, es sei schnell vorbei, er tue ihr auch nicht weh. Und dabei habe er ihr das Sperma in den Mund laufen lassen, und ihr sei schlecht geworden. Da habe er alles ganz schnell mit seinem Taschentuch abgewischt und gesagt, dies sei nun ihr Geheimnis, sie dürfe nichts davon der Mama sagen, weil diese sonst von ihnen fortlaufe und sie, Moni, dann für immer zum Opa müsse. Und am anderen Morgen habe die Mutter sie gescholten, weil sie das Bett befleckt hatte, und zu ihr gesagt: »Vom Heulen wird nichts besser!« und sie geschlagen, weil Tränen bei ihnen nun einmal verboten waren und bestraft werden mußten. Da habe sie, so klein sie auch war, ganz plötzlich gewußt, daß der Vater das alles immer und ewig mit ihr machen dürfe und niemals jemand kommen werde, um sie fortzuholen, wenn es geschähe.

In den letzten Tagen und Stunden vor dem wie schlafwandlerisch, wie nicht bei vollem Bewußtsein erstmals durchgeführten Mißbrauch muß sich das Gefühl der eigenen Hilflosigkeit mit dem Wunsch nach Rache und Wiedergutmachung in Monikas Vater zu einem ungeheuren inneren Druck gestaut haben. Einem Druck, der überdies durch die abweisende Haltung seiner Frau immer stärker sexualisiert wurde. Zusammen mit dem Wissen, daß seine kleine Tochter bereits sexerfahren war und, wie die Mutter glaubhaft versichert hatte, »nicht daran sterben würde«, drehten sich seine Phantasien vermutlich immer ausführlicher um die Vorstellung, was wohl zwischen dem Opa und dem kleinen Mädchen abgelaufen sein mochte. Wie es wohl wäre, wenn... Bis es geschah.

Hätte Monika B. in dieser Nacht laut um Hilfe geschrien, hätte sie sich gewehrt, so daß ihre ebenfalls im Kinderzimmer schlafenden Brüder wach geworden und mitgebrüllt hätten, wäre die Mutter gekommen – der Vater hätte sein Tun abgebrochen und wahrscheinlich nie wieder damit angefangen. Doch Monika war gar nicht in der Lage, sich auf diese oder irgendeine andere Weise zur Wehr zu setzen. Sie liebte ihren Vater. Sie war von ihm abhängig. Sie war ihm ausgeliefert – mit dem Herzen und mit dem Leib. Ohne ihn, der ihre einzige wirkliche Bezugsperson war, ohne seine Liebe wäre sie verloren gewesen. Und sie hatte gelernt, sich diese Liebe durch ein dem Vater genehmes Verhalten zu verdienen. Daß sie ein Recht darauf hatte, sich zu wehren, nein zu schreien, unversehrt zu bleiben, wußte sie nicht. Weiß es auch bis heute nur mit dem Kopf, nicht aber mit der Seele; kann ihr Kopfwissen also bis heute nicht oder nur sehr unzulänglich anwenden.

Wie aber hätte Monika erzogen sein müssen, um kein Mißbrauchsopfer zu werden? Die wichtigste Antwort lautet: Man hätte sie lieben müssen. Man hätte sie als vollwertigen Menschen achten und respektieren müssen. Ihre Grenzen nicht verletzen dürfen. Ihren Willen nicht zerbrechen, sie keine Todesangst vor dem Verlassen- oder Verstoßenwerden lehren dürfen. Und man hätte sie spüren lassen müssen, daß man für sie da ist, ihr vertraut und an sie geglaubt.

Ein Kind, das weiß, daß es nein sagen darf und dennoch geliebt wird, das sich als eigenständigen Menschen erkennt und sich auf eine wie auch immer geartete Weise zur Wehr setzen und schützen darf, wird möglicherweise trotzdem das Opfer eines sexuellen Mißbrauchs werden. Aber es wird eine unvergleichlich größere Chance haben, es nicht zu werden, als ein Kind, das dies alles nicht gelernt hat.

Es geht also um das Wissen um Grenzen, das Anerkennen von Grenzen beziehungsweise um Grenzverletzungen. Die meisten Eltern, mit denen ich dieses Thema in jüngster Zeit diskutiert habe, haben spontan den Kopf geschüttelt. Wieder eines dieser Psychowörter, dieser Modewörter. Nur widerwilig haben sie sich schließlich auf Beispiele eingelassen.

Wer kennt sie nicht, die Kitzelsituation? Vater spielt mit dem Kind, rollt sich mit Quietschen und Lachen auf dem Teppich herum, Kitzelfinger hier, Kitzelfinger da. Das Kind lacht. Kitzeln macht Spaß. Bis es auf einmal zu toll wird. Bis es auf einmal nur noch dem Vater Spaß macht, das Kitzeln. Bis das Kind schreit und strampelt und heult und der Vater immer noch weitermacht. Grenzverletzung!

Oder das heißgeliebte Bad am Sonntagmorgen, Papa und Kind im Schaumgebirge. Papas Penis schwimmt ein bißchen. Das Kind fragt. Zupft vielleicht ein bißchen. Lacht. Papa lacht auch. Sagt: Zupf doch noch mal, das macht Papa Spaß. Grenzverletzung.

Oder das Freibadvergnügen, wenn Papa und Kind um die Wette schwimmen, sich gegenseitig tunken, prusten und toben. Bis Papa immer wieder tunkt, auch wenn das Kind schon »Nein« schreit. Grenzverletzung.

Oder Morgenstündchen mit Mama im Bett. Kind bohrt den Kopf in Mamas Busen. »Daraus hab ich mal getrunken?« Kichern, Krabbeln unter Mamas Nachthemd. Die Frage dann: »Darf ich mal probieren?« Und auch probiert, bis Mama sagt: »Schluß damit!« Und dann, die nächste Morgenkuschelstunde, wenn Mama schon wartet, ob das Kind wieder fragt. Wenn

Mama selbst fragt: »Willst du mal probieren?« Und dann, wenn das Kind keine Lust hat, sagt: »Mach doch mal, war doch schön für uns beide.« Grenzverletzung.

Jeder kann die Liste beliebig fortsetzen. Alle haben wir in diesem Sinn schon einmal oder auch oft unsere Überlegenheit ausgenutzt und die Grenzen eines Kindes verletzt. Genauso wie Kinder unsere Grenzen verletzen, wenn wir Erwachsene dies zulassen. Indem sie zum Beispiel bei Tisch immer wieder, aus purer Lust an der Provokation, im Essen matschen oder mit dem Stuhl kippeln und die Nase hochziehen. Indem sie trotz mehrfacher geduldiger Aufforderung ihr Zimmer nicht aufräumen und darauf spekulieren, daß die leidige Sache sich von selbst erledigen wird. Oder indem sie, vor allem im vorpubertären und pubertären Alter, ganz bewußt verächtlich machende Anreden wie zum Beispiel »Eh, Alter!« benutzen und so fort. Allerdings gibt es den entscheidenden Unterschied, daß wir Erwachsene sehr wohl wissen, was uns verletzt, und dies auch in unserem Interesse regeln. Aber Kinder?

»Du sollst Vater und Mutter ehren«, heißt es in der Bibel. Und nur im verballhornten Gegenreim: »Wenn sie dich schlagen, sollst du dich wehren.« Aber welches Kind würde es schon wagen (dürfen), sich zu wehren? Welches würde denn die Hand gegen den Vater oder die Mutter erheben (wollen)? Und was wäre, wenn? Eine Mutter würde vielleicht nur verbal protestieren, aber welcher Vater würde Gegenwehr gelassen abwehren und damit den Anschein erwecken, zu dulden, daß seine Autorität in Frage gestellt wird? Die meisten würden zumindest aufbrausen, noch mehr würden Schläge androhen, und sehr viele würden diese spontan austeilen. Grenzverletzungen bei Kindern hingegen sind an der Tagesordnung, darüber denkt kaum jemand nach.

»Wenn Kitzeln und Rumalbern, wenn das alles schon verboten sein soll«, schimpfte ein Vater, »da könnte man ja gleich verbieten, daß einer mit seinem Kind spielt. Das ist doch alles nur Jux, nur Tollerei. Grenzverletzung, so ein Blödsinn!«

»Solange es beiden Spaß macht und keiner leiden muß, weil er dem anderen in irgendeiner Form unterlegen ist, solange ist das Spiel«, sagte ich. »Aber wenn Ihr Kind keine Lust mehr hat? Wenn es aufhören will und Sie nicht, und Sie machen einfach weiter? Würden Sie das denn zum Beispiel auch mit Ihrem Chef machen? Würden Sie denn mit irgendeinem Erwachsenen irgend etwas weitermachen, obwohl der nein sagt? Würden Sie dann nicht aufhören und das Nein respektieren? Sich wahrscheinlich sogar entschuldigen?«

Der Vater stutzte. »Aber da sind die Machtverhältnisse doch auch ganz anders. Das kann doch keiner vergleichen.«

»Und genau das ist der Punkt«, sagte ich.

In jeder Grenzverletzung geht es um Macht. Mit den spielerischen, eher harmlosen Beispielen von eben fängt es an. Doch viele unauffällige Vorstufen können den Weg bis zur Ausübung sexueller Macht bereiten. Und keine Macht ist zerstörerischer als die sexuelle. Gerade heute erleben wir dies in einem der grausamsten gegenwärtigen Kriege, dem Krieg zwischen den ehemaligen Völkern Jugoslawiens, wo Massenvergewaltigungen und brutalste Mißhandlungen von Frauen und Kindern als Kriegsmittel zur Unterwerfung des Feindes praktiziert werden. Das schockiert plötzlich die ganze Welt. Aber es schockiert uns erst, wenn die Greuel so massiv sind, daß man sie nicht mehr verdrängen kann. Die kleinen Gewalttätigkeiten im Alltag, aus denen sich die großen ja erst entwickeln, die sehen wir nicht. Aber Gewalt ist kein Spiel, auch wenn heutzutage allabendlich die Leichen durch fast jedes Wohnzimmer flimmern. Grenzverletzungen und Gewalt müssen uns in den Anfängen bewußt werden. Und da kann jeder bei sich selbst anfangen, weil jeder von uns diesbezüglich noch viel dazulernen muß. Oder ist es für Sie zum Beispiel absolut selbstverständlich, daß Sie sich bei einem Kind, auch und gerade bei Ihrem eigenen, für einen Fehler entschuldigen? Daß Sie eine bereits ausgesprochene Strafe zurückziehen, weil sie ungerecht ist? Daß Sie Ihr Kind in genau demselben Ton für eine Verspätung oder eine Ungehorsamkeit zur Rede stellen, in dem Sie Diskussionen mit Erwachsenen führen? Wenn ja, haben Sie viel für die Sicherheit und Unversehrtheit Ihres Kindes getan.

Der Täter im Teufelskreis

Wie bei anderen Gewaltfällen auch, versuchen die meisten Täter im sexuellen Mißbrauch das erste Mal als einen einmaligen Ausrutscher zu sehen. »Das erste Mal war wie ein Rausch«, berichtete mir ein anonymer Absender einer besprochenen Tonkassette im Herbst 1993 im Anschluß an eine Autorenlesung im ostdeutschen Dessau, der die fünfjährige Nichte seiner Lebensgefährtin drei Jahre lang mißbraucht hatte und nur deshalb damit aufhörte, weil die Beziehung in die Brüche ging und er das Kind nicht mehr sehen konnte.

»Das war wie ein dumpfer Zwang, so ungefähr wie kurz vor dem Höhepunkt, wenn man sich nicht mehr zurückhalten kann und spürt, jetzt kommt es, und total die Selbstkontrolle verliert. Ich mußte das machen. Das war so eine Lust. So ein Trieb zu piesaken und zu quälen. So stell ich mir das für die Katze vor, wenn sie die Maus hat und mit ihr spielt und ihren Spaß dabei hat. Oder früher, als Kind, wenn man einen Frosch erwischt hatte und den mit dem Strohhalm aufgeblasen hat, bis er geplatzt ist. Da hast du ja auch gewußt, daß es Quälkram ist und verboten und daß es Ohrfeigen setzt, wenn sie dich erwischen. Und trotzdem hast du's getan und wieder getan. Das war auch so ein Zwang, so eine Lust, und wenn sie tausendmal böse war. Oder wenn du eine Fliege erwischt hast und hast der die Flügel rausgerissen, einen nach dem anderen, und dann geguckt, wie die auf dem Rücken über den Boden küselt und sich dreht und so ganz langsam kaputtgeht. Danach hast du dich dann auch geschämt und über die Schulter geschielt, ob es nur ja keiner gesehen hat. Und doch hast du's wieder probiert. Das war mit der Kleinen von meiner Lebensgefährtin nicht viel anders. Ich hab's eigentlich getan, weil mir gerade so danach war, sie zu piesaken.

Aber nachher, als ich fertig war und wieder zu mir kam und sah die Kleine mit ihrem verschmierten Mund und diesen entsetzten

Augen, wie sie weinte und sich schüttelte und sich ekelte und sich nicht traute, um Hilfe zu schreien, da konnte ich mich selbst nicht mehr verstehen. Daß ich so etwas Ungeheuerliches wirklich getan hatte, ging mir überhaupt nicht ein. Das durfte gar nicht wahr sein. So etwas machte ich doch nicht! Wenn mir das noch eine Stunde vorher einer gesagt hätte, daß ich das jemals fertigbringen würde, den hätte ich ausgelacht oder in die Mangel genommen. Aber geglaubt hätte ich ihm das nicht. Ich bin doch kein Charakterschwein, hätte ich gedacht. Und doch hatte ich es gemacht. Ich sah es ja. Es war ja nicht zu leugnen. Das konnte mir jetzt ruhig leid tun. Deswegen war es doch passiert. Das ging nicht abzuputzen, und weg der Schaden. Das war nicht wie mit der Fliege: Mülleimer auf, Mülleimer zu. Das ging schon tiefer, irgendwie.

Und in dem Moment, als ich das so voll begriffen habe, war fast sofort die Angst da. Das durfte einfach nicht rauskommen. Die Kleine mußte dichthalten, egal wie. Ich habe da plötzlich eiskalt überlegt. Heulen kannst du nachher, sagte ich mir. Das weiß ich noch genau. Heulen kannst du nachher. Jetzt mußt du erst die Göre kirre kriegen, sonst reißen sie dir hier die Eier ab. Da habe ich ihr die Hände um den Hals gelegt und zugedrückt, bis sie nur noch schnappen konnte, und habe ihr gesagt, wenn sie ein Wort von dem sagt, was war, würde ich wiederkommen und das noch fester mit ihr machen und mit der Tante auch. Und dann, als sie genickt hat, da hab ich ihr eine Tüte Bonbons geschenkt und bin ins Wohnzimmer gegangen, weil ich ja an dem Abend eigentlich als Babysitter eingeladen worden war und Fußball gucken wollte. Und dabei habe ich mir geschworen, daß das nie wieder vorkommen wird, daß das ein absolut einmaliger Fall war. Und das habe ich mir auch wirklich eingebildet, daß ich das schaffe. Daß ich mich bloß besser in der Hand haben müßte und vor allem nicht mehr den Babysitter mache, wenn ich geil drauf bin wie an dem Abend. Na ja, und das habe ich dann auch ein paar Wochen durchgehalten. Und das war wirklich ein Durchhalten, weil die Erinnerung, die ging mir nicht mehr aus dem Kopf. Das mit der Kleinen war das absolut Schärfste, was ich sexuell je erlebt hatte. Das vergißt du nicht als Mann. Das kann dir keine Frau mehr bringen. Das ist ja der Fluch, den das Ganze auch irgendwie hat. Und dann ist es wieder soweit. Der Rausch ist wieder da. Und du weißt, du mußte das jetzt machen. Und du kotzt dich selber an, so widerlich findest du dich. Und du machst es. Und begreifst, daß das bleibt. Das ist ein Kreislauf. Da kommst du nicht wieder raus, jedenfalls nicht von allein.«

Für Fachleute ist der Teufelskreis der Gewalt nichts Neues. In der Broschüre »Gewalt gegen Frauen hat viele Gesichter«, die von Männern für Männer erstellt und 1993 von Bundesministerium für Frauen und Gesundheit mit Unterstützung der Hamburger Beratungsstelle »Männer gegen Männer-Gewalt« herausgegeben worden ist, wird dieser Teufelskreis in ein Acht-Phasen-Modell eingeteilt. Als Schema der Gewalt, auch der sexuellen, möchte ich es hier in verkürzter Form vorstellen.

1. Phase: Der Mann wird gewalttätig und erlebt dies als befreienden Akt.
2. Phase: Dem Täter wird bewußt, was er getan hat. Er erschrickt vor sich selbst.
3. Phase: Scham und Reue setzen ein.
4. Phase: Der Täter tritt dem Opfer gegenüber besonders liebevoll auf. Das Verhältnis scheint sich zu normalisieren. Die Schuldgefühle des Täters schwinden.
5. Phase: Der Mantel des Schweigens hüllt den peinlichen Vorfall ein.
6. Phase: Zwischen Täter und Opfer tritt eine scheinbar neue Beziehung ein.
7. Phase: Die Erinnerung an die Tat ist verblaßt. Ein neuer Aggressionsstau bahnt sich an. Es ist nur eine Frage der Zeit, bis er sich entlädt.
8. Phase: Der Mann wird gewalttätig und erlebt dies als befreienden Akt.

Phase zwei bis acht folgt. Immer wieder.

»Alle Erfahrung zeigt«, so die wegweisende Männer-Initiative in Hamburg, »mit jedem Mal dreht sich der Kreislauf der Gewalt schneller und heftiger. Mit jeder Drehung werden die Phasen kürzer, ehe die Gewalt wieder einsetzt, und die Hemmschwelle sinkt. Die Erfahrung zeigt auch, daß es kein Entkommen aus dem Kreislauf der Gewalt gibt – ohne Hilfe von außen.«

»Wer hätte mir denn helfen sollen?« schrie Ulrike, die ihre Tochter bereits im Säulingsalter gemeinsam mit ihrem Ehemann sexuell mißbraucht hatte und sich, auf Betreiben des Kinderarztes hin, seit drei Jahren in Familientherapie befindet. »Scheiß Theorie-Thesen sind das! Hört sich ja alles ganz klasse an. Macht sich auch gut, wenn man damit auf Vorträge geht und Heftchen herausgibt. Aber in der Praxis, da sieht das doch völlig anders aus. Hätte ich zu meiner Mutter gehen sollen und ihr sagen sollen: ›Du hör mal, ich hab da ein Problem, ich belecke die Möse meiner Tochter, damit ich mich für Ernie auf Touren bringe. Hast du das früher mit mir auch gemacht?‹ Oder hätte ich das etwa meiner Freundin sagen sollen? Etwa auf der Geburtstagsparty, bei Grillsteak und Schampus? Was glauben Sie, was da passiert wäre? Selbst wenn ich es ihr im Vertrauen erzählt hätte. Ich wäre doch für alle, inklusive meiner Mutter, unten durch gewesen. Ich hätte mir doch den Strick nehmen können.«

Sicher ist der sexuelle Mißbrauch an einem Kind eine besonders schwerwiegende Stufe der Gewalt. In nahezu jeder Gesellschaftsordnung ist dies eines der verächtlichsten Verbrechen. Selbst im Gefängnis will kein »normaler« Insasse in einem Atemzug mit einem Kinderschänder genannt werden. Und doch muß es möglich sein, Hilfe von außen zu erfahren.

Dies kann geschehen, indem wir alle die Augen offenhalten und nicht bewußt wegsehen. Sexueller Mißbrauch ist kein Vergehen, das nur in der Gosse vorkommt. Nicht nur Drogensüchtige, Alkoholiker, Arbeitslose, Analphabeten oder Geistesgestörte tun es. Auch nicht nur ein paar ewig Gestrige aus der Nazi-Zeit oder perverse Sadisten. Sexueller Mißbrauch an Kindern und Jugendlichen geschieht überall. Die Täter und Täterinnen sind unter uns, auch in den sogenannten besseren Kreisen. Die Tat darf kein peinliches Thema sein, das man am besten totschweigt. Sie geht jeden an, auch und gerade die Nicht-Täter und Nicht-Täterinnen.

Gemeinsam mit Frauen und Männern, die in ihrer Kindheit und Jugend sexuell mißbraucht wurden, sowie mit einer Selbsthilfegruppe, bestehend aus Tätern und Täterinnen nebst ihrer Leiterin, habe ich einen Wunschzettel der Hilfsmaßnahmen erarbeitet, die von den Betroffenen als wirksam angesehen werden. Daß dieser nicht vollständig sein kann und viele Wünsche offen läßt, ist uns dabei bewußt gewesen. Nicht jede allgemeingültige Hilfsmaßnahme kann in jedem Einzelfall greifen. Dennoch sind die an diesem Wunschzettel Mitwirkenden gemeinsam mit mir der Überzeugung, daß die Umsetzung ihrer Ideen viel bewirken müsse. Die Reihenfolge, in der die einzelnen Wünsche erscheinen, gibt die Häufigkeit wieder, mit der sie genannt wurden.

1. Wunsch: Wenn ein Erwachsener ein Kind bedroht oder bedrängt – sehen Sie nicht weg. Bieten Sie Ihre Hilfe an. Lassen Sie das Kind und auch den Erwachsenen nicht mit der schlimmen Situation allein. Haben Sie

keine Angst, sich in eine Familienangelegenheit einzumischen. Der Erwachsene wird Sie vielleicht beschimpfen, aber er wird zugleich auch wissen, daß man ihn und sein Verhalten wahrnimmt. Öffentlichkeit schützt!

2. Wunsch: Wenn ein Kind von einem Erwachsenen verspottet oder gedemütigt wird, ergreifen Sie Partei für das Kind. Verspotten und demütigen Sie auch Ihr eigenes Kind nie. Nehmen Sie ein Kind ernst, und lassen Sie nicht zu, daß andere es nicht ernst nehmen.

3. Wunsch: Achten Sie auf Alarmzeichen. Warum wollen Kinder sich nicht zum Baden ausziehen? Warum tragen sie selbst bei größter Sonnenhitze langärmlige Kleidung? Warum zeigen Kinder ein ungewöhnlich sexualisiertes Verhalten? Warum fällt ein Kind scheinbar urplötzlich in seinen Fähigkeiten ab, lutscht wieder langanhaltend am Daumen, näßt wieder ein, weint scheinbar ohne Grund, ist ungewöhnlich still oder ungewöhnlich kasperig? Schauen Sie hin, fragen Sie nach! Lassen Sie es nicht auf sich beruhen.

4. Wunsch: Wenn ein Kind zu Ihnen sagt: »Der oder die tun etwas Komisches mit mir!« – hören Sie nicht weg. Sprechen Sie mit dem Kind, fragen Sie. Gewinnen Sie sein Vertrauen.

5. Wunsch: Wenn Sie den Verdacht haben, daß ein Kind sexuell mißbraucht oder auf andere Weise grausam mißhandelt wird, suchen Sie sich Hilfe. Es gibt zahlreiche Beratungsstellen. Die bekanntesten heißen »Zartbitter«, »Wildwasser«, »Lawine«. Auch das Jugendamt, Ehe-, Partnerschafts- und Familienberatungsstellen beispielsweise der Caritas oder der Kirchengemeinde, ein Arzt Ihres Vertrauens, ein Psychologe oder eine Psychologin sowie Mitarbeiterinnen eines Frauenhauses, des Frauennotrufs oder einer psychologischen Klinik wissen Rat.

6. Wunsch: Unternehmen Sie nichts, was das Kind nicht möchte. Sie würden das Ihnen entgegengebrachte Vertrauen des Kindes enttäuschen und vielleicht für immer verschütten. Vor allem erstatten Sie keine Anzeige, wenn das Kind dies ablehnt. Denken Sie daran, das Kind muß durch einen von Ihnen angezettelten Prozeß hindurch, nicht Sie!

7. Wunsch: Suchen Sie das Gespräch mit den Eltern des Kindes und lassen Sie sich nicht davon abschrecken, daß Sie dort zunächst auf eine Mauer des Schweigens und der Abwehr stoßen. Geben Sie den Eltern zu verstehen, daß Sie da sind und ein Auge auf das Kind haben. Ein Geheimnis, das kein Geheimnis mehr ist, verliert seine Wirksamkeit.

8. Wunsch: Geben Sie einem mutmaßlichen Täter oder einer Täterin das Gefühl, daß Sie in ihnen ein menschliches Wesen sehen und kein Ungeheuer, das an den Füßen aufgehängt werden müßte. Verachtung verschließt den Mund. Und Schweigen schützt den Täter.

9. Wunsch: Wenn Sie selbst Ihr Kind oder ein Ihnen anvertrautes fremdes Kind sexuell mißbraucht haben, warten Sie nicht ab, bis es zu einem nächsten Mal kommt. Auch wenn Sie es von sich selbst nicht glauben wollen, es gibt ein nächstes Mal. Suchen Sie sich vorher Hilfe. Sprechen Sie mit einem Freund oder einer Freundin, suchen Sie eine Beratungsstelle auf. Lassen Sie es nicht darauf ankommen. Sexueller Mißbrauch tut weh. Dem Opfer und dem Täter.

10. Wunsch: Glauben Sie niemals, sexueller Mißbrauch mache einem Kind Spaß! Auch wenn es sexuell so weit manipuliert wird, daß es Lust empfindet, ist es keine Lust, mißbraucht zu werden. Der Verführer ist nicht das Kind, sondern der Erwachsene. Und nur er trägt mit der Verantwortung auch die Schuld. Helfen Sie mit, den Teufelskreis der Gewalt gegen Schwächere zu durchbrechen.

Öffenlichkeit bietet Schutz

Heute weiß fast jeder, was der Begriff sexueller Mißbrauch bedeutet. Nach Jahrzehnten oder Jahrhunderten des Verschweigens ist der Tatbestand öffentlich geworden. Angefangen hat diese Entwicklung mit Erfahrungsberichten, die betroffene Frauen in Zeitschriften und Büchern veröffentlichten. Rundfunk und Fernsehen sprangen in Form von Reportagen und Talk-Shows auf den bereis fahrenden Zug auf. Krimis im abendlichen Unterhaltungsprogramm der verschiedensten Fernsehsender griffen das Thema auf. Mittlerweile versucht sich vereinzelt auch die große Filmindustrie daran, das Geschehen in Bilder umzusetzen.

Eltern, im Erziehungs- und Schulbereich Tätige sowie eine interessierte Öffentlichkeit wissen jetzt, daß Kinder und Jugendliche gefährdet sind, sexuell mißbraucht zu werden. Aber wie man mit diesem Wissen umgehen soll, das ist längst nicht klar. Hier setzen noch immer viele Abwehrmechanismen ein.

Es fällt noch verhältnismäßig leicht, den außerfamiliären Bereich wie Kinderhorte und -tagesstätten, Kinderheime, Schulen, Behindertenwohnheime oder gar den Jugendstrafbereich als mögliche Tatorte zu akzeptieren. Hier geht es um Fremde als Täter. Daß der Mißbrauch nicht nur auch, sondern vor allem im innerfamiliären Rahmen stattfindet und meist Väter die Täter sind, schmerzt. Schmerzt so sehr, daß diese Gefahrenquelle am liebsten verleugnet würde. Jeder Mensch, der sich auf Diskussionen über sexuellen Mißbrauch einläßt, kennt den vorwiegend von Männern vorgebrachten Zweifel an den öffentlich kursierenden Zahlen. Kennt den Hinweis auf die vielen Kinder im persönlichen Bekannten- und Familienkreis, denen noch nie etwas passiert sei und die, wenn die angegebenen Zahlen stimmten, ja mindestens in einem bestimmten errechenbaren Prozentsatz schon mal mißbraucht worden sein müßten. Und kennt auch den väterlichen schnaubenden Satz: »Das ist doch alles bloß Emanzengeschwätz! Das stimmt doch nie!«

Vielleicht würde das Verleugnen und das Kopf-in-den-Sand-Stecken ja tatsächlich noch immer funktionieren, wenn da nicht der stetig wachsende Berg an Veröffentlichungen wäre. Über einen solchen Berg, der ganz offensichtlich trotz seiner Höhe nur die Spitze des Eisbergs ist, kann man nicht hinwegsehen. Man kann den dort zur Sprache gekommenen Tatbestand nicht abstreiten, den Wahrheitsgehalt der Mißbrauchsgeschichten nicht länger in Zweifel ziehen. Man muß sich den Tatsachen stellen, muß sehen, was man nicht sehen will. Und dann kommt die Angst.

Denn sexueller Mißbrauch von Kindern und Jugendlichen ist etwas, womit man im allgemeinen nicht umgehen kann. Er löst tiefe emotionale Betroffenheit aus, kommt einem unfaßbar, nicht nachvollziehbar vor. Er stimmt ratlos, hilflos. »Was kann man denn dagegen tun? Was soll ich denn machen?« Diese Fragen stehen immer im Raum, wenn ich zu Lesungen aus meinen Büchern unterwegs bin oder mich bei anderen Gelegenheiten auf Diskussionen einlasse.

Es kann jedem Kind passieren. Keines ist davor sicher. Soviel ist gewiß. Doch Täter haben nun einmal keine grünen Ohrenspitzen oder rote Kreise auf der Stirn. Und Verdachtsmomente, die sich aufgrund unterschiedlichster Beobachtungen im Umgang mit einem Kind einstellen, könnten alle samt und sonders völlig andere Ursachen haben als die befürchteten oder vermuteten. Hier ist selten etwas auf Anhieb hundertprozentig sicher, selten eine hieb- und stichfeste Diagnose wie etwa bei einer Blinddarmentzündung oder einem Beinbruch möglich. Genau diese Unsicherheit ist es, die viele Menschen schweigen läßt, auch wenn sie etwas mit angesehen oder mit angehört haben, was mehr als verdächtig ist. Man will schließlich niemandem etwas anhängen, niemandes guten Ruf schädigen. Und man will sich selbst auf keinen Fall nachsagen lassen, Klatsch zu verbreiten, oder sich gar eine Verleumdungsklage einhandeln, weil man über einen Nachbarn einen schlimmen Verdacht geäußert hat, für den man keine Beweise vorlegen kann. »Das ist eine Familienangelegenheit, das geht mich nichts an!« Die Scheu, dieses Tabu zu brechen, ist meist weitaus stärker als der Antrieb zu helfen.

Am liebsten wäre es den meisten Menschen, wenn dieses bedrohliche und zugleich ungemein peinliche Thema wieder aus der Öffentlichkeit verschwände und man sich in Sicherheit wiegen könnte. Dergleichen geschieht ja öfter. Beispielsweise beim Thema Waldsterben, einer beunruhigenden, existentiell bedrohenden und beängstigenden Entwicklung. Monatelang prägte es die Schlagzeilen aller Medien und war nach einiger Zeit so abgeschliffen, ausgelaugt und totgeschrieben, auch so totdiskutiert, daß es plötzlich fast völlig aus der Öffentlichkeit verschwand. Und wurde nicht allein dadurch der Eindruck erweckt, es sei alles wieder in Ordnung oder vorher übertrieben und von den Medien aufgebauscht worden? In Wahrheit nicht halb so schlimm wie behauptet? Wer schreckt denn heute noch zusammen, wenn das Wort Waldsterben fällt?

Die ersten massiven Bestrebungen, das leidige Thema des sexuellen Mißbrauchs wieder in der Versenkung verschwinden zu lassen, erleben wir in jüngster Zeit mit den sich häufenden Berichten über den sogenannten Mißbrauch des Mißbrauchs. Nachrichtenmagazine wie etwa »Spiegel-TV« tun sich da besonders hervor.

Doch die Öffentlichkeit, das Öffentlich-Machen ist etwas, auf das die Opfer des sexuellen Mißbrauchs ab einem bestimmten Stadium ihrer Selbstbefreiung nicht mehr verzichten wollen oder können. Auch wenn das mit Ängsten verbunden ist und bestimmte Schutzmaßnahmen ergriffen werden.

Sehr viele Frauen und Männer, die in ihrer Kindheit selbst Opfer waren, setzen sich mit ihren eigenen Erfahrungen auseinander, indem sie sich intensiv mit dem wissenschaftlichen Hintergrund befassen und anderen Opfern helfen. Sie arbeiten zum Beispiel in Kinderheimen, in Beratungsstellen, als Therapeuten, als Selbsthilfegruppenleiter, als Dozenten bei Fortbildungsveranstaltungen und in vielen weiteren Aufgabenstellungen.

»Manchmal lade ich in meine Vorlesungen über sexuellen Mißbrauch eine betroffene Person ein«, sagte mir Kristina Meyer, die als angehende Professorin an einer Hochschule arbeitet und ihre persönlichen Erfahrungen in ihrem Buch »Das doppelte Geheimnis« preisgegeben hat. »Wenn ich dann sehe, wie die unruhige Meute der Studenten und Studentinnen vor mir plötzlich still wird, weil sie durch das, was sie da hören, auf einmal irgendwie hautnah dabei sind und der Mißbrauch nicht mehr nur aus Buchstaben besteht, sondern gelebtes Leben ist, dann habe ich immer intensiver den Wunsch, mein bisheriges Inkognito aufzugeben und zu sagen: Das habe ich auch erlebt. Es stimmt. So ist es, wenn man als Kind mißbraucht wird. Wenn ich nicht befürchten müßte, daß ich meiner beruflichen Karriere schade, weil man nach einem solchen Outing zum Beispiel meine Forschungsarbeiten als tendenziös oder nicht mehr objektiv abwerten würde –

wenn ich sicher sein könnte, daß man mich auch danach noch als seriöse Fachfrau achtet und respektiert und beruflich fördert, hätte ich diese Öffentlichkeit auch längst schon erreicht.«

Mit dieser Äußerung steht Kristina Meyer nicht allein. Wenn es darum ging, Betroffene für eine Fernsehsendung oder einen Zeitschriftenartikel mit Foto zu gewinnen, erlebte ich den Wunsch nach Öffentlichkeit immer wieder, zugleich aber auch die Angst vor möglichen Repressalien. Wenn garantiert werden konnte, daß eine Verfremdung der betroffenen Person durch eine Perücke, eine dunkle Brille, kosmetische Veränderungen und tarnende Kleidung stattfinden würde, überwog der Wunsch nach Öffentlichkeit jedoch fast jedesmal die Angst.

»Öffentlichkeit bedeutet für mich Schutz«, sagte Rose, als ich wissen wollte, warum sie ihre Geschichte bereits mehrfach in Zeitschriften veröffentlicht hat. »Seit ich damit an die Presse gegangen bin, obwohl ich meinen richtigen Namen immer noch geheimhalte, läßt mein Onkel die Finger von mir. Der geht mir total aus dem Weg. Wenn der weiß, daß ich auf einer Familienfete dabei bin, kommt der entweder nicht oder sitzt so weit von mir weg wie möglich. Das hat schon etwas gebracht, daß ich geredet habe. Vor allem, daß ich es nicht nur einem gesagt habe. Ich sage es jetzt der ganzen Welt. Jeder kann es lesen. Jeder soll es wissen. Alle sollen mit dem Finger auf diesen Mann zeigen. Alle sollen mir sagen, daß er es war, daß er schuld hat, daß er es war. Nicht ich! Ich will es von allen hören Ich stelle mir vor, wie alle meine Geschichte lesen und erschrecken und sagen: Wie kann man nur? Der gehört eingesperrt. Und wie sie dann ihre eigene Kinder angucken und besser auf sie aufpassen und meine Geschichte in der Zeitung auf einmal nicht nur gut für mich ist, sondern auch gut für andere Kinder, und wie meine Geschichte verhindern hilft, daß es wieder passiert und immer wieder. Meine beste Freundin, die natürlich weiß, daß ich mit meiner Geschichte schon ziemlich oft in der Zeitung war, meint zwar, daß ich mich damit irgendwie zu einem gläsernen Menschen machen würde, daß ich dadurch aller Welt erlauben würde, in mich reinzugucken und alle Winkel auszuspionieren, und das stimmt irgendwie auch. Aber das ist mir egal. Oder eigentlich will ich das jetzt auch. Das kommt mir vor, als hätte ich mein ganzes Leben lang unter einer stinkenden schwarzen Decke gelegen, die ich endlich abgerissen habe, und jetzt kann ich gar nicht genug von der Sonne kriegen, die ich auf einmal überall fühle. Die Sehnsucht, daß es endlich jemand weiß, was da mit mir gemacht worden ist, die ist Wahnsinn. Die muß erfüllt weden. Und das mit der Zeitung, das ist, als wenn ich eine Flüstertüte benutzen würde und es über alle Dächer rausschreien kann, daß es endlich, endlich, endlich jeder hört und alles aufhört, der ganze Mißbrauch, der ganze Scheiß.«

Für Monika B., deren Geschichte ich als Buch herausbrachte, hat die Öffentlichkeit noch einen weiteren Aspekt.

»Ich hab ja schon jahrelang über den Mißbrauch geredet«, sagte sie auf meine Frage, wieviel Öffentlichkeit für sie bedeutet. »Das erste Mal öffentlich, als ich meinen Vater gerade eben angezeigt hatte. Da war das ZDF bei mir und drehte einen Film über Mißbrauch, in dem ziemlich viele andere betroffene Frauen auch vor die Kamera gingen. Der Redakteur wollte, daß ich mit meinem Gesicht, also richtig zu sehen und zu erkennen, und von vorn, also voll im Bild, vor die Kamera ginge. Das war für ihn damals unheimlich wichtig, weil er wollte, daß die Leute, die den Film sehen, das glauben, was ich sage. Daß die nicht spotten könnten: Weil mich keiner erkennt, würde ich so einen Scheiß verzapfen. Ich hatte damals eine Freundin, die mich vor die Wahl gestellt hatte, entweder geht die Beziehung zu ihr kaputt, oder ich zeige meinen Vater an, damit der Mißbrauch endlich aufhört, denn der stellte mir ja überall nach. Der kam sogar in meine neue Stadt, als ich von zu Hause abgehauen und weit weg sozusagen untergetaucht war. Der ließ mir keine Ruhe. Der wollte ja auch gar nicht. Und wenn der das dann wieder mit mir gemacht hatte, war ich total schräg drauf. Dann hab ich mich mit Zigaretten verbrannt, hab mir an den Brüsten und an den Genitalien rumgeschnippelt oder Stecknadeln bis zum Kopf in die Schamlippen gebohrt. Oder ich hab Duschzeugs getrunken oder handvollweise Tabletten geschluckt oder bin vor ein Auto gerannt. Oder auch alles zusammen. Das war nicht, weil ich mich unbedingt umbringen wollte. Das war alles bloß, damit der Mißbrauch aufhört, damit das nicht mehr passieren kann, oder damit ich vorübergehend in den Schutz einer psychiatrischen Klinik komme, wo mein Vater mich in Ruhe lassen mußte, weil er mich dort gar nicht erst finden oder, wenn doch, er mich aber auf keinen Fall besuchen konnte. Der war mir ja – sogar nach der Anzeige bei der Polizei noch – bis in mein betreutes Wohnheim nachgefolgt und hatte mit mir dort geschlafen und verlangt, daß ich dabei stöhne und ihm allerhand Sachen laut nachspreche, so daß die Leute auf dem Flur und in einem Nachbarzimmer genau hören konnten, was da bei mir lief. Ich hatte da einen Zimmernachbarn, mit dem ich mich echt ganz gut verstand, aber nicht sexuell oder so. Der holte dann eine Betreuerin oder einen Betreuer, das weiß ich nicht mehr so genau. Wie die dann rein sind in mein Zimmer, da lag mein Vater bei mir im Bett und sagte ganz cool, daß er mein Freund wäre. Und ich blöde Kuh habe auch noch genickt. Ich hab mich so geschämt. Und ich bin dann nachher fast aus der Wohngruppe geflogen, weil die Betreuer behaupteten, ich würde ihnen ein X für ein U vormachen und allen vorlügen, ich könnte Männer nicht ertragen, und dabei hätte ich einen Freund, mit dem ich sogar ins Bett steigen würde, und das, wie man hören konnte, mit Vergnügen. In dem Zustand wollte ich mich dann echt umbringen. Aber es hat nicht geklappt. Zum Glück, muß ich heute sagen.

Jedenfalls hat meine Freundin mich damals vor die Wahl gestellt, und ich habe meinen Vater angezeigt. Das mit dem ZDF-Film, das war der Punkt auf dem i. Das war noch eins drauf. Deshalb bin ich auch tatsächlich völlig ungeschützt vor die Kamera gegangen und habe ausgesagt. Ich wollte damals, daß meine Familie das sieht, daß die wissen, der Monika ist das jetzt verdammt ernst, die packt aus, die läßt das jetzt nicht mehr mit sich machen. Und ich weiß auch, daß meine Familie das gesehen hat. Da kamen ja Reaktionen. Das war unheimlich hart, viel härter, als ich gedacht hatte. Und das warf mich dann auch total um. Wenn ich dich damals nicht kennengelernt hätte, als Ko-Regisseurin in dem ZDF-Film, ich weiß nicht, was heute mit mir wäre. Du hast mich damals ziemlich gut aufgefangen und bist ja seitdem auch immer mit mir in Kontakt geblieben und heute eine meiner wichtigsten Bezugspersonen überhaupt.

Als wir dann 1993 meine Geschichte als Buch veröffentlicht hatten, kamen wieder jede Menge Anfragen auf mich zu, ob ich nicht bei Rundfunk- und Fernsehsendungen und für Zeitungen und Zeitschriften Interviews geben würde. Zuerst, als wir das Buch noch erarbeiteten, hatte ich solche Öffentlichkeitssachen ausgeschlossen. Aber dann, als das Buch fertig war und verkauft wurde, fand meine Mutter über irgendwelche Versicherungspapiere meine bis dahin durch eine Geheimhaltungsklausel geschützte Adresse heraus und fing ganz massiv an, mich zu terrorisieren. Da bekam der Gedanke an die Öffentlichkeit für mich eine völlig andere Dimension. Ich begriff auf einmal, daß die

Öffentlichkeit mich vor meinem Vater beschützt, weil ein öffentliches Gericht ihn für das, was er mir angetan hat, zu acht Jahren Haft verurteilt hat. Und ich begriff auch, daß ich auf diesen Schutz nicht verzichten kann. Zumindest nicht, solange meine sogenannte Familie mich nicht in Ruhe läßt. Zum Beispiel meine Mutter beziehungsweise die Frau, die mich geboren hat.

Ich hatte meine Mutter, die an dem sexuellen Mißbrauch ganz aktiv beteiligt war, vor Gericht aus allem herausgehalten. Sie hatte mir leid getan. Und sie hatte in den letzten Monaten des Mißbrauchs wohl auch versucht, meinen Vater von mir wegzuhalten. Das hatte sie mir jedenfalls so erzählt. Und vielleicht stimmt es ja. Ich hoffte, daß es stimmt. Außerdem sah ich sie irgendwie auch selbst als Opfer an, weil sie ja als Kind ebenfalls von ihrem Vater mißbraucht worden war. Das hatte sie mir gestanden. Und sie hatte nie eine Therapie gemacht. Sie hatte vielleicht wirklich nie eine Chance gehabt, den ganzen Scheiß abzulegen und da rauszukommen. Irgendwie war mein Schweigen auch eine Art Versuch, ihr so eine Chance anzubieten. Ich hatte meine Mutter immer gehaßt, weil sie meine Brüder und mich nicht geliebt hat, weil sie uns im Stich gelassen und meinem Vater ausgeliefert hat und mich auch an andere Männer verkaufte. Das war echter Haß aus enttäuschter Liebe oder Liebe, die in Haß umgeschlagen war. Ich weiß auch nicht. Das ist ziemlich wirr in mir drinnen. Aber vor Gericht tat die Frau mir leid. Ich dachte, sie wäre gestraft genug, wenn sie ohne ihren Ernährer weiterleben muß. Und so ein bißchen hatte ich wohl auch gedacht, sie würde das begreifen, sie würde wissen, was ich für sie tat, und mich dafür vielleicht liebhaben und mich in Zukunft auf jeden Fall in Ruhe leben lassen. Mehr wollte ich gar nicht von ihr. Oder vielleicht doch. Vielleicht wollte ich ja wirklich, daß sie wie durch ein Wunder auf einmal wieder meine Mutter wird, der ich nach meinen ersten schweren Krupphustenanfällen und Klinikaufenthalten als ganz kleines Kind in die Arme gelaufen war und nach der ich mich gesehnt hatte. Aber der Traum war schnell ausgeträumt. Spätestens dann, als diese Person mir im Flur vor dem Gerichtssaal wünschte, daß ich für den Rest meines Lebens so leiden sollte, wie ich meinen Vater und sie leiden ließe. Und als sie dann anfing, mich am Telefon zu terrorisieren, um mich endgültig krank zu machen und als geistig verwirrt abstempeln zu lassen, damit sie mir vor Gericht nicht mehr glauben und meinen Vater freisprechen würden. Daß sie das alles macht, das hat so weh getan. Das war so ein Schmerz. Das hat ganz viele Erinnerungen in mir hochgewühlt. Das war fast, als müßte ich jetzt eine zweite Therapie anfangen, um die Geschichten mit meiner Mutter besser begreifen und verarbeiten zu können.

Und daß ich jetzt völlig wehrlos sein und den ganzen Terror meiner Mutter einfach schlucken sollte, das konnte ich nicht hinnehmen. Ich war immer wehrlos gewesen, hatte immer alles hinnehmen und über mich ergehen lassen müssen. Meine Eltern hatten immer gesagt, daß mir sowieso keiner glauben und keiner helfen würde, daß sie die Macht hätten. Damit bin ich fertig. Das ist vorbei. Ich bin nicht mehr allein. Und mir wird geglaubt. Nicht nur Freunde, sogar das Gericht glaubt mir. Alle wissen, daß mein Vater der Lügner ist und der Schuldige, nicht ich. Ich wehre mich jetzt. Die Öffentlichkeit hat mir dabei geholfen, und sie kann es wieder tun. Wenn ich will. Das ist ein starkes Gefühl. Es tut gut und gibt Mut. Und weil ich das wußte, bin ich nach dem Buch also wieder an die Öffentlichkeit gegangen.

Leider sind die meisten Fernseh-Talk-Shows so kurz, maximal drei bis fünf Minuten lang, so daß man nur ganz wenig sagen kann. In einer Sendung bei VOX hatte ich dann einmal mehr Zeit. Und als ich dort meine Geschichte öffentlich gemacht hatte, passierte etwas, was ich so noch nie erlebt hatte. Es kamen aus der Öffentlichkeit Hilfsangebote. Das war so irre für mich. Daß da wildfremde Leute beim Sender anrufen und mir anbieten, mich schützen und mir helfen zu wollen. Das war so unglaublich gut, das hat mich so aufgebaut, mir so viel Mut gegeben. Und ich bin sicher, das hat mich auch eine Zeitlang wirklich beschützt. Es ging damals in der Sendung auch um meine Mutter. Sie hatte, wie gesagt, irgendwie herausgefunden, wo ich heute lebe, wo ich wohne und natürlich die Telefonnummer in meiner WG auch. Seitdem rief sie immer wieder bei mir an. Da das Telefon im Haus für alle da ist, nahmen natürlich oft auch andere den Hörer ab. Dann sagte sie: ›Ist die Monika da? Ich bin ihre Mutter. Ich will sie sprechen.‹ Es gibt da also Zeugen. Und wenn sie mich dann am Apparat hatte, beschimpfte sie mich und bedrohte mich damit, daß sie kommen wolle und mich zu meinem Vater in den Knast mitnehmen würde. Sie sagte: ›Du mußte den Papa da rausholen. Du mußt dich bei ihm entschuldigen. Du mußt sagen, daß alles nicht wahr ist. Du hast ihn da reingelegt. Es ist deine Schuld. Du hast die ganze Familie kaputtgemacht.‹ Oder sie sagte auch: ›Wegen dir wird dein Bruder jetzt wegen Meineid bestraft. Der weiß nämlich noch, was er seiner Familie schuldig ist. Der hat zu uns gehalten und für den Papa ausgesagt. Und jetzt, daß er jetzt dafür in den Knast gehen muß, das bist du gar nicht wert. Das wirst du uns büßen.‹ Oder ein andermal, da kam sie damit: ›Wegen dir geht's mir jetzt dreckig. Ich hab keine Knete. Die ganze Familie will nichts mehr von mir wissen. Ich bin so allein. Ich brauch dich jetzt. Du mußt mir helfen. Hier bei mir wartet ein Job auf dich. Das bist du mir schuldig. Das mußt du machen. Ich brauch die Knete. Ich komme und nehme dich mit.‹

Was sie mit dem Job meinte, brauchte sie mir gar nicht erst zu erklären. Das war mir schon klar. Sie hatte selbst als Callgirl gearbeitet und mich ja schon oft genug an andere Männer verkauft. Ich wußte total, was sie wollte, und bekam es mit einer tierischen Angst. Was sich bei mir, wie meistens, in einer panischen Selbstvernichtungswelle ausdrückt. Also wieder das Spiel mit den Zigaretten, mit der Schnippelei, mit dem Duschzeugs. Ich kann's schon nicht mehr aushalten. Und die Narben hinterher, die sind so ätzend. Die mag ich überhaupt nicht sehen. Die laß ich auch immer wieder wegschleifen und unterspritzen, bloß, daß sie nie mehr völlig verschwinden. Aber das ist, wenn ich das tu, als ob in dem Moment die Stimmen meiner Eltern in mir wild durcheinanderbrüllen und mir befehlen, das zu tun, weil sie es wollen. Und ich muß das machen, da führt kein Weg dran vorbei. Außer jemand hilft und schafft es, stärker zu sein als die Stimmen. Du zum Beispiel oder der Betreuer im Wohnheim. Aber ihr seid ja auch nicht immer da.

Jedenfalls war mir, seitdem meine Mutter das mit dem Job gesagt hatte, klar, daß das nicht bloß dahergeredet war, um mir Angst einzujagen. Ich kenne doch meine Mutter. Was die sich in den Kopf gesetzt hat, das zieht die auch durch, ohne Rücksicht auf Verluste. Und eines Tages war sie dann plötzlich da. Ich meine, sie kam tatsächlich in die Stadt, in der ich lebe. Die liegt für sie auf dem Weg in den Knast zu meinem Vater, den sie dort ja dauernd besucht. Und sie brachte einen Typen mit, einen Kerl, der lauerte mir dann später überall auf. Der machte vor mir den Hosenladen auf und bedrängte mich und langte mich an und knallte mir auch mal eine und sagte, meine Mutter hätte mich ihm versprochen. Der kam sogar einmal ins Krankenhaus, als ich dort in Behandlung war, und stand mir im Foyer plötzlich gegenüber. So ein dicker, ekliger Typ mit Birkenstock-Sandalen. Ich wußte ehrlich nicht mehr, was ich machen sollte. Ich traute mich nicht mehr aus dem Haus. Ich hatte eine Wahnsinnsangst, daß der Typ wieder da steht und meine Mutter kommt. Und ich wußte ja auch, daß ich vor der Frau immer wie gelähmt dastehe und nichts tun kann. Davor hatte ich am meisten Angst, daß ich mich nicht wehren kann und die mich mitnimmt und alles passiert, was sie von mir will.

Da ist immer dieser Gedanke, daß ich kein Recht habe, mich zu wehren. Obwohl ich jetzt schon 26 bin, ist da immer noch so etwas total Kindliches in mir. Ich kann das nicht abhaken. Ich hasse die Frau, aber sie ist meine Mutter. Und ich muß tun, was sie mir sagt. Das ist so. Da gibt's nichts dran zu rütteln. Das war immer so. Das ist wahnsinnig schwer für mich, da rauszukommen, da etwas zu ändern, anders zu denken und vor allem anders zu fühlen. In mir drinnen bin ich irgendwie immer noch das Kind, das keine Rechte hat, das nur gehorchen muß, mit dem jeder machen kann, was er will.

Aber wie die Talk-Show bei VOX war, da hatte ich mir vorher genau überlegt, daß ich das mit meiner Mutter sagen werde. Ich hatte kurz vorher einen großen Artikel in der ›Münchener Abendpost‹ gehabt. Und weil meine Mutter in der Nähe von München wohnt, war ich sicher, daß sie den auch gelesen und meinem Vater in den Knast mitgenommen hat. Er hat ja auch mein Buch dort gelesen und alle Fernsehsendungen angeschaut, in denen ich aufgetreten war. Das weiß ich. Das hat man mir erzählt. Und so dachte ich, daß, wenn er das von mir bei VOX hören würde, er vielleicht Angst bekäme und meiner Mutter verbietet, den ganzen Mist weiterzumachen. Also habe ich da alles gesagt und auch den Typen beschrieben, den meine Mutter mir auf den Hals gehetzt hatte. Und prompt hat sich jemand von der Taxizentrale bei mir zu Hause beim Sender gemeldet und angeboten, daß künftig alle Taxifahrer und Taxifahrerinnen die Augen offen halte würden, wenn sie durch meine Straße kämen. Das wurde dann in der Sendung auch gesagt. Wenn ich daran denke, wird mir immer noch ganz komisch, so gerührt und alles. Auf jeden Fall hatte das Wirkung. Ich weiß nicht, hat der das im Fernsehen angeschaut oder hat ihn meine Mutter angerufen und gewarnt. Keine Ahnung. Der Typ ist nie wieder in meiner Straße aufgetaucht. Nur mal in der Nähe, bei der Post, an der ich immer vorbei muß, wenn ich in die Stadt will. Und da hat er sich schnell aus dem Staub gemacht. Da fuhr nämlich gerade ein Taxi vorbei. Eine ganze Weile, ein paar Wochen lang, hat sich auch meine Mutter nicht mehr dort blicken lassen. Das ging dann erst wieder los, als sie glaubte, daß Gras über die Sache gewachsen wäre und keiner mehr auf sie achten würde.

Für mich ist das ein Beweis von vielen, daß die Öffentlichkeit –

also wenn man möglichst vielen Leuten sagt, was passiert ist oder noch passiert –, daß das wirklich hilft. Viele Leute, vor allem die, die keine Ahnung haben, die sich gar nicht in einen, dem so etwas passiert ist, reinversetzen können, diese Leute behaupten ja, daß Betroffene sich aus übertriebenem Geltungsbedürfnis an Zeitungen wenden oder vor dem Fernsehen reden oder daß es etwas damit zu tun hat, daß man sich selbst bloßstellen und wichtig machen will. Ich kenne auch Fachleute, die so denken, die total dagegen sind, daß man an die Öffentlichkeit geht. Die sagen, daß man damit eine neue Grenzverletzung begeht, daß man also wieder andere mitreden läßt, wo einen alles nur allein angeht. Aber das kann ich so nicht annehmen. Für mich ist die Öffentlichkeit ganz wichtig. Ich habe so lange den Mund gehalten, alles heimlich mit mir machen lassen müssen. Das kann ich jetzt nicht mehr. Das will ich auch nicht mehr. Ich will keine Geheimnisse mehr, keinen mehr schützen. Nur noch mich. Und das kann ich zur Zeit am besten, wenn viele andere um mich herumstehen, die mir helfen, mich zu schützen. Vielleicht kann ich das mal allein. Vielleicht brauche ich dann das Reden mit anderen nicht mehr so sehr. Vielleicht weiß ich dann aus mir selbst heraus, was ich machen kann und machen darf und auch, welches meine Rechte sind. Aber jetzt noch nicht. Und darum ist die Öffentlichkeit oder das Öffentlich-Machen für mich so wichtig.«

Es ist einsichtig, daß die Publizität den Opfern Schutz bringt. Doch – was auf den ersten Blick absurd erscheinen mag – auch für Täter und Täterinnen bedeutet es Schutz und Hilfe, wenn ihre Tat an die Öffentlichkeit kommt. Das zeigt zum Beispiel die Geschichte von Martin. Erstmals ein Kind sexuell mißbraucht hat er, als er in der Pubertät war. Damals zwang er über einige Sommerferienwochen hinweg seine bei seinen Eltern zu Besuch lebende siebenjährige Cousine aus der Stadt, sein Glied zu streicheln und dieses, nachdem er es mit Nutella bestrichen hatte, in den Mund zu nehmen und abzuschlecken. Tatorte waren das damals gemeinsam genutzte Kinderzimmer, wenn die Eltern bereits im Bett oder vor dem Fernsehgerät oder außer Haus waren, oder der zwischen Wiesen hindurchführende Weg ins Schwimmbad des Nachbardorfes.

»Wie ich auf die Idee gekommen bin, weiß ich eigentlich nicht mehr so genau«, sagte Martin zu mir, als wir uns erstmals am

Telefon über seine Täterlaufbahn unterhielten. »Ich war ganz einfach erregt damals. Das war so eine komische Zeit, so nicht Fisch, nicht Fleisch, schon mit Vorstellungen und Wünschen, und dann das Mädchen bei mir im Zimmer, so nah auf dem ausklappbaren Gästebett. Und manchmal, wenn sie schon eingeschlafen war, wenn sie sich so umdrehte und hatte kein Höschen an unter dem Nachthemd. Also das machte mich schon heiß. Ich war da vielleicht auch frühreif. Was weiß ich. Und ich hatte mir, das muß man schon zugeben, jede Menge Videos von meinen Eltern reingezogen. Die waren zwar unter Verschluß. An die durfte ich nicht ran. Das war ausdrücklich verboten. Aber gerade das machte die Dinger ja interessant. Schließlich saßen meine Eltern fast jeden Abend vor der Glotze und machten dann aneinander rum. Das hatte ich schon mitbekommen, wenn meine Mutter meinem Vater auf dem Schoß lag, und er so einen komischen glasigen Ausdruck bekam, und dann hieß es: Ab ins Bett! Und dann die Geräusche aus dem Wohnzimmer und der Videoapparat. Das war schon ziemlich verlockend. Das muß ich sagen. Und für einen, der gut mit dem Taschenmesser umgehen kann, sind solche lächerlichen Schrankschlösser ja nun wirklich kein Problem. Jedenfalls hatte ich mir die Pornos schon reichlich reingezogen und jede Menge mehr Scheiß im Kopf, als mir damals gut tat.

Daß ich dann auf die Idee mit der Nutella kam, war eigentlich von der Ines ausgegangen. So hieß die Kleine. Die tat alles für einen Löffel Nutella. Die war richtig geil darauf. Meine Eltern hatten das Glas schon hochgestellt, damit sie nicht mehr dran konnte, denn wenn die das Glas zu fassen bekam, war es auch schon leergefressen. Das ging rutzbutz. An dem Nachmittag ging das Theater dann auch wieder los. Die Ines wollte das Glas und stieg auf den Stuhl, und ich stand hinter ihr oder eigentlich auch unter ihr und bekam Gefühle. Und dann hatte ich das Glas und strich mir das mit dem Löffel auf mein Glied, und die Ines staunte und fragte: ›Was ist denn das? Warum wird das denn so dick?‹ Und dann sagte ich: Das wirst du schon merken. Wenn du die Nutella haben willst, kannst du sie dir da abschlecken. Und das tat sie dann auch. Nicht gleich, aber als ich dann sagte, daß sie sich auch gleich einschmieren dürfte und daß ich das dann abschlecke, da war das für die wie ein neues Spiel, und sie fing an zu kichern und sagte, aber bloß in der Badewanne, weil sonst ihr Kleidchen schmutzig würde. Ja, und dann ging das los. Bei dem Mal, als es mir dann kam, da bin ich in der Badewanne noch ziemlich untergetaucht und hab versucht, das mit Badeschaum abzuwedeln, so daß die Ines nichts merkt. Aber sie hat das doch mitgekriegt und staunte so richtig und wollte dann wissen, wie man das macht und ob sie das auch kann. Und da hab ich gesagt, vielleicht, aber das würden wir dann ein andermal ausprobieren. Sie darf es nur nicht meinen Eltern erzählen, sonst dürfen wir das nicht mehr, und sie muß sofort nach Hause. Und dann bin ich aus der Wanne raus und hab mich abgetrocknet. Und die Ines wollte nicht, daß ich gehe. Der hat das echt Spaß gemacht. Und da hatte ich mir gedacht, ja, wenn die das auch will.«

Von diesem Tag an ließ Martin keine Gelegenheit aus, mit Ines das Nutella-Spiel zu spielen. Auch dann nicht, als Ines keine Lust mehr dazu hatte, weil der Geschmack des Spermas sie ekelte und ihr sein als Alternative angebotener Versuch, seinen Penis in ihre Vagina einzuführen, Schmerzen zugefügt hatte. »Ich hatte keine großen Probleme damit, sie trotzdem weiter dazu zu bringen«, sagte Martin. »Ich sagte einfach, daß das, was wir beide miteinander gemacht hätten, verboten wäre und die Polizei kommen würde, um uns abzuholen, wenn es rauskäme. Wenn sie jetzt nicht mehr mitmachen wolle, dann würde ich alles meinen Eltern erzählen und ihnen sagen, daß Ines damit angefangen hätte und ich nichts dafür könnte. Dann würden meine Eltern bestimmt ihre Eltern anrufen un denen alles weitersagen, und dann käme die Polizei und würde Ines allein einsperren, und keiner hätte sie mehr lieb. Selbst ich nicht. Und Nutella gäbe es im Gefängnis ganz sicher auch nicht. Da hat sie zuerst geheult und geheult. Und dann hat sie gesagt, sie wäre ja schon wieder lieb, und dann hat sie mich eben machen lassen. Das ging aber immer nur mit dem Mund und mit der Hand, weil alles andere an ihr noch zu klein war. Als die Sommerferien vorbei waren, war das für die Ines sicher eine Erlösung. Die ist auch nie mehr zu uns gekommen. Ich hab sie seither nur einmal, auf einer Konfirmationsfeier, gesehen. Da hat sie aber kein Wort mit mir gesprochen. Für mich aber war das Ende der Sommerferien verdammt hart. Ich hatte mich da an etwas gewöhnt, was ich unbedingt wieder haben wollte. Das war ganz klar. Ich wußte bloß nicht, wie.«

Das Gemisch aus sexueller Lust und dem Gefühl des Verbotenen ließ Martin von da an nicht mehr los. Zwar versuchte er ein paarmal, gleichaltrige Mädchen durch ein besonders männliches Schaugebaren zu beeindrucken, doch die mit ihnen ausgetauschten Zärtlichkeiten waren nicht das, was er gesucht hatte. »Die wollten irgendwie mehr«, sagte Martin. »Die ließen sich nicht dazu bringen, es mir zu machen und dann aus. Die wollten, daß ich es auch für sie mache. Aber das war mir echt zu blöd.«

Mit dem Ziel, Sex mit Kindern zu erhalten, engagierte Martin sich kurze Zeit später in einer Pfadfindergruppe und erzwang schließlich orale Handlungen von den Jungen und Mädchen, mit denen er auf Zeltlagern unterwegs war. Dabei übte er keine körperliche Gewalt aus, sondern ging höchst subtil vor. Beispielsweise bestand eine seiner beliebtesten Methoden, an Kinder heranzukommen, darin, einen Moment des Heimwehs oder einer anderen traurigen Stimmung abzuwarten und dann als Tröster aufzutreten. Die Schwäche und Anschmiegsamkeit der Kinder erregte ihn ungemein, wenn er den Arm um sie legte und sie streichelte oder scheinbar brüderliche Küsse auf Haar und Wangen verteilte. Sobald es ihm gelungen war, das Vertrauen des betreffenden Kindes soweit zu gewinnen, daß dieses sich an seine Schulter lehnte oder das Gesicht an seiner Brust versteckte oder die Arme um ihn legte, versuchte er, die Hand des Kindes an sein erigiertes Glied zu drücken und dort festzuhalten.

»Ob das Mädchen waren oder Jungen, die sind zwar meistens ein bißchen zusammengezuckt, weil das ein ungewohntes Gefühl war, aber sie haben sich eigentlich nicht gewehrt. Ganz selten mal, daß ein Kind die Hand weggerissen hat oder weggelaufen ist. Wenn das mal vorkam, war das für mich erledigt. Mit dem Kind hab ich nie mehr was versucht. Das war wie nie gewesen. Die Kinder sagten ja auch nichts dazu. Für die war das wohl so unheimlich, daß die sich selbst nicht über den Weg trauten. Und wenn sie doch mal einer Freundin was erzählten – das hab ich mal zufällig mitbekommen –, dann hat die höchstens gesagt: ›Du spinnst doch!‹ Die Jungen haben sowieso nichts gesagt. Bei denen war das irgendwie noch leichter für mich. Ich glaube, die hatten unheimlich Angst, einer könnte das mitbekommen und ihnen etwas anhängen, daß sie schwul wären oder so. Jungen sind da ja ziemlich empfindlich in dem Alter. Schwul ist für die ein echtes Schimpfwort. Das will keiner auf sich sitzen lassen. Das war für mich eine echte Erleichterung. Und ich muß schon zugeben, das nutzte ich auch aus.«

Trotzdem war die aus einer pubertären Laune heraus entstandene Situation für Martin kein beglückender Zustand.

»Ich hatte Tage, an denen ich echt gelitten habe wie ein Hund«, sagte er. »Das ist ja nicht so, daß du nicht weißt, was du da treibst. Das weißt du sogar verdammt genau. Jedesmal weißt du das. Wie oft hab ich mir geschworen, das läßt du von jetzt an. Wie oft hab ich mir überlegt, wie ich den Trieb kleiner kriege, ob ich Tabletten nehmen soll, damit das weniger wird, oder was ich sonst machen soll. Ich bin Kindern auch schon mal wochenlang aus dem Weg gegangen, hab mir eingeredet, da ist nichts mehr, ich hab's jetzt im Griff. Ich bin dann mit Weibern los, hab's mit denen getrieben, bis mir blau vor Augen war, und hab trotzdem die Scheiß-Kinder nicht aus dem Kopf gekriegt. Ich weiß nicht, das war wie ein Kreis. Ich bin da einfach nicht rausgekommen. Und da ist dann ja auch die Angst, nur ja nicht auffallen. Du mußt ja ständig eine Erklärung parat haben, falls dich mal einer erwischt. Klar, das macht die Sache schon ein gut Teil spannend, das ist so ein Kitzel, der dazu gehört und den du in einer anderen, ich sag mal normalen Beziehung vermißt und allein deshalb oft nicht in Fahrt kommst. Aber es ist auch eine Last, weil das ja auch eine ganz reale, existentielle Angst ist. Wenn das rauskomt, wenn du angezeigt wirst – du gehst nun mal in den Bau, und wahrscheinlich für länger als bloß heute und morgen, und daß du da drinnen der letzte Dreck bist, spricht sich ja auch allmählich rum. Also willst du zwar den Kitzel, aber auffliegen willst du nicht. Da läßt du dir also allerhand einfallen für den Fall, daß. Und manchmal brauchst du die Ausreden sogar. Das treibt dir dann den Adrenalinspiegel hoch wie nichts. Das ist der reine Wahnsinn. Aber es geht immer gut. Und je länger es gutgeht, desto übermütiger wirst du auch. Das ist wie ein Rausch. Du weißt genau, daß du eigentlich ein Verbrecher bist und eingelocht gehörst. Aber du schlägst allen ein Schnippchen. Du bist echt der Boß. Gegen dich kann keiner. Alle steckst du in die Tasche. Jedem machst du etwas vor. Das ist ein Gefühl, das kann ich gar nicht beschreiben. Du kriegst da echt den Drall ins Hirn, daß du schlauer bist als die ganze Welt. So irgendwie unverletztlich. Ich hab mal die ›Nibelungen‹ gelesen, die Geschichte mit Siegfried und der Tarnkappe von diesem Zwerg und der Drachenhaut, durch die kein Feind mehr stechen konnte. So ungefähr ist das. Dir kann keiner. Das bildest du dir ein. Und je länger das mit dem Mißbrauch geht, desto leichtsinniger wirst du. Ich für mich hab da auch echt meine Grenzen gesucht. Ich wollte das wissen, wie weit kannst du gehen. Wann fliegt das auf? Fliegt es vielleicht nie auf? Kannst du das immer so weitermachen? Und das war verrückterweise auch eine Enttäuschung, daß ich das ganz offenbar konnte. Ich hatte mir von den anderen, von der Gesellschaft, irgendwie mehr erwartet. Das war, wie wenn ich nach dem Tod nicht ins Fegefeuer komme. Da hast du dein ganzes Leben lang unter der Vorstellung gezittert, und dann war's bloß gelogen und ein Windei und ein Kinderschreck. So eine Enttäuschung ist das.«

Martin flog schließlich doch auf. Unter, wie er glaubt, Hunderten von Kindern, die er sexuell mißbraucht hat, war eins die falsche Wahl. Eins, das nach dem Zeltlager nach Hause ging und sich den Eltern anvertraute. Martin war völlig ahnungslos, als er selbst in eine Falle geriet. »Ich saß in meiner Wohnung vor dem Fernseher, hatte es mir gemütlich gemacht, ein Bierchen gezischt. Da plötzlich klingelte es an der Tür. Ich erwartete keinen Besuch. Aber manchmal kommt ja auch einer unangemeldet. Ich also zur Tür, mach auf, und da steht da so ein Bulli mit noch zwei anderen. Die haben gar nicht lange gefackelt. Die haben mich auf der Stelle am Genick gepackt. Tür zu, Auto auf und ab die Post ins Grüne. Was dann kam, war wohl die bitterste Tracht Prügel meines Lebens. Als die drei mit mir fertig waren, war ich fertig. Und dann drehten die ab und ließen mich liegen, fuhren einfach weg. Von irgendwo unterwegs haben die dann einen Kumpel von mir angerufen und losgeschickt, daß er mich holt. Allein wäre ich vermutlich nicht mehr nach Hause gekommen. Wie der mich da gesehen hat, wollte der gleich die Bullen alarmieren. Aber das konnte ich ihm gerade noch ausreden. Das war bei allem vielleicht noch die gefährlichste Situation. Am nächsten Morgen dann lag ein Brief von einem Rechtsanwalt in meinem Postkasten, daß ich angezeigt würde, wenn ich noch einmal auffällig würde, und daß ich nachweislich eine Therapie zu besuchen hätte. Als Nachweis würde eine unterschriebene Anmeldung und eine Erfolgsbestätigung genügen. Im übrigen solle ich nicht versuchen, mich aus dem Staub zu machen. Wenn ich zum Beispiel umziehen würde, ehe die Therapie gelungen wäre, käme die Anzeige auch.

Daß das eine astreine Erpressung war und daß die Männer, die mich zusammengeschlagen hatten, vor Gericht nicht ungeschoren davonkommen würden, war mir klar. Aber die saßen trotzdem am längeren Hebel. Ich hatte weder Lust auf eine zweite Abreibung noch auf den Knast. Ich hatte schlicht Angst, die Hose voll bis zum Stehkragen.

Ja, das war's dann. Seitdem bin ich also tatsächlich in Therapie. Und ich muß sagen, allmählich tut's mir gut. Ich fang an, ganz anders zu leben, von meinem verdammten Podest runterzukommen. Ich merke, daß ich kein Überflieger bin und das auch gar nicht sein muß, egal in welche Richtung. Und ich bin nicht mehr ständig vor irgendwem auf der Flucht, auch nicht mehr vor mir selbst. Das heißt nicht, daß schon alles okay wäre. Das heißt auch nicht, daß ich nicht mehr träumen würde, keine Wünsche mehr hätte, nichts mehr mit kleinen Mädchen oder kleinen Jungs im Sinn hätte. Ich kann dem bloß mehr entgegensetzen. Ich bin mir selbst nicht mehr so ausgeliefert. Sexueller Mißbrauch macht ja nicht nur was mit den Opfern, das macht auch etwas mit mir als dem Täter. Und in dem Sinn würde ich heute sagen, daß Öffentlichkeit auch ein Schutz für mich ist.«

Wenn wir aus der Summe dieser Aussagen, die hier nur stellvertretend für viele andere stehen, ein Fazit ziehen, wird klar, daß uns allen das Thema sexueller Mißbrauch an Kindern und Jugendlichen in der Öffentlichkeit künftig nicht erspart bleiben wird. Es wird nicht mehr oder weniger unbemerkt in der Versenkung verschwinden und auch nicht totgeredet werden.

Es geht ja nicht darum, die Öffentlichkeit mit Sensationen zu schockieren und immer wieder einmal kurzfristig aus dem Tiefschlaf zu schrecken. Es gilt vielmehr, ein Bewußtsein für das Problem zu schaffen und die Wachsamkeit eines jeden einzelnen zu wecken. Die Aufmerksamkeit von uns allen ist gefordert und unser Mut, auch einmal gegen den Strom zu schwimmen. Dahin kommt man aber nur, wenn Betroffene nicht mehr schweigen, sondern reden. Es kann gar nicht oft genug sein. Erst dann und nur dann werden wir lernen, dem sexuellen Mißbrauch wirksam zu begegnen und die Angst als positive Energie zu nutzen.

Ich habe still geweint, Mama

Unter dieser Schlagzeile berichtete der »Stern« in seiner Ausgabe vom 7. April 1994 erneut von einem neunjährigen Jungen namens Michael, der zwei Jahre zuvor von einem Erwachsenen, der sich ihm als Heinz vorstellte, sexuell mißbraucht worden war.

Michael hatte Heinz im Schwimmbad kennengelernt. Der Junge hatte dort vergeblich nach seinen Freunden Ausschau gehalten, die mit ihm über die Rutsche toben oder Köpfer üben wollten. Nur ein Mann war da. Er hatte eine Hasenscharte und trug eine buntgemusterte Badehose. Und er hatte Zeit. Zeit genug, um stundenlang mit Michael im Wasser zu toben, und Geld genug für eine Tüte Pommes. Das gefiel Michael. Weniger gut fand er, daß Heinz sich später zusammen mit ihm in einer Kabine umziehen wollte. Aber das konnte er ihm sagen, und damit war die Sache erledigt. Heinz hatte das Nein verstanden. Heinz war nett.

Als Michael und Heinz das Schwimmbad verließen, lud Heinz seinen kleinen Sportsfreund zu McDonald's ein. McDonald's fand Michael toll. Anschließend bot Heinz Michael an, ihn noch ein Stück nach Hause zu begleiten, damit er sich nicht verlief. Michael kannte den Weg von McDonald's nach Hause nicht so genau. Und damit fing es an.

Heinz marschierte immer weiter in die Dunkelheit hinaus. Er hatte Michael nur eine Abkürzung zur Bushaltestelle zeigen wollen. Und nun waren sie schon irgendwo im Hamburg-Harburger Hafengelände. Baracken und Schrotthalden überall, Kräne, die Elbe. Wann denn die Bushaltestelle endlich käme, fragte Michael. Immer wieder. Und Heinz sagte, gleich da vorn komme sie. Bis Michael es endgültig mit der Angst bekam und quengelte, daß er nach Hause wolle. Da packte Heinz ihn derb am Arm und ließ nicht mehr los. An einer Bank am Ende des Dampfschiffwegs, nur von der Wasserseite her einsehbar, wurde der nette Heinz ganz plötzlich ein anderer. »Die Hosen ruter, sonst gibt's was in die Fresse!« befahl er, fummelte an seinem Hosenschlitz und zog

Michael zu sich auf die Parkbank herunter. Der Junge hatte Angst, Todesangst. Er schrie nicht, aus Angst, Heinz würfe ihn dann in die Elbe. Er weinte nur still vor sich hin. Weinte, als Heinz sich im Sitzen nicht an ihm befriedigen konnte. Weinte, als er sich gebückt vor die Bank stellen mußte. Weinte, während Heinz seine Lust hatte. Stumm zogen beide anschließend die Hosen hoch. Jetzt weinte Heinz auch. »Entschuldigung, ich wollte das nicht!« sagte er und bestellte an der nächsten Hafenkneipe ein Taxi für den Jungen.

Eine Woche später wurde Heinz in seiner Wohnung verhaftet. Michaels Personenbeschreibung war sehr genau. Nach fünf Monaten Untersuchungshaft war Heinz jedoch wieder ein freier Mann. Das Gericht hatte ihn wegen sexueller Nötigung in Tateinheit mit sexuellem Mißbrauch von Kindern und homosexuellen Handlungen zu einer Freiheitsstrafe von zwei Jahren auf Bewährung verurteilt. Der Akt, so heißt es in den Gerichtsprotokollen, »lief nicht aus bösem Herzen«. Heinz habe selbst eine schlimme Kindheit gehabt, sei bereits als Baby ins Heim abgeschoben und dort vom neunten bis zum 13. Lebensjahr permanent von größeren Heimkindern sexuell mißbraucht worden. »Man möchte da großzügig sein«, so das Gericht.

Für Michael und seine Eltern ein unfaßbares Urteil. Für den Täter sei Knast nicht länger zumutbar, so der aufgebrachte Vater nach der Urteilsverkündung. »Aber wie es meinem Sohn geht, wie er die Nachuntersuchungen überstanden hat, für die er eineinhalb Tage im Krankenhaus bleiben mußte, wie er mit der Todesangst fertig wurde, als wir auf das Ergebnis des Aids-Tests warteten, interessiert keinen.«

Soweit die damaligen Vorgänge. 1994, zwei Jahre nach der Tat, recherchierte der »Stern« nach. Michael hat die Tat weitestgehend aus seiner Erinnerung verdrängt. Er denkt nur noch an Heinz, wenn die Eltern über den Mann reden. Dann wird der Junge wütend, sagt, er möchte ihn am liebsten aufhängen. Einmal nur sah er ihn wieder, zusammen mit der Mutter in einem Supermarkt. »Na, du altes Schwein!« rief er damals laut und zeigte mit dem Finger auf Heinz. Heinz lief weg. »Mama, ich glaube, der hat Angst vor mir«, sagte Michael. Die Erinnerung an diesem Vorfall tut ihm gut.

Der Berliner Jugendpsychologe und Gerichtsgutachter Dr. Rainer Balloff, von »Stern« um einen Kommentar befragt, führte aus: »Der Mißbrauch war zu schwer, um hoffen zu können, da bleibt nichts zurück. Michael muß zum Reden gebracht werden. Wenn im Kino die Vorführmaschine stehenbleibt, haben wir ein Standbild. Auch der Junge hat sein Standbild: Da ist die Vergewaltigung, der Horror an der Elbe, die Bank. Dieses Standbild ist eine Zeitbombe. Der Apparat muß durch eine Therapie flottgekriegt werden, damit es für Michael wieder schöne Bilder gibt. Außerdem wird sich der Junge irgendwo mitschuldig fühlen. Er war nicht mutig. Er machte mit. Er muß aber gesagt bekommen, du hast keine Schuld. Sexuelle Mißbraucher sind Betrüger und nutzen die Arglosigkeit und Wehrlosigkeit von Kindern aus.«

Berichte wie dieser über den sexuellen Mißbrauch an einem Jungen sind selten. Die Tat als solche ist es nicht. Nach vorsichtigen Schätzungen wird etwa jeder sechste bis elfte Junge sexuell mißbraucht. Einige Wissenschaftler gehen sogar davon aus, daß genauso viele Jungen wie Mädchen zu Opfern werden. Warum dieses Schweigen? Warum fällt es offenkundig so schwer, Jungen als Opfer sexueller Gewalt wahrzunehmen?

»Das ist schnell beantwortet«, meinte Rudi Slobodian von der Arbeiterwohlfahrt in Essen, der seit Jahren beruflich mit Jungen- und Männerarbeit befaßt ist. »Männer dürfen kein Opfer sein. Es paßt nicht zu einem Mann, wenn er sexuell mißbraucht wird. Ein Junge, der seiner selbst als männliches Wesen voll bewußt ist und die eigene Männlichkeit mit Kraft und Stärke gleichsetzt, kann nicht zugeben, schwach gewesen zu sein. Das ist unmännlich. Aus diesem Grund erzählen Männer eher, daß sie selbst als Gewalttäter – mit Ausnahme von sexuellem Mißbrauch! – aktiv wurden, als daß sie zugeben, zuvor in ihrer Kindheit Opfer gewesen zu sein. Mädchen oder Frauen, die in unserem Kulturkreis schwach sein dürfen, zu denen diese Schwäche auch irgendwie selbstverständlich dazuzugehören scheint, haben es da emotional leichter, sich als Opfer zu bekennen. Wenn ein Junge sagt, er sei mißbraucht worden, verliert er seinen Status als Mann. Ein mißbrauchtes Mädchen bleibt aber trotz des Mißbrauchs ein Mädchen. Da kommt für Jungen noch eine Potenzierung des Opferseins hinzu.«

Mit anderen Worten, Kinder schweigen aus einer ganzen Reihe von Gründen. In einer Art Grundgepäck stecken die für beide Geschlechter geltenden Gründe. Jungen aber tragen noch ein zusätzliches Bündel. Das haben Ergebnisse aus der Arbeit mit betroffenen Kindern gezeigt.

Ganz allgemein schweigen Kinder hauptsächlich, weil:
- sie die Tat nicht einordnen können und nicht wissen, wie sie die als irgendwie »komisch angenehm-unangenehm« empfundene Erfahrung bewältigen sollen. Dies ist vor allem der Fall, wenn das mißbrauchte Kind noch sehr jung ist und vom Täter oder der Täterin in der Annahme bestärkt wird, die Tat sei »normal« und gehöre bei allen Kindern zum Alltag dazu;
- sie zu dem Täter oder der Täterin in einem gefühlsmäßigen und auch existentiellen Abhängigkeitsverhältnis stehen;
- sie den Täter oder der Täterin schützen und vor Strafe bewahren wollen, damit die Familie nicht zerbricht;
- sie die nicht an der Tat beteiligte Mutter oder den Vater schützen wollen. Dies geschieht vor allem in Stiefkind-Beziehungen sehr häufig, in denen das Kind ein Fürsorgeverhalten für den leiblichen Elternteil entwickelt hat;
- sie durch den Täter oder die Täterin bedroht wurden;
- sie sich mitschuldig oder alleinschuldig fühlen, da sie das Geheimnis des Täters angenommen und geschwiegen haben, da sie Geschenke oder Geld angenommen haben, da sie Lust empfunden haben, da sie sich nicht ausreichend gewehrt haben, nicht lieber gestorben sind und so weiter;
- sie befürchten, daß ihnen nicht geglaubt wird, daß man sie aus der Familie wegbringt und in ein Heim steckt.

Jungen aber schweigen zusätzlich noch – und eben darum um so eiserner –, weil »eine gesellschaftlich tief verwurzelte Rollenerwartung« sie dazu zwingt. Dies erklären Nele Glöer und Irmgard Schmiedeskamp-Böhler in ihrem Buch »Verlorene Kindheit«. Von Jungen, heißt es darin, werde sehr früh gefordert, daß sie mit ihren Problemen allein fertig werden und ihre Gefühle kontrollieren können. Daher dürfen sie sich selten schwach zeigen oder über Gefühle wie Angst, Trauer, Ohnmacht und ähnliche Eindrücke sprechen. Es werde im Gegenteil verlangt, daß ein Junge sich, wenn nötig, aggressiv durchsetzt. Ruhiges, sanftes und ängstliches Verhalten werde meist abgewertet. Ein solcher Junge gelte als »feige Memme«, habe »keinen Mumm in den Knochen«, sei »kein ganzer Kerl« und daher »unmännlich«. Erschwerend komme das »Tabu der Homosexualität« hinzu. Da Jungen wie Mädchen meist von Männern sexuell mißbraucht werden, befürchten Jungen »das Stigma der Homosexualität« und bewahren Stillschweigen, auch wenn sie innerlich an den Folgen der Tat zerbrechen. Eltern leugnen den Mißbrauch des Sohnes aus derselben Angst. Und selbst Tätern, so die Autorinnen, scheine es aus dieser Angst heraus leichter zu fallen, sexuellen Mißbrauch an einem Mädchen zuzugeben als den an einem Jungen. Burkhard Oelemann von der Beratungsstelle »Männer gegen Männer-Gewalt« in Hamburg fügt in seinem Beitrag »Vom Mißbrauch des Mißbrauchs« in der Zeitschrift »männerforum« von Dezember 1993 einen weiteren wichtigen jungenspezifischen Schweigegrund hinzu: die von elf-, zwölfjährigen Jungen »generell als verwirrend empfundene Ejakulation«. Diese kann aufgrund der sexuellen Mißhandlung eintreten und wird allgemein mit dem als höchster Lustbeweis bewerteten Orgasmus gleichgesetzt. Die angstvolle Vermutung, wegen dieses trotz der Gewalt eingetretenen Lustgefühls pervers zu sein, verschließt den betroffenen Jungen auch ohne Drohungen des Täters den Mund.

Kinder, die jahrelang leiden und schweigen, selbst noch als Jugendliche oder Erwachsene, stoßen häufig auf Unverständnis, wenn sie ihre Geschichte endlich offenbaren. Bemerkungen wie: »Wenn die sich das so lange gefallen lassen hat, kann es so schlimm ja nicht gewesen sein« oder: »Das kannst du mir doch nichts weismachen, das hat dem Bengel doch auch Spaß gemacht, sonst hätte er dem Kerl doch eins auf die Ohren gegeben!« sind an der Tagesordnung. Diese Einschätzung ist jedoch ein Trugschluß. Kinder leiden unter ihrem Schweigen meist vergleichbar schwer wie unter dem sexuellen Mißbrauch selbst.

Schweigen bedeutet, jahrelang etwas zutiefst Verstörendes verbergen zu müssen, sich bei niemandem Rat holen zu können, niemanden zu haben, der tröstet und versteht, niemanden, der hilft. Es bedeutet, jahrelang unter dem Druck leben zu müssen: »Wehe, du verplapperst dich! Wehe, es kommt raus!« und dabei in einem absolut nicht kindgemäßem Umfang die Angst vor den bedrohlich schlimmen Folgen für alle Beteiligten auszuhalten. Anstatt selbst beschützt zu werden und geborgen zu sein, muß das Kind zum Beschützer sowohl der eigenen Person wie auch der ganzen Familie werden. Zu kurz kommt dabei immer das Kind. Nicht zuletzt aber bedeutet das Schweigen, jahrelang ganz allein mit sich selbst abmachen zu müssen, irgendwie »anders zu sein« als andere Kinder, was in einem Alter, in dem Gleichheit und Zugehörigkeit zu einer Gruppe, einer Clique das höchste Ziel ist, besonders schwerfällt.

Kinder und Jugendliche, die ein solches Geheimnis wahren müssen, können nicht leben, wie Kinder leben sollten. Sie können nicht sorglos in den Tag hinein springen, nicht unbeschwert spielen und lachen, nicht kindlich unkompliziert sein, nicht hinter jedem Grashalm den Glücksklee vermuten. Und, was besonders schlimm ist, diese Kinder können keine Freunde haben. Da sie das, was ihnen widerfährt, nicht wirklich einschätzen können, befürchten sie Gefahr in jeder menschlichen Nähe. Folglich ziehen betroffene Kinder sich in sich selbst zurück oder tarnen sich hinter allerlei Masken, wie zum Beispiel der des Klassenkaspers, um nur ja keine persönliche Information nach außen durchdringen zu lassen. Es ist bekannt, wie ungemein wichtig es für die gesunde Entwicklung eines Kindes ist, Freunde zu haben, sich ihnen mitzuteilen und sich im Umgang mit ihnen mehr oder minder spielerisch auf die Anforderungen des Erwachsenenlebens vorzubereiten. Sexuell mißbrauchte Kinder aber sind einsam. Als Träger eines furchtbaren Geheimnisses sind sie aus einem normalen kindlichen Leben abgedrängt; der Mißbrauch führt dazu, daß sie in eine völlig eigene Welt abtauchen. Sie sehen sich einem Dschungel von Gefühlen ausgesetzt, die sie nicht verstehen und nicht einordnen können. Ihr Schweigen ist kein Zeichen des Einverständnisses. Kindern unter der Last der erwachsenen Lust fehlen ganz einfach die Worte.

Trotzdem teilen betroffene Kinder sich mit. Sie benutzen dazu, ihnen selbst meist vollkommen unbewußt, eine nonverbale Sprache, das heißt eine ohne Worte auskommende Körpersprache, oder sprachliche Mitteilungen, die anscheinend völlig aus der Luft gegriffene Ängste beinhalten, ein Tick, ein Spleen zu sein scheinen. Jungen drücken sich auf diese Weise aggressiver und selbstzerstörerischer aus als Mädchen. Thorsten zum Beispiel, der seit seinem achten Lebensjahr regelmäßig mit seiner Mutter oralen Geschlechtsverkehr ausüben mußte, fiel seiner Patentante immer wieder dadurch auf, daß er bereits als Kindergartenkind jeder Erzieherin an die Scheide langte und mit aus der Gossensprache stammenden sexualisierten Ausdrücken um sich warf. Als pubertierenden Jugendlichen erlebte die Patentante ihn, wie er völlig hemmungslos im gemeinsamen Wohnzimmer der Familie onanierte und in der Nachbarschaft verschrien war, weil er kleinere Jungen hinter einen Busch mitnahm und dort mit ihnen »Pimmelmessen« und »Wettspritzen« spielte. Als junger Mann ging er dazu über, sich beliebige Frauen aus dem Telefonbuch herauszupicken und diese mit obszönen Anrufen zu belästigen. Eine von ihnen beantragte eine Fangschaltung. Thorsten ging ins Netz. »Zum Glück!« meinte seine Patentante. »Wer weiß, was er sonst noch angestellt hätte. Jetzt ist er in Therapie und kommt allmählich davon weg.«

Eine andere jungentypische Auffälligkeit ist eine verstärkte Neigung zu Diebstählen und Einbrüchen. Häufig wird auch beobachtet, daß sexuell mißbrauchte Jungen anderen Kindern oder gesellschaftlichen Außenseitern wie Alkoholikern oder Tippelbrüdern gegenüber zu brutalen, folterähnlichen Übergriffen neigen. Oder daß sie ein betont machohaftes Gebaren an den Tag legen und versuchen, möglichst viele Freundinnen zu haben, mit denen auch Geschlechtsvekehr stattfindet. Jungen, die ihren inneren Druck weniger gut nach außen hin abreagieren können, richten ihre Verzweiflung und Angst als Gewalt nach innen, auf die eigene Person. Sie werden autoaggressiv. Selbstverstümmelungen, schwere Depressionen und Selbstmordgefahr sind das Ergebnis.

Monika B.s Bruder Georg fällt mir ein, der sich wenige Wochen vor seinem 13. Geburtstag das Leben nahm, indem er heimlich auf die Baustelle einer Autobahnbrücke kletterte und sich, zwischen den ungesicherten Gitterrosten der beiden Fahrbahnstränge hindurch, in einer 16 Meter tiefen Schlucht zu Tode stürzte. Anlaß zu seinem Selbstmord war das Leben, das der sexsüchtige Vater seiner Tochter Monika und mit ihr auch den drei Söhnen der Familie aufzwang. Ganz konkret war es ein »Töchtertausch«, wie Monika B. es nennt, wenn ihr Vater sich mit einem anderen Vater zusammentat und beide Männer die jeweiligen Töchter untereinander als Sexpartnerin austauschten. Wenige Stunden vor seinem Tod hatte Georg einen solchen Tausch erstmals beobachtet. In dem von mir herausgegebenen Buch »Monika B. Ich bin nicht mehr eure Tochter« schilderte Monika die Szene: »Als plötzlich die Tür aufsprang und das Gesicht zu uns hereinstarrte, von dem ich am allerwenigsten so erblickt werden wollte, schlug ich schreiend die Hände vor mich. ›Geh weg!‹ Dann hörte ich es nur noch klatschen, schreien, wimmern und immer wieder klatschen. Ich grub den Kopf in das Kissen, preßte die Zipfel auf die Ohren, um nichts zu hören. Doch das Geräusch der Schläge hörte nicht auf. Nichts anderes spürte ich mehr als Georgs Not und meine Schuld. Das grunzende Schwein auf mir nahm ich nicht mehr wahr. Ich weiß nicht, wer Georg von der Tür wegtrug, vor der unser Vater ihn mit einem Gummiknüppel zusammengeschlagen hatte.

Als ich ihn am nächsten Tag am Frühstückstich wiedersah, brachten mich sein verquollenes Gesicht und die blutunterlaufenen, teilweise aufgesprungenen Striemen an Beinen und Armen zum Weinen ... Sogar meine Mutter und unser Gastgeber hatten Mühe, so zu tun, als sei der Anblick eines verprügelten Kindes etwas Alltägliches. Nur mein Vater schien damit keine Probleme zu haben.«

Der Dienstag nach diesem Wochenende des Töchtertausches war Georgs letzter Lebenstag. Niemand ahnte, warum er sich in der Mittagspause, in der die Geschwister zum Essen zusammenkamen, ausdrücklich mit Monika versöhnen wollte. Warum er sie nach dem Essen sogar nochmals ins Haus zurückrief, als sie schon fortgeeilt war: »Du hast dich noch nicht von mir verabschiedet.« Warum er von ihr in den Arm genommen und geküßt werden wollte, wie sie ihn vor dem Schlafengehen in unschuldiger Geschwisterliebe immer küßte, auf die Augen, auf die Wangen, auf den Mund. Und warum er ihr auf Ehrenwort und Handschlag versprach, ihr zu helfen, richtig zu helfen. Erst zwei Stunden später wurde es Monika klar, denn zwei Stunden später war Georg tot. Gestorben, um seiner Schwester zu helfen. Freiwillig, auf Ehrenwort.

Ich denke aber auch an Marc, der sich mit 14 Jahren aus der Apotheke des Vaters eine tödliche Dosis Herztropfen besorgte, weil er glaubte, an der Immunschwäche Aids erkrankt zu sein. Erst in seinem Abschiedsbrief an die Mutter offenbarte er, daß er seit sieben Jahren von einem Nachbarn sexuell mißbraucht worden war. Und erst jetzt begriff die Mutter, warum Marc sich immer so brennend für alles interessiert hatte, was mit Aids zusammenhing. Seine Fragen vor allem: »Kann ich das auch schon kriegen? Stirbt man dann? Wie ist es, wenn man stirbt?«

Die Vorwürfe, mit denen Marcs Mutter an diese Fragen zurückdenkt, schmerzen. »Wenn ich bloß mal gefragt hätte, warum er das wissen will!« sagte sie in einem unserer Gespräche. »Vielleicht hätte er mir alles erzählt. Vielleicht hat er nur darauf gewartet, daß ich ihn frage. Vielleicht wäre er dann noch am Leben. Aber ich habe mir überhaupt nichts dabei gedacht. Höchstens, daß ich mit meinem Mann darüber gelacht habe, daß wir in Marcs Interesse das Erbe des Apothekers gesehen haben.«

Vor allem sehr sensible, schüchterne Jungen erfahren durch den sexuellen Mißbrauch meist bleibende Störungen ihrer eigenen menschlichen Bindungsfähigkeit und der Bereitschaft, sich einem anderen sexuell vertrauensvoll hinzugeben. Die Angst, enttäuscht und verletzt zu werden, und auch die Angst, selbst verletzend zu sein, verhindern körperliche Nähe. Für viele Jungen wird die eigene natürlich aufkommende sexuelle Lust zur Bedrohung, der sie sich nicht gewachsen fühlen. Gleichzeitig aber wird sie als ein Mittel erkannt, oft genug als das einzige, sich positive Gefühle wie innere Zufriedenheit und Ruhe zu verschaffen. Aus diesem Zwiespalt der Wünsche, Verbote und Ängste entwickeln sich unberechenbare innere Vulkane, deren jähe Explosionen vernichtende Folgen haben können.

Ein Beispiel dafür trug mir die Mutter eines Jugendlichen namens Carsten zu, der von seinem zehn Jahre älteren Freund über einen Zeitraum von drei Jahren sexuell mißbraucht worden war, ehe er sich im Alter von 16 Jahren selbst an Händen und Füßen fesselte und Selbstmord beging, indem er sich unmittelbar hinter einer Schienenbiegung auf die Gleise einer Intercitystrecke rollte.

»Unser Carsten war ein Einzelkind«, erzählte die Mutter. »Seine Geburt war schwer verlaufen. Sie hätte mich fast das Leben gekostet. Mein Mann und ich waren dankbar für dieses eine gesunde Kind. Ein zweites wagten wir nicht. Heute denke ich, daß wir Carsten zu erwachsen erzogen haben. Damit meine ich, daß wir nicht dafür sorgten, daß er unter Gleichaltrige kam, sondern froh waren, ihn um uns zu haben, ihn selbst genießen zu können, ihn mit keinen an der Haustür klingelnden, ihn zum Spielen abholenden Freunden teilen zu müssen. Als Carsten in die Schule kam, empfanden wir dies als einen echten Raub. Doch wir gewöhnten uns alle daran. Und als Carsten in die dritte Klasse ging, fing ich wieder als Fremdsprachensekretärin zu arbeiten an. In dieser Zeit lernte Carsten beim Radfahren im Park einen Jungen kennen, fast schon einen jungen Mann, der seit einem Unfall an den Rollstuhl gefesselt und wohl sehr einsam war. Zwischen Carsten und ihm entwickelte sich rasch eine herzliche Beziehung, die mein Mann und ich begrüßten, weil wir es für unseren Einzelgänger als gute soziale Schule ansahen, sich emotional auf Schwächere einzulassen. Daß aus dieser Beziehung eine sexuelle wurde, ahnten wir nicht im geringsten. Mag sein, daß wir es auch an der nötigen Aufmerksamkeit und Hellsichtigkeit fehlen ließen. Wir verschwendeten nicht einen Gedanken daran, daß der junge Mann für Carsten gefährlich werden könnte.

Wir bemerkten nur, daß Carsten im Laufe der Zeit immer ruhiger wurde, sich immer mehr von seinen Klassenkameraden zurückzog und schließlich, als Elf-, Zwölfjähriger, eine auffällige Neigung entwickelte, mit weit jüngeren Kindern als er selbst zu spielen. Ich erinnere mich gut, daß mein Mann und ich ihn manchmal darauf ansprachen, ob er es nicht ein wenig sonderbar finde, daß Fünf- und Sechsjährige an die Tür kamen, um zu fragen, ob er zum Spielen auf die Straße dürfe. Nach solchen Diskussionen versuchte Carsten meist, die Kinder etwas mehr auf Abstand zu halten, doch gelang ihm dies nicht dauerhaft. Ich glaube, sowohl die kleinen Kinder als auch Carsten selbst fühlten sich durch ihre Beziehung zueinander aufgewertet. Die kleinen, weil es ihnen schmeichelte, daß der soviel größere Junge sich mit ihnen abgab. Carsten, weil er seine Überlegenheit ausspielen konnte und dies als Machtgefühl genoß. Wie gesagt, mein Mann und ich sahen das schon sehr bewußt mit an, hielten es jedoch nicht für nötig, ernstlich einzuschreiten. Wenn wir doch nur die tieferen Zusammenhänge geahnt hätten! Doch diese blieben uns einfach verschlossen. Dies müssen wir heute einsehen, so schmerzlich es ist.

Eines Tages verschwand ein kleines Mädchen von sechs Jahren aus unserer Nachbarschaft. Wir hatten das Kind gut gekannt. Es war einer von Carstens Fans gewesen. Eine schreckliche Geschichte. Wir hatten großes Mitgefühl mit den armen Eltern, die wie wahnsinnig waren vor Angst. Die Kleine war zuletzt auf dem Spielplatz unseres Wohnviertels gesehen worden. Auch Carsten hatte sich eine Weile mit ihr beschäftigt. Sie hatten ja oft miteinander gespielt. Die Polizei schickte Suchtrupps mit Hunden aus und stellte rundherum Nachforschungen an. Die Eltern veranlaßten Suchaufrufe in den regionalen Radiosendern. Carsten wurde ebenso wie die meisten anderen Nachbarn vernommen. Aufregend, aber eine Routinesache. Seine Aussage half den Beamten leider nicht weiter. Zwei Tage später wurde die Kleine in einem Brennesselgestrüpp nahe des Bahndamms entdeckt, der unweit unseres Wohngebiets verlief. Sie war ermordet und vor ihrem Tod sexuell mißbraucht worden. Niemand war von dieser Nachricht so erschüttert wie Carsten. Wir haben ihn nie so außer sich gesehen wie an diesem Tag, als es in der Zeitung stand. Wir hatten Mühe, ihn zu beruhigen und zu trösten, und noch nachts hörten wir ihn weinen.

Nur vier Wochen später brachte Carsten sich um. Er war der Mörder des kleinen Mädchens. Er hatte sie während des gemeinsamen Spiels dazu gezwungen, ihn oral zu befriedigen, und das Kind anschließend aus Angst vor Entdeckung umgebracht. In seinem Abschiedsbrief an uns Eltern schrieb er, daß es ihm unendlich leid tue und er sich lieber selbst aus dem Verkehr ziehen wolle, als mit der Angst weiterzuleben, ein zweites Mal ein solches

Verbrechen begehen zu müssen, denn er spüre sehr wohl, daß dies nichts Einmaliges gewesen sei. Das, was er mit seinem Freund erlebt habe, sei auch nichts Einmaliges gewesen, sondern sei immer weitergegangen bis zuletzt. Und die Lust, die ihn dazu getrieben habe, das Mädchen zu berühren und zu töten, sei nicht zusammen mit dem Kind gestorben. Dies mache ihm angst und zeige ihm, daß er nicht wert sei, zu leben. Im letzten Satz bat er uns und die Eltern des Mädchens um Verzeihung und schrieb, er habe keine andere Möglichkeit zur Wiedergutmachung gesehen, als sein Leben für das Leben zu geben, das er genommen habe.«

Carstens Mutter schwieg. Das Erzählen hatte sie sichtlich angegriffen. »Nach Carstens Tod haben wir natürlich die Polizei informiert«, sagte sie schließlich. »Wir haben uns bemüht, alles aufzuklären, so gut wir konnten. Es war eine schwere Zeit. Wir haben auch überlegt, Carstens Freund wegen sexuellen Mißbrauchs an unserem toten Jungen anzuzeigen, sind aber schließlich doch davon abgekommen. Wir haben jedoch das Gespräch mit ihm gesucht. Und wir haben erreicht, daß er sich einer therapeutischen Beratung unterzieht. Vielleicht hilft es ihm. Vielleicht hilft es auch einem fremden Kind. Unserem Carsten hilft es nicht mehr. Und glauben Sie mir, von allem, was geschehen ist, ist das Schwerste zu wissen, daß es keine Chance mehr gibt.«

Keine der bislang angeführten Verhaltensauffälligkeiten eines Kindes beweist sicher und notwendig einen sexuellen Mißbrauch. Treten sie jedoch plötzlich und zwanghaft auf, also regelmäßig und dauerhaft, oder in Verbindung mit einem beziehungsweise mehreren der nachfolgenden körperlichen Symptome, sollte man die Möglichkeit eines Mißbrauchs in seine Überlegungen einbeziehen und sich fachkundige Hilfe holen.

Körperliche Hinweise auf einen sexuellen Mißbrauch können sein:
- Wundsein und juckende Pilzinfektionen im Bereich der inneren und äußeren Geschlechtsteile.
- Risse, Blutergüsse, Kratz- und Bißwunden an allen bei Erwachsenen bekannten erogenen Zonen.
- Blutungen, anhaltende Rötungen oder Verletzungen an Penis oder Scheide.
- Ungewöhnliche Dehnungen des Anus (Schließmuskel am After).
- Plötzliche oder immer wiederkehrende Bauchschmerzen ohne erkennbare Ursache.

– Verletzungen und Pilzinfektionen im Mundbereich.
– Fremdkörper in Scheide oder Anus.

Allerdings bleibt zu bemerken, daß körperliche Anzeichen eines sexuellen Mißbrauchs selbst einem erfahrenen Kinderarzt nicht spontan auffallen müssen. In der Mehrheit aller Fälle bemühen sich Täter oder Täterin sorgfältig, keine verräterischen Spuren an dem mißbrauchten Kind zu hinterlassen. Von der perfekten Ausübung ihres Verbrechens hängt ja nicht zuletzt die eigene Sicherheit und Zukunft ab. Keinesfalls sollte man sich daher dazu verleiten lassen, sich bei einem bereits aufgekeimten Verdacht nur deshalb wieder in Sicherheit zu wiegen, weil das aufgefallene Kind körperlich unversehrt scheint. »Ich habe still geweint, Mama«, sagte der neunjährige Michael zu seiner Mutter. Aber auch stille Tränen sind ein Hilfeschrei.

Vergessene Erinnerungen – Original oder Täuschung?

»Doppelselbstmord – ein stiller Abschied am Grab.« Die Münchener »Abendzeitung« vom 20. auf den 21. Februar 1993 machte kein großes Aufhebens um die Geschichte eines Ehepaares, das sich mit Auspuffgasen vergiftet hatte, weil die damals 21jährige Stieftochter des Toten den angeheirateten Vater wegen sexuellen Mißbrauchs vor Gericht gebracht hatte. Nur eine kleine Zeitungsnotiz war es wert, daß sich durch diesen Tod ein Elternpaar lieber aus dem Leben stahl, als sich der Verantwortung zu stellen, die mit jeder Elternschaft verbunden ist. Über das Leben hinaus und somit für immer und ewig verbündeten sich Mutter und Vater auf diese Weise, für alle Welt sichtbar, miteinander gegen das Kind. Warum?

Für die Mutter war es ganz gewiß ein Zeichen ihres Vertrauens in den Mann, ein Signal nach außen, das seine Ehre wiederherstellen, das bezeugen sollte: Seht her, so sehr glaube ich an seine Unschuld und so sehr liebe ich ihn, daß ich mit ihm und für ihn sterbe. Und der Vater, nein, Stiefvater? Schlich sich hier ein Täter klammheimlich für immer davon? Oder ein in seiner Ehre zutiefst verletzter, am Leben verzweifelnder Mann? War sein Tod Ausdruck des Protestes? Vergiftete er sich gemeinsam mit seiner Frau, um seine Unschuld zu beweisen? Quasi in einem Doppelzeugnis, doppelwirksam. Oder war es eine letzte Flucht, die Entscheidung, lieber ins Grab als ins Gefängnis zu gehen? War die Angst vor der öffentlichen Meinung, war jetzt, nach der Entdeckung, die Scham im Angesicht der übrigen Familie, der Nachbarn und Freunde so groß? Oder war es eine unwiderrufliche, absolut endgültige Demonstration der Macht gegenüber der Stieftochter, die nun nie mehr die Chance haben würde, die Wahrheit ihrer Geschichte zu beweisen?

Antwort auf alle diese Fragen wird es nicht mehr geben. Der Tod hatte das letzte Wort. Wie er auch in vielen anderen Fällen den Deckel über vergleichbaren Geschichten schließt und die

Opfer mit ihren Erinnerungen und ihren Schuldgefühlen ohne Aussicht auf Erlösung zurückläßt.

Diese Erinnerungen der Opfer werden heute, rund zehn Jahre nach Beginn der von Frauen getragenen Kampagne gegen den sexuellen Mißbrauch an Kindern und Jugendlichen, zunehmend in Zweifel gezogen. Weltweit sei, so behaupten Kritiker, dank einer rasant ansteigenden Zahl von unzulänglich ausgebildeten Leuten, die sich Psychotherapeuten nennen, eine »Epidemie der wiedererweckten Erinnerungen« ausgebrochen, die in Wahrheit eine Epidemie der Lügen und falschen Erinnerungen sei. Das menschliche Gedächtnis sei nun einmal kein Tonband oder keine Videokamera. Keineswegs könne es alle Ereignisse von der Geburt oder gar aus vorgeburtlicher Zeit bis zur Gegenwart speichern und quasi auf Abruf wieder freigeben, wenn das Erinnerungsband an die richtige Stelle vor- oder zurückgespult werde. Im Gegenteil sei experimentell bewiesen, daß das menschliche Gehirn höchst unzuverlässig funktioniere und durch eingeschleuste Informationen jederzeit fehlgesteuert werden könne. Eine Möglichkeit des Einschleusens falscher Informationen sei zum Beispiel die Technik des Befragens, die in der Psychotherapie oder bei der Erstellung von Glaubwürdigkeitsgutachten angewandt werde.

In den USA, wie im gesamten Beschäftigungsfeld mit dem sexuellen Mißbrauch an Kindern und Jugendlichen also auch hier Vorreiter, werden diese Kritikerstimmen besonders laut. Hier gibt es seit 1992 sogar eine »Falsche-Erinnerungs-Syndrom-Stiftung« (False Memory Syndrome Foundation). Sie wurde von betroffenen Eltern gegründet, um allen Eltern zu helfen, die von ihren erwachsenen Kindern des sexuellen Mißbrauchs beschuldigt werden, nachdem diese Kinder nachweislich aufgrund einer psychotherapeutischen Behandlung die bisher verdrängte oder verlorene Erinnerung an den Mißbrauch wiedergefunden haben. Nur anderthalb Jahre haben genügt, der Stiftung einen Zulauf von nahezu achttausend Mitgliedern zu bringen.

Auch der »Engel« all derer, die in den USA aufgrund einer Zeugenaussage verurteilt wurden, nämlich Elizabeth Loftus, Professorin für Psychologie an der University of Washington in Seattle und weltweit anerkannte Sachverständige für den Wahrheitsgehalt von Zeugenaussagen und Erinnerungen, nimmt sich des sexuellen Mißbrauchs verstärkt an. In ihren Forschungsarbeiten hat sie systematisch die Bedingungen herausgeschält, unter denen das menschliche Gehirn Fakten speichert. Und dabei eindeutig nachgewiesen, daß Erinnerungen in demselben Verhältnis ungenau oder verzerrt festgehalten werden, wie Angst oder ähnlich starke andere Gefühle dabei im Spiel sind. Elizabeth Loftus, die selbst als sechsjähriges Mädchen von einem Jugendlichen sexuell mißbraucht wurde und sich an diesen Vorfall genau erinnert, versteht sich als Vorkämpferin gegen eine Psychotherapie zur Wiederbelebung eines »vergessenen Mißbrauchs«. Kollegen, die durch raffinierte Fragetechniken versuchen, die Erinnerungsfähigkeit zu steuern, vergleicht Elizabeth Loftus mit gefährlichen Scharlatanen, deren Methoden mit dem »Einschmuggeln von trojanischen Pferden in die Erinnerung ihrer Klienten und Klientinnen« gleichzusetzen seien. Veröffentlicht hat sie diese Forschungsergebnisse nicht nur in der Fachpresse, sondern auch in zahlreichen Büchern sowie Zeitungs- und Fernsehberichten.

In Deutschland prägen Namen wie Katharina Rutschky, Ernest Borneman oder Reinhart Wolff die Szene der Kritiker und Warner. Zum Beispiel bestreiten sie generell, daß jährlich allein in Deutschland etwa 300000 Kinder sexuell mißbraucht werden, eine Zahlenangabe, die 1984 in dem Buch »Väter als Täter« von Barbara Kavemann und Ingrid Lohstöter in Umlauf gebracht wurden. Diese Zahlen, sagte Reinhart Wolff 1994 unter anderem in der Juli-Ausgabe der Zeitschrift »Psychologie heute«, entstanden, weil »Frau Kavemann und Frau Lohstöter … einfach die Statistiken des Bundeskriminalamtes in Wiesbaden mit der Zahl 30 hochgerechnet« hatten. Dabei kamen, so Wolff, »Phantasiezahlen, ohne jede empirische Basis« heraus, und das Bundeskriminalamt habe einige Jahre später eine Zahl von 50000 bis 60000 Fällen als realistisch eingeschätzt.

Doch diese sicher berechtigten Zweifel an Zahlen sind nicht die einzigen Vorbehalte. Mit ihrem Schlagwort vom Mißbrauch des Mißbrauchs bringen die Kritiker eine neue – heftig umstrittene – Dimension in die Diskussion, wozu es auch paßt, daß die amtlichen und ehrenamtlichen Opferbetreuer immer häufiger als »Helfer-Mafia« oder »Fürsorge-Stasi« abgewertet werden. Nicht nur Feministinnen gehen auf die Barrikaden, wenn sie sich mit der provokativen Behauptung auseinandersetzen müssen, daß Kindern Sex mit Erwachsenen generell Spaß mache und also gar nicht so schlimm sei, sondern erst zum Problem werde, weil die Umwelt die an sich lustvolle Begegnung verteufele, oder daß die derzeit breit betriebene »Skandalisierung« des Mißbrauchs zwar »mit dem gefährdeten Kind ... Politik« betreibe, in Wahrheit aber nur verhindere, daß den betroffenen Kindern geholfen werde.

Wie schlüssig die Argumente der Verfechter des Pro oder Kontra gegen die »vergessene Erinnerungen« auch immer sein mögen, so fällt doch auf, daß es die gegnerischen Lager in öffentlichen Diskussionen anscheinend hart ankommt, über all ihrer um Methoden und Prinzipien streitenden Schwarzweißmalerei die Menschenschicksale mit ihren Grautönen im Auge zu behalten. Es mag wahr sein oder auch nicht, daß seelisch belastete Menschen an Psychotherapeuten geraten, die Erinnerungen manipulieren, um aus dem Elend ihrer Klientel möglichst viel Geld zu schlagen. Sicher ist, daß es diese Erinnerungen auch ohne Psychotherapie gibt. Daß eine kaum abzuschätzende Anzahl von in ihrer Jugend sexuell mißbrauchten Menschen niemals die Hilfe eines Therapeuten in Anspruch genommen hat oder in Anspruch nehmen würde. Und sich dennoch ganz plötzlich daran erinnert, den Vorfall also nicht ständig im Gedächtnis parat hatte.

Marianka gehört zum Beispiel zu diesen Fällen. Ihre Geschichte erreichte mich, nachdem am 8. September 1988 im ZDF ein Film mit dem Titel »Das kannst du nicht so einfach abwischen« gesendet worden war, an dem ich mitgearbeitet hatte und in dessen Mittelpunkt in ihrer Kindheit sexuell mißbrauchte Frauen stehen. Ausgehend von ersten Briefen, in denen Marianka sich für den Film bedankte und um die Zusendung einer Adressenliste mit Hilfsorganisationen bat, erfuhr ich in den nachfolgenden Jahren auch in persönlichen Gesprächen immer mehr über das, was sie als Kind und junges Mädchen in ihrer Familie erlebt hatte. Marianka hatte diese Erlebnisse jahrelang beharrlich verdrängt, die Erinnerungen waren erst unter dem Einfluß schmerzlichster Ereignisse in Bruchstücken wieder aufgetaucht, und bis zu diesem ersten Brief an mich hatte Marianka auch darüber geschwiegen, nicht einmal ein Tagebuch geführt.

Heute ist Marianka 33 Jahre alt, Mutter einer zehnjährigen Tochter, zweimal geschieden und lebt allein. Da sie gelernte Reisekauffrau ist und über das Reisebüro, in dem sie nach ihrer zweiten Scheidung tätig war, entsprechende Kontakte anbahnen konnte, arbeitet sie mittlerweile als Reiseleiterin für eine große Reisegesellschaft, die vornehmlich Kreuzfahrten und Inselurlaube anbietet. Mariankas Vater ist tot. Selbstmord nach einem Cocktail aus einer Überdosis Schlaftabletten und Rattengift. Über ihn sagt Marianka heute: »Er hat mein Leben so vollkommen und nachhaltig zerstört, wie dies nur immer möglich ist, und sich dann, als er dafür geradestehen sollte, feige ins Jenseits geschlichen. Ich habe nie an Gott geglaubt. Ich kann nichts mit einem Gott anfangen, der die Welt angeblich liebt und dann zuläßt, daß im Namen der Liebe das passiert, was mit mir passiert ist. Aber seit mein Vater da unten liegt, hoffe ich, daß es eine Hölle gibt und er dort sitzt und schmort und brüllt und brennt. Oder daß es zumindest einen Teufel gibt, der mit ihm das tut, was mein Vater mit mir getan hat. Mein Vater ist tot. Ich lebe. Daß das einmal so ausgeht, hätte er wohl nie gedacht. Und ich lebe gut, seit er tot ist.«

Mariankas Tochter aus zweiter Ehe wohnt seit der vor acht Jahren vollzogenen Scheidung bei ihrem Vater. Da dieser glaubhaft machen konnte, daß ein Kontakt mit der Mutter dem Wohl des Kindes schade, erhielt Marianka kein Besuchsrecht und darf sich dem Kind nur bis zu einer Entfernung von fünfhundert Meter nähern. Nur mit Hilfe von Freunden und Bekannten, die Mariankas Tochter manchmal heimlich auf einem Spielplatz fotografieren, kann sie sich einen kleinen Eindruck darüber verschaffen, wie ihre Tochter sich entwickelt, wie sie aussieht.

»Das alles wäre anders, wenn ich nicht von meinem Vater mißbraucht worden wäre«, sagte Marianka. »Und es wäre vielleicht auch anders, wenn ich mit diesem Mißbrauch eine andere Überlebensstrategie für mich gefunden hätte. Wenn ich meinen Vater als Täter nicht immer vollkommen ausgeklammert hätte, wenn ich nicht völlig vergessen hätte, daß er es war. Er und nicht das gesichtslose Monster aus einer anderen Welt, von dem ich mein ganzes Leben lang Alpträume hatte.

Wenn ich an mich als Kind zurückdenke, sehe ich eigentlich nur Fotos aus dem Album meiner Eltern vor mir. Eigene Erinnerungen habe ich kaum. Ich weiß, daß ich eine sehr gute Schülerin war. Streber! schrien die anderen hinter mir her. Die gingen mir auch aus dem Weg. Ich hatte, glaube ich, nie Freunde. Ich weiß auch, daß ich ziemlich oft im Krankenhaus war. Asthma, Krupphusten, schwere Neurodermitis, Magen-Darm-Störungen mit lebensgefährlichen Flüssigkeitsverlusten, Pilzinfektionen und immer wieder Schlafstörungen wie Mondsüchtigkeit und Nachtwandeln. Zweimal bin ich deswegen angeblich von unserem Balkon gestürzt und habe mir die Knochen gebrochen, weiß aber, daß ich zumindest einmal absichtlich gesprungen bin. Vor allem weiß ich, daß ich Alpträume hatte. In meinen Träumen kam immer wieder ein Monster aus einer anderen Welt vor, ein richtiges Ungeheuer, aber ohne Gesicht. Es drückte mich mit seinen Riesenarmen an sich, bis ich nicht mehr atmen konnte. Ober es legte sich auf mich, bis ich erstickte. Oder es kroch in mich hinein, bis mein Bauch vor Schmerzen platzte. Ich hatte solche Angst vor diesen Träumen, daß ich von klein auf nur mit starken Schlaftabletten schlafen konnte und sogar dann noch wieder wach wurde und nachtwandelte.

Meine Mutter sagte allen, die sich darüber wunderten, daß ich eine schwere Geburt gewesen wäre und wahrscheinlich Schäden im Gehirn hätte. Wegen dieser Schäden durfte ich auch nichts anderes als nur lernen, also schulisch Leistung bringen. Ich weiß, daß ich deswegen zum Beispiel keine Rollschuhe bekam und keine Schulausflüge mitmachen durfte, daß ich nicht reiten lernen und kein Instrument spielen und später nicht zur Tanzschule gehen konnte oder daß ich ab meinem zehnten Lebensjahr vom Sportunterricht befreit wurde und nicht ins Schwimmbad gehen durfte. Ob meine Mutter es nicht besser wußte, ob sie wirklich davon überzeugt war, daß ich nicht ganz normal war, weiß ich nicht. Ich glaube aber eher, daß sie immer geahnt hat, was wirklich passierte, denn sie hat mich eigentlich nicht geliebt, sondern eher verachtet. Den Eindruck hat sie mir schon sehr deutlich vermittelt, weil sie mich bei Wutausbrüchen mit Füßen getreten hat oder später auch oft gesagt hat, wenn sie das geahnt hätte, wie das mal mit mir wird, hätte sie mich im Kindbett schon erwürgt oder am besten als Totgeburt zur Welt gebracht.

Mit 16 Jahren lernte ich meinen ersten Mann kennen. Er war 25 Jahre älter als ich und ein guter Freund meines Vaters. Er sagte, daß es ihm nichts ausmachen würde, mich zu heiraten, auch wenn ich nicht ganz gesund im Dachstübchen wäre. Ich wäre ja so ganz süß, und vor allem stand er auf jungen Dingern. Mein Vater wollte erst nicht, daß ich schon so jung heirate. Aber meine Mutter hatte nichts dagegen. Sie wollte mich wohl ganz gern los sein. So bekam ich also eine Eheerlaubnis. Die brauchte ich, weil ich ja noch minderjährig war. Mit 17, bald schon 18, war ich dann also Frau Sowieso und hatte ein Haus und einen Mann, der nachts das Monster mit mir machte. Das sage ich so, weil das, was er von mir wollte, dasselbe war, was das Monster aus meinen Alpträumen mit mir gemacht hatte. Als ich das nicht wollte, weil ich Angst davor hatte und mich ekelte, mußte ich meinem Mann erklären, warum ich das nicht wollte. Aber der lachte nur und sagte, daß ich in der Beziehung ja wohl ganz schön durchtrieben wäre und früh Phantasien bekommen hätte. Ich sollte mich also jetzt nicht so anstellen. Es würde mir schon noch gefallen. Es gefiel mir aber nicht. Und schließlich ließ sich mein Mann von mir scheiden, weil er sagte, daß er keinen Fisch im Bett brauchen könne. Da war ich 19. Ich hatte zwar einen Realschulabschluß und supergute Noten, aber keinen Beruf. Also fing ich nach der Scheidung eine Lehre als Reisekauffrau an. Ich hatte schon immer für fremde Länder geschwärmt und mir gewünscht, die ganze Welt kennenzulernen. Als Reisekauffrau konnte ich Sonderangebote wahrnehmen und mir meine Träume ziemlich günstig erfüllen. Die Ausbildung machte mir wirklich Spaß. Und ich war froh, daß ich mein Bett für mich allein hatte. Wenn die Alpträume nicht gewesen wären, wäre ich ganz zufrieden gewesen.

Vor allem auf Reisen lernte ich dann immer mal wieder einen Mann kennen. Solange das bei Gesprächen blieb und ein bißchen Schmusen, ging es. Aber wenn mich einer so richtig eng an sich ziehen wollte, bekam ich jedesmal Atemnot und Panik und brach die ganze Geschichte wieder ab. Ich hatte einfach keine Lust auf neue Monstererfahrungen. Bis ich, mit 21, meinen zweiten Mann kennenlernte. Er war ebenfalls älter als ich, allerdings nur zehn Jahre, und von Beruf Handelsvertreter, so daß von Anfang an feststand, daß ich bis zu einer möglichen Schwangerschaft weiterarbeiten könnte und wir nur eine Wochenendehe führen würden. Dies glaubte ich im Hinblick auf die mit einer Ehe verbundenen Bettpflichten aushalten zu können. Vor allem deshalb, weil ich mir sehnlichst ein Kind wünschte, dieses aber nicht als alleinerziehende Mutter zur Welt bringen wollte.

So haben wir schließlich geheiratet. Ich war eine sehr ordentliche Hausfrau, hatte, wie mein Mann sagte, einen Putzvogel. Aber ich brauche das. Bei mir muß es immer sauber sein, immer ordentlich. Das ist ein Teil von mir. Die Wochenenden mit meinem Mann waren gut auszuhalten. Er wollte zwar meist schon Freitag abends mit mir ins Bett, aber er war immer zärtlich und verständnisvoll. Und was mir damals am wichtigsten war, er war schnell fertig. Ich war damals ziemlich glücklich, würde ich aus heutiger Sicht sagen. Es schien, als hätte ich mein Leben ganz gut im Griff. Nur daß ich immer häufiger schwere Migräneanfälle bekam und Figurprobleme hatte. Ich magerte förmlich ab, was zwar ganz nett war, weil man ja lieber zu dünn als zu dick ist, aber so dünn war nun auch wieder nichts. Ich hatte oft das Gefühl, gar keine Frau mehr zu sein, und ertappte mich auch dabei, daß ich mir mit einer heimlichen Freude vorstellte, meinem Mann nicht mehr zu gefallen. Das verursachte mir aber ein ziemlich schlechtes Gewissen, weil mein Mann es eigentlich nicht verdient hatte, daß ich ihm irgend etwas vorenthalten wollte. Er war wirklich ein netter Kerl und alles das, was ich mir wünschen konnte. Bloß, daß ich mir eigentlich wünschte, daß er auch am Wochenende nur höchstens noch einmal im Monat nach Hause käme. Ich war schon eine ziemlich schauderhafte Frau, denke ich.

Der Frauenarzt sagte, weil ich zu mager sei, ich glaube aber, auch aus anderen Gründen klappte es leider ziemlich lange mit der von mir so sehr gewünschten Schwangerschaft nicht. Unsere Tochter wurde erst geboren, als ich bereits 23 war. Sie war ein wunderhübsches Kind mit blauen Augen und dicken schwarzen Haaren. Ich war überglücklich, sie endlich zu haben und noch im Kreißsaal in die Arme nehmen zu dürfen. Aber dann legte die Hebamme sie mir an die Brust, und das machte etwas mit mir, das ich bis heute nicht einordnen kann. Dieser Mund, der an mir schmatzte, dieses Ziehen in meinem Bauch – da kamen Erinnerungen hoch, ich kann keinem Menschen sagen, wie furchtbare Erinnerungen. Und das verband sich auf einmal mit dem Kind. Natürlich habe ich versucht, das wieder abzuschütteln. Aber das mit den Erinnerungen, das war wie ein Dammbruch in mir drinnen, es kamen immer mehr, und alle hatten mit dem Kind zu tun. Das Kind, wenn ich ihm die Windeln wechselte, wenn ich es an die Brust legte und stillte, wenn ich es badete. Das war wie ein Zwang, daß ich das Kind dann berührte und es mit den Händen und mit dem Mund erkundete. Wenn das Kind schrie, schrie irgendwie auch ich, und das Kind war irgendwie auch ich selbst. Ich kannte das alles, was da passierte. Ich kannte auch, was das bei diesem Kind auslöste. Und doch war es auch neu und faszinierend. Ich kann das nicht fachmännisch erklären. Ich kann nur ausdrücken, was ich damals empfunden habe. Und daß ich eine unsägliche Angst hatte, wirklich einen Gehirndefekt zu haben, wie meine Mutter das ja früher immer bereitwillig erzählt hatte.

Als das Kind ein halbes Jahr alt war, hatte es zum erstenmal eine Pilzinfektion. Ich hatte auch eine. Das Kind hatte sie an der Scheide und am Po. Ich hatte sie am Mund. Diese Parallele löste einen neuen Erinnerungsschub in mir aus und einen weiteren innerlichen Rollentausch mit meiner Tochter. Das war als Eindruck so massiv, daß ich mir schwor, meine Tochter nie wieder so anzurühren wie bisher, zugleich aber auch endlich wissen wollte, was an diesen gräßlichen Bilderfetzen in meinem Kopf wirklich dran wäre. Wen sollte ich fragen? Meine Eltern? Davor schreckte ich spontan zurück. Wenn es jemand wissen könnte, dann der Arzt. Also faßte ich mir ein Herz und fragte den Kinderarzt, der meine Tochter behandelte, ob er wohl noch die alten Unterlagen von seinem Vater hätte, der zu meiner Kinderzeit mein Kinderarzt gewesen war. Der Kinderarzt meiner Tochter lachte zuerst. Aber wie er merkte, daß ich die Papiere wirklich gern haben wollte, versprach er mir, mit seinem Vater zu reden, der damals in einem noblen Seniorenheim wohnte und einige Kisten mit ihm besonders wichtigen Sachen im Keller der Praxis zurückgelassen hatte.

Tatsächlich waren meine Unterlagen dabei, und ich konnte fast zwei Jahre später, als ich bereits geschieden war und mir geschworen hatte, jetzt endgültig Klarheit in mein Leben zu bringen, auch mit meinen alten Arzt sprechen. Auf diese Weise erfuhr ich, daß auch ich als Säugling sehr häufig Pilzinfektionen gehabt hatte und sogar einmal wegen eines Dammrisses hatte behandelt werden müssen, den ich mir angeblich selbst beigebracht hatte, weil ich, wie meine Eltern ganz bestürzt und verlegen erklärt hatten, meine Hände nicht von meinen Geschlechtsteilen fernhalten konnte, sondern immer an mir herumbohrte und kratzte. Mein alter Arzt konnte sich noch sehr gut an diese Geschichte erinnern, weil ihm so etwas, wie er sagte, im Laufe seines gesamten Arztlebens nie zuvor und nie danach vorgekommen sei.

Für mich begann sich mit der Aushändigung meiner alten Kinderkrankengeschichte, die ich ja wegen der vielen Fachworte nur andeutungsweise lesen und verstehen konnte, der Verdacht zu erhärten, daß meine Monsterträume vielleicht doch mehr als nur Träume wären. Daß mein Vater damit zu tun haben könnte, fiel mir jedoch selbst da noch nicht ein. Leider hatten die alten Krankenblätter und meine damit verbundenen Überlegungen zur Folge, daß ich den Wochenendsex mit meinem Mann nicht mehr ertragen konnte. Eine Zeitlang ließ er sich damit abspeisen, daß ich mich nicht wohl fühle. Eine Zeitlang glaubte er auch noch, daß ich Unterleibsprobleme habe. Aber schließlich stellte er mich vor die Wahl, daß er sich entweder eine Geliebte zulegen werden oder es zwischen uns wieder klappen müßte. Ich habe wirklich ernsthaft versucht, mich zu überwinden. Aber es ging nicht. Das mußte mein Mann dann auch einsehen. Prompt fiel ihm ein, ich müßte einen anderen haben, mit dem ich mich während seiner Abwesenheit einließe. Also gab er vor, zur Arbeit zu fahren, blieb in Wirklichkeit aber am Ort und tauchte völlig überraschend bei uns zu Hause auf. Dabei fand er natürlich keinen Liebhaber. Aber er fand mich, wie ich gerade an unserer Tochter dran war. Und das war ziemlich eindeutig.

Er hat mir die Kleine sofort abgenommen und sie zu seiner Mutter gebracht. Ein paar Stunden später war er schon beim

Anwalt und hat die Scheidung eingereicht. Vor Gericht hat er dann auch das Sorgerecht bekommen und mir das Besuchsrecht verweigert. Ich habe mich nicht gewehrt. Dazu hatte ich ein viel zu schlechtes Gewissen und auch das Kind zu lieb. Angezeigt hat er mich nicht. Nur gedroht, daß er es tut, wenn ich mich der Kleinen nähern sollte. Und gesagt, daß er mich nicht wegen mir verschont, sondern wegen der Kleinen, die keine vorbestrafte Mutter haben und überhaupt nie etwas von der ganzen Geschichte erfahren soll, weil sie normal und gesund aufwachsen soll. Es wäre schließlich schlimm genug, daß sie keine Mutter hätte. Und damit muß ich ihm leider recht geben.

Daß es mir das Herz zerreißt, daß die Kleine von mir weg ist, ist eine andere Geschichte. Das habe ich mir selbst zuzuschreiben oder auch nicht. Je nachdem, aus welchem Blickwinkel man das sieht. Im Grunde habe ich es meinem Vater zu verdanken, den ich im Laufe der letzten Jahre immer eindeutiger als das außerirdische Monster meiner Alpträume erkannt habe. So eindeutig jedenfalls, daß ich ihm eine Woche vor seinem mysteriösen Ende einen Brief geschrieben habe. In dem habe ich alles, was ich ihm an Mißbrauchshandlungen nachweisen kann, aufgelistet. Zum Schluß habe ich ihm dann angekündigt, daß ich nun die ganze Familie zu einem Treffen bei mir einladen und bei dieser Gelegenheit über alles, was er mir angetan hatte, informieren werde, damit er keine Chance habe, etwa an seinen Enkeltöchtern weiterzumachen, was er bei mir begonnen hatte. Anzeigen und ihn auf diese Weise aus dem Verkehr ziehen konnte ich ihn ja wegen der Verjährung leider nicht mehr.

An dem Tag, an dem die Einladungen angekommen waren, hat er sich in seinem Gartenhäuschen vergiftet. Er hatte so ein Schrebergärtchen, so eine Parzelle direkt am Rhein, mit einer wellblechgedeckten festen Hütte darauf, in der man auch übernachten konnte. Das tat er manchmal gern, vor allem im Sommer, wenn es ihm im Haus, so mitten in der City von Mannheim, zu heiß war. Meine Mutter hat er deswegen eigentlich nie angerufen. Er kam einfach nicht. Daher machte sie sich auch keine Sorgen, als er an diesem Abend nicht nach Hause kam. Erst als er mittags noch immer nicht da war, und er hatte immer einen gesegneten Appetit und würde freiwillig keine Mahlzeit versäumt haben, wurde sie unruhig und fuhr in den Garten raus. Da fand sie ihn auf dem Klappsofa im Gartenhäuschen, und er war tot. Es gab keinen Abschiedsbrief, nichts. Nur den Brief von mir, den hatte er in der Hosentasche bei sich, und dort im Häuschen hat meine Mutter ihn erstmals gelesen. Sie hat nie mit mir darüber gesprochen. Sie hat mir nur am Telefon mitgeteilt, daß sie nicht wünscht, daß ich zu der Beerdigung komme oder mich unterstehen dürfe, Blumen auf das Grab legen zu wollen. Nach allem, was ich ihr und dem Vater angetan hätte, wolle sie mich nie wieder sehen. Ich fragte, was ich ihnen denn angetan hätte. Ob sie nicht dächte, daß mir etwas angetan worden sei. Aber sie hing einfach den Hörer ein und hat sich seitdem nie mehr von mir sprechen lassen. Sie hat mir nur durch meinen Bruder ausrichten lassen, daß sie mich wegen Hausfriedensbruch verklagen werde, wenn ich es wagen würde, in ihr Haus zu kommen.«

Seit diesen ausführlichen Gesprächen mit Marianka, die ich mit ihrem Einverständnis größtenteils auf Band mitgeschnitten oder stichwortartig mitgeschrieben hatte, waren bis zum Beginn meiner Arbeit an diesem Buch über die Täter viele Monate vergangen. Marianka und ich hatten zwischendurch immer wieder einmal kurz miteinander telefoniert. Als ich jetzt bei ihr anrief, um ihre Meinung zu der aktuellen öffentlichen Diskussion um die »vergessenen Erinnerungen« zu hören, hatte sie soeben beschlossen, das Angebot ihres Arbeitgebers anzunehmen und in Spanien eine eigene Filiale des Reiseunternehmens aufzubauen. Marianka freute sich darauf. »Da werd ich nicht viel Zeit zum Grübeln haben«, sagte sie. »Viel Arbeit ist gut für eine wie mich.« Wir lachten über den Ernst hinweg. »Also immer noch Workaholic?« fragte ich. »Immer noch auf der Flucht vor der Vergangenheit?« Funkstille für einen Moment. Dann Mariankas Stimme.

»Sie dürfen das sagen«, meinte sie. »Ihnen brauche ich da nichts vorzumachen. Aber wenn ich lese, was da so abläuft in der Presse, oder das in Talk-Shows mitkriege, wie die zum Beispiel in ›Spiegel-TV‹ unsereinen mit unserer Geschichte zum Lügner abstempeln und unsere Erinnerungen als Einbildungen abtun und wie Kinder in der Psychiatrie verschwinden, nur weil ihnen nicht geglaubt wird, wenn sie endlich reden, ja, dann bin ich doch echt froh, daß ich nie eine Therapie angefangen habe oder so. Wenn ich mir vorstelle, ich wäre damit zu jemandem hingegangen und die oder der hätte mir nicht geglaubt, da wäre ich mir total verraten und verkauft vorgekommen. Die hätten mich da doch glatt zum zweitenmal zum Opfer gemacht. Und wie ich damit dann hätte leben sollen – ich weiß nicht, ob ich das geschafft hätte. Und als Kind schon gar nicht.«

Marianka ist parteiisch. Also bat ich eine Mitarbeiterin der in Insiderkreisen sogenannten ›Helfer-Stasi‹ um einen Kommentar dazu, ob Erinnerungen an einen sexuellen Mißbrauch in der Kindheit tatsächlich wie Ozeanriesen versinken und eines Tages wieder ans Sonnenlicht hochgehievt werden können.

»Natürlich!« sagte sie und bat mich, ihren Namen und ihre Arbeitsstelle nicht zu nennen, da sie sonst mit Repressalien von seiten ihrer Arbeitgeber rechnen müsse oder sogar entlassen werden könne. Daß sie promovierte Sozialpädagogin sei und neben ihrer Erwerbstätigkeit eine mehrjährige Zusatzausbildung für ihre beratende und betreuende Aufgabenstellung absolviere, müsse genügen. Es sei schon zuviel, die Stadt zu nennen, in der sie arbeite. Man kenne sie und ihre Meinung, habe ihr schon oft genug deswegen den Kopf gewaschen, weil sie sich vor der Presse aus dem Fenster gelehnt und nicht erst um Erlaubnis und Rückendeckung bei ihren Vorgesetzten gefragt habe.

»Die haben mir unmißverständlich klargemacht, daß das nicht wieder in Frage kommt«, meinte sie und winkte ab, als ich wie üblich meinen Recorder zum Mitschnitt des Gesprächs in Position bringen wollte. »Wenn Sie Notizen brauchen, nur schriftlich, nichts, woran mich einer festmachen könnte. Ich kann mir einfach nicht leisten, hier den Freiflieger zu machen. Ich brauch den Job, weil sonst alles in Frage gestellt ist, was ich will. Also entweder nach meinen Bedingungen oder gar nicht.«

Das war ein klares Wort. Ebenso klar wie die ganz ähnlich klingenden »Abfuhren«, die ich bereits an vergleichbaren Stellen bekommen hatte, wo ich nicht die leitenden Herrschaften hatte sprechen wollen, sondern die Leute an der Basis, die ganz real mit sexuell mißbrauchen Kindern umgehen und nicht fernab am grünen Managertisch sitzen. Also das Mikrofon abstellen, Kuli und Papier herausholen. Die Ohren gespitzt. Frau XY hatte das Wort.

»Ich hab ja täglich mit sexuell mißbrauchten Kindern zu tun«, sagte sie, indem sie auf ihre Fallmappe deutete, deren Unterlagen ich leider nicht verwenden durfte. »Und ich erlebe auch täglich, wie sie ihre Erfahrungen verdrängen. Wie sie die auf Traumebenen abschieben oder den Täter in zwei Personen spalten, in den Tag-Papa und in den Nacht-Papa. Weil sie eben nicht damit umgehen können, was ihnen da passiert, weil es ihnen Angst macht, weil es etwas irgendwie Unwirkliches ist, das mit dem normalen Alltag nichts zu tun hat, eben weil ja auch die nachts als

Mißbraucher zu ihnen kommende Person am Tag ein anderes Gebaren zeigt. Das ist nichts anderes als ein Abwehrmechanismus, um trotz des Mißbrauchs, der ja nicht nur die Geschlechtlichkeit des Kindes, sondern die ganze Persönlichkeit betrifft, überleben zu können. In der Fachsprache ist das als ›tuning out‹ oder als Abschalten bekannt. Wie das geht, kann Ihnen jedes betroffene Kind erklären. Dann bekommen Sie zu hören, daß sie sich ›steif gemacht haben wie ein Brett‹ oder daß sie ›sich weggeträumt‹ haben, daß sie ›ganz fest an etwas anderes gedacht‹ haben oder daß ›in mir drinnen alles leer geworden‹ sei. Bei den meisten sexuell mißbrauchten Kindern, die ich kenne, ist das Verdrängen der Erinnerungen zu einem perfekten Mechanismus geworden. Das wird wie eine Geschwulst im Innern verkapselt und tickt dann als Zeitbombe vor sich hin. Irgendwann, meistens Jahre später wegen Partnerschaftsproblemen, explodiert die Bombe. Das ist ganz logisch. Und darum halte ich es für abwegig, ›vergessene‹ und in der Therapie ›wiederentdeckte‹ Erinnerungen vom Grundsatz her in Zweifel zu ziehen. Oder uns Leuten vom Fach Manipulation der Opfer zu unterstellen. Wenn hier manipuliert wird, dann in der Regel höchstens von denen, die uns Pro-Opfer-Leute auf dem Kieker zu haben scheinen. Ich könnte Ihnen, wenn ich dürfte, Fallbeispiele noch und noch vorführen, in denen sexuell mißbrauchte Kinder von sogenannten Glaubwürdigkeitsgutachtern total tendenziös befragt worden sind. So zum Beispiel von einem, den wir Insider bloß noch den »Inquisitor« nennen, weil er eben dafür bekannt ist, daß er jeden tatsächlich stattgefundenen Mißbrauch als Lüge entlarvt und zu diesem Zweck seine Fragen so stellt, daß darunter jedes Kind zusammenbricht. Wer hier gemeint ist, dürfte jedem klar sein, der mal zusammengezählt hat, wie oft gerade in jüngster Vergangenheit von Anwälten mutmaßlicher Täter dieser eine ganz bestimmte und nur dieser Psychologe als Gutachter für ein Glaubwürdigkeitsgutachten des Opfers verlangt wurde. Und wenn dieser Mann dann auftritt und einem Kind seine Pflichten klarmacht, die es gegenüber den Eltern hat, zum Beispiel die Pflicht, die Mutter oder den Vater, vor dem das Kind Angst hat, wiedersehen zu müssen. Und wie dieser selbe Mann dann, wenn das Kind sich weigert und in Tränen ausbricht oder vor Panik völlig apathisch wird, sagt, wenn du die Mama oder den Papa oder den Onkel – oder wer sonst von dem Kind als Täter angezeigt wurde – nicht wiedersehen willst, dann bist du krank. Weil nämlich jedes gesunde Kind seine Mama oder seinen Papa gern wiedersehen will. Wer das miterlebt hat, der weiß hundertprozentig, wo hier der neuerdings wie in einem Flächenbrand angeprangerte Mißbrauch des Mißbrauchs stattfindet. In den Köpfen und in den Reden der ach so ehrenwerten Kritiker nämlich, aber nicht hier bei uns an der Basis. Wenn Sie mich fragen, dann geht es diesen ganzen Warnern und Kritikern nicht so sehr um die Opfer von Mißbrauch oder Verleumdung, sondern weit eher darum, prinzipiell eine Wende in der Praxis der Psychotherapie herbeizuführen, und zwar sowohl wissenschaftlich wie juristisch wie auch volkswirtschaftlich-ökonomisch. Weil nämlich die ganze Mißbrauchsarbeit allmählich zu einem gigantischen Kostenfaktor wird, der angesichts des Wiederaufbaus Ost in Deutschland und angesichts der weltweit sinkenden Bruttosozialprodukte kaum mehr tragbar ist. Und wo das Geld knapp wird, wo an sozialen Leistungen allenthalben gespart wird, wo Stellen zusammengestrichen und Mittel verknappt, wo jede Mark doppelt umgedreht und dann zurück in die Tasche geschoben wird, da haben immer schon alle die leichtes Spiel gehabt, die aus ganz persönlichen Motiven heraus Kritik an einer guten, aber teuren Sache geübt haben.«

Frau XY schob ihre Mappe mit den Fallbeispielen zusammen. »Es juckt mich in den Fingern«, sagte sie. »Ich würde sie Ihnen am liebsten alle zur Einsicht mitgeben, alle auswerten lassen, allen zeigen, mit was für Methoden heute am Kind gearbeitet wird, damit es seine Erinnerungen nur ja schnell wieder wegsteckt und erneut vergißt. Aber das würde mich meinen Kopf hier kosten. Und daran hängt schließlich nicht nur meine ganz persönliche Bindung an die Arbeit, die ich hier tun kann und tun will, sondern meine wirtschaftliche Existenz und nicht zuletzt die meiner Familie. Das müssen Sie verstehen. Zivilcourage ist ein starkes Wort. Aber um wirklich stark zu sein, dazu braucht's dann leider doch etwas mehr als nur Mut.« Sie stand auf, um mir die Hand zu geben, mich zur Tür zu begleiten. »Ich muß los«, meinte sie. »In der Familie, die ich zur Zeit betreue, beackert die Mutter gerade die siebenjährige Tochter, daß die sagen soll, sie hätte alles nur erfunden.«

Abschließen möchte ich dieses Kapitel über das »vergessene Erinnern« mit den Worten einer Frau, der erfahrenen und fachlich hoch angesehenen Kölner Therapeutin Gila Handers, die gerade auch mit der bei den Kritikern so umstrittenen und angefochtenen Methode des Wiederbelebens der Erinnerung einen

Großteil ihrer Erfolge erzielt. Eine ihrer Klientinnen war die junge Autorin Kristina Meyer, die mit ihrer Hilfe über einen Zeitraum von vielen Jahren nach verschütteten oder vergessenen Erinnerungen an einen nur indizienmäßig zu beweisenden sexuellen Mißbrauch durch den Vater grub und darüber ganz allmählich zu einer reifen Frau wurde. Kristina Meyer schrieb dann einen autobiographischen Roman, »Das doppelte Geheimnis«, zu dem Gila Handers ein Nachwort verfaßte. Dort umriß sie ihre Arbeit mit der jungen Kristina wie folgt:

»Der schwere und langanhaltende sexuelle Mißbrauch durch den Vater war zu Beginn der Therapie uns beiden verborgen. Es bedurfte erst des Aufbaus einer vielfach getesteten und vertrauensvollen Beziehung, um die Verdrängungswiderstände langsam zu lockern und die Geheimnisse preisgeben zu können ... Erst wenn in der therapeutischen Beziehung die frühen Konflikte und Traumatisierungen wiederbelebt werden, kann es zu emotionaler Weiterentwicklung kommen.« Eine solche Weiterentwicklung bahne irgendwann, schrieb Gila Handers weiter, »den Weg für Schritte in der Bearbeitung der verinnerlichten Vater-Beziehung«, so daß es schließlich gelinge, »den verinnerlichten abgekapselten Vater wiederzubeleben« und mit »der Annäherung an die traumatischen Erinnerungen ... allmählich den Vater als getrennte Person« zu erkennen und sich nicht nur von ihm als Mensch, sondern auch von dem durch ihn verübten Mißbrauch abzulösen.

Ich glaube, ein besseres Plädoyer dafür, daß der Streit um das »vergessene Erinnern« mindestens zwei Seiten hat, kann es nicht geben. Ob dieser Streit tatsächlich eine Wende der gesamten Psychotherapie herbeiführt, wird sich in der Zukunft zeigen.

Die Täter zeigen selten Einsicht

Wer ein Kind oder einen Teenager sexuell mißbraucht, hat dafür viele Gründe. Viele bewußte und noch mehr unbewußte. Wie viele es sind und welche es sind, kann niemand mit letzter Bestimmtheit sagen. Nur einen einzigen Grund aber gibt es für Täter oder Täterin, die Tat abzuleugnen, nämlich, sich selbst vor den Folgen ihrer Tat zu schützen. Und dies versucht zunächst fast jede des sexuellen Mißbrauchs verdächtigte Person. Dabei entwickeln Tatverdächtige oft eine beachtliche Phantasie, die sie dazu einsetzen, die vermeintliche Unglaubwürdigkeit des unschuldigen Opfers darzulegen. Erweist sich diese Taktik als unmöglich, weil der sexuelle Mißbrauch erwiesen und nicht mehr zu bestreiten ist, so setzen Tatverdächtige darauf, die vermeintliche Mitschuld des Opfers herauszustellen und den Mißbrauch zwar als Gesetzesbruch anzuerkennen, die Tat als solche jedoch als Lappalie abzuwerten.

Die nachfolgenden besonders aussagefähigen Beispiele stellen eine kleine Auswahl aus Mißbrauchsfällen dar, die ich seit 1986 in Gesprächen mit Tätern, Täterinnen und Opfern des sexuellen Mißbrauchs sowie ihrem privaten Kreis aus Familienangehörigen, guten Bekannten oder Freunden ermittelt habe. Sehr selten war es mir möglich, ein Fallbeispiel zu rekonstruieren, indem ich sowohl mit einem Täter oder einer Täterin als auch mit dem Opfer sprach. Vorwiegend lernte ich den Einzelfall aus einseitiger Darstellung kennen und habe anschließend versucht, durch Kontakte im privaten Umfeld von Opfer und Täter beziehungsweise Täterin ergänzende Angaben zu sammeln. Wie zu erwarten, kamen Kontakte zu Opfern weit einfacher und schneller zustande als zu Tätern oder Täterinnen. Wobei ich die Erfahrung gemacht habe, daß Täterinnen die bei weitem scheueste Gruppe der Betroffenen sind.

In einigen Fällen, in denen ich die Täter (keine Täterin) im Strafvollzug kennenlernte, oder Opfer, die den Täter (auch hier keine Täterin) angezeigt hatten, war es mir möglich, Glaubwürdigkeitsgutachten, Vernehmungsprotokolle und auch Urteilsausführungen einzusehen. Manchmal stellten mir Freunde oder Nachbarn der Betroffenen, die als Zuhörer im Verhandlungssaal anwesend gewesen waren, ihre persönlichen Notizen zur Auswertung zur Verfügung. In anderen Fällen war ich selbst an dem einen oder anderen öffentlichen Verhandlungstag vor der Jugendstrafkammer anwesend.

Um den Eindruck der hier ausgewählten Aussagen möglichst »unverdünnt« zu übermitteln, verzichte ich nahezu auf jeden Kommentar.

Der Fall Monika B.

Als Monika B.s Vater im Jahr 1992 unter dem Aktenzeichen 24 KLs 7 Js 802/88 – 7/90 IV – zu einer Haftstrafe von acht Jahren verurteilt wurde, führte das Gericht in der Urteilsbegründung aus:

»Die Zeugin Monika B. ... hat in für die Kammer zweifelsfrei glaubhafter Weise das Tatgeschehen, soweit es ihr eigenes Erleben betrifft, ... bekundet. ...

Nach den getroffenen Feststellungen hat sich der Angeklagte der im Urteilsausspruch genannten Straftaten schuldig gemacht: nämlich in der Zeit von Ostern 1972 bis zum 6.12.1981 des sexuellen Mißbrauchs von Kindern gemäß § 176 Abs. 1 StGB in mindestens achtzig Fällen, weiterhin gemäß § 174 Abs. 1 Nr. 3 StGB des sexuellen Mißbrauchs von Schutzbefohlenen in der Zeit von Ostern 1972 bis zum 6. 12. 1985 in mindestens zweihundert Fällen sowie schließlich in jedenfalls einhundertfünfzig Fällen des Beischlafs zwischen Verwandten gemäß § 173 Abs. 1 StGB. ...

Straferschwerend mußten sich die lange Dauer des von ihm betriebenen sexuellen Mißbrauchs, dessen Vielzahl sowie die Variantionsbreite der jeweiligen sexuellen Handlungen auswirken. Zur Befriedigung seiner eigenen sexuellen Bedürfnisse schreckte er nicht vor Monika demütigenden Handlungen (Sexualverkehr von hinten) zurück und bezog sie darüber hinaus in einen Partnertausch ein. Ohne Rücksicht auf sie nahm er ihr ihre ›Jungfräulichkeit‹. ... Hinzu kommt, daß Monika hinsichtlich des Verstoßes gegen § 174 Abs. 1 StGB und § 176 StGB zu Beginn der Handlungen altersmäßig weit unter der Schutzgrenze dieser Vorschriften lag. Ihm fällt weiterhin zur Last, durch sein ungehemmtes Vorgehen … (Monikas Brüder, Anm. d. Verf.) dazu verleitet zu haben, sich ebenfalls sexuell an Monika zu vergehen. Ganz erheblich fallen die tiefgreifenden seelischen Schädigungen ins Gewicht, die er Monika durch sein Verhalten beigebracht hat und unter denen diese nachhaltig leidet. Ob sie sie jemals zu verwinden vermag, entzieht sich der Sachkunde der Kammer. Nicht zuletzt war zu berücksichtigen, daß der Angeklagte durch sein Fehlverhalten gegen drei Strafgesetze verstoßen hat. …

Nach Abwägung aller für und gegen den Angeklagten sprechenden Umstände unter Berücksichtigung aller in § 46 StGB normierten Strafzumessungsgrundsätze hält die Kammer eine Freiheitsstrafe von 8 – acht – Jahren für tat- und schuldangemessen. Diese Strafe wird dem Unrechtsgehalt der Taten und der Persönlichkeit des Angeklagten gerecht. Sie ist erforderlich, aber auch ausreichend, um dem Angeklagten sein strafbares Verhalten deutlich vor Augen zu führen und ihn sowie auch andere zukünftig von der Begehung gleicher oder ähnlicher Straftaten abzuhalten. Sie erfüllt alle Zwecke staatlichen Strafens.«

Monika B.s Vater bestreitet die ihm zur Last gelegten und vor Gericht als erwiesen angesehen Taten bis zum heutigen Tage, indem er sie »mit Nachdruck« als »völlig aus der Luft gegriffen« zurückweist und Revision beantragt hat. Sein Kommentar zu allen Anklagepunkten: »Ich kann nur hoffen, daß Monika sehr krank ist.«

Der Fall Hochwürden

Im März 1994 wurde ein 54jähriger katholischer Pfarrer vor der Jugendkammer des Landgerichts in K. wegen sexuellen Mißbrauchs an einem neunjährigen Junge, den der innerhalb eines Zeitraums von drei Jahren ausgeübt hatte, zu vier Jahren Haft verurteilt. In seiner Urteilsbegründung vor dem vollbesetzten Gerichtssaal führte der Vorsitzende Richter unter anderem aus:

»Der Angeklagte hat den Respekt seiner Persönlichkeit rigoros für seine Zwecke ausgenutzt und das Kind mit infamen Drohungen in einen scheußlichen Zwiespalt gebracht«, da es sich gegen die vermeintlich allmächtige und mit Gott in Verbindung stehende Autorität des jeden Sonntag von der Kanzel predigenden Pfarrers nicht wehren konnte. Die Zwecke des Pfarrers waren die Befriedigung seines Geschlechtstriebes.

Da der Neunjährige aufgrund der Angst vor dem Satan und den Höllenqualen, die der Pfarrer auf ihn herabbeschworen hatte, keine Gegenwehr wagte, hatte der Kirchenmann leichtes Spiel. Zunächst führte er dem völlig ahnungslosen Jungen pornographische Kindervideos vor und erregte sich dabei bis zum Samenerguß. Später zwang er das Kind, sich ihm in sexualisierten Posen zu Nacktfotos und Nacktfilmen darzubieten. Schließlich steigerte der Pfarrer seine sexuellen Übergriffe auf das wehrlose Kind von Masturbationsbefehlen bis zum Analverkehr.

Der Verteidiger des Pfarrers plädierte auf Freispruch. Der Pfarrer selbst bestritt die Tat und verfolgte die Urteilsbegründung mit ununterbrochenem stummen Kopfschütteln. Während man ihn aus dem Verhandlungssaal zu dem wartenden Polizeiwagen abführte, der ihn in die Vollzugsanstalt zurückbringen sollte, beteuerte Hochwürden immer wieder: »Der Junge lügt. Er ist vom Teufel besessen. Ich habe nichts damit zu tun!«

Der Fall Kinderarzt

Im Januar 1991 wurde ein 46jähriger Kinderarzt vor dem Landgericht S. wegen sexuellen Mißbrauchs an seiner Pflege- und späteren Adoptivtochter Claudia sowie an deren Freundin, seiner Nachbarstochter namens Sabrina, zu einer Freiheitsstrafe von 18 Monaten auf Bewährung verurteilt.

Der Mißbrauch hatte begonnen, als die damals noch zur Pflege im Haushalt des Kinderarztes lebende spätere Adoptivtochter Claudia sieben Jahre alt war. Unter dem Vorwand, das Grundschulkind sexuell aufklären zu wollen, weil sich in der damaligen Zeit zweimal ein Exhibitionist in der Nähe der Grundschule vor mehreren Kindern entblößt und in sexuell erregtem Zustand präsentiert hatte, hatte der Kinderarzt die Kleine zunächst selbst im Gentialbereich gestreichelt und zu erregen versucht und anschließend eine Oralbefriedigung für sich erzwungen. Mit der Drohung, das Mädchen aus dem Haus zu jagen und ins Kinderheim zurückzuschicken, brachte er das Kind dazu, ihm zu gehorchen und zu schweigen. Wie wirksam seine Drohung sein mußte, war dem Kinderarzt dabei voll bewußt. Denn das Mädchen war seit dem dritten Lebensmonat ein Heimkind und bereits mehrmals an Pflegefamilien vermittelt worden, die es wegen seiner leicht verzögerten geistigen Entwicklung nach einigen Probetagen wieder abgeschoben hatten.

Der Mißbrauch fand über acht Jahre hinweg regelmäßig statt und schloß pornographischen Foto- und Videoaufnahmen sowie erzwungene lesbische Beziehungen der Tochter mit einer jüngeren Freundin ein. Er führte dazu, daß das im Alter von zehn Jahren adoptierte Mädchen mehrmals von zu Hause ausriß und sich zweimal umzubringen versuchte. Ihren ersten Selbstmordversuch unternahm Claudia, als sie 14 Jahre alt war. Ursache dafür war, daß der Kinderarzt die Nachbarstochter Sabrina, der seine Pflegetochter regelmäßig bei den Hausaufgaben half, mit in den Mißbrauch einbezog. Dies geschah, indem er die damals neunjährige Sabrina dazu aufforderte, Fotos von seiner Pflegetochter aufzunehmen, während diese sich auf die Anweisungen ihres Pflegevaters hin aufreizend posieren und anschließend selbst befriedigen mußte. Mit der Drohung, die neunjährige Sabrina wegen der »von ihr selbst geknipsten schweinischen Fotos« bei der Polizei anzeigen zu wollen, brachte der Kinderarzt beide Mädchen zum Schweigen.

Den Nachbarn fiel in der Folgezeit an ihrer Tochter Sabrina nur auf, daß diese scheinbar grundlos bei kleinsten Anlässen in Tränen ausbrach, ein paarmal ins Bett einnäßte, damit jedoch schlagartig wieder aufhörte, als die Mutter ihr ankündigte, daß sie zum Kinderarzt gehen und untersucht werden müsse. Als ich mit den Eltern sprach, sagte die Mutter:

»Wir haben gedacht, daß das die ersten Anzeigen der Pubertät sind. Da sind Mädchen schon mal zickig und heulen schnell. Die Hormone, dachten wir. Wir haben uns wirklich absolut nichts Schlimmes dabei gedacht. Wir haben auch nicht weiter gefragt. Wir wollten Sabrina im Grunde die Peinlichkeit ersparen. So selbstverständlich ist es ja schließlich nicht, wenn man mit neun Jahren noch ins Bett pinkelt. Und als sie dann damit aufhörte, haben mein Mann und ich eigentlich bloß im stillen darüber gelacht und uns gesagt: ›Guck sich einer die Kleene an!‹ Aber mehr haben wir nicht gedacht. Uns wäre das mit dem Mißbrauch auch nicht im Traum eingefallen. Das war für uns damals so aus der Welt. Das war so ein Gedanke wie: Das macht höchstens ein Verrückter, aber wir doch nicht, der doch nicht, die doch nicht. Wenn du damit nie, dein ganzes Leben lang nie etwas am Hut gehabt hast, wenn du das höchstens mal mit einem halben Ohr irgendwo aufgeschnappt hast, ja, dann hast du vielleicht gedacht ›Igitt, so'n Schweinkram!‹, oder du hast vielleicht auch mal kurz Mitleid gehabt, aber näher an dich ran ist das ja nicht gekommen. Aber daß das dein Nachbar machen könnte, den du doch kennst, den du doch einschätzen kannst, von dem du doch alles weißt – nee, darauf sind wir nie gekommen. Bis zuletzt nicht. Noch nicht einmal da, wo die Sabrina dann diese ganzen Sachen aus der Zeitung ausgeschnitten und uns zum Lesen an die Pinnwand gepinnt hat. Selbst da haben wir zuerst bloß gedacht, womit die sich schon alles beschäftigt oder was die so alles in der Schule durchnehmen.«

Claudias Adoptivmutter merkte gar nichts. Nach ihrer eigenen Aussage hatte der Vater sich immer schon ausgiebiger mit dem Kind befaßt als sie selbst. Den Selbstmordversuch des Mädchens nahm sie nicht ernst. »Ich hatte geglaubt, das war ein Versehen, so ein Versuch aus Neugier, nichts Gravierendes. Sie hatte mich ja auch selbst geweckt, nachdem sie die ganze Röhre Schlaftabletten geschluckt hatte. Und das hätte sie ja nicht getan, wenn sie das ernst gemeint hätte.«

Den zweiten Selbstmordversuch unternahm Clauda ein knappes halbes Jahr später, indem sie sich die Pulsadern aufschnitt. Diesmal meldete sie sich nicht und wäre verblutet, wäre dem spät von einem Krankenbesuch heimkehrenden Vater nicht zufällig das Blut aufgefallen, das unter der Kinderzimmertür in den Teppichboden gesickert war und sich bis in den Flur ausgebreitet hatte. Dem Selbstmordversuch vorausgegangen war eine Mißbrauchsstunde in einem Wohnwagen, den Claudias Adoptivvater an einem privaten Seegrundstück in den Altarmniederungen eines großen Flußgebietes stehen hatte. In diesem Wohnwagen hatte der Kinderarzt die beiden Mädchen zu lesbischen Handlungen gezwungen und diese sowohl mit der Videokamera aufgenommen als auch auf Papierfilm gebannt.

Befragt, warum sie sich denn hatte töten wollen, sagte Claudia, deren geistige Zurückgebliebenheit sich zu diesem Zeitpunkt bereits deutlich abzeichnete: »Weil die Sabrina so geweint hat.« Auch diesmal kam niemand auf die Idee zu fragen, warum die Freundin Sabrina geweint habe.

»Das war so eine alberne Antwort«, sagte Claudias Adoptivmutter. »Aber wir wußten ja von Anfang an, daß unsere Tochter in ihrer geistigen Entwicklung nicht mit anderen gleichaltrigen Mädchen zu vergleichen sein würde und im Laufe der Zeit ein immer größerer Abstand zu ihren Alterskameradinnen spürbar wäre. Darauf sind wir im Laufe der Zeit immer wieder einmal recht derb mit der Nase gestoßen worden. Und mein Mann als Kinderarzt wußte natürlich auch jederzeit, was uns mit Claudia erwartete. Wir hatten uns da auf kein Abenteuer eingelassen. Wir wußten immer, daß das käme. Und wenn wir uns wirklich mal Illusionen hingaben, weil der Claudia äußerlich überhaupt nichts anzusehen ist, dann sorgte der Alltag schon dafür, daß wir schnell wieder auf den Boden der Tatsache kamen. Wir hatten uns wirklich daran gewöhnt, daß uns manche ihrer Aussagen oder Handlungen unlogisch erschienen, auch wenn sie für unsere Tochter selbst logisch sind. Und insofern kam es mir nicht im geringsten spanisch vor, daß sie sich hatte umbringen wollen, weil ihre Freundin traurig gewesen war.« Spanisch kam es allerdings einem Fotografen vor, der einen Nebenjob suchte und seine Dienste in einer großen Tageszeitung angeboten hatte, als er den anonymen Auftrag erhielt, Vergrößerungen von den Negativstreifen der Farbfilme anzufertigen, die der Vater im Wohnwagen von den Mädchen geschossen hatte, und die Fotos nebst Negativen anschließend in einem Schließfach einer bestimmten Filiale der Deutschen Bank zu deponieren. Der entsprechende Schließfachschlüssel lag bei. Ebenso ein großzügig bemessenes Honorar nebst der Zusage für weitere Aufträge, falls alles perfekt und diskret erledigt würde. Für den Fall, daß der Fotograf auf dumme Gedanken komme und den Auftrag nicht binnen 36 Stunden erledigt habe, stellte der Auftraggeber jedoch eine Anzeige beim Gewerbeamt wegen Schwarzarbeit und Steuerhinterziehung in Aussicht. Pech für den Kinderarzt, daß der Fotograf mit einem Polizisten befreundet war, der umgehend Anzeige gegen Unbekannt erstattete und die Ermittlungen aufnahm. Festzustellen, daß der Kinderarzt den Auftrag erteilt hatte, war dann nicht mehr schwierig.

Aufgrund dieser Fotoserie und anderer Beweismittel, die in der Wohnung des Kinderarztes, vor allem aber in seinem Wohnwagen sichergestellt wurden, konnte der Täter die Tat als solche nicht abstreiten und versuchte dies auch nicht. Als sexueller Mißbrauchstäter stellte er sich dennoch nicht dar. Er fing die Sache weit subtiler an. Eine seiner Aussagen konnte ich als Stenogramm in den Unterlagen der Eltern der kleinen Sabrina einsehen. Darin heißt es:

»Wie Sie wissen, bin ich Arzt, Herr Richter. Wie Sie wissen, habe ich einen Eid abgelegt, daß ich nur zum Wohl der Menschheit handeln werde. An diesen Eid fühle ich mich gebunden. Ich bin nachweislich ein guter Arzt, beliebt, anerkannt. Sie können auf die Straße gehen. Sie können hier fragen, wen Sie wollen. Da wird Ihnen keiner etwas anderes über mich sagen, keiner! Und in meiner Verantwortung als Arzt habe ich auch diese Sache hier auf mich genommen. Haben Sie Kinder? Adoptivkinder? Wissen Sie, welche Bürde damit auf einen aufrechten Mann zukommen kann? Wußte ich auch nicht. Aber nun haben wir das Kind. Wir lieben es. Die Kleine ist unser ein und alles. Das kann Ihnen jeder hier bestätigen. Wir haben es ihr nie an irgend etwas fehlen lassen. Und wie sie nun diesen Wunsch entwickelte und die beiden Mädchen vor mir standen und sich lieb hatten, ja, warum sollte ich den beiden das bißchen Spaß denn verweigern? Warum sollte ich mich denn da als Moralapostel aufspielen? Was ist denn schon dabei, wenn sie es wollten? Kinder (lacht) konnten sie ja dabei nicht machen. Das war doch völlig harmlos. Ein Spiel zwischen Kindern, mehr nicht!« Auf Befragen, warum er die von ihm als spielerische Handlung zwischen mehr oder minder Gleichaltrigen denn gefilmt habe, sagte der Kinderarzt, das wisse er selbst nicht so recht. Er müsse einen »Sexknall« bei dem Anblick der beiden Mädchen bekommen haben. »Schließlich bin ich ja nicht aus Stein, Herr Richter. Ein Vater ist auch nur ein Mann. Und als Mann habe ich da dann wohl Gefühle entwickelt und in einem totalen Blackout Mist gebaut. Aber mehr war das nicht. Mein Ehrenwort! Ich gebe Ihnen mein Wort darauf. Und wenn die Mädchen etwas anderes behaupten, so lügen sie. Meiner Tochter kann man das alles sowieso nicht zumuten. Die ist damit vollkommen überfordert. Die ist geistig ja höchstens auf dem Stand einer Sechsjährigen, wenn überhaupt. Wenn überhaupt! Die wird von dieser ganzen dummen Geschichte noch Schäden fürs Leben nachbehalten, die kein Mensch wieder ausbügeln kann. Das ist doch alles gar nicht abzusehen. Aber ich sage Ihnen eines, hohes Gericht, wenn ich das damals abgesehen hätte, wenn ich das damals nur geahnt hätte, daß dieses Kind mir eines Tages meinen guten Ruf und meine Ehre abschneiden würde und daß mich der Luxus dieser Adoption meine Existenz als Arzt und als Mensch kosten würde, glauben Sie mir, ich bin immer großzügig gewesen, habe immer eine offene Hand für jeden gehabt, aber da hätte ich gesagt: Njet, liebe Leute, sucht euch einen anderen Dummen dafür, aber mich nicht!«

Das geringe, zur Bewährung ausgesetzte Strafmaß erklärte der das Urteil verkündende Richter mit dem insgesamt als minderschweren Fall anzusehenden Tatbestand, bei dem es zwar zu verwerflichen Handlungen gekommen sei, jedoch nicht zum vollzogenen Geschlechtsakt. Dies sei als strafmildernd zu berücksichtigen. Außerdem habe der bisher unbescholtene Kinderarzt bei einer Bewährungsstrafe die Möglichkeit, sich umgehend in eine erfolgversprechende Therapie zu begeben. Durch eine abzuleistende Haftstrafe sei keine Besserung zu erreichen, wohl aber duch eine zur Bewährung ausgesetzte. Darüber hinaus müsse eine abzuleistende Haftstrafe dazu führen, daß die berufliche Existenz des Familienvaters nachhaltig gefährdet, wenn nicht zerstört werde, und dies stehe in keiner Relation zu der Schwere der Tat.

Daß die beiden Mädchen nicht nur 18 Monate, sondern wahrscheinlich ein Leben lang unter den Folgen der sexuellen Übergriffe des Kinderarztes zu leiden haben, blieb bei der Urteilsfindung unberücksichtigt.

Der Fall Spielfreund

Im Mai 1993 wurde ein 26jähriger Postbeamter aus einer berühmten süddeutschen Domstadt wegen sexuellen Mißbrauchs an einer zur Tatzeit zwölfjährigen Schülerin zu einer Freiheitsstrafe von zwanzig Monaten verurteilt, die zur Bewährung ausgesetzt wurde. In der Anklageschrift wurde dem Täter zur Last gelegt, das ihm damals seit fünf Jahre als »kleine Spielfreundin« gut bekannte Mädchen in der Weihnachtszeit 1990 erstmals sexuell mißbraucht und den Mißbrauch anschließend regelmäßig fortgesetzt zu haben. Dabei handelt es sich gemäß Pharagraph 176, 3 Absatz 1 Strafgesetzbuch um besonders schwere Mißbrauchshandlungen, da der Beischlaf mit dem Mädchen vollzogen wurde und eine Schwangerschaft eintrat. Im Alter von dreizehn Jahren und fünf Monaten brachte die Schülerin ein Kind zur Welt. Der Postbeamte erkannte die Vaterschaft an. Das Kind wächst bei einer kinderlosen Verwandten des Vaters auf. Einer gewünschten Adoption hat die jugendliche Mutter nicht zugestimmt, da sie sich vorbehalten möchte, das Kind eines Tages zu sich zu nehmen.

Die Tat wurde von den während der Mißbrauchszeit völlig ahnungslosen Eltern des Mädchens aufgrund der eingetretenen Schwangerschaft angezeigt. Der Täter bestritt die Tat nicht. Dies wäre wegen der Möglichkeit eines Vaterschaftstests angesichts von zahlreichen Zeugen, die von seinen regelmäßigen Treffen mit Tanja wußten, aussichtslos gewesen. Dennoch war er weit davon entfernt, die Verantwortung für den Mißbrauch zu übernehmen, der aus seiner Sicht ein einvernehmliches, von beiden Seiten gewolltes und freiwillig ausgelebtes Liebesverhältnis war. Diese Stellungnahme zu der Tat geht sehr deutlich aus den privaten Unterlagen der Eltern des betroffenen Mädchens hervor, die diese mir – zum Schutz ihrer Tochter und deren Ursprungsfamilie unter Verzicht auf das zugehörige Aktenzeichen – zum Abdruck zur Verfügung stellten.

(In den nachfolgenden Ausschnitten steht A als Kürzel für Angeklagter, T als Kürzel für das mißbrauchte Mädchen Tanja, RA als Kürzel für Tanjas Rechtsanwältin und V als Kürzel für den Vorsitzenden Richter.)

Befragung des Mädchens durch den Vorsitzenden Richter:

V: Wann hast du den Martin kennengelernt?

T: Da war ich sieben oder so. Er hat damals immer die Post gebracht. Er war immer nett zu mir. Wir haben viel geredet. Er hatte auch einen Hund. Der war aber schon alt. Und da hat er gesagt, ich kann ihn ja mal besuchen und meinen Hund mitbringen, da hätte seiner dann mal Spaß und würde wieder jung werden.

V: Hast du den Martin dann oft besucht?

T: Ja. Eigentlich jeden Tag. Er hatte immer viel Zeit. Und er war sehr nett. Er hat mir oft Eis gekauft oder mit mir Hausaufgaben gemacht.

V: Der Martin sagt, daß du ihm einen Heiratsantrag gemacht hast.

T: Ja, schon.

V: Wolltet ihr beide wirklich heiraten? Hat der Martin dir die Ehe versprochen?

T: Früher, ja, als ich noch klein war. Da hab ich schon gesagt, daß ich ihn heiraten will. Aber nachher nicht mehr. Da hat er das nur noch gesagt.

V: Und was hast du gesagt?

T: Ich habe nichts gesagt.

V: Warum nicht?

T: Ich habe mich nicht getraut. Ich wollte nicht, daß er sauer ist. Er war mein Freund.

V: Der Martin stellt das so dar, daß ihr beide verlobt wart.

T: Da hat er mir schon gesagt. Aber ich habe das nicht so ernst genommen. Ich habe gedacht, er ist mein Freund und macht Spaß oder so.

V: Wann hat der Martin dann zum erstenmal mit dir geschlafen?

T: Das war Weihnachten 1990.

V: Wolltest du mit ihm schlafen?

T: Nein. Ich wollte das nicht.

V: Was wolltest du dann?

T: Ich wollte mit ihm schmusen. So im Arm liegen und so. Das hatten wir öfter gemacht. Das war auch schön. Das hat mir gefallen. Aber das andere …

V: Wie ist es dann dazu gekommen, daß ihr zusammen geschlafen habt?

T: Der Martin hat mich gestreichelt. Und dann hat er es gemacht.

V: Wie hat er das gemacht? Du mußt es mir etwas genauer beschreiben. Hat er dich ausgezogen? Hat er dir gesagt, was du tun mußt?

T: Er hat meinen Slip weggeschoben und dann hat er mit dem Finger, ja, also, er ist mit dem Finger in mich rein und hat mich da gestreichelt. Und ich hab gesagt, er soll das lassen, das gefällt mir nicht. Aber er hat gesagt, das würde mir schon gleich gefallen. Und dann hat er seine Hose aufgemacht und seinen Penis rausgeholt, und dann hat er gesagt, ich soll ihn da jetzt streicheln, und als ich das nicht konnte, da hat er gesagt, dann soll ich es mit dem Mund machen. Aber das war eklig. Und dann ist es ihm gekommen. Und alles in meinen Mund. Und dann hat er gesagt, das nächste Mal würde es bestimmt schöner für mich. Und wir wären ja verlobt, da dürfte man das, und ich hätte ihm versprochen, daß ich ihn heirate, und da wäre das normal.

V: Wolltest du ihn denn heiraten?

T: Nein, hab ich doch schon gesagt.

V: Hat er dir verboten, darüber zu reden, was zwischen euch passiert ist?

T: Nein. Aber er hat gesagt, daß wir erst noch heimlich verlobt sein müßten, weil er sonst Ärger mit der Polizei und mit meinen Eltern bekommt und dann auch wahrscheinlich weg müßte.

V: Wolltest du mit ihm verlobt sein? Hast du das auch so empfunden wie er?

T: Hab ich doch schon gesagt.

V: Warum hast du den Mißbrauch deinen Eltern nicht sofort mitgeteilt?

T: Ich habe mich nicht getraut. Die hatten ja sowieso schon immer gesagt, ich soll nicht mehr zu ihm hingehen, weil ich lieber mit denen aus meiner Klasse zusammen sein sollte. Ich hab gedacht, daß sie mir sowieso nicht glauben. Daß sie sagen, ich bin selbst schuld.

V: Aber du bist trotzdem wieder zu dem Martin hin?

T: Ja.

V: Warum?

T: Ich weiß nicht.

V: Wolltest du wieder mit ihm schlafen?

T: Nein.

V: Aber du bist wieder zu ihm hingegangen. Hast du nicht damit gerechnet, daß es wieder passiert?

T: Nein. Ich dachte, daß er das nicht mehr macht.

V: Warum hast du das gedacht?

T: Weil er es gesagt hat.

V: Was hat er gesagt?

T: Daß er das nicht mehr macht, wenn ich nicht will.

V: Hast du ihm geglaubt?

T: Ja. Weil, er war mein Freund. Und er hat das ja auch vorher nicht gemacht.

V: Aber er hat es beim nächsten Mal trotzdem getan und beim übernächsten Mal auch und alle anderen Male. Warum bist du nicht weggeblieben?

T: Weil … er hat mich dann abgeholt. Als ich nicht gekommen bin, ist er an der Schule gestanden und hat gewartet und hat gesagt, daß er mich braucht und daß ich ihm das nicht antun kann. Und daß er, wenn ich nicht mitkomme, er es meinen Eltern sagt. Und daß ich dann in ein Heim komme und keinen mehr sehe. Und daß wir doch verlobt sind. Und wenn man verlobt ist, dann kann man nicht so einfach sagen, es wäre jetzt aus. Daß man dann zu einem Anwalt muß, der das wieder auseinandermacht, und daß das ja auch kostet. Und daß er das nicht allein bezahlen kann. Und daß er dann Geld von mir braucht. Und wenn ich es nicht habe, müssen meine Eltern zahlen. Und er hat auch gesagt, daß er schon so viel Geld an mich hingeschmissen hat, daß ich das nicht mit ihm machen kann.

V: Und dann bist du wieder zu ihm gegangen?

T: Ja.

V: Obwohl du wußtest, was passiert?

T: Er hat gesagt, er macht es nicht mehr, daß er das echt auch nicht will, aber daß es halt über ihn kommt und daß er es dann einfach machen muß.

V: Hast du deutlich zu ihm gesagt, daß du das nicht willst? Oder hast du dich gewehrt? Beschreib mir das bitte mal.

T: Ich hab mich schon gewehrt. Ich hab ihm gesagt, er wär ein Blödmann, daß er mich lassen soll, daß mir das weh tut und daß ich Angst hab, ich krieg ein Kind. Daß ich das nicht will. Aber er hat immer gelacht und hat gesagt, ich wollte doch, daß er das weiß.

V: Der Martin sagt, es hat dir Spaß gemacht mit ihm. Du hast es schön gefunden.

T: (Weint)

V: Der Martin sagt, du hast es auch gewollt mit ihm. Du hättest auch einen Höhepunkt bekommen.

T: (Weint lauter)

V: Willst du dazu keine Aussage machen?

T: (Schüttelt fast hysterisch den Kopf, weint heftig)

V: Hast du bemerkt, daß du schwanger warst?

T: (Schüttelt den Kopf)

V: Aber du hattest doch Angst, ein Kind zu bekommen. Also warst du aufgeklärt genug.

T: Ich hatte meine Tage schon. In der Schule habe sie uns gesagt, daß man dann ein Kind bekommen kann. Aber ich habe nicht gewußt, wie das ist.

V: Hast du nichts bemerkt? Deine Monatsblutungen sind ja dann ausgeblieben. War dir schlecht?

T: Ich hab schon gemerkt, daß ich meine Tage nicht kriege. Aber das war schon öfter. Ich habe mir nichts dabei gedacht. Mir war nicht schlecht. Bloß, daß nachher die Röcke zu eng geworden sind, da hat meine Mutter mich gefragt, ob ich es mit einem Mann getan hätte und ein Kind kriege. Und dann sind wir zum Arzt, und der hat es gesagt.

V: Was hat er gesagt?

T: Daß ich schon im vierten Monat schwanger bin und das Kind kriegen muß.

V: Hast du es dem Martin gesagt?

T: Nein, das haben dann meine Eltern gemacht. Die haben ihn dann auch angezeigt.

V: Wolltest du, daß sie ihn anzeigen?

T: Weiß nicht. Ja, vielleicht.

V: Hast du den Martin seitdem gesehen?

T: Ja, hier. Sonst nicht.

V: Wolltest du ihn nicht mehr sehen?

T: Weiß nicht.

V: Er sagt, daß er dich heiraten will. Möchtest du das auch?

T: Nein. Ich will, daß er mich in Ruhe läßt.

Befragung des Täters durch Tanjas Anwältin:

RA: Als Sie Tanja kennenlernten, war sie noch ein kleines Mädchen, soeben erst eingeschult worden. Sie haben ihr Vertrauen gewonnen, weil Sie viel Zeit mit ihr verbracht und mit ihr gespielt haben. Sie haben dadurch eine enge gefühlsmäßige Beziehung zu dem Kind hergestellt. Stimmt das so?

A: Wir haben uns von Anfang an geliebt. Die Tanja und ich wollten ja auch immer heiraten. Das war völlig klar zwischen uns. Sie hat mir sogar den ersten Heiratsantrag gemacht. Nicht ich ihr. Aber ich habe gesagt, daß ich will. Und später, als ich sie wieder gefragt habe, ob sie noch will, da hat sie gesagt: Ja. Wir waren quasi heimlich verlobt. Wir haben nur gewartet, bis sie 16 wurde. Dann hätte sie heiraten können. Und das hätten wir dann auch. Da gibt es gar kein Vertun.

RA: Wie alt war die Tanja denn, als sie Ihnen den Heiratsantrag machte?

A: Sieben oder acht. Jedenfalls war das schon ziemlich am Anfang, als wir uns noch gar nicht so lange gekannt haben. Wir haben uns wirklich echt geliebt, von Anfang an. Ich habe die Tanja immer verwöhnt. Das können auch ihre Eltern bezeugen. Ich habe ihr jeden Wunsch von den Auge abgelesen. Die hat von mir alles bekommen, Kleider, Puppen, alles. Und ich war so oft mit ihr zusammen, wie es nur ging. Eigentlich jede freie Minute. Ich habe ihr nie weh getan. Das war immer alles freiwillig.

RA: Als Sie das erste Mal Sex mit ihr hatten, wann war das?

A: Weihnachten 1990. Sie hatte mich besucht. Das haben wir seit Jahren so gehalten. Sie ist immer zu mir gekommen. Sie war mehr bei mir als bei ihren Eltern. Das war in Ordnung so. Sie hatte ein Geschenk für mich. Ich hatte auch etwas für sie. Wir haben Weihnachten zusammen gefeiert. Mehr nicht.

RA: Damals war Tanja zwölf Jahre alt. Wie hat Tanja auf Ihre sexuellen Annäherungen reagiert?

A: Sie hat das gewollt. Sie hat mitgemacht. Es war schön für sie.

RA: Von wem ging denn die Initiative aus?

A: Von ihr. Sie hat das gewollt.

RA: Schildern Sie bitte, wie das im einzelnen so lief. Haben Sie sie ausgezogen? Oder was haben Sie gemacht?

A: Ja, also, wir haben geschmust. Sie hat in meinem Arm gelegen. Sie hat mich gestreichelt. Ich habe sie auch gestreichelt. Wie das halt so ist. Und dann haben wir zusammen geschlafen. Sie hat das gewollt. Sie war total bereit. Sie war feucht. Sie war kein kleines Kind mehr. Sie hatte auch Spaß. Also, das war ganz klar.

RA: Werden Sie bitte etwas genauer. Wozu ist es zwischen Tanja und Ihnen gekommen?

A: Wir haben geschmust, uns geküßt und alles. Sie hat mich gestreichelt. Ich habe sie gestreichelt. Wir waren eben zärtlich. Wie das so ist. Mehr nicht.

RA: Haben Sie ihr gesagt: Du mußt mich jetzt da und da streicheln?

A: Nein, das hat sie von sich aus getan. Sie wollte das. Das war ganz automatisch.

RA: Wollte Tanja das jedesmal, wenn Sie mit ihr zusammen waren?

A: Ziemlich oft, eigentlich fast immer. Sie war eine richtige Frau. Sie hat mich geliebt. Und ich habe sie auch geliebt.

RA: Haben Sie ihr nie gesagt: Ich will das und das von dir, du mußte das jetzt machen?

A: Nein.

RA: Tanja erzählt das anders.

A: Dann lügt sie. Aber das kann ich mir dann nicht erklären. Dann muß sie einer in der Mache gehabt haben, der ihr das eingeredet hat. Wenn sie mir gegenübersteht, in die Augen reinlügen kann sie mir das nicht.

RA: Waren Sie bei Tanja der erste?

A: Kann sein. Das weiß ich nicht genau. Sie hat mir nichts gesagt. Aber Mädchen sind heute ja früh dran. Kann schon sein, daß da schon mal einer vor mir war.

RA: Tanja behauptet, daß sie vor Ihnen keine Männerbekanntschaften hatte.

A: Kann sein, kann nicht sein. Will ich mich nicht drauf festlegen. Hab ich auch nie drüber nachgedacht. Wenn sie schon mal was mit Jungs gehabt hätte, wäre mir das auch egal gewesen.

RA: Als Tanja von Ihnen schwanger geworden war und ihre Eltern es Ihnen mitteilten, wie haben Sie da reagiert?

A: Ich habe mich auf das Kind gefreut. Ich habe mir immer ein Kind gewünscht. Ich habe Tanjas Eltern dann gesagt, daß ich das Mädchen natürlich gleich heiraten würde, wenn sie das wollten. Aber sie haben mich angezeigt.

RA: Haben Sie jemals darüber nachgedacht, was Sie Tanja mit diesem sexuellen Mißbrauch angetan haben?

A: Das war kein Mißbrauch. Das war Liebe. Wenn Leute wie Sie oder die Eltern oder die ganze Bande hier nicht dazwischengekommen wären, wäre alles okay gewesen. Aber solche wie Sie, die haben der Tanja doch erst eingeredet, daß das zwischen uns verboten gewesen sein soll.

RA: Die Tanja sagt aus, daß sie schon vor der Schwangerschaft, schon unmittelbar nach den ersten Übergriffen mit Ihnen Schluß gemacht hätte.

A: Das lügt sie. Davon ist kein Wort wahr. Warum sie das macht, weiß ich nicht.

RA: Aber die Tanja sagt auch, daß Sie sie an der Schule abgefangen haben, als sie nicht mehr zu Ihnen kommen wollte.

A: Ja und? Darf man das vielleicht nicht? Sie hätte ja nicht mitkommen müssen. Ich habe sie nicht gezwungen. Sie ist total freiwillig mit. Ich sage Ihnen, das zwischen uns war Liebe, sonst nichts.

RA: Aber es war Ihnen klar, daß – einmal unterstellt, es wäre wirklich Liebe gewesen und auch von Tanjas Seite freiwillig – diese Beziehung gesetzwidrig war?

A: Ja. Aber was geht das das Gesetz überhaupt an? Wenn zwei Leute sich lieben, geht das keinen was an.

RA: Aber Ihnen war doch klar, daß Tanja minderjährig war, selbst noch ein Kind, das dann ein Kind kriegen mußte?

A: Das mit dem Kind war Scheiße. Das gebe ich zu. Aber ich hab da plötzlich auch Angst bekommen, daß das mit uns nicht hält. Und dann war das mit den Parisern auch nicht so toll. Und die Pille konnte sie ja nicht nehmen, weil sie keinem was sagen durfte. Eben weil es gesetzlich verboten war. Die Tanja war so unheimlich eng. Da hat das mit den Parisern nicht so gut geklappt. Ja, und dann hab ich eben ohne, und da sind mir die Silberfischchen dann eben abgegangen. Aber das war nur wegen der Tanja. Ich wollte, daß sie auf ihre Kosten kommt. Das mit dem Kind, das war eben so eine Panne. Aber dafür steh ich gerade. Das hab ich auch den Eltern gleich gesagt. Deswegen hätten die mich nicht anzeigen müssen.

RA: Sie sind also immer noch der Meinung, daß der Mißbrauch an der Tanja im Prinzip in Ordnung war?

A: Scheiß Mißbrauch! Das war keiner. Das war Liebe. Und wenn die Tanja heute was anderes sagt, dann kann ich ihr auch nicht helfen. Dann habt ihr sie auf dem Gewissen. Dann könnt ihr euch das an den Spiegel kleben. Ich hab mit eurem Mist nichts zu tun. Ich sage, das war Liebe. Alles, was war, hat die Tanja gewollt. Genauso wie ich. Ich habe in ihr meine Frau gesehen und sie in mir ihren Mann. Und wenn man das macht, dann macht man's halt auch miteinander. Das ist verdammt normal.

Für das auch in diesem Fall geringe Strafmaß war maßgeblich, daß der Täter ein Geständnis abgelegt und das Mädchen im Laufe der Vernehmung nicht entwürdigend dargestellt, sondern auf seiner Liebesbeziehung zu ihr beharrt hatte. Auch habe Tanja mit zwölf Jahren bereits so viel Lebenserfahrung zeigen müssen, daß sie nach dem ersten Übergriff haben wissen müssen, was auf sie zukomme, wenn sie weiterhin mit dem Täter in dessen Wohnung gehe und ihm Zärtlichkeiten erlaube, ja, diese auch von sich aus suche.

Daß die Strafe zur Bewährung ausgesetzt wurde, geschah nach Ausführung des Vorsitzenden Richters hauptsächlich im Interesse des Kindes, für das der Täter unterhaltspflichtig ist. Eine Haftstrafe hätte dazu geführt, daß der Täter arbeitslos geworden wäre. Nach der Entlassung hätte er als Vorbestrafter wenig Chancen auf eine neue Arbeitsstelle gehabt und seinen Zahlungsverpflichtungen nicht nachkommen können.

Tanja, obzwar vor dem Gesetz minderjährig und unmündig, wurde durch diese Urteilsfindung an dem sexuellen Mißbrauch ihrer Gefühle und ihres Körpers durch einen erwachsenen Mann zwar nicht für mitschuldig erklärt, aber als mitschuldig angesehen.

Der Fall Lebensretter

Im September 1988 wurde ein Hausmeister aus einer mitteldeutschen Universitätsstadt des fünf Jahre währenden sexuellen Mißbrauchs an Nadine, der Tochter einer Bewohnerin des von ihm betreuten Hochhauses, die zu Beginn des Mißbrauchs elf Jahre alt war, für schuldig befunden und zu einer Freiheitsstrafe von zwei Jahren verurteilt. In diesem Fallbeispiel habe ich sowohl mit dem Täter als auch seinem Opfer gesprochen und die Schilderung der Vorgänge von beiden Seiten erfahren.

Um die Osterzeit des Jahres 1983 wurde Hartmut gegen 22 Uhr aus seiner Hausmeisterwohnung herausgeklingelt. Er hatte noch nicht geschlafen, sondern im Fernsehen einen Krimi angeschaut und dazu seine allabendliche Ration Bier getrunken. Als er in

Pantoffeln an die Tür ging, stand ein verheultes Mädchen draußen, das sich zitternd an ihn warf und bettelte, zu ihm hereinkommen zu dürfen, da der Vater es totschlagen wolle. Hartmut nahm das Mädchen mit zu sich, wickelte es in eine Decke, gab ihm einen heißen Pfefferminztee und fragte nach, was passiert sei. Das Mädchen erzählte, der Vater sei wieder einmal betrunken nach Hause gekommen. Er habe die Mutter geschlagen und randaliert, so daß Nadine aufgewacht sei. Als sie in die Wohnstube gekommen sei, um nachzusehen, was los wäre, habe der Vater sie am Hals gepackt, sie gewürgt und gebrüllt, er bringe sie um. Die Mutter habe dem Vater daraufhin von hinten eins mit dem Handfeger über den Kopf gezogen und Nadine zugeschrien, sie solle abhauen. Obwohl im Nachthemd, hatte Nadine dies sofort getan. Sie kannte den Vater als unberechenbar, wenn er getrunken hatte. Und sie wußte, daß er sehr gewalttätig werden konnte. Hartmut bot daraufhin an, bei Nadines Eltern anzurufen. Als niemand den Hörer abnahm, fuhr er mit dem Fahrstuhl in den sechsten Stock und läutete an der Wohnungstür der Familie. Die Eltern öffneten nicht. Hartmut vernahm jedoch von drinnen Krach wie von Handgreiflichkeiten und wildem Streiten. Eine Frau schrie vor Schmerzen. Darauf rief Hartmut die Polizei. Als diese wenige Minuten später eintraf und mit Hartmuts Universalschlüssel in die Wohnung eindrang, fanden sie Nadines Vater sinnlos betrunken und die Mutter krankenhausreif zusammengeschlagen vor. Da Nadine keine Verwandten in der näheren Umgebung hatte, erbot sich Hartmut, sie die Tage bis zur Entlassung der Mutter aus dem Krankenhaus bei sich aufzunehmen. So gut wie in diesen Tagen hatte Nadine sich noch nie im Leben gefühlt. Hartmut verwöhnte sie, spielte mit ihr, nahm sie auf seinen Streifzügen durch ein Biotop mit und kaufte ihr schließlich sogar ein Paar rote Lacklederschuhe, die sie aus Angst vor dem Vater nur in Hartmuts Wohnung anzuziehen wagte. Da Hartmut ihr angeboten hatte, daß sie ihn immer besuchen könne, wenn sie Lust dazu habe, kam Nadine auch nach der Rückkehr der Mutter aus dem Krankenhaus regelmäßig zu ihrem neuen Freund. Der Vater war inzwischen zu einer Entziehungskur eingewiesen worden, die den gewünschten Erfolg erbrachte.

Der sexuelle Mißbrauch an Nadine bahnte sich für das Mädchen kaum spürbar an. Hartmut näherte sich ihr sehr behutsam und geplant. Es begann damit, daß er behauptete, Nadine müsse baden, bevor sie bei ihm übernachten könne. Und natürlich ließ er ihr das Badewasser ein, während sie sich hinter seinem Rücken auszog. Ebenso natürlich schrubbte er ihr den Rücken, wobei er sich ein besonderes Vergnügen daraus machte, das verlegen kichernde Mädchen unter den Armen hindurch bis zu dem noch kaum vorhandenen Busen hin mit einer Massagebürste aus Luffagurke abzurubbeln. Aus der Rückenmassage wurde nach und nach eine Ganzkörpermassage, die Hartmut zunächst voll bekleidet, dann nur noch in langer Hose, bald im Bademantel und schließlich im Slip vornahm. Eines Tages fand er, daß auch er ein Bad nötig habe und stieg zu Nadine in die Wanne. Schon das Abrubbeln des Mädchenkörpers hatte Hartmut immer stärker erregt, doch jetzt, mit Nadine auf Körperfühlung in der engen Wanne, hielt er den sexuellen Druck kaum mehr aus. Als das nackte, schaumglänzende Mädchen sich unbefangen aus dem Wasser aufrichtete, um nach einem Schwamm zu greifen, wurde Hartmuts sexuelle Erregung so unkontrollierbar, daß er Nadine mit beiden Armen zu sich herunterzog und versuchte, in sie einzudringen. Nadine schrie jedoch vor Schreck auf und strampelte mit Händen und Füßen, daß der Schaum nur so spritzte. Da drückte Hartmut sie so lange unter Wasser, bis sie fast erstickte, und vollzog anschließend den Geschlechtsakt mit ihr im Liegen. Wegen der schaumigen Nässe machte es ihm keine Schwierigkeiten, Nadine zu entjungfern. Anschließend drohte er ihr, sie im Fluß zu ersäufen wie eine junge Katze, wenn sie den Mund aufmachen und jemandem etwas von dem vorlügen werde, was sich zwischen ihnen abspiele. Nadine schwieg. Fünf Jahre Mißbrauch folgten.

Entdeckt wurde er von einer Lehrerin Nadines, der das sexualisierte Verhalten des Mädchens im Zusammenhang mit extrem sich verschlechternden schulischen Leistungen auffiel. In monatelanger Kleinarbeit gelang es ihr, Nadines Vertrauen zu gewinnen, bis diese zunächst in Andeutungen, dann aber offen über ihre Beziehung zu Hartmut sprach. In Verbindung mit dem örtlichen Jugendamt und mit Nadines Einverständnis suchte die Lehrerin die Eltern des Mädchens auf. Diese waren viel zu sehr von ihren eigenen Partnerschaftsproblemen eingenommen gewesen, um sich über Nadines Benehmen, das auch ihnen aufgefallen war, den Kopf zu zerbrechen. Den Mißbrauch wollten sie jedoch keineswegs ungestraft auf sich beruhen lassen. Gemeinsam mit Nadines Helfern wurde eine Anzeige beschlossen.

Nadine selbst stand der Anzeige zwiespältig gegenüber, da sie die Auseinandersetzung mit dem Polizeiapparat fürchtete und Hartmut gegenüber starke Schuldgefühle hatte. In der Rückschau auf die Zeit bis zur Urteilsverkündung sagt sie heute, daß sie keine Anzeige mehr erstatten würde. Die ihr im Verlauf der polizeilichen Untersuchungen zugemuteten Vernehmungen und Gutachten erscheinen ihr nicht viel weniger schlimm als der Mißbrauch selbst. Vor allem deshalb, weil sie in der Untersuchungszeit nie den ersehnten Schlußstrich unter das Geschehene ziehen konnte, sondern ständig alle Details im Gedächtnis parat haben mußte, um sich bei erneuten Vernehmungen nicht in Widersprüche oder Ungenauigkeiten zu verstricken.

Meine Fragen an Nadine:
(F gleich Frage, N gleich Nadine)

F: Hattest du, als du Hartmut kennenlerntest, eine Ahnung davon, was Sex zwischen Erwachsenen ist?

N: Nein, eigentlich nicht. Ich hatte nur das Übliche mitbekommen, was andere Kinder auch mitkriegen, wenn sie die Nacht bei ihren Eltern im Bett verbringen.

F: Hattest du Angst, als Hartmut zum erstenmal zu dir in die Badewanne steigen wollte?

N: Nein, überhaupt nicht. Ich dachte ja, er ist mein Freund. Warum sollte ich Angst haben? Er hatte mir nie etwas getan.

F: Hast du damit gerechnet, daß ihn das gemeinsame Bad mit dir sexuell erregen würde?

N: Nein. Ich hatte ja keine Ahnung, wie der Mechanismus so ist. Ich wußte zwar, daß ein Mann mit einer Frau im Bett komische Bewegungen macht und beide dann ziemlich stöhnen, wie gesagt, das hatte ich schon mal bei meinen Eltern mitbekommen, als sie dachten, daß ich schlafe – aber wie das im einzelnen so funktioniert, wußte ich nicht. Also habe ich auch nicht daran denken können, was der Hartmut vielleicht von mir will. Ich hatte da nicht die geringste Angst. Wie gesagt, ich hab dem ja auch vertraut. Mehr als meinem Vater.

F: Wie hast du reagiert, als du merktest, daß der Mann erregt war?

N: Ich hab das eigentlich gar nicht erkannt. Ich habe bloß gemerkt, daß der da etwas Hartes hat und daß er damit zu mir reinwill. Und das wollte ich nicht. Das hat mich auch erschreckt. Ich kannte das ja nicht. Das war so heiß und drückte, und dann der Hartmut, daß der so schnaufte und mich so gepackt hielt. Ich bekam da einfach eine total irre Angst. Und dann habe ich aus der Angst heraus angefangen, um mich zu treten. Ich wollte aus der Wanne raus, das war alles. Und da hat er mich dann runtergezogen ins Wasser und hat mich fast erstickt und hat gesagt, wenn ich noch einen Mucks mache, dann kann ich die Wanne aussaufen und ertrinken.

F: Wußtest du denn, was das zu bedeuten hatte?

N: Nein, nicht so richtig. Ich war eigentlich nur unheimlich erschrocken. Das war weniger Angst. Und das war schon gar nicht, daß ich gewußt hätte, was der Hartmut wirklich wollte. Wenn da einer zu mir gesagt hätte, der wollte eben mit dir schlafen, hätte ich wahrscheinich gesagt, wieso, wir waren doch gar nicht im Bett. So naiv war ich da.

F: Wie hast du reagiert, wie hast du das empfunden, als der Hartmut dich vergewaltigt hat?

N: Ich habe Angst gehabt. So eine ganz unheimliche Angst. Das war alles unheimlich. Ich kannte das einfach nicht. Und ich habe das auch als ganz entsetzliche Bedrohung empfunden und als einen Wahnsinnsdruck, weil der Hartmut war ein Kerl von einsachtzig, und ich war damals vielleicht einsdreißig. Der wog zwei Zentner und ich vielleicht dreißig Kilo. Das war alles schrecklich. Und dann tat es ja auch weh. Ich war ja noch viel zu klein, viel zu eng. Der hat mir ja alles aufgerissen. Das knirschte richtig. Ich konne das ganz deutlich fühlen. Und dann in mir drinnen, das Gerutsche und dieser Schmerz dann. Das war einfach grauenhaft. Ich hätte das am liebsten alles abgeleugnet, als ob ich das geträumt hätte. Ich wollte das überhaupt nicht wahrhaben. Daß mein toller Hartmut, mein Freund, daß der mir so weh tun konnte. Ich wollte das nicht glauben.

F: Aber du bist dann wieder zu ihm hingegangen?

N: Ja. Aus meiner heutigen Sicht kapiere ich das nicht mehr. Ich denke, ich hätte da wegrennen müsen, nie mehr hingehen dürfen. Aber ich bin wieder hin, weil ich das nun mal nicht glauben wollte. Ich wollte sehen, daß es nicht gestimmt hatte, daß er so etwas nie gemacht hatte. So nach dem Motto: Macht er das jetzt nicht, hat er es nie gemacht.

F: Aber er hat es gemacht?

N: Ja. Er hat es gemacht. Und er hat Spaß daran gehabt, mir weh zu tun. Das tat ihm gut, wenn ich geschrien habe oder wenn ich geblutet habe, wenn alles an mir rotgeküßt und rotgeleckt und rotgeschrubbelt war. Dann war das für ihn erst richtig gut.

F: Warum hast du nie jemanden etwas erzählt?

N: Ich hatte Angst. Er hatte gesagt, wenn ich es sage, ersäuft er mich. Und er hat es immer wieder so zur Probe versucht. Wenn er mich in der Badewanne unter Wasser gezogen hat, oder wenn er mir den Kopf in eine Schüssel Wasser gesteckt hat, oder wenn er mir ein Kissen auf das Gesicht gedrückt hat. Ich bin oft fast tot gewesen, wenn er mich endlich wieder Luft schnappen ließ. Und danach hat er es dann auch jedesmal mit mir gemacht. Ich hatte Angst. Ich hätte das nie gesagt. Nicht, daß ich so gern gelebt hätte. Ich habe oft gedacht, daß ich gern tot wäre. Aber die Angst zu sterben, die war schlimm. Tot sein, das wäre gut gewesen. Aber sterben wollte ich nicht. Davor hatte ich Angst.

F: Warum hast du dich niemandem anvertraut?

N: Ich dachte, warum, es hat ja doch keiner Zeit und hört dir zu. Und ich wollte meine Eltern auch nicht damit belasten. Die hatten so schon immer Krach und Streit und genug wegen Papas Sauferei um die Ohren, daß er das schafft mit der Kur und alles. Ich wollte da nicht auch noch kommen und sagen, hört mal, der Hartmut von unten, der macht das und das mit mir. Außerdem hätten sie mir wahrscheinlich gar nicht geglaubt. Die haben ja den Hartmut immer so toll gefunden, weil er mich damals ganz einfach bei sich aufgenommen hatte, bis meine Mutter wieder auf den Beinen war. Und so selbstverständlich war das ja auch nicht. Ich hab mir immer gedacht, das schaffst du allein, das kriegst du selber hin.

F: Hast du es allein geschafft?

N: Nein, nicht so richtig. Ich hatte wohl immer so eine Art drauf, so nach außen hin, als könnte mir keiner etwas, als wäre ich total cool drauf. Aber in Wirklichkeit hatte ich dauernd Angst vor irgendwas. Vor Klassenarbeiten, vor dem Fingerstrecken, vor nichts und allem. Und da habe ich dann auch angefangen, Gedichte zu schreiben. Mal habe ich eins im Klassenarbeitsheft vergessen. Das hat dann meine Lehrerin gefunden und mich darauf angesprochen. Es war so ein depressives Geschreibsel gewesen, nichts Dolles. Aber ihr hat es gefallen. Und dann hat sie immer mehr mit mir geredet, und das hat mir gut getan. Und auf einmal sind wir dann wegen anderer Gedichte, da habe ich ja immer alles verarbeitet, was so passiert war, deswegen sind wir dann also auf den Mißbrauch gekommen.

F: Hat sie dir sofort geglaubt?

N: Zum Glück ja. Sie hat gesagt, sie hätte sich so was schon gedacht. Sie hätte ein Buch gelesen, darin wäre ein Mädchen ungefähr so gewesen wie ich. Und daran hätte sie es erkannt.

F: Warst du erleichtert, als alles offengelegt war?

N: Schon. Aber ich war auch traurig.

F: Warum?

N: Wegen Hartmut. Weil das mit ihm ja nicht bloß schlecht war. Da war ja auch viel Schönes. Ich hatte den Mann echt geliebt. Nicht mit Sex, so nicht. Aber innen, mit dem Herzen. Ich hatte dem echt vertraut. Für den wäre ich gestorben. Das tat schon weh, daß ich ihn anzeigen sollte. Weil, ja, wie soll ich das sagen. Ich denke, ich war traurig, weil das mit Hartmut jetzt nie mehr gut werden konnte, weil ich nicht mehr die Augen zumachen konnte vor dem, was er mir angetan hatte, weil ich jetzt wissen mußte, was ich ja schon lange gewußt hatte, aber nicht wissen wollte, daß er mich nämlich nicht geliebt hat. Daß er mich bloß benutzt hat. Wenn du das erkennst, das tut sehr, sehr, sehr weh.

Meine Fragen an Hartmut:
(F gleich Frage, H gleich Hartmut)

F: Hatten Sie sofort bei Nadines erstem Auftauchen bei Ihnen die Absicht, sie eines Tages sexuell zu mißbrauchen?

H: Was heißt da schon mißbrauchen? Wir hatten ein bißchen Spaß zusammen. Aber wenn Sie das mit Ihrer Frage gemeint haben, nein, das hatte ich nicht gleich vor.

F: Wann haben Sie dazu den Entschluß gefaßt?

H: Das kann ich so nicht beantworten. Ich habe dazu keinen Entschluß gefaßt. Das lief von allein an. Ich meine, als die Nadine immer wollte, daß ich sie bade. Da zum Beispiel. Da ist mir das zum erstenmal so richtig in die Weichteile geschossen. Die war so verdammt süß. So'ne richtige kleine Frau mit allem an der richtigen Stelle. Bloß viel neuer irgendwie, zarter eben und weicher. Das war ein Wahnsinnsgefühl für mich.

F: Was war das Wahnsinnsgefühl genau?

H: Daß sie so gerade im Werden war. Daß sie so gerade eben einen kleinen Busen bekam, so einen ganz runden, festen, mit richtig spitzen kleinen Warzen. Oder daß sie so'ne süße Muschi hatte, so ganz zu noch. Und daß da keine Haare vor waren. Sonst siehst du ja nichts mehr. Aber da konntest du alles sehen. Das war wie auf dem Tablett serviert. Und daß sie das schön gefunden hat, als ich sie auf dem Rücken und dann auch ganz vorsichtig so über dem Busen, als ich sie da gewaschen und so ein bißchen massiert habe, und wie sich da dann die Warzen aufgestellt haben. Das war irre für mich. Das war fast nicht zum Aushalten. Und das ging mir dann auch nicht mehr aus dem Kopf. Wenn ich da abends allein in meinem Bett war, wenn ich da früher, ja, also da hatte ich oft so Pornos und so was, aber das war jetzt, ach, das war totaler Mist. Jetzt hatte ich bloß noch die Göre im Kopf.

F: Glauben Sie, daß Nadine ähnliche Empfindungen hatte?

H: Ja, also, bin ich denn meschugge? So ein grüner Bengel war ich doch nicht mehr. Ich werd doch wohl mitkriegen, ob eine Mieze auf mich steht oder nicht. Die war heiß, die Kleine. Da gab's gar kein Vertun. Die war mit ihren elf Jährchen so voll drauf wie eine mit zwanzig. Die hat genau gewußt, wo bei mir die Post abgeht und was sie wie machen muß, damit ich es vor Druck nicht mehr aushalte. Wie die sich in der Wanne bewegt hat, so richtig träge und aufreizend. Da mußtest du unter dem Schaum alles sehen und hast doch nichts gesehen. Die hat mich echt heiß gemacht. Die wußte genau, daß ich so einen Steifen hatte, daß ich vor Schmerzen krumm aus dem Bad geschlichen bin. War ja auch nicht zu übersehen. Das können Männer ja nicht so geschickt verstecken wie Frauen. Aber ich sage Ihnen, wenn, dann hätte das Ding von der Kleinen zwei Meter aus der Badewanne rausgeguckt. So geil war die drauf. Das weiß ich. Das habe ich doch gemerkt.

F: Beim ersten Mal, mit Nadine in der Badewanne, haben Sie da Gewalt angewandt?

H: (Lacht) Wieso denn das? War absolut nicht nötig. Die Kleine hat die Beinchen von ganz allein breit gemacht. Ich brauchte da bloß noch flutsch und rein, verstehen Sie. Da war alles vorbereitet.

F: Nadine sagte aber aus, daß Sie versucht hätten, sie unter Wasser zu ersticken.

H: Die spinnt doch. Warum sollte ich denn so einen Scheiß machen? Mit einer toten Mieze kannst du keinen Spaß mehr haben.

F: Sie haben Nadine also keine Angst gemacht?

H: Nie. Höchstens so ein bißchen, so im Spiel, um sie ein bißchen weich zu kriegen, mürbe zu klopfen. Wenn sie nämlich so einen kleinen Schrecken gehabt hatte, dann hat sie sich immer so lieb an mich rangekuschelt, dann war sie viel weicher, und dann war das auch angenehmer für mich.

F: Inwiefern angenehmer?

H: Hab ich doch schon gesagt, sie war dann weicher. Er ging dann besser rein.

F: Hat Nadine sich nie gewehrt? Nie gesagt, sie will das nicht, Sie sollen sie in Ruhe lassen?

H: Gott, wie Weiber halt so sind. Die sagen viel, wenn der Tag lang ist. Sie hat vielleicht schon mal nein gequietscht und sich geziert. Aber das hat sie nicht ernst gemeint. Wenn ich zur Sache gekommen bin, war sie dabei. Die hat ihren Spaß gehabt. Die ist nicht zu kurz gekommen. Die war oft schneller soweit als ich.

F: Sie haben also ihre Gegenwehr nicht ernst genommen?

H: Blödsinn! Wenn sie mir einmal gesagt hätte: Hartmut, ich will das nicht, laß mich in Ruhe, dann hätte ich sie auch sofort in Ruhe gelassen. Ich bin doch kein Halbwilder. Aber wenn eine nein sagt und ja macht, dann weißt du als Mann doch genau, wo du dran bist. Die will genommen werden. Die will erobert werden. Das ist alles. Darum das Spielchen. Und so eine ist die Nadine.

F: Ist Ihnen nie zu Bewußtsein gekommen, wie jung Nadine gewesen ist? Daß sie noch ein Kind war?

H: Die und ein Kind, daß ich nicht lache. Die war so wenig ein Kind wie ich. Mensch, wenn einer auf dem Papier sechzig ist und sieht aus wie vierzig und fühlt sich wie vierzig und benimmt sich wie vierzig und kann alles wie vierzig, dann ist der für mich vierzig. Und wenn ein Mädchen wie zwanzig aussieht und so weiter, dann ist sie für mich zwanzig, und wenn da tausendmal auf dem Papier steht, daß sie elf ist. Es heißt doch immer, du bist so alt, wie du dich fühlst. Also warum dann nicht gleiches Recht für alle?

F: Hatten Sie Angst, ihr Verhältnis zu Nadine würde rauskommen?

H: Klar hatte ich Angst. Wenn du über die Ampel fährst und es war rot, dann hast du auch Schiß. Wer will denn schon erwischt werden? Klar habe ich alles getan, damit die Kleine und ich noch möglichst lange unseren Spaß zusammen haben können.

F: Hatten Sie keine Skrupel dem Kind gegenüber?

H: Nein, sagte ich aber auch schon. Ich denke, die Kleine hätte ja nicht zu mir kommen brauchen, wenn sie das nicht gewollt hätte mit mir. Ich hätte sie nicht zurückgeholt. So nötig hatte ich es mit ihr nicht. Ich hatte immer Weiber, so viele ich wollte.

F: Aber Sie haben ihr gedroht, daß Sie sie im Wasser ersticken.

H: Meine Güte, legen Sie doch nicht jedes Wort auf die Goldwaage. Ich habe Spielchen mit ihr gemacht. Ich hätte ihr doch nie ein Haar gekrümmt. Das war doch alles bloß Jux.

F: Halten Sie Ihre Strafe für gerecht?

H: Ich habe immer gesagt, daß ich mir keiner Schuld bewußt bin.

Ich hatte mit einem elfjährigen Mädchen Sex. Stimmt. Ich hatte mit ihr noch immer Sex, als sie schon 16 war. Ja, glauben Sie denn, das hätte funktioniert, wenn das Mädel nicht gewollt hätte? Wenn die nicht genauso scharf auf mich gewesen wäre wie ich auf sie? Die Kleine war in der Hölle aufgewachsen. Die hatte mit ihren elf mickrigen Papierjahren schon mehr erlebt und mitgemacht als eine mit echten vierzig. Die war innerlich erwachsen. Und die war darauf aus, mit mir eine Beziehung anzufangen. Die hat Liebe gebraucht. Davon hat sie nämlich immer zuwenig oder gar nichts bekommen. Und das hat sie gebraucht. Wie jeder das braucht. Und ich, ich hab sie ihr gegeben. Ich habe sie nämlich geliebt. Die hat mich nicht bloß den Hengst machen lassen. Ich habe sie auch geliebt. Wenn ich nicht gewesen wäre, wer wäre dann wohl mit ihr zur Schule hin, wenn sie mal wieder eins daneben geschrieben hatte? Wer hätte dann wohl dafür gesorgt, daß sie für ihre Prüfungen lernt? Ohne mich hätte sie doch nie einen Schulabschluß oder eine Lehrstelle bekommen. Ich habe ihr das Leben gerettet. Das ist es. Ich habe ihr das Leben gerettet, weil ich ihr Liebe gegeben habe. Und dafür Knast? Nee, das ist nicht gerecht. Und dazu wird mich auch nie einer bringen, das ich das glaube. Das ganze System ist hier marode. Das ist alles Mist, alles verlogen. Wenn zwei sich lieben, dann spielt das keine Rolle, wie alt die sind. Und wir haben uns geliebt, die Nadine und ich.

F: Nadine bestreitet dies. Sie sagt, sie habe aus Angst mitgemacht. Sie hätten Druck auf sie ausgeübt, sie vergewaltigt.

H: Das stimmt nicht. Ich weiß nicht, warum sie so verdammt lügt. Aber sie lügt. Sie hat sich freiwillig ausgezogen. Sie hat mich freiwillig in die Wanne gelassen. Sie hat freiwillig einen Orgasmus bekommen. Sie hat alles freiwillig gemacht. Sie ist sogar freiwillig wiedergekommen, obwohl sie gewußt hat, daß ich scharf auf sie bin. Das hat sie gewußt. Und das hat ihr auch Spaß gemacht. So eine Göre, die normalerweise noch an Mamas Schürze hängt, wenn die einen gestandenen Mann wie mich zum Hampelmann macht, sobald sie bloß mal mit dem Hintern wackelt, erzählen Sie mir doch bloß nicht, daß die das nicht genießt und nicht wiederhaben will, immer wieder und immer wieder.

F: Haben Sie noch Pläne für die Zeit danach, wenn Sie Ihre Strafe abgebüßt haben? Werden Sie in eine Therapie gehen? Sich beraten lassen? Ein neues Leben anfangen?

H: Wozu Therapie? Ich bin nicht krank, nicht bekloppt. Eine Gehirnwäsche brauche ich nicht. Und neues Leben? Ziemlich hohl die Frage, nicht? Wie soll ich wissen, was nach dem Knast kommt? Erst mal brauche ich einen Job. Als Vorbestrafter hast du's nicht leicht. Und dann brauche ich eine Wohnung. Ein paar Freunde. Wird alles nicht so einfach. Wenn alle Stricke reißen, wohne ich unter den Brücken irgendwo. Werd Aussteiger. Was weiß ich.

F: Welche Gefühle haben Sie heute für Nadine?

H: Scheiß auf Nadine!

Heute ist Hartmut verheiratet und hat einen zweijährigen Sohn. Nadine ist alkohol- und tablettensüchtig, lebt in vielen wechselnden Partnerschaften und kommt innerlich bei keinem Mann zur Ruhe. Manchmal, wenn sie über ihre Zukunft nachdenkt, hat sie Angst vor Aids. Aber wie schon als Kind sagt sie auch heute, tot zu sein, stelle sie sich gut vor. Nur vor dem Sterben habe sie Angst.

Der Fall »Mensch ärgere dich nicht«

Im Frühjahr 1993 wurde, für Täter und Opfer völlig überraschend, der zu diesem Zeitpunkt nahezu vier Jahre zurückliegende sexuelle Mißbrauch eines zur Tatzeit elfjährigen Mädchens aus dem Rhein-Main-Gebiet polizeilich angezeigt. Der Täter ist ein 76jähriger Rentner, der bei der Polizei bereits wegen anderer Straftaten ein alter Bekannter war. Angezeigt wurde er aus Rachsucht, weil er sich bei einem seiner Freunde unbeliebt gemacht hatte. Bereits nach den ersten Ermittlungen stand fest, daß die Behauptungen des Anklägers zutrafen.

Das betroffene Mädchen hatte den Rentner und seine Frau kennengelernt, als deren Wellensittich entflogen und von der sehr tierlieben Elfjährigen wieder eingefangen und nach Hause gebracht worden war. Allmählich hatte sich das Mädchen mit dem Wellensittich immer mehr angefreundet und war über den gefiederten Freund in eine enkeltochterähnliche Beziehung zu den beiden alten Leuten getreten, die in der Nachbarschaft wohnten. Da die Eltern des Mädchens beide ganztägig berufstätig waren, fühlte sich die Kleine oft einsam. Als die alten Leute sie einluden, nachmittags doch regelmäßig zu ihnen zu kommen, waren sowohl die Eltern als auch das Mädchen damit gern einverstanden. Anfangs spielten die Ersatzgroßeltern mit dem Mädchen harmlose Gesellschaftsspiele wie etwa »Mensch ärgere dich nicht« oder »Mau-Mau«. Eines Tages aber hatte der alte Mann andere Spiele im Sinn. Schon öfter hatte er das Mädchen in den Arm genommen und gedrückt, die Kleine auch gestreichelt und auf dem Schoß sitzen lassen. Diesmal legte er ihr zunächst die Hand auf den Oberschenkel und glitt, als keine Gegenwehr erfolgte, höher zwischen die Beine des Mädchens. Das Mädchen zuckte zusammen, stieß die Hand weg, sagte aber nichts, damit die neben ihr sitzende, ins gemeinsame Spiel vertiefte Ehefrau des Rentners nichts merkte. Der Rentner ließ auch sogleich von seinen Streichelversuchen ab und tat, als sei nichts gewesen. Das dadurch in seiner Wahrnehmung stark verunsicherte Mädchen legte den Vorfall insgeheim als zufällige Berührung aus und nahm sich vor, ebenfalls kein Wort darüber zu verlieren.

Für den Rentner war die Versuchung allerdings längst nicht vorüber. Er faßte im Gegenteil den Plan, das Mädchen bei seinen nächsten Besuchen nicht mehr zu begrapschen und es so in Sicherheit zu wiegen, bis es wieder volles Vertrauen zu ihm gefaßt hätte. Als sein Plan aufgegangen war, bedrängte er das ahnungslose Mädchen sehr massiv, sich vor ihm nackt auszuziehen, und sagte, als dieses sich weigerte: »Dann verrate ich deinen Eltern, daß ich dich neulich zwischen den Beinen angelangt habe und es dir Spaß gemacht hat.« Auf die heftige Gegenantwort des Mädchens, daß dies gelogen sei und es überhaupt keinen Spaß gemacht habe, sagte der Alte: »Warum hast du dich dann bei deinen Eltern nicht darüber beschwert?« Hierauf wußte das Mädchen keine Antwort. Als der Rentner nochmals drohte, die Eltern zu informieren, »was für eine« das Kind sei, gehorchte es und zog sich aus. Darauf verlangte der alte Mann, daß es sich in den unterschiedlichsten Posen vor ihm darstellen müsse, und schoß eine umfangreiche Serie Aktfotos mit einer Sofortbildkamera.

Die Elfjährige vermied in der Folgezeit, die Nachbarn erneut zu besuchen, sprach sich aber aus Scham und Angst vor Strafe mit den Eltern nicht aus. Der Rentner hatte jedoch Blut geleckt und ließ nicht von dem Mädchen ab. Mit dem Ziel, sich erneut sexuell an dem Kind zu vergehen, rief er bei den Eltern an und frage, was denn los sei, warum die Kleine denn nicht mehr zu ihnen käme, und erreichte dadurch, daß das Kind von den Eltern zu weiteren Besuchen veranlaßt wurde. Diese erfolgten jedoch weniger regelmäßig als zuvor, denn das Mädchen kam nur noch dann, wenn es sicher sein konnte, daß der Rentner nicht zu Hause war. Da dieser so nicht auf seine Kosten kam, weihte er seine Frau in seine Wünsche und Pläne ein. Kurz darauf rief die Frau das Mädchen an und bestellte es unter dem Vorwand zu sich herüber, ihr Mann sei in der Stadt und ihr selbst so langweilig. Ob das Mädchen nicht kommen und ein Spiel mit ihr machen wolle.

Als das Mädchen tatsächlich erschien, wurde es von dem Rentner selbst empfangen. Dieser zog die Elfjährige ins Haus und drängte sie in das Schlafzimmer, in dem seine Frau bereits vollkommen nackt ausgezogen wartete. Hier kam es zu verschiedensten sexuellen Übergriffen, die das alte Ehepaar an dem Kind vollzog, sowie zu weiteren Aktfotos mit der Sofortbildkamera. An diesen war nun auch die Frau des Rentners beteiligt.

Nach der Fotoserie durfte das völlig verstörte Kind nach Hause gehen und mied von da an den Kontakt mit den Nachbarn vollkommen. Da diese es nicht mehr wagten, die Eltern auf das Ausbleiben des Mädchens anzusprechen, sondern befürchteten, das Mädchen dadurch so weit in die Enge zu treiben, daß es doch reden würde, blieb der abgebrochene Kontakt lange Zeit völlig unbemerkt.

Auch der sexuelle Mißbrauch an dem Mädchen wäre vermutlich nie aufgedeckt worden, hätte der Rentner die Aktfotos des Mädchens und seiner Frau nicht unter Freunden und Bekannten herumgezeigt und diesen das eine oder andere zu stolzen Preisen weiterverkauft. Auch der schließlich Anzeige erstattende falsche Freund hatte sie auf diese Weise zu Gesicht bekommen und zwei Jahre später voller Schadenfreude der Polizei den entsprechenden Tip gegeben. Dank der raschen Reaktion der Polizei konnte das gesamte belastende Material, zu dem auch sogenannte Kinderpornos gehörten, bei einer Hausdurchsuchung als Beweismittel sichergestellt werden. Nur der Rücksichtnahme auf sein hohes Alter verdankte es der Rentner, daß er nicht in Untersuchungshaft genommen wurde, sondern bis zur Verhandlung auf freiem Fuß blieb und schließlich vor Gericht zu einer Freiheitsstrafe von acht Monaten auf Bewährung verurteilt wurde.

Befragt, warum der 76jährige Mann und seine nur wenig jüngere Frau sich sexuell an dem elfjährigen Mädchen vergriffen hätten, brach die Frau in Tränen aus. Der Rentner aber meinte: »Was war das denn schon? Der hat das doch Spaß gemacht. Heutzutage gehen die Mädels doch alle schon mit elf, zwölf mit einem ins Bett. Die sollte uns eigentlich dankbar sein. Wir haben bloß praktischen Aufklärungsunterricht mit ihr gemacht.«

Aber verlassen wird das Kind …

Wenn ein Kind mißbraucht worden ist, ganz gleich ob von einem Mann oder einer Frau, und dieser Mißbrauch nicht mehr verheimlicht werden kann, gibt es neben dem betroffenen Kind in den meisten Fällen zusätzlich mindestens einen ebenfalls zum Opfer gewordenen Erwachsenen: den an dem sexuellen Mißbrauch nicht beteiligten Elternteil oder, in den vergleichsweise seltenen Fällen, in denen das Kind von einem Fremden mißbraucht wurde, beide Elternteile. Da der sexuelle Mißbrauch durch eine geliebte Bezugsperon innerhalb der Familie die schwerwiegendsten Folgen nach sich zieht, möchte ich hier nur auf diese Konstellation eingehen.

In den meisten Mißbrauchsfällen ist das betroffene Kind mit seiner Not über Jahre hinweg mutterseelenallein. Da der Täter oder die Täterin die Liebe, die Angst, das Unbehagen und die Scham des Kindes ausgenutzt hat, um es zum Schweigen zu zwingen, vor allem gegenüber den Eltern oder dem nicht beteiligten Elternteil, wagt es sich niemanden anzuvertrauen. Indem es die Schuld an dem Mißbrauch auf sich nimmt und nicht den Täter oder die Täterin als böse, sondern sich selbst als schlecht empfindet, entwickelt das Kind Verhaltensstrategien, mit deren Hilfe es seine Lebenslage zu bewältigen versucht. Da diese Verhaltensstrategien sich von denen sexuell nicht mißbrauchter Kinder grundlegend unterscheiden, fallen sie auf.

Eher selten bemerken außerhalb der Ursprungsfamilie des Kindes lebende Verwandte etwas. Registrieren sie doch etwas, wird die aufkeimende innere Unruhe oder Befremdung nicht ernst genommen. Hier macht sich offenbar das Solidaritätsgefühl der erwachsenen Familienmitglieder untereinander bemerkbar, welches das Kind dem übergeordneten Interesse der Großfamilie opfert. Aufklärung verlangen hingegen nicht zur Familie gehörende, aber mit dem Kind vertraute Personen, wenn sie Verdacht schöpfen, was oft erst nach Monaten oder Jahren des Mißbrauchs geschieht, erst dann, wenn die nonverbalen Mitteilungen des Kindes wie Verhaltensauffälligkeiten oder körperliche beziehungsweise gesundheitliche Schäden immer unübersehbarer werden. Bei diesem Personenkreis handelt es sich häufig um Kindergartenerzieherinnen, Lehrer und Lehrerinnen oder Betreuer und Betreuerinnen in Freizeitgruppen, die das betroffene Kind regelmäßig besucht. Aus diesem Grund wird der an dem sexuellen Mißbrauch nicht beteiligte Elternteil meist von einer außenstehenden Person über den begründeten Verdacht oder die bereits sichere Tatsache informiert.

Eine solche Nachricht trifft ähnlich grausam wie die plötzliche Mitteilung, daß der Ehepartner oder ein anderer einem nahestehender Mensch soeben bei einem Autounfall tödlich verletzt wurde. Kaum jemand kann eine so tief in das Leben eingreifende, alles in Frage stellende, alles verändernde Nachricht sofort glauben.

»Als Irenes Lehrerin mich anrief und mich um ein Gespräch bat, habe ich mich höchstens ein bißchen über das mir betulich, irgendwie bedrückt vorgekommene Gehabe der Frau gewundert«, sagte Miriam, deren Tochter Irene ab ihrem neunten Lebensjahr drei Jahre lang von ihrem Vater sexuell mißbraucht worden war, bis das Mädchen sich im Anschluß an eine Sexualkundestunde seiner Lehrerin anvertraute. »Aber ich habe doch nicht im Traum an so etwas gedacht! Jetzt, im nachhinein, wenn ich darüber nachdenke, dann meine ich schon, daß ich vielleicht doch etwas hätte merken müssen oder merken können, daß da schon immer mal wieder Anzeichen da waren. Aber damals habe ich nichts mitbekommen, absolut nichts. Höchstens, daß ich manchmal ein bißchen eifersüchtig war, weil Manfred, ich meine, weil mein Mann und Irene dauernd zusammengegluckt haben, weil da zwischen denen eine Einheit bestand, in die ich nicht vordringen konnte, in der ich einfach nicht dazugehört habe. Aber wenn eine Mutter auf die eigene Tochter eifersüchtig ist, ist das ja schließlich nicht normal. Ich habe mich geschämt, daß ich dieses Gefühl hatte. Ich habe mir das ernsthaft verübelt und mich auch ganz schön ins Gebet genommen deswegen. Ich habe wirklich mit aller Macht versucht, das zu unterdrücken. Aber ich habe nie, nicht ein einziges Mal, gedacht, daß ich einen echten Grund haben könnte, eifersüchtig zu sein. Daß der Manfred mit seiner eigenen Tochter Sex haben könnte, nee, darauf wäre ich nie im Leben gekommen. Diese Gedanken waren gar nicht in meinem Kopf drinnen. Was ich davon gewußt habe, das waren in meinen Augen Sachen, mit denen hatte *ich* doch nichts zu tun, das waren Sachen, die hatten andere erlebt, solche, die ich nicht kannte und die es in meinem ganzen Bekanntenkreis nicht gab. Das habe ich ihn meiner Blauäugigkeit wirklich so angenommen. Und als die Lehrerin dann zusammen mit einer jungen Frau vom Kinderschutzbund bei mir auftauchte und beide sagten, Manfred hätte etwas mit Irene, da habe ich den beiden kein Wort geglaubt. Denen habe ich mit einer Verleumdungsklage gedroht. Selbst als Irene, die während der ersten Gesprächsminuten im Auto der Lehrerin gewartet hatte, in die Wohnung gerufen wurde und die Behauptungen der beiden Frauen bestätigte, konnte Miriam die Wahrheit nicht glauben. »Ich habe mir die Ohren zugehalten«, sagte sie. »Ich habe nichts davon hören wollen. Und ich habe zu Irene gesagt, ein Kind, das so etwas von seinem eigenen Vater behauptet, sei es nicht wert, mein Kind zu sein. Wie sie denn nur erwarten könne, daß ich ihr eine solche Lüge glauben werde? Und dann habe ich ihr glatt unterstellt, daß sie mit diesen schmutzigen Behauptungen ihren Vater und mich nur auseinanderbringen wolle, damit sie ihn für sich allein haben könne. Ich glaube, wenn die zwei fremden Frauen nicht dabeigewesen wären, hätte ich mich auf Irene gestürzt und sie so lange verprügelt, bis sie alles zurückgenommen hätte.«

Wochenlang, während Irene auf Anraten der Frau vom Kinderschutzbund bei ihrer Patentante wohnte, kämpfte Miriam um eine Entscheidung, wem sie Glauben schenken könne: ihrem Mann, der den Mißbrauchsvorwurf heftig bestritt, oder ihrer Tochter, die sagte, der Vater habe es getan. Erst als sie sich dazu durchgerungen hatte, Irenes Aussagen für wahr zu erachten und ihren Mann zu verlassen, brachte dieser die Kraft auf, den Mißbrauch zuzugeben.

»Ich werde nie vergessen, wie er es mir gesagt hat«, meinte Miriam. »Ich habe nie gedacht, daß ein erwachsener Mann oder, besser gesagt, daß mein Mann so furchtbar, so richtig herzzerreißend weinen könnte. Und daß er sich so schämen könnte. Das mit anzusehen war fast mehr, als ich aushalten konnte. Das hat mich auch überzeugt, daß nicht nur das Kind gelitten hat, sondern daß auch er fast darunter zusammengebrochen ist, was er getan hat. Und daß noch Hoffnung ist. Und dann habe ich ihm versprochen, bei ihm zu bleiben und zusammen mit ihm nach einen Weg zu suchen, daß die Irene auch wieder zu uns zurückkommen könnte und wir eine Familie bleiben würden.«

Die Entscheidung, diesen Weg einzuschlagen, fiel allen Beteiligten schwer und war von großer Angst besetzt. Sie war nur möglich, weil der Vater bereit war, Verantwortung für seine Tat zu übernehmen und ernsthaft an sich selbst zu arbeiten. Miriam, die die Bemühungen ihres Mannes erkannte und anerkannte, war rasch bereit, ihm zu verzeihen und wieder an ihn zu glauben. Vor allem nachdem eine Familientherapie aufgenommen worden war, innerhalb derer jedes Familienmitglied beraten und zu neuen Verhaltensweisen hingeführt wurde. Irene tat sich mit diesem Vertrauen in den Vater jedoch sehr viel schwerer.

»Ich hatte immer total Schiß, daß er es wieder macht«, sagte sie. »Ich bin keinmal mit ihm allein im Haus geblieben. Da mußte immer einer mit bei sein. Und wenn keiner da war, bin ich erst gar nicht gekommen. Dann bin ich lieber bei meiner Freundin geblieben oder hab mich, bis noch wer da war, draußen rumgedrückt. Das war manchmal schon ziemlich blöd. Aber ich hab dann ja zum erstenmal Schlüssel bekommen, damit ich mein Zimmer oder das Bad absperren konnte. Das hat mir dann schon mehr Sicherheit gegeben. Das gab's ja bei uns alles nicht, vorher. Da kam mein Vater ja zu mir rein, wenn er gerade Lust hatte, sogar, wenn ich gerade auf dem Klo war. Das war für den total selbstverständlich, das hat dem sogar Spaß gemacht. Das hat dem gar nichts ausgemacht, ob mir das peinlich war oder nicht. Aber dann, als das mit der Therapie angefangen hat, da habe ich dann ja auch andere Sachen gelernt. So, daß ich sagen sollte, wenn mir was nicht paßt, oder daß ich nicht immer schon vorher rate, was einer von mir wollen könnte, und das dann schon mache, ehe mir einer etwas sagt. Oder daß ich das Recht habe, nicht sofort und auf jeden Fall zu gehorchen, daß ich da auch sagen darf: Nee, jetzt nicht, später. Oder daß ich keinen am mich ran lassen *muß*, daß ich selbst bestimmen darf, was ich will oder was ich eben nicht will. Vorher, ehe man mir das alles gesagt hat, da habe ich immer so funktioniert. Da hatte ich totale Angst auch, daß die mich abschieben, wenn ich nicht mache, was mein Vater will. Der hatte mich da so eingeschüchtert. Der hatte gesagt, wenn du was petzt, das glaubt dir die Mutti sowieso nicht, die weiß doch ganz genau, daß du dich immer an mich ranmachst und mich ihr wegnehmen willst. Wenn du da was sagst, schmeißt die dich raus, dann kannst du sehen, wie du ohne uns zurechtkommst. Und daß ich das nicht könnte, daß ich ohne meine Eltern sterben müßte, das habe ich eigentlich immer so im Kopf gehabt. Ich weiß auch nicht, woher ich das hatte. Das habe ich einfach geglaubt. Und deshalb habe ich nichts gesagt und alles mit mir machen lassen und immer noch selbst aufgepaßt, daß die Mutti nur ja nichts merken soll. Ich wollte doch bei ihnen bleiben. Wo sollte ich denn hin? Ich war doch noch ein Kind. Und Kinder brauchen ihre Eltern. Wer sollte denn für mich sorgen, wenn ich sie nicht mehr hatte? Das war wirklich eine furchtbare Angst damals. Aber das ist jetzt schon besser, seit ich weiß, daß das alles nicht so schnell geht, daß Kinder auch wer sind und Rechte haben und alles.«

Einen gemeinsamen Weg, wie hier die Aufnahme einer Familientherapie, aber gehen die wenigsten Mißbrauchsfamilien. In der Regel zerbricht der Zusammenhalt. Übrig bleiben zwei abgespaltene Gruppen. Entweder solidarisiert sich der nicht mißbrauchende Elternteil mit dem Kind und grenzt den Täter beziehungsweise die Täterin aus. Oder der Täter beziehungsweise die Täterin bildet mit dem entweder tatsächlich ahnungslosen oder heimlich an dem sexuellen Mißbrauch mitbeteiligten Lebensgefährten eine Einheit, in der für das Kind kein Platz mehr ist. Am häufigsten erfolgt allerdings die Loslösung von dem betroffenen Kind. Doch warum wird gerade das Kind so oft allein gelassen?

Eine alle Teilaspekte dieser Frage umfassende Antwort gibt es mit Sicherheit nicht. Doch auch ein Erfassen von Teilbereichen vermittelt einen Eindruck der Problematik. Die beiden bedeutsamsten sind zum einen der gesellschaftliche, allgemein wirksame, in dem sich das Rollenverständnis und Machtverhältnis der Geschlechter definiert, und zum anderen der aus diesen ersten folgende individuelle, persönliche Aspekt innerhalb der Familienstruktur.

Gesellschaftlicher Hintergrund

In ihrer 1993 an der Heilpädagogischen Fakultät der Universität zu Köln vorgelegten Diplomarbeit »Väter sind (auch) Täter« schreiben die Erziehungswissenschaftler Christina Schiffer und Klaus Przybilla: »Die Ungleichheit im Verhältnis der Geschlechter und Generationen in unserer Gesellschaft schafft erst die Voraussetzungen dafür, *daß* und auf *welche* Weise Frauen, Jungen und Mädchen sexueller Gewalt ausgesetzt sind. Dabei beinhaltet die Ungleichheit zwischen den Geschlechtern eine Machtverteilung zugunsten des Mannes, die gesellschaftlich anerkannt ist und deren Ausübung der gesellschaftlich vorgeschriebenen Rolle des Mannes entspricht. Die Tatsache, daß die Täter (im sexuellen Mißbrauch, Anm. d. Verf.) meist unauffällige, scheinbar nicht von der Norm abweichende Männer sind, die jeder Berufsgruppe und jeder sozialen Schicht angehören können, deutet darauf hin, daß ein signifikanter Zusammenhang zwischen gesellschaftlich vorgeschriebenem, männerspezifischem Verhalten und dem Mißbrauch an Frauen und Kindern besteht.« Hier wirft sich die Frage auf, was man unter »gesellschaftlich vorgeschriebenem, männerspezifischem Verhalten« zu verstehen hat.

Helge Pross führt in einer 1973 publizierten Untersuchung »Gleichberechtigung im Beruf?«, die auf Angaben von siebentausend Arbeitnehmerinnen in der Europäischen Gemeinschaft basiert, aus, daß das herausragende Merkmal einer patriarchalischen Gesellschaft wie der unseren die geschlechtsspezifische Arbeitsteilung und die damit verbundene Ungleichverteilung von materiellen Ressourcen und sozialen Positionen sei. Das heißt, wann immer die Führungs- und Fürsorgepflicht gegenüber Schwächeren traditionell einem männlichen Oberhaupt übertragen ist, erfolgt eine Trennung der Aufgaben in männlich-produzierende und ernährende sowie in weiblich-reproduzierende und umsorgende Bereiche. Typisch für die auf Männer ausgerichtete Schwerpunktverteilung der patriarchalischen Gesellschaft ist, daß die weibliche Dienstleistung in der Geburt, der Erziehung und Versorgung der Kinder und in der Erledigung aller im Haushalt anfallenden Aufgaben gesehen wird, die im Vergleich zu der aushäusigen Arbeit des Mannes jedoch nicht in Form eines geregelten Einkommens entlohnt wird. Selbst überdurchschnittlich gebildete, im allgemeinen fortschrittsorientierte Männer argumentieren empört, wenn sie auf die umsonst erbrachte Leistung der Ehefrau angesprochen werden: »Dafür lebt sie ja schließlich beim Mann und vom Mann. Dafür hat sie Kost und Logis frei, und ihre Kleider bekommt sie auch.«

Die entlohnte Arbeit des Mannes, die die Ernährung und somit das Leben sichert, wird als Fürsorgeleistung für die Ehefrau und die Familie verstanden. Gleichzeitig wird dadurch, daß nur der Mann das unabhängig machende Geld verdient, auch das gesellschaftlich gewünschte Gefüge von Macht und Ohnmacht zwischen den Geschlechtern garantiert. Wie sehr dies bis in die jüngste Vergangenheit hinein gewünscht und gefördert wurde, ersieht man daraus, daß bis zur Eherechtsreform im Jahr 1977 die Ehefrau gesetzlich zur Führung des gemeinsamen Haushalts und zur unentgeltlichen Mitarbeit im Geschäft des Mannes verpflichtet war. Eine entlohnte Erwerbstätigkeit war ihr nur mit dem schriftlichen Einverständnis des Mannes gestattet. Über die materielle Dienstbarkeit der Frau als unbezahlte Arbeitskraft hinaus regelte das alte Eherecht bis vor nur 17 Jahren auch ihre sexuelle Verfügbarkeit für den Mann, indem die »eheliche Pflicht« zum Geschlechtsverkehr Teil des Ehevertrages war. So krass steht es im reformierten Gesetz von 1977 nicht mehr geschrieben. Doch da es vor dem Gesetz bis heute weder Vergewaltigung noch sexuelle Nötigung in der Ehe gibt, gestattet der Gesetzgeber dem Ehemann weiterhin stillschweigend, Geschlechtsverkehr mit der Ehefrau nach eigenem Belieben und auch ohne ihr ausdrückliches Einverständnis zu haben.

Es ist ein Trugschluß anzunehmen, daß eine geschlechtspezifische Rollenverteilung in der heutigen aufgeklärten Zeit nicht mehr vorkommt. Dies beweisen aktuelle Zahlen. So wurde beispielsweise 1990 durch eine vom Bundesministerium für Jugend, Familie, Frauen und Gesundheit an rund 10000 Erwachsenen durchgeführte Befragung ermittelt, daß Hausarbeit und die Versorgung von Kindern auch heute noch überwiegend allein von Frauen geleistet werden müssen. Und zwar unabhängig davon, ob die Frau zusätzlich einer Erwerbstätigkeit nachgeht oder nicht. Aufgrund der daraus resultierenden, täglich zu leistenden Doppelarbeit und dem damit verbundenen Zeit- und Kräfteaufwand haben Frauen vergleichsweise geringere Chancen auf berufliche Karriere und Weiterbildung als Männer. Dies zeigt sich zum Beispiel darin, daß neunzig Prozent aller Teilzeitarbeitsverträge von Frauen erfüllt werden, Kurzarbeit grundsätzlich zuerst Frauen und nur in Extremsituationen auch Männern zugemutet wird und höchstens zehn Prozent aller Frauen in qualifizierteren Positionen stehen. Darübern hinaus ist erwiesen, daß Frauen erheblich weniger verdienen als Männer, oft ein Drittel, selbst dann, wenn sie gleiche Positionen einnehmen. So mußten sich 1982 nur weniger als zehn Prozent dieser Männer mit einem monatlichen Durchschnittsverdienst von tausend Mark begnügen, was für vierzig Prozent aller erwerbstätigen Frauen selbstverständlicher Alltag war.

Daß Deutschland mit diesen Zahlen voll im weltweiten Trend liegt, bezeugt eine Untersuchung der International Labor Organization, die von der UNO-Frauenkonferenz von 1980 in Kopenhagen vorgestellt wurde. Diese belegt, daß Frauen weltweit etwa siebzig Prozent der gesamtheitlich anfallenden Arbeiten leisten, aber nur zehn Prozent aller Einkommen erhalten und nur ein Prozent der Produktionsmittel besitzen.

Zieht man aus diesen Machtstrukturen Rückschlüsse auf den als Machtmißbrauch erkannten sexuellen Mißbrauch von Kindern und Jugendlichen innerhalb einer Familie, zeigen sich eindeutige Zusammenhänge:

- Männer bestimmen die familiäre und gesellschaftliche Wirklichkeit. Als Spiegel mag hier auch die politische Wirklichkeit gelten, in der Frauen in Führungspositionen Seltenheitswert haben. Daher gilt immer noch der alte Dominanzanspruch aus Herrschafts- und Knechtschaftsstrukturen: »Was der Herr macht, das ist wohlgetan.« Frauen und Kinder, als die vom Familienoberhaupt Beherrschten, wagen oft keinen Widerstand oder werden (gewaltsam) daran gehindert.
- Männer leisten keine oder nur wenige dem weiblichen Aufgabenbereich zugeordnete Arbeiten im häuslichen Umfeld und versorgen gemeinsame Kinder nur in Ausnahmefällen. Man kann hier mit vollem Recht von einer Freizeitbeschäftigung sprechen. Daher sind Väter für ihre Kinder im allgemeinen Sonntagsväter und für Spiel und Spaß, Mütter hingegen Alltagsmütter und für Arbeit und Pflichten zuständig. Da Väter auf diese Weise ihre Kinder nur oberflächlich wahrnehmen und kennen, haben sie eine distanzierte und wenig verständnisvolle Haltung gegenüber der kindlichen Persönlichkeit und ihrer Entfaltung.
- Frauen sind finanziell, existentiell und sozial von Männern abhängig. Daher erzwingt die Sicherung der persönlichen und familiären Existenz oftmals ein (bewußtes oder unbewußtes) Augenverschließen vor einem diese Existenz gefährdenden sexuellen Mißbrauch an einem Kind.

Die gesellschaftliche Aufwertung des Mannes als lohnempfangendes Familienoberhaupt und die gleichzeitige Abwertung der Frau als unentgeltliche Arbeitskraft haben dazu geführt, daß Männer und Frauen nicht in demselben Maße selbstbewußt, selbstsicher oder unabhängig in ihrer Meinung und Lebensweise sind. In der Regel steht die verheiratete Frau auch in der heutigen Zeit mehr oder minder unauffällig hinter ihrem Ehemann. Ihre gesellschatliche Position wird durch seine berufliche Stellung bestimmt. Daß sie diese als wichtiger ansieht als ihre eigene, wird selbstverständlich erwartet und in die männliche Karriereplanung einbezogen. Und da jede Frau weiß, daß ein in seinem Beruf unzufriedener Mann eine kaum zu ertragende Belastung für die ganze Familie darstellt, wird sie im allgemeinen um des lieben Friedens willen die eigenen Ansprüche weitestgehend zurücknehmen. Vor allem Frauen von Männern in Führungspositionen werden zu diesem Zweck oft als kostenlose Imagepflegerinnen ausgenutzt. Doch auch Frauen, die selbst erwerbstätig sind, erleben sich in dieser Schattenrolle. Ich erinnere mich an eine Situation aus meinem Alltag, als mein Mann sich beruflich verändert hatte und unsere Kinder wegen des unvermeidlich gewordenen Umzugs an einer neuen Schule angemeldet werden mußten. Die Erledigung der nötigen Formalitäten hatte ich übernommen. Als ich in der Schule die Anmeldeformulare ausfüllte und in der Spalte unter dem Beruf meines Mannes, eines promovierten Diplomchemikers, meinen eigenen Beruf nebst meinem eigenen Doktortitel vermerkte, strich der Schulrektor mir letzteren mit der Bemerkung durch: »Bei uns ist es nicht üblich, die Ehefrau mit dem Doktortitel ihres Mannes anzusprechen.« Und verlangte dann, als ich protestierte, meinen Ausweis als Beweis dafür zu sehen, daß ich den angegebenen Titel tatsächlich zu führen berechtigt bin. Den Ausweis meines Mannes wünschte er nicht zu sehen.

Die im Grundgesetz verankerte Gleichberechtigung und Gleichwertigkeit von Mann und Frau ist eine wunderbare Idee. Von der Verwirklichung der Papierweisheit der Gesetzesparagraphen im täglichen Miteinander sind wir, wie ich denke, jedoch noch weit entfernt. Zuvor hat sich im Zuge der Frauenbewegung im Bewußtsein vor allem jüngerer Menschen und bestimmter Schichten etwas geändert, doch infolge wirtschaftlicher Rezession, mangelnder Ausbildungschancen und verunsichernder gesellschaftlicher Entwicklungen ist sogleich wieder ein Rückschritt auf traditionelle geschlechtsspezifische Rollenvorstellungen erfolgt. Solange die soziale Unterlegenheit der Frau unter den Mann, der seinen Machtanspruch als Führungsperson selbstverständlich erhebt und auch wahrnimmt, nur in Diskussionen als verwerflich gilt und die Gleichwertigkeit der Frau nur auf geduldigem Papier festgeschrieben wird, bleibt die gelebte Abwertung der Frau in ihrer ganzen Person wie seit biblischen Zeiten bestehen.

Auf den sexuellen Mißbrauch an Kindern und Jugendlichen bezogen, gipfelt eine derartige Abwertung darin, daß eine schwache Mutter ihr noch schwächeres Kind nicht schützen und nicht verteidigen kann.

Im Normalfall ist eine Frau, die mit einem Mißbrauchstäter in einer festen Beziehung zusammenlebt, eine außerordentlich schwache Frau, denn für die Täter, die häufig wenig in sich gefestigt und daher mit hohen Dominanzansprüchen behaftet sind, kommt eine andere Persönlichkeit als Ehepartner nicht in Frage. Ihre Schwäche steigert in seinen Augen seine Stärke, denn angesichts ihrer Anlehnungsbedürftigkeit und Unselbständigkeit kann er als Beschützer auftrumpfen und das gemeinsame Leben wie sein alleiniges bestimmen und lenken.

Sehr oft erwartet ein späterer Mißbrauchstäter von seiner künftigen Ehefrau, daß sie ihren Beruf aufgibt, um ganz für ihn und kommende Kinder dasein zu können. Sehr oft teilt er ihr von Anfang an das ihr zustehende Haushaltsgeld zu, aber knapp, weil ihm eine Bitte um etwas mehr Geld das Hochgefühl des Gewährens verleiht. Sehr oft enthält er ihr aus demselben Grund eine Vollmacht für sein Gehaltskonto vor, wünscht das penible Führen eines Haushaltsbuchs und kontrolliert jede Ausgabe bis ins kleinste. Sehr oft sucht er Kleidungsstücke und Schmuck, Parfum oder andere ganz intime Dinge für seine Frau ohne ihre Anwesenheit aus oder ohne ihre Wünsche zu berücksichtigen. Sehr oft stellt er sie öffentlich bloß und kränkt sie verbal vor guten Freunden, um ihre Schamgefühle zu genießen. Sehr oft verlangt er, daß sie alles für ihn tun müsse, um ihm ihre Liebe zu beweisen. Wobei diese Beweise im Laufe der Zeit immer verletzender, kränkender und demütigender ausfallen. Vor allem Beweise der sexuellen Hörigkeit werden ab einem gewissen Zeitpunkt in immer sadistischerer und perverserer Form eingefordert. Partnertausch, Gruppensex, sadomasochistische Praktiken und der Besuch von Sexklubs sind keine Seltenheit. Alle diese Ansprüche sind Ausdruck seiner eigenen Schwäche, die sich nur dadurch in vermeintliche Stärke verwandeln kann, daß erfolgreich Macht über eine noch schwächere Person ausgeübt wird. Wobei die dadurch erzielte Befriedigung für den Mann jeweils nur eine bestimmte Zeit vorhält und in immer kürzeren Zeitabständen erneut erzwungen werden muß. Der sexuelle Mißbrauch eines Kindes ist meist die letzte Steigerung der bereits an der Ehepartnerin vollzogenen Grenzverletzung und Machtausübung.

Eine Mutter, die erfährt, daß der Mann, den sie liebt und mit dem sie sich in ihrer traditionellen Rolle als »seine« Frau identifiziert, das eigene Kind sexuell mißbraucht, bekommt immer einen

Schock. Sehr häufig ist sie in der Folgezeit aus einer Vielzahl von Gründen nicht in der Lage, ihre Tochter zu schützen. Sehr häufig wird sie zur duldenden Mitwisserin oder sogar zur Mittäterin des Mannes. Immer aber ist die Hauptursache dafür, daß sie ihrem Kind nicht zu helfen versucht, der nicht mehr zu überbietende Beweis ihrer persönlichen Schwäche und Abhängigkeit.

Stellvertretend für viele andere Frauen, mit denen ich gesprochen habe, gebe ich hier die Worte von Uta, einer 28jährigen Mutter, wieder, die bereits wenige Wochen nach der standesamtlichen Trauung mit ihrem zweiten Ehemann persönlich Zeugin wurde, wie dieser ihre vierjährige Tochter aus erster Ehe sexuell mißbrauchte. Trotz dieses Wissens hat die Mutter nichts gegen den Täter unternommen, sondern ist in ehelicher Gemeinschaft mit ihm zusammengeblieben. Verlassen hat sie statt dessen ihr Kind.

Da sie nicht den Mut hatte, sich persönlich mit mir zu treffen, schickte sie mir ihre Geschichte als Tonbandaufzeichnung mit der Post zu. Ergänzende Gespräche am Telefon folgten, und für einen brieflichen Austausch bekam ich eine Postfachnummer in einer mittelbadischen Kleinstadt. Bis heute weiß ich nur den Vornamen der betroffenen Frau. Auf ihrer ersten Tonbandspule erzählte sie mir, wie sie Zeugin des Mißbrauchs an ihrer Tochter geworden war.

»Ich war beim Arzt gewesen. Mein Mann wollte, daß ich mir die Spirale ziehen lasse, damit ich schwanger werden kann. Bevor ich ging, hatte ich ihm gesagt, daß es eine ziemlich langwierige Prozedur werden würde, weil der Arzt bei mir da irgendwie nicht so gut drankommen kann und die Spirale sich auch öfter schon mal ein bißchen verwachsen hatte. Meine Tochter hatte zu brüllen angefangen, als sie mitbekam, daß ich gehen wollte. Den Terror machte sie, seit wir verheiratet waren, fast immer, wenn ich aus dem Haus mußte. Ich schob das auf die Umstellung. Man weiß ja, daß Scheidungskinder immer ein paar Umgewöhnungsprobleme haben. Mehr habe ich mir nicht dabei gedacht. Ich hab das eigentlich eher so weggewischt. So abgetan. Das Kind war ja nicht allein, wenn ich wegging. Mein Mann war schließlich da. Er arbeitete freiberuflich und konnte sich seine Zeit gut einteilen, so daß er schon manchmal auf die Kleine aufpassen konnte. Bevor wir verheiratet waren, hatte er das auch getan, und es hatte immer prima geklappt. Meine Tochter hatte sich richtig in ihn verliebt und ging ihm gar nicht mehr von der Pelle. Das war eigentlich sogar mit ein Grund, weshalb ich mich so leicht von meinem ersten Mann lösen konnte. Ich meine, wenn meine Tochter sich mit meinem damaligen Freund nicht verstanden hätte, dann hätte ich ihn wahrscheinich nicht oder zumindest nicht so schnell geheiratet. Dann hätte ich versucht, daß sie sich erst noch an ihn gewöhnt oder so. Aber da war ja kein Problem gewesen. Daß sie sich blöd anstellte, war erst nach der Hochzeit und seit wir zusammen eine Wohnung hatten. Ich konnte mir das überhaupt nicht erklären. Aber ich nahm es auch nicht so ernst. Ich war so unheimlich glücklich, so eine schöne, harmonische Partnerschaft zu haben und einen Mann, der mich auch sexuell ernst nahm und mir das Gefühl vermittelte, daß er mich reizvoll und erotisch findet. Das hatte ich bei meinem ersten Mann immer sehr vermißt.

An dem Tag hatte das aber beim Arzt dann doch nicht so lange gedauert, wie ich geglaubt hatte. Weil ich meinen Mann überraschen wollte, habe ich schnell beim Bäcker Kuchen gekauft und bin auf dem kürzesten Weg nach Hause gekommen. Ich habe ganz leise die Tür aufgeschlossen und bin auf Zehenspitzen ins Arbeitszimmer. Da war aber keiner. Na, hab ich gedacht, dann sind sie bestimmt im Wohnzimmer. Aber da waren sie auch nicht. Ich habe dann im Bad nachgeschaut und in der Küche. Und wie ich dann aus dem Schlafzimmer so ein komisches Geräusch gehört habe, bin ich mit so einem mulmigen Gefühl – ich weiß auch nicht – dahin und hab durch die bloß angelehnte Tür reingespickelt. Da lag mein Mann auf dem Rücken im Bett und hatte seine Finger bei meiner Tochter zwischen den Beinen, und meine Tochter kniete neben ihm und mußte ihn mit dem Mund befriedigen.

Ich habe mich später und auch jetzt noch immer wieder gefragt, warum ich nicht geschrien habe, warum ich nicht gleich die ganze Nachbarschaft als Zeugen geholt habe, warum ich bloß weg bin, aus dem Haus und ins Auto und erst abends zurück. Ich kann mir das nicht so richtig erklären. Das war alles wie taub in mir und dann später so ein Kuddelmuddel, daß ich keinen Anfang in die Hand kriegte. Ich hatte eigentlich bloß den einen klaren Gedanken: weg, nichts wie weg hier! Wo ich war, weiß ich selbst nicht mehr. Ich hab bloß in dem Auto gesessen und bin gefahren und gefahren und habe laut vor mich hin geheult und geschluchzt und hab eigentlich nichts gesehen als nur immer das Bild von meiner Tochter mit diesem Penis im Mund. Aber das war nicht, als ob sie meine Tochter gewesen wäre. Vom Gefühl her war das nicht. Ich meine, ich hatte kein Mitleid mit ihr. Ich hab nie gedacht, was ist die noch klein und was tut der ihr an. Ich hab eigentlich eher gedacht, was sie mir antut, wo sie doch meine Tochter ist und mir jetzt den Mann wegschnappt und alles. Und wie unverschämt das ist. Ich hab das irgendwie nur von Frau zu Frau gesehen. Das war nicht wie ein Kind. Das war nur eine kleinere Frau, aber es gibt viele, die kleiner sind als ich. Daß sie das mit meinem Mann gemacht hat, hat sie in meinen Augen groß gemacht, erwachsen irgendwie. Und ich hab eigentlich auch nie gedacht, daß sie das nicht gern tun würde. Ich hab da meine eigenen Empfindungen und meine eigenen Erfahrungen umgesetzt. Mir hat es ja mit ihm Spaß gemacht. Ich bin gar nicht auf die Idee gekommen, daß es ihr keinen Spaß machen würde. Sie hat ja auch nicht geheult oder sich gewehrt oder sonstwas. Nein, die kniete ganz locker neben ihm, hat den Hintern weggestreckt, damit er da von hinten gut zwischen ihre Backen konnte, und hat es ihm gemacht. Das war nicht, als ob sie da keine Ahnung von hätte. Und er hat geschnauft und war rot und alles. Das sah echt nicht aus, als wäre da Gewalt dabei oder daß die Kleine das nicht gewollt hätte. Und darum hab ich die auch als Frau empfunden und als Konkurrenz. Und ich hab mich da auch in der total schwächeren Position gefühlt. Ich war dem ja irgendwie total ausgeliefert. Was hätte ich denn machen sollen? Hätte ich sagen sollen: Meine Tochter hat mir den Kerl ausgespannt? Da hätte ich mich doch absolut lächerlich gemacht. Und wenn nicht lächerlich, dann hätte doch jeder bloß mit dem Finger auf mich gezeigt und gesagt: Klar, erst betrügt sie ihren Mann und rennt dem weg, und dann läßt sie den Neuen die eigene Tochter bumsen. Da hätte doch keiner gesagt, daß ich nichts dafür kann und nichts davon gewußt hab. Das hätte doch keiner geglaubt. Da hätte ich doch den Ruf gleich weg gehabt, daß ich das dulde oder daß ich sogar mitmache. Meine Eltern und meine Schwestern zum Beispiel, denen hätte ich doch nie mehr unter die Augen kommen können. Die hätten doch nur gesagt, daß sie mir das gleich gesagt hätten, daß ich meinem ersten Mann nicht hätte wegrennen sollen und untreu werden und alles, daß ich das nicht besser verdient hätte. Oder meine Freundinnen. Glauben Sie denn, die hätten mich bedauert und mir geglaubt? Die waren doch sowieso alle total neidisch auf mich, weil ich das geschafft hatte, was sie eigentlich auch alle gern schaffen würden, nämlich aus ihrer langweiligen Frustehe aussteigen und einen Neuen nehmen. Und mein Ex? Wie hätte ich dem das beibringen sollen? Wenn ich dem das gesagt hätte, der hätte meinen Mann erschlagen und mich dazu. Der hätte sich fürs Leben unglücklich gemacht. Und dann? Dann hätten die Leute der Kleinen nachgesagt, daß sie einen Mörder oder einen Knastologen als Vater hat. Und ich? Von mir hätten sie gesagt, ich wär mit einem Kinderschänder verheiratet gewesen, wär mit so einem Schwein ins Bett gegangen. Selbst wenn ich das überlebt hätte, das mit meinem Ex, mich hätte doch nie mehr einer angerührt. Mit einer ins Bett gehen, die's schon mal mit einem Kinderschänder hatte? Nee, da wär ich doch fertig gewesen. Und Arbeit, wer hätte mich denn noch genommen, nach dem Skandal? Wo ich doch sowieso keine richtige Ausbildung hab und höchstens als Tippse gehen könnte oder vielleicht noch als Verkäuferin.

Das ist mir damals alles bloß so zickzack durch den Kopf geschossen. Das waren keine richtigen, ruhigen Gedanken. Das war die helle Panik. Ich weiß noch heute nicht, wieso ich da keinen Unfall gebaut habe. Und dann bin ich abends, als es schon dunkel war, nach Hause gefahren und hab innerlich auf toter Mann geschaltet. Ich bin zur Tür rein und hab mich von meinem Mann in den Arm nehmen und fragen lassen, wo ich denn so lange war und alles, und hab geredet und geantwortet und mir zugehört und mich über mich selbst gewundert, wie gut ich bin und daß ich eigentlich eine Hauptrolle im Film bekommen müßte. Nur mit meiner Tochter, das war nicht mehr möglich. Das habe ich von dem Tag an nie mehr auf die Reihe bekommen. Ich hab sie nie mehr als meine Tochter gesehen. Die war von dem Tag an eine Frau und meine Konkurrenz. Meine Tochter, die war irgendwie gestorben für mich. Und wenn sie dann, weil sie das wohl auch gemerkt hat, so klein wie sie eigentlich ja noch war, wenn sie dann so bei mir angebettelt kam mit diesem Sklavenblick und diesem Getue, wenn sie mich so in den Arm zu nehmen versucht hat, da hatte ich oft Mühe, sie nicht zu erschlagen. Ich glaube, ich hab sie manchmal richtig gehaßt. Und nicht bloß, weil sie meinen Mann verrückt gemacht hatte. Das war auch, weil ich wegen ihr zu einem anderen Menschen geworden war. Weil sie mir mein normales Leben und mein Glücklichseinkönnen, weil sie mir alles kaputtgemacht hatte. Weil ich wegen ihr nie mehr die Frau sein konnte, die ich sein wollte, eine, die den Kopf oben halten und stolz auf das sein kann, was sie hat, und daß sie einen guten Mann hat, der sie liebt und angesehen ist und sich keine Sorgen zu machen braucht. Das war wegen ihr alles vorbei. Daß die so klein war und schon so intrigant und verlogen! Ich konnte das nicht mehr akzeptieren, daß so eine mein Kind sein sollte. Ich hätte mir eher den Mund ausgeschnitten, als die noch mal zu küssen, wo sie mit demselben Mund ... Pfui Teufel! Nee, das ging nicht.

Ich hab dann versucht, das alles auszuhalten. Wenn mein Mann nachts aufgestanden und zu der Göre ins Zimmer ist, dann hab ich das schon gehört. Ich lag ja mit gespitzten Ohren. Ich hab ja auf jedes Geräusch gelauert. Und wenn ich dann die Kleine auch schon mal hab heulen hören, dann hat mir das irgendwie auch gut getan. Das hab ich ihr dann auch gegönnt. Ich hab immer gedacht, was ein bißchen Wehtun gegen das ist, was sie mir angetan hat. Und gleichzeitig hab ich mir auch gewünscht, daß sie irgendwie verschwindet, daß mein Exmann sie holt oder daß sie nicht mehr bei uns bleiben will oder so etwas in der Art. Aber dann hatte ich auch wieder Angst, sie rausgehen zu lassen. Sie hätte ja etwas erzählen können. Daß die sich hätte wichtig machen wollen, hätte ich ihr voll zugetraut.

Damit dem, was sie da so rauslassen könnte, schon mal vorgebeugt ist, hab ich dann überall gesagt, daß sie zur Zeit so eine Wahnsinnsphantasie hätte. Daß sie total in meinen neuen Mann verknallt wäre und immer sagen würde, daß sie ihn heiraten will und auch ein Baby von ihm haben will – ich war dann nämlich schwanger geworden. Das war, weil ich mir eingebildet hatte, daß er das dann läßt mit der anderen, wenn ich ein Kind von ihm kriege, daß er dann merkt, was er an mir hat, daß ich schließlich Kinder kriegen kann und die andere nicht, und er wollte doch Kinder. Bloß, daß die Rechnung nicht so aufgegangen ist, daß er immer noch mit der zusammen war und dann, als ich immer dicker wurde, dann noch mehr. Da hat er mich so richtig links liegen lassen und mich das auch so richtig spüren lassen, daß ich für ihn der letzte Putzlappen bin, wenn er die Kleine hat. Und wie dann unser Sohn geboren ist, da hat er sich auch nicht um mich gekümmert. Da hat er mich noch mehr im Stich gelassen, weil ich eine richtige Melkkuh geworden wäre. Das hat mich so unheimlich verletzt. Da hätte ich ihn schon gern verlassen. Aber wie denn? Mit zwei Kindern am Hals, und jedes von einem anderen Mann? Wie hätte das denn gehen sollen? Wie hätte ich denn arbeiten sollen und uns alle ernähren? Selbst wenn mir einer einen Job gegeben hätte, hätte ich doch nie genug verdient. Ich hätte ja den Kleinen in eine Krippe abgeben und meine Tochter auch irgendwo unterbringen müssen. Wenn ich überhaupt einen Krippenplatz bekommen hätte und alles. Und woher hätte ich dann das Geld dafür genommen? Ich hätte doch nie mehr als höchstens tausend Mark auf die Hand verdient. Und wie weit kommt man damit zu dritt? Vor allem später dann, wenn die Kinder gesehen hätten, wie ihre Väter leben. Damit hätte ich doch nie mithalten können. Mein Ex und auch mein Mann verdienen super. Die haben ein gutes Einkommen. Die machen auch etwas daher, an denen sehen die meisten bei uns im Ort hoch, weil die ja auch eine Position haben. Wenn ich da von meinem Mann weggegangen wäre, so ein Leben hätte ich allein den Kindern nie bieten können. Und zweimal geschieden, das ist ja auch nichts. Mit zwei Kindern am Hals findet man so schnell keinen neuen Mann mehr. Und allein leben, das ist nichts für mich. Ich brauche eine Beziehung. Ich bin nicht so selbständig. Ich habe das schon sehr gern, wenn da einer ist, bei dem ich mich anlehnen kann und der auch mal die Verantwortung übernimmt und mir so ein bißchen den Weg vorgibt. Allein könnte ich nie bestehen. Dafür bin ich nicht gemacht. Ich brauche einfach einen, der da ist und der für mich sorgt und mich auch mal auffängt, wenn etwas ist. Und außerdem hat mein Mann sowieso immer gesagt, daß er nie zulassen würde, daß ich den Jungen mitnehme, daß der ihm gehört, daß er vor dem Familiengericht immer das alleinige Sorgerecht kriegen würde und daß er für mich dann nicht zu zahlen bräuchte und ich gucken könnte, wie ich dann ohne seinen Geldbeutel zurechtkäme. Ich hatte damals echt keine Alternative. Ich mußte mir das gefallen lassen. Ich habe da so oft gegrübelt und alles gegeneinander abgewogen. Ich hatte einfach keine Chance. Und warum? Weil so ein kleines raffiniertes Biest, das ich auch noch in die Welt gesetzt habe, weil die mir alles genommen hat, was mir etwas bedeutet.«

Das mangelnde Selbstbewußtsein und die Angst der Mutter als erwachsener Frau sowie die Angst der Tochter als noch unreifer Frau stehen in diesem Beispiel der Macht des Mannes und der Macht der von männlichen Standpunkten geprägten öffentlichen Meinung gegenüber. Beide Frauen, die große wie die kleine, haben ein so geringes Selbstwertgefühl, daß sie überzeugt sind, nur geliebt zu werden, wenn sie perfekt und tadellos funktionieren und keinen Anlaß zu Unzufriedenheit bieten. Daß sie geliebt und geachtet werden, auch wenn etwas Schlimmes geschehen ist, oder daß ihnen Mitgefühl gebührt statt Verachtung, ist beiden nicht bewußt. Vielmehr haben sie so viel Angst davor, von den Menschen, an deren Liebe ihnen nicht zuletzt aus existentiellen Gründen gelegen ist, verlassen, geächtet und als unglaubwürdig hingestellt zu werden, daß sie lieber heimliche Qualen erdulden als öffentliche Anklage zu erheben. Genau diese Angst aber sichert die Macht des Täters, in diesem Fall die Macht von Utas neuem Lebensgefährten, des Stiefvaters ihrer kleinen Tochter.

Daß der sexuelle Mißbrauch an dem Kind trotz des Schweigens der Betroffenen ans Licht kam, war auf die neue Lebensgefährtin des leiblichen Vaters des Kindes zurückzuführen. Ihr war aufgefallen, daß das Mädchen im Po- und Scheidenbereich ungewöhnlich gerötet aussah und sich hartnäckig weigerte, sich auf dem Bidet zu waschen. Auf die Frage, ob sie Schmerzen habe, war die Tochter in Tränen ausgebrochen, hatte aber keine Antwort gegeben und auch bei drängenderen Fragen beharrlich geschwiegen. Da der Vater aufgrund der Beobachtungen seiner Freundin an eine Pilzerkrankung dachte, verabredete er einen Termin bei dem Kinderarzt seiner Tochter. Dieser stellte fest, daß die Rötungen aufgrund von Abschürfungen entstanden waren und der Schließmuskel am Po des Kindes deutlich überdehnt war. Ein Rückschluß auf einen sexuellen Mißbrauch lag nahe. Eine in der Arztpraxis in regelmäßigen Zeitabständen beschäftigte Kinderpsychologin wurde hinzugezogen und machte sich in einem spielerischen Gespräch mit dem Kind vertraut. Ihre daraus gewonnenen Erkenntnisse bestätigten den Verdacht.

Gemeinsam beschlossen der Vater und die beiden Fachleute, das Kind nicht in die mütterliche Wohnung zurückkehren zu lassen, sondern die Mutter zu einem Gespräch einzuladen und sie in die Vermutungen einzuweihen. Um Vorbeugungsmaßnahmen des als Täter vermuteten Stiefvaters auszuschließen, erhielt die Mutter eine unverfänglich gehaltene Einladung zu einer aus schulischen Gründen notwendigen Routineuntersuchung.

Uta berichtete: »Als meine Tochter nicht wie vereinbart nach Hause kam, hatte ich schon gleich ein ziemlich flaues Gefühl. So etwas war ja noch nie vorgekommen. Mein Ex und ich hatten für sie bei der Scheidung zwar ein gemeinsames Sorgerecht erhalten, aber er hatte das noch nie ausgenutzt. Wenn er die Kleine geholt und gesagt hatte, er bringt sie dann und dann wieder, hatte er das immer gemacht. Also, ich war schon ziemlich unruhig. Und wie ich dann auch noch diese Einladung vom Arzt bekam, war mir fast schon schlecht. Ich hatte das irgendwie im Gefühl. Das war so eine Vorahnung. Ich hatte dann die ganze Nacht überlegt, was ich sagen würde, wenn die wirklich so was behaupten würden. Aber wie ich dann dort war, lief eigentlich alles anders. Mein Ex war zuerst nicht dabei, nur der Arzt und die Psychologin. Die informierten mich erst mal, was sie festgestellt hätten und daß es sicher wäre. Und dann wollten sie wissen, was ich davon wüßte. Ich habe gesagt: nichts. Ich habe das alles abgestritten. Ich war echt auf hundertachtzig. Ich habe mich da richtig reingesteigert. Ich konnte das nicht zugeben. Das ging einfach nicht. Ich habe mich so schrecklich geschämt. Und wie dann mein Ex dazugekommen ist und sich aufgeregt hat, da konnte ich das erst recht nicht mehr zugeben. Was sollte der denn von mir denken? Der würde doch gesagt haben: Von mir bist du weg, weil ich dir nicht gut genug war, und jetzt hast du einen, der so was macht. Der würde doch gelacht haben, und wie! Der würde doch gesagt haben, daß es mir recht geschieht, daß das passiert ist. Daß ich das gar nicht besser verdient hätte. Das war ja nicht nur, daß mein Mann das mit der Kleinen gemacht hat, das war ja auch, daß ich als Frau mir das habe bieten lassen. Daß ich mir von meiner eigenen Tochter den Mann hab wegnehmen lassen. Wie hätte ich denn dagestanden? Die hätten sich doch kaputt gelacht über eine, die nicht mal gegen ein Kind ankommt. Die hätten sich doch schiefgelacht über mich. Die hätten sich doch denken müssen, daß ich einen Mann so wenig zu bieten habe, daß ich als Frau eine totale Versagerin und ein Null im Bett bin und so wenig drauf habe, daß ein kleines Kind es besser kann als ich. Was wäre ich denn da noch für eine Frau gewesen? Was wäre ich denn da noch wert gewesen? Als Frau nichts, als Mutter nichts. Da hätte ich mir ja gleich einen Strick nehmen können. Ich habe dann schließlich gesagt, daß ich von meiner Tochter nichts mehr wissen will, daß sie von mir aus in ein Heim soll oder sonstwohin, wenn ich sie bloß nie mehr sehen muß. Und als mein Ex das schriftlich von mir haben wollte, habe ich das auch unterschrieben. Mit diesem Wisch ist er dann zum Familiengericht und hat das alleinige Sorgerecht für meine Tochter beantragt und auch bekommen. Seitdem bin ich sie los. Sie wohnt jetzt bei ihrem Vater, und der hält sie von mir fern. Manchmal bin ich schon traurig. Aber dann denke ich, daß sie das alles vielleicht irgendwann doch mal versteht. Wenn sie selbst mal erwachsen ist und Kinder hat und einen Mann, den sie braucht und liebt und alles. Vielleicht begreift sie dann, daß man als Frau manchmal nicht anders kann. Daß man für andere alles erreichen kan, aber für sich selber eigentlich nichts.«

Nach der Information der Mutter und der Loslösung der Tochter aus der Familie des Stiefvaters entschlossen sich Vater, Arzt und Psychologin, mit dem Täter zu sprechen, der zu diesem Zeitpunkt allerdings bereits wußte, was ihm vorgeworfen worden war, und alles heftig abstritt. Damit er nicht ausweichen konnte, hatte man ihn nach Dienstschluß bei seiner Arbeitsstelle abgefangen und ihm trotz seines wilden Protestes ein Ultimatum gestellt. Dies ließ ihm die Wahl, sich entweder freiwillig in eine Tätertherapie zu begeben und mit einer Erfolgskontrolle durch die Kinderpsychologin einverstanden zu sein, oder wegen sexuellen Mißbrauchs angezeigt und aufgrund der Zeugenaussagen verurteilt zu werden. Darüber hinaus wurde auch eine Anzeige angedroht, falls er den Mißbrauch während oder nach der Therapie wiederholen sollte. Der Täter erhielt zwei Tage Bedenkzeit. Falls er sich in dieser Zeit nicht entschließen konnte, eine Therapie anzufangen, sollte umgehend Anzeige erstattet werden.

Uta berichtete: »Mein Mann war fix und fertig. Zuerst hat er getobt, dann hat er geflennt, dann hat er stundenlang stumm vor sich hingestarrt und wieder getobt. Mein Sohn und ich haben uns nicht in seine Nähe gewagt. Wir waren praktisch in der Küche, und er war in der übrigen Wohnung. Wir sind ihm ganz aus dem Weg gegangen. Sogar nachts, da habe ich bei dem Kleinen im Kinderzimmer geschlafen. Ich hatte einfach Angst, er tut mir oder dem Jungen was an. Der war ja nicht mehr ansprechbar, wie verrückt. Er hat mich dann ja auch zweimal richtiggehend vergewaltigt, total brutal. Er hat mich aus dem Kinderzimmer gezerrt und einfach so auf dem Fußboden. Das war schon furchtbar. Aber ich konnte ja sowieso nichts machen, weil er ja mein Mann ist. Da hatte er ja irgendwie auch ein Recht, das zu machen. Und wenn er mich nicht geliebt und irgendwie auch gebraucht hätte, hätte er es ja wahrscheinlich auch nicht gemacht. So sehe ich das jedenfalls. Was soll ich denn sonst auch machen? Er hat das gemacht, das mit mir und das mit meiner Tochter. Aber das war nun mal passiert. Wenn ich da rumschreien und rumheulen würde, wäre es doch auch nicht mehr ungeschehen zu machen gewesen. Da mußte ich mich nun mal mit abfinden und er auch. Wir mußten da das Beste draus machen. Und wenn ihm das dann half, daß er sich einfach über mich hermachte, na ja, was sollte ich denn schon sagen? Natürlich hatte ich auch Angst, daß er sich selbst etwas antut. Einmal, da hat er sich so auf das Balkongeländer gestellt und sich so vorgebeugt. Da habe ich schon gedacht, jetzt ist es aus. Aber dann ist er doch wieder runter und hat es nicht gemacht. Er war, glaube ich, ziemlich betrunken. Und dann, als die Zeit schon vorbei war, die er von meinem Ex bekommen hatte, da sagte er zu mir, ich sollte den jetzt anrufen und ihm sagen, er macht's, er geht da hin. Sie sollen ihn nicht anzeigen.

Das habe ich dann auch gemacht. Aber die Nacht danach, die möchte ich nie mehr im Leben mitmachen. Die war so schlimm, weil da hat er alles kurz und klein gemacht. Das sah bei uns aus wie nach einem Polterabend, bloß so lustig war's nicht. Und am anderen Morgen dann, wie mein Ex angerufen hat und ihm die Adresse von dem Psychologen gesagt hat, zu dem mein Mann gehen sollte, da hat sich mein Mann so blau, wie er war, ins Auto gesetzt und ist los und bei Rot über die Ampel und hat einen Unfall gebaut, daß der Führerschein auch noch weg war. Na ja, und dann, als er wieder bei Verstand war, da hat er dann die Therapie angefangen.«

Mittlerweile hat der Psychologe Uta aufgefordert, an der Therapie ihres Mannes teilzunehmen. Da die Stunden aus eigener Tasche bezahlt werden müssen und teuer sind, hat Utas Mann sich noch nicht dazu durchringen können, dem Vorschlag des Therapeuten zuzustimmen. Uta selbst würde wohl gern eine Therapie machen, verfügt jedoch nicht über die nötigen finanziellen Mittel. Da ihr Mann nicht damit einverstanden ist, daß sie eine Stelle in einem Privathaushalt annimmt oder stundenweise als Verkäuferin arbeitet, um so das Geld für die Therapiestunden selbst zu verdienen, wird Uta wohl darauf verzichten müssen. Zwar bedauert sie dies lebhaft, meint aber gleichzeitig:

»Eigentlich brauche ich es ja auch nicht so dringend wie mein Mann. Daß der sich endlich mal mit einem so von Mann zu Mann aussprechen kann, das ist für ihn schon unheimlich wichtig. Seitdem steht er jedenfalls viel weniger unter Druck und macht auch öfter mal was mit seinem Sohn. Ich habe auch eigentlich keine Angst, daß er was mit dem Kleinen anfängt, sexuell und so. Ich glaube schon, daß er das jetzt besser im Griff hat. Ich fühle mich auch viel wohler, seit meine Tochter aus dem Haus ist, weil das ja doch schon eine ziemliche Belastung war. Jetzt, wo es vorbei ist, merke ich schon, daß es ja eigentlich für sie eine ziemliche Belastung gewesen sein muß. Sie ist ja doch noch ziemlich klein gewesen und nicht so richtig reif als Frau und alles. Aber wenn sie wieder hier wäre, wenn das wieder losgehen würde – nein, das will ich nicht haben. Das kann ich mir auch nicht vorstellen. Ich bin schon sehr froh, daß sie weg ist. Das macht mir alles ja doch viel leichter.«

Utas Tochter macht ebenfalls eine Therapie. Ihre Therapeutin ist eine erfahrene Fachkraft, deren Spezialgebiet der sexuelle Mißbrauch an Kindern und Jugendlichen ist. Dank des engagierten Eingreifens des Vaters und seiner Helfer hat das Kind eine gute Chance, in der Geborgenheit der väterlichen Familie die Erfahrungen der Vergangenheit zu verwinden und zu einer seelisch gesunden Persönlichkeit heranzuwachsen.

Um Utas Entscheidung gegen ihre Tochter besser verstehen zu können, versuchte ich, möglichst viel über ihre Kindheit und Jugend herauszufinden. Uta war in der Randzone des Ruhrgebietes als älteste von insgesamt sechs Töchtern aufgewachsen, ihr Vater war Bergbauarbeiter, ihre Mutter hatte eine kleine Landwirtschaft mit in die Ehe gebracht. Die anfallende landwirtschaftliche Arbeit mußte überwiegend von Frau und Kindern verrichtet werden. Nur zur Ernte, in den heißen Sommermonaten, nahm der Vater Urlaub. Weder er noch Frau und Kinder schätzten die aufreibende Arbeit auf dem Feld, doch konnte die Familie auf den Ertrag, den der Verkauf der Ernte auf dem Wochenmarkt erzielte, und auf die im Keller eingelagerten Wintervorräte nicht verzichten. Ohne diese zusätzliche Einnahmequelle und die Arbeitskraft der Mutter hätte der Vater die achtköpfige Familie nicht ernähren können.

Der Vater war ein starrsinniger, autoritäter Mann. Anders als viele andere Väter, die Uta bei ihren Schulfreundinnen kennenlernte, pflegte er seine Frau nie mit Namen anzureden, sondern sprach sie entweder mit »du« oder »Mutter« an Auch die Kinder rief er nur selten bei Namen. Wenn er von ihnen sprach, nannte er sie abfällig »die Mösen«. Uta erinnerte sich vor allem an seine Kommentare, wenn die Mutter statt des sehnlichst erwarteten Sohnes ein weiteres Mädchen zur Welt gebracht hatte. »Schon wieder eine verdammte Büchse!« fluchte er dann und betrank sich vor Enttäuschung bis zur Sinnlosigkeit. Nach der Geburt der drei jüngsten Töchter besuchte er die Mutter nicht einmal im Krankenhaus und ging außer Haus, als sie mit dem jeweiligen Baby entlassen wurde. Als die Mutter es wagte, ihm einmal einen ärztlichen Bericht darüber auf den Nachttisch zu legen, daß der Samen des Mannes das Geschlecht des Kindes bestimme, verabreichte er ihr eine laut klatschende Maulschelle und sagte, wenn sie noch einmal einen solchen Schwachsinn verbreiten würde, lasse er sich scheiden und schmeiße sie mitsamt ihren Gören aus dem Haus. Wenn er Frau und Kinder zu sich befahl, pfiff er nur oder winkte sie mit einer kurzen Kopfbewegung herbei. Uta erinnerte sich, daß der Vater wahre Brüllanfälle bekam, wenn sie oder ihre Schwestern einen Pfiff überhörten und deswegen womöglich zu spät zu Tisch kamen oder nicht sofort bei Fuß standen, wenn der Vater sie zu irgendeiner Arbeitsverrichtung im Haus benötigte. Dann konnte es geschehen, daß er sie zur Strafe stundenlang auf einem Kantholz knien ließ oder sie so lange splitternackt unter der eiskalten, mitten im Hof angebrachten und von der Straßenseite her einsehbaren Pumpe stehen ließ, bis sie blau angelaufen waren und wie im Schüttelfrost mit den Zähnen klapperten. Für das geringste Widerwort zog er den Hosengürtel aus der Arbeitshose und schlug blutige Striemen über die bloßen Pobacken. Und wagte eines der Mädchen oder auch seine Frau einmal das Wörtchen »mein« zu sagen, kam vom Vater fast augenblicklich der Ausspruch: »Mach mal die Augen zu. Was du dann siehst, das gehört dir!«

Die Mutter konnte sich gegen den Vater nie durchsetzen. Wenn er die Töchter schlug oder auf andere Weise demütigte, stand sie entweder hilflos weinend in irgendeiner Zimmerecke oder gab ihm recht, um seinen Zorn nicht noch mehr zu erregen. Sie selbst schlug die Mädchen nie. Aber sie sorgte dafür, daß diese ihre Pflicht gegenüber der Mutter nicht vergaßen. So war es an der Tagesordnung, daß die Mutter den Töchtern sagte: Wenn ihr dies oder das nicht tut, werde ich mit dem Vater euretwegen wieder Ärger bekommen. Oder daß sie ohne ein Wort plötzlich verschwunden war und im Bett lag, das Gesicht bleich, die Augen umschattet, nicht mehr zu atmen schien und dann, nach vielen vergeblichen Wiederbelebungsversuchen durch die verzweifelt weinenden Mädchen, seufzte: »Ach, hättet ihr mich doch sterben lassen, dann hätte ich mich nicht mehr über euch aufregen müssen.« Oder daß sie auf dem Kartoffelacker, eine Hand ins schmerzende Kreuz gedrückt, sagen konnte: »Ich wollte, ich hätte nur einen einzigen Jungen! Dafür würde ich jede von euch mit Kußhand hergeben!«

Uta und ihre Schwestern waren gute Schülerinnen. Gern wären sie zur Realschule gegangen und hätten eine Lehre begonnen. Doch davon hielt der Vater nichts. »Wozu soll das wohl gut sein?« polterte er. »Ein Mädchen hat zu heiraten und Kinder zu kriegen. Soll ich da etwa Geld für eine Ausbildung zum Fenster rausschmeißen? Kartoffeln schälen und putzen könnt ihr auch so.« Selbst die Fürbitte der Lehrer nützte nichts. Jedes Mädchen mußte nach der letzten Hauptschulklasse in die Fabrik, um am Fließband zu arbeiten und das verdiente Geld bis auf die letzte Mark zu Hause abzugeben. »Das ist ja wohl das Mindeste!« meinte der Vater. »Wenigstens ein bißchen will einer ja zurückhaben von dem, was er für seine Blagen rausgeschmissen hat.«

Früh hatte Uta im Haushalt einen Teil der mütterlichen Pflichten übernommen. Nach und nach mußten auch die Schwestern mit anpacken. Den Dielenboden und die Holztreppen zu spänen, die Wäsche zu versorgen, den Abwasch zu bewältigen, den Müll zu versorgen und das Federvieh auf dem Hof zu füttern, gehörte zu den Pflichten der Mädchen. Am meisten gefordert war Uta. Die Mutter kochte und bügelte. Doch bald schon mußte Uta auch dies übernehmen, während die Mutter sich zunächst mit Eierlikör und später mit allem, was das Haus zu bieten hatte, ein Ruhestündchen gönnte. Da die zunehmende Alkoholabhängigkeit der Mutter nicht auffallen durfte, sorgte der Vater dafür, daß es immer einen guten Tropfen im Keller gab, und schärfte den Töchtern ein, nur ja dafür zu sorgen, daß »kein Gerede« aufkommt.

Mit 16 Jahen hatte Uta ihren ersten Freund. Mit 17 war sie schwanger. Ein halbes Jahr nach der Geburt ihrer Tochter war sie verheiratet. Doch die Ehe lief nicht gut. Der zehn Jahre ältere Ehepartner, der Uta zunächst wegen seiner Zärtlichkeit und seiner verständnisvollen Art gefallen hatte, entsprach schließlich immer weniger dem Ideal eines Mannes, das sie in ihrem Kopf aufgebaut hatte. »Der war doch ein Schlappsack!« meinte sie.

Ein Jahr nach der Hochzeit lernte Uta einen anderen kennen, einen nur wenig älteren Fernmeldetechniker, der in seiner Freizeit die regionale Fußballmannschaft trainierte und regelmäßig Kraftsport betrieb. Weitere zwei Jahre später war sie geschieden. Bereits ein Jahr zuvor hatte sie ihren Ehemann verlassen. Drei Monate nach der Scheidung heiratete sie ihren Scheidungsgrund, und ein halbes Jahr später war sie erneut schwanger. Zu diesem Zeitpunkt wurde ihre Tochter aus erster Ehe mit Utas Wissen bereits monatelang regelmäßig von dem Stiefvater zu oralem und analem Sexualverkehr gezwungen. Als Utas Sohn anderthalb Jahre alt war, wurde der Mißbrauch an ihrer Tochter bekannt. Wenige Tage später verließ Uta zugunsten ihres zweiten Ehemannes ihre Tochter für immer.

Ich habe im Laufe der vergangenen neun Jahre mit sehr vielen Müttern gesprochen, deren Kind oder Kinder sexuell mißbraucht worden sind. Uta ist, wie ich meine, ein sehr typisches Beispiel. Hätte sie einen Vater gehabt, der sie und ihre Schwestern gewaltfrei erzogen hätte, hätte sie eine Mutter gehabt, die ihrem Ehemann eine selbstbewußte Partnerin gewesen wäre und ihre Töchter nicht durch psychischen Terror gegängelt hätte, hätte sie Bildung bekommen, einen Beruf erlernen und zu einer selbstbewußten, unabhängig denkenden und handelnden Frau heranwachsen können, die auf einer Wert- und Verantwortungsebene mit ihrem Ehemann lebt – Uta hätte ihre kleine Tochter nicht verlassen müssen. Sie hätte sie zu einem selbstbewußten, angstfreien Mädchen erziehen können, das voller Vertrauen gewußt hätte, es bleibt auch dann geliebt und liebenswert, wenn es einmal scheinbar unfolgsam ist und zu einem Erwachsenen nein sagt. Eine solche Tochter einer solchen Mutter wäre mit großer Sicherheit nicht sexuell mißbraucht worden. In jedem Fall aber hätte eine solche Mutter ihr Kind beschützen können, anstatt ihm den nie wieder zu heilenden seelischen Schmerz zufügen zu müssen, verlassen worden zu sein.

Doch es sind nicht nur Eltern oder Elternteile, die ein mißbrauchtes Kind im Stich lassen, sondern auch bestimmte Kreise der Gesellschaft beziehungsweise bestimmte veröffentlichte Meinungen, die den sexuellen Mißbrauch immer noch verharmlosen. Wenn ein Junge zu einem Straftäter, ein Mädchen zu einer Straftäterin heranwächst, wenn ein Kind sexuell mißbraucht und Gewalt ausgesetzt, wenn es verlassen und verstoßen und für sein Leben geschädigt wird, so geschieht dies nicht rein zufällig. Zuständig dafür sind unter anderem öffentliche Meinungsbildner wie beispielsweise Ernest Borneman, der sich zu den Themen Sittlichkeitsverbrechen und Sexualstraftaten ausläßt.

So gibt Borneman etwa die Auffassung des schwedischen Sexualwissenschaftlers Lars Ullerstam wieder und macht sie zu seiner eigenen, indem er ausführt, »daß es für jeden Sadisten einen geeigneten masochistischen Partner geben könne. Für jeden Exhibitionisten einen Voyeur. Für jeden Pädophilen ein frühreifes Kind, das nach einer Vaterfigur sucht. Die Aufgabe der Gesellschaft bestehe darin, diese Partner zu finden und zusammenzubringen. Wenn uns das gelinge, unterbinden wir das Sittlichkeitsverbrechen, retten zahllose Menschenleben und ersparen uns den Rattenschwanz von polizeilichen Nachforschungen, kostspieligen und zeitraubenden Gerichtsverhandlungen, sinnlosen und teuren Gefängnisverwahrungen. ... Und dies nicht, um dem Einzelwesen die anarchische Freiheit der Unverantwortlichkeit zuzubilligen, sondern im Gegenteil: um der Gemeinschaft seine volle Arbeitsenergie zu erhalten. Ein unbefriedigter Mensch ist nicht nur nutzlos, sondern auch gefährlich. Die Beseitigung der Gefahr besteht nicht darin, daß man ihn in unbefriedigtem Zustand herumlaufen läßt, bis er ein Verbrechen begeht, und ihn erst dann einsperrt, wenn es zu spät ist, sondern darin, daß man ihn zum nutzvollen Mitbürger macht. Und das kann man nur tun, indem man ihm in harmloser Weise die Erfüllung seiner Sexualwünsche ermöglicht ... Daß die überall geschürte Sexualverbrecher-Psychose dazu führt, oft völlig harmlose Kontakte skandalös hochzuspielen, nützt immer nur allein der Justiz ... die durch ›Gartenzwerg-Prozesse‹ ... schon längst ihre Glaubwürdigkeit verloren hat. Natürlich ist es leichter, einem armen ›Zärtlichkeitsverbrecher‹ ... das letzte Hemd auszuziehen, seine Existenz und vielfach auch noch seine Ehe zu zerstören, als radikalen Gruppen ... gegenüberzutreten ... Aber da ja nun mal im Beamtenapparat der Schornstein rauchen muß – die Kosten seines Verfahrens trägt bekanntlich der ›Täter‹ –, geht die ›Hexenverfolgung‹ weiter. Gut, der Vollständigkeit halber darf nicht verschwiegen werden, daß auf diesem Gebiet auch dann und wann Gewalttätigkeit zur Anwendung kommt, vereinzelt sogar Tötungen geschehen. Selbstverständlich ist schon ein einziges totes Kind zuviel. Aber wie kommt es in der Regel dazu? Zunächst einmal: in mindestens neun von zehn Fällen sind es keine Sexualmorde, sondern Deckungsmorde, nämlich Morde, die in Panik vor Entdeckung verübt werden als Folge einer oft völlig belanglosen Tat. Das heißt: fast alle dieser ermordeten Kinder könnten heute noch leben, wenn es die Sexualgesetze nicht gäbe. Sie sind ja auch völlig überflüssig.«

Äußerungen wie diese sind es, die das Leiden weltweit Zigtausender sexuell mißbrauchter Kinder mit Füßen treten und den schweren Kampf der von ihren Kindheitserfahrungen an einem glücklichen Leben gehinderten Erwachsenen ins Unglaubwürdige und Lächerliche ziehen. Sie sind es, die Täter oder Täterinnen ein vermeintliches Recht auf ihre Tat zugestehen und die Tat verharmlosen. Sie sind es, die in der Öffentlichkeit immer wieder den Irrglauben schüren und nähren, daß »alles nur halb so wild« ist, daß man sich besser nicht einmischen und den Dingen ihren Lauf lassen solle. Sie sind es auch, die Kinder der Willkür und hemmungslosen sexuellen Lust ihrer erwachsenen Mitmenschen aussetzen und alle notwendigen Schutzmaßnahmen als falsche Geldschneiderei verleumden, indem sie die Schuld an den nicht zu bestreitenden Leiden der Kinder einer Gesellschaft zuschreiben, die – wie Bornemann behauptet – »ihre sexuellen Minoritäten zu Verbrechern macht, statt ihnen die Erfüllung ihrer sexuellen Wünsche in harmloser und legaler Weise zu ermöglichen«.

Mein Kind malt Häuser mit rauchendem Schornstein: Vom Umgang mit Verdachtsmomenten

Es geschah während der Diskussion nach einer meiner Lesungen aus »Monika B.« Vielleicht siebzig Frauen unterschiedlichen Alters saßen in einer Beratungsstelle von »Wildwasser«, deren Leiterin mich zu einem Vortrag eingeladen hatte.

Im Lichtkegel einer Richtleuchte hatte ich zu lesen begonnen. Das Publikum – auf Wunsch der Veranstalterinnen ausdrücklich nur Frauen – saß im Halbdämmer. Wenn ich aufblickte, verschwammen die Gesichter vor mir. Ich hörte sie mehr, als daß ich sie sah, die Frauen und jungen Mädchen, die gekommen waren. Manchmal wurde ein Schluchzen laut. Gezischeltes Trösten. Das Knistern von Papiertaschentüchern. Einmal krachte ein Stuhl zu Boden. Weiter hinten war es, nahe dem Ausgang. Jemand rannte mit wehendem Haar zur Tür, hinaus. Als ich zu lesen aufhörte, blieb alles still. Eine Minute, zwei, nichts als dieses Zögern, dieses Ringen um den Mut, eine Frage zu stellen, den ersten Satz auszusprechen, der die erwartete Diskussion in Gang bringen wird. Und dann kam es: »Ich kenne ein Kind, bei mir ganz in der Nachbarschaft, das malt immer nur Häuser, so hohe, dünne, wie ein Turm, mit gar keinem Fenster, nur mit so einem runden Dach und obendrauf mit so einem Schornstein, wie ein Schlitz, und der raucht. Im Kindergarten sagen sie, es wird mißbraucht. Kann das sein?«

Noch ehe ich antworten konnte, hatte der Saal sich gerührt. »Bilder, gell, die sagen viel!« – »Das Kind muß raus, muß weg aus der Familie«. – »Ja, so ein Quatsch, das malt mein Bub auch.« – »Die Leut' kenn ich, die wohnen in der Straße, gell, da hinten, wo's Wehr ist. Das ist der Mann, der säuft.« – »Ja, wo gibt's denn so was! Hier bei uns?« – »Hat das schon einer angezeigt?« Alle sprachen durcheinander, noch heftig aufgewühlt von dem Schicksal, das sie soeben aus meinem Buch kennengelernt hatten, erleichtert, sich auf diese Weise Luft machen zu dürfen. Bis die junge Frau, die von der örtlichen Tageszeitung gekommen war, dem allgemeinen Drauflosreden ein Ende machte und die Frage an mich richtete: »Was halten Sie davon?«

»Nichts!« sagte ich. »Ich kenne das Kind nicht, ich habe die Bilder nie gesehen, ich weiß nichts von der Familie und den Lebensumständen des Kindes. Und selbst wenn ich Bescheid wüßte, würde ich mir kein Urteil darüber erlauben, weil ich keine ausreichenden fachlichen Kenntnisse habe, um hier eine konkrete Aussage zu wagen.«

»Heißt das, Sie würden nichts unternehmen, wenn Sie von so einer Sache erfahren würden?« staunte die eifrige Reporterin und hielt mir ihr Mikrophon für den Mitschnitt meiner Antwort auf ihrem Recorder hin. »Doch!« gab ich zurück. »Natürlich würde ich etwas unternehmen. Ich würde versuchen, das Kind besser kennenzulernen, möglichst viel über seine Familie und seinen Umgang zu erfahren. Und vor allem würde ich mir Unterstützung von einer erfahrenen Mitarbeiterin des Kinderschutzbundes oder eines Kinderschutzzentrums oder des Jugendamtes oder einer seriösen Beratungsstelle für Betroffene erbitten. Auf keinen Fall würde ich vorschnelle Schlüsse ziehen. Und noch weniger würde ich übereilte Aktionen in Gang setzen.«

»Sie würden also dem Kind nicht glauben?«

»Das kann ich so nicht beantworten«, sagte ich. »Ich würde das Kind immer sehr ernst nehmen. Ich würde mich aufmerksam und verantwortungsbewußt mit seinen Aussagen oder seinen Zeichen beschäftigen. Ich würde das Kind nie und nimmermehr abzuwimmeln versuchen. Aber ich würde auch nie und nimmmermehr sofort und ungeprüft die Aussage des Kindes zu meiner eigenen machen. Dies würde ich aber auch bei einer erwachsenen Person nicht tun.«

»Glauben Sie denn, daß man aus Kinderkritzeleien und -bildern tatsächlich einen sexuellen Mißbrauch ableiten kann?«

»Ja«, sagte ich. »Davon bin ich überzeugt. Ich habe selbst schon häufig eindeutig aussagefähige Bilder mißbrauchter Kinder gesehen. Fast jede Frau, die in ihrer Kindheit und Jugend sexuell mißbraucht wurde, hat irgendwann den seelischen Druck auf Papier abzulenken versucht und in mehr oder minder verschlüsselten Bildern um Hilfe geschrien. Trotzdem würde ich mir nicht anmaßen, allein und ohne fachlich kompetente Unterstützung Rückschlüsse ziehen zu wollen. Man muß alle Verdachtsmomente äußerst sorgfältig prüfen und mit großem Verantwortungsbewußtsein vorgehen, denn die Folgen einer Fehlanzeige sind absolut zerstörerisch und nicht wiedergutzumachen.«

»Gibt es denn Fehlanzeigen?« fragte jemand im Publikum. »Kann ein Kind denn so lügen?«

Spontan fielen mir Zahlen dazu ein. Ich hatte sie erst wenige Tage zuvor gelesen. Der Amerikaner David P. H. Jones hat am Park Hospital for Children in Oxford 576 Fälle untersucht, bei denen Verdacht auf sexuellen Mißbrauch an Kindern bestand. Siebzig Prozent der Anschuldigungen entsprachen der Wahrheit. 27 Prozent beruhten auf falschen Schlußfolgerungen bei vorhandenen Verdachtsmomenten. Der Rest entsprang der bloßen Phantasie. Von 21 erfundenen Fallbeispielen wurden 17 von Mädchen vorgebracht. Vier Fallbeispiele stammten von Jungen im Alter zwischen eineinhalb und zehn Jahren. Insgesamt fünf der 21 Lügengeschichten wurden von einem Kind erfunden. Neun waren von Erwachsenen ausgedacht worden. Sieben Fälle kamen als Gemeinschaftswerk von einem Kind und einem Erwachsenen zustande. Allein aus diesen Ermittlungen ergibt sich, daß Kinder sehr wohl einen sexuellen Mißbrauch erfinden können. Wobei aus den mir zugänglichen Quellen nicht zu ersehen war, welchen Grad der Mißbrauch in diesen erfundenen Geschichten erreicht, das heißt, wie weit die Phantasie der Kinder eine solche Fiktion gestalten kann. Aber, und dies erscheint mir im Ergebnis weit schwerwiegender: Wenn eine Mißbrauchsgeschichte auf falschen Schlußfolgerungen oder gar Erfindungen beruht, sind in der überwiegenden Mehrheit Erwachsene die Urheber der Falschanschuldigung.

Vor allem dies ging mir durch den Kopf, als ich meine Antwort auf die Frage, ob es Fehlanzeigen gebe und ob ein Kind so lügen könne, formulierte und feststellte: »Es sind weniger die Kinder, die lügen, als vielmehr die Erwachsenen, die Aussagen von Kindern falsch oder ungenügend interpretieren, vorschnelle Schlüsse ziehen und darum Fehlanzeigen starten. Und zwar sind es meist die Erwachsenen, die sich in ihrem Bedürfnis, ein Kind zu schützen, keine Zeit zu gewissenhaften Prüfungen lassen. Und die verdrängen, daß der Wunsch, einem Kind zu helfen, nicht dazu führen darf, einen unschuldigen Erwachsenen zu zerstören. So schwer es auch fällt, aber jeder in Verdacht geratene Mensch muß bis zur erwiesenen Schuld als unschuldig behandelt werden. Dazu gehört, bei der Prüfung der Verdachtsmomente nicht nur nach einer Bestätigung der Tat, sondern ebenso gewissenhaft nach Entlastungsargumenten zu suchen.«

»Und sich dadurch zum Komplizen zu machen!« rief eine Frau mit rot gefärbten, die Stirn und die Augen verdeckenden Ponyfransen hinter ihrem Taschentuch hervor, das sie schon während meines Vorlesens immer wieder an den Mund gepreßt hatte. Ich wußte genau, was sie zu diesem Einwurf veranlaßt hatte. Es drängte mich, ihr zu sagen, daß ihr Kummer mich berührt. Aber ob sie es wollte? Lieber würde ich im Anschluß an die Diskussion versuchen, unter vier Augen mit ihr zu sprechen. »Niemand macht sich zum Mittäter, der einen Verdacht überprüft«, widersprach ich und versuchte, die Frau nicht zu verletzen. »Wenn ein Kind Bilder malt, deren Inhalte verdächtig wirken, wäre es vollkommen falsch, das Kind dafür auszuschimpfen oder auf eine andere Weise dafür zu sorgen, daß derartige Bilder nicht mehr entstehen. Richtig und notwendig ist es, mit dem Kind über seine Bilder zu reden. In einer möglichst unbefangenen und offenen Art zu fragen, was es da gemalt habe und warum oder für wen. Aber niemals so, daß dem Kind die Antwort schon in den Mund gelegt wird. Daß es aus der Fragestellung erkennen kann, was man hören möchte. Jeder, der mit Kindern umgeht, weiß doch, wie sensibel Kinder auf den Tonfall einer Stimme oder einer bestimmten Mimik reagieren können. Manche Kinder stimmen ihre Antworten allein auf diese unausgesprochene Erwartungen ab. In jedem Fall aber muß das Kind ernstgenommen werden, auch dann, wenn einem die Antworten nicht einleuchten, unglaubwürdig oder wirr erscheinen.«

Für dieses Problem, das in fast allen meinen Lesungen zur Sprache kommt, hat sich ein Beispiel aus dem Alltag einer Mutter mit einem Kindergartenkind bewährt. Auch in diesem Fall baute ich die kleine Szene mit ein paar Worten auf: Halb zwölf, das Kind steht an der Tür. Es klingelt Sturm. Die Haare fallen verschwitzt in die Stirn. Hemd und Hose sind voller Staub. Am Kinn glüht es rot durch die abgeschürfte Haut. Erschrocken, aber auch empört fragt die Mutter: »Wie siehst du denn aus? Hat dich der Frank wieder gehauen?« Schon plappert der kleine Mund. Schon wird aufgezählt, was der Frank, der schlimme, alles gemacht hat und wie so ganz und gar unschuldig das Kind selbst daran war. Und im Augenblick des Erzählens ist dies für das Kind auch die Wahrheit. Erst das Nachfragen: »Und du, was hast du gemacht?« wird es an den Tag bringen, wer denn nun wen zuerst gefoppt und zuerst getitscht und zuerst zum Weinen gebracht hat. Doch nur, wenn das Kind sich der Liebe der Mutter sicher ist, wird es wirklich die Wahrheit sagen.

So manche der anwesenden Frauen erkannte sich in diesem Beispiel wieder. Es machte klar, wie leicht es ist, mit den besten

Absichten für das Kind die zweifelhaftesten Ergebnisse in der Sache zu erzielen. Dennoch setzten sich vor allem die Frauen aus der »Wildwasser«-Gruppe leidenschaftlich dafür ein, einem Kind, das auf irgendeine Weise von einem sexuellen Mißbrauch Kenntnis gibt, bedingungslos zu glauben. *Parteilichkeit* mit dem Opfer müsse die Ausgangsbasis sein für die Arbeit gegen sexuelle Männergewalt. Jeder Mann könne ein Kind sexuell mißbrauchen, jeder ein Täter sein. Wer dies bezweifle, mache sich mitschuldig und schütze nicht den Unschuldigen, sondern den Täter. Denn je mehr Zweifler in der Öffentlichkeit gegen die Aussagen von betroffenen Kindern aufstünden, desto sicherer könne sich der Täter fühlen, desto ungehinderter den Mißbrauch fortsetzen.

»Aber hieße es nicht, das Kind mit dem Bade auszuschütten, wollte man jedem Verdacht spontan nachgeben?« gaben andere Frauen, die überwiegend verheiratet waren oder in einer offenen Partnerbeziehung lebten, zu bedenken und führten Beispiele an, in denen Männer oder auch Elternpaare zu Unrecht angeschuldigt worden waren. Gerade in jüngster Zeit hätten sie das immer wieder in Zeitungen gelesen. Auch die Fernsehsender hätten darüber berichtet. Direkt vom Kindergarten weg hatte man in den gezeigten Reportagen den verdächtigten Eltern die Kinder entzoge und diese in einer Blitzaktion in ein Heim gesteckt. Die Kinder hatten nicht einmal ihr Schmusetier mitnehmen, sich nicht einmal von den Eltern verabschieden dürfen. Tagelang erfuhren diese nicht, wo ihre Kinder hingebracht worden waren. Wochenlang erhielten sie kein Besuchsrecht. Der sexuelle Mißbrauch der Kinder durch die eigenen Eltern sei eindeutig belegt, hieß es dazu aus Fachkreisen. Die Kinder seien manipuliert worden, widersprachen die Eltern. Man habe ihnen durch geschickte Fragestellungen falsche Antworten in den Mund gelegt. In Wirklichkeit sei alles harmlos. Schuldig seien einzig und allein die Institutionen und Behörden, die Verdachtsmomente überschätzt und mit ihren sofort eingeleiteten Gegenmaßnahmen entsprechend überreagiert hätten.

Was, fragten die Frauen, wenn einem selbst so etwas widerfahre? Wenn einen der Nachbar, mit dem man sich zerstritten habe, anzeige? Was, wenn so etwas erst einmal in die Welt gesetzt worden sei? Was dann?

Hitzig ging die Diskussion damals hin und her. Die Tatsache, daß im sexuellen Mißbrauch in der Regel ein Kind zum Opfer wird, war gänzlich untergegangen. Die Sorge um die eigene erwachsene Haut war urplötzlich das Thema des Abends. Und ganz plötzlich war das Opfersein oder Zum-Opfer-gemacht-Werden viel näher gerückt als zu dem Zeitpunkt, als allein das Kind das Opfer war.

Hier war es nur im kleinen passiert, doch wie mir scheint, läßt sich dieser Vorgang des Vertauschens der Opferposition gegenwärtig immer öfter und mit immer gravierenderen Folgen beobachten. Solange im Bewußtsein der Erwachsenen das Kind allein gefährdet war, entsetzte und empörte man sich darüber, verteufelte den Täter oder die Täterin und wandte sich dann anderen Belangen zu. Kaum jemand identifizierte sich ja mit einem Mißbrauchstäter. Kaum jemand rechnete ernstlich damit, daß ausgerechnet das eigene Kind mißbraucht werden könnte. Der sexuelle Mißbrauch hatte für die breite Bevölkerung etwa den Stellenwert wie eine Infizierung mit Aids. Getreu dem Motto »Geh der Situation aus dem Weg, und dir passiert nichts« ließ sich die Gefahr leicht verdrängen. Aber auf einmal ist alles anders.

Spätestens, seit der berühmte Regisseur Woody Allen im Sommer 1992 während der Trennungsauseinandersetzungen mit Mia Farrow plötzlich beschuldigt wurde, die gemeinsame Adoptivtochter Dylan sexuell mißbraucht zu haben (wovon ein Gericht ihn später freisprach), allerspätestens aber, seit Michael Jackson, der große Popstar, der Freund und Wohltäter aller Kinder, sich mit Millionen Dollar Schweigegeld von einer Anklage als Kindesmißbraucher freikaufte, geht eine neue Angst um. Eine, die plötzlich nicht mehr zu verdrängen ist, weil sie die eigene Person betreffen könnte. Auf einmal geht es nicht mehr *nur* um ein Kind, sei es ein eigenes oder ein fremdes. Auf einmal geht es um die eigene Person. Wenn nicht mehr Tatsachen entscheiden, sondern schon die Verleumdung genügt, um einen Mann als Mißbrauchstäter zu brandmarken und eventuell für sein Leben zu ruinieren, wer ist dann noch sicher? Wer kann denn schon in aller Gelassenheit von sich behaupten, er habe keine Feinde, ihm wolle niemand ans Leder? Wenn aber jetzt und vor allem jeder Mann zum Opfer eines falschen Verdachts werden kann, dann sitzt die eigene Haut auf einmal sehr viel näher als das Hemdchen eines Kindes. Dann schreitet der tatkräftige Mann zur Selbstverteidigung.

Ist Ihnen nicht auch der Wandel in den Medien aufgefallen? Staunen Sie nicht, wie oft in jüngster Zeit Beiträge zum sexuellen Mißbrauch aus männlicher Schreibe stammen? Wie viele männliche Experten sich plötzlich in Interviews zu Wort melden? Wie diejenigen unter ihnen, die den Mißbrauch des Mißbrauchs propagieren, in den Zeitschriften höflich mit Titel und Vornamen zitiert werden, während diejenigen, die auf der anderen Seite stehen und das Interesse des betroffenen Kindes auf ihre Fahne schreiben, allein mit ihrem Nachnamen erwähnt werden, obwohl sie dieselben Titel und gleichfalls einen Vornamen haben?

Wie oft habe ich in den vergangenen Jahren vergeblich versucht, Männer mit Profil zu ermuntern, sich für die gute Sache gegen den sexuellen Mißbrauch an Kindern und Jugendlichen stark zu machen und mit ihrem Engagement ein Signal zu setzen! Fast jeder winkte ab, wollte mit *so was* nichts zu schaffen haben, hielt sich aus der ihn vermeintlich nichts angehenden Sache lieber raus. Und jetzt? Auf einmal stehen sie da, die Herren. Haben eine Meinung, ergreifen Partei. Aber für wen? Für das Kind? Mitnichten! Die meisten öffentlich vorgetragenen Meinungen von Männern beziehen Stellung zum Thema verleumdeter Mann. Er, nicht mehr das Kind, ist das Opfer, das verteidigt wird.

Und wenn es gilt, den Mann zu schützen, lohnt sich der Einsatz natürlich auch. Dann ist das öffentliche Engagement nicht nur ehrenhaft und sinnvoll. Nein, dann auf einmal ist es auch selbstverständlich. Was nun die Presse allwöchentlich demonstriert. Wetteiferte vor einiger Zeit noch jede Zeitschrift darum, die schlimmste Opfergeschichte zu schildern, so ist es heute *en vogue,* den schlimmsten Fall eines zu Unrecht beschuldigten oder zumindest vielleicht zu Unrecht beschuldigten Täters auf die Titelseiten zu bringen.

»Jeder Mann ein Kinderschänder? Jetzt ist niemand sicher!« proklamierte zum Beispiel »Der Spiegel« in seiner Ausgabe vom 20. Juni 1994 und lenkte mit dieser wissentlich falschen Behauptung die Emotionen der Leserschaft bereits mit der Überschrift in die gewünschte Richtung. Überall, wo Unsicherheit herrscht, sind Ängst leicht geschürt. Nichts wird lieber gehört und gelesen, als daß gar kein Grund zur Unsicherheit besteht, daß alles sowieso purer Schwindel und Übertreibung unseriöser Wichtigtuer ist. Nichts wird erleichterter begrüßt als ein Enttarnen der Ermittlungsmethoden von Täterfahndern als gefährlich-absurde Selbstüberschätzung unfähiger Pfuscher.

»Der Spiegel« liegt also mit seinem nachfolgend zitierten Beitrag voll im Trend der gegenwärtig immer höher schwappenden Diskussion um den Mißbrauch des Mißbrauchs. In dem Artikel geht es um einen Erzieher, der sich zur Zeit (seit November 1992) wegen des Vorwurfs, mehr als fünfzig der ihm anvertrauten Kinder sexuell mißbraucht zu haben, vor Gericht verantworten muß. Da es kein Geständnis gibt, sind die Glaubwürdigkeit der Kinder und die unterschiedlichen Methoden der verschiedenen Gutachter zum Dreh- und Angelpunkt des Prozesses geworden.

»Verheiratet, Kinder? Und dazu ein Tier im Haus oder in der Wohnung? Einen Hund, eine Katze, ein Meerschweinchen? Es genügt auch eine Schildkröte – und schon ist der Vater der Familie hoch gefährdet. Denn wer Kinder *und* ein Tier hat, kann sein Kind mit dem Tier erpressen. Er kann es zwingen, sexuellen Mißbrauch zu dulden und darüber zu schweigen. Pariert das Kind nicht, kommt das Tier weg. Ein Tier in der Familie ist ein wichtiges Indiz für sexuellen Mißbrauch. Kommt zu dem Haustier hinzu, daß das Kind etwas zeichnet, was professionelle Einfühlung als einen Penis erkennen kann – so ist ein schwerwiegender Anfangsverdacht gegeben«.

Mit diesen wenigen Zeilen gelingt es dem Autorenteam Gisela Friedrichsen und Gerhard Mauz perfekt, Empörung zu erzeugen und vor allem die Phalanx der männlichen Leser auf ihre Seite zu ziehen. Gezielt lösen sie Vorurteile und Solidarität mit dem als Opfer dargestellten Verdächtigen aus. Beide Empfindungen sind nämlich für die gewünschte Wertung der sich anschließenden Story als ungeheuerliche Verleumdungsgeschichte dringend erforderlich. Als Stilmittel bedient sich das Autorenteam dabei sehr gekonnt einer Reihe von grotesk dümmlichen Beispielen für angeblich verdächtig machende Lebensumstände, so daß wirklich kein Leser umhin kann, darüber zu stolpern. Für mich lesen sie sich ähnlich wie die aus der Zeit der Hexenverfolgung überlieferten Anklageschriften, in denen Denunzianten, die von einer fanatischen Kirche in Höllenangst und Teufelswahn versetzt worden waren und Unmögliches für Wahrheit hielten, Anzeige gegen unschuldige Menschen erstatteten. Und genauso soll es sich auch lesen, denn im Zusammenhang mit einer Kampfansage gegen den Mißbrauch des Mißbrauchs geht es um ein durch »männerfeindliche Massenhysterie« ausgelöstes Denunziantentum und um die Entlarvung der wahren Täter und Mißbraucher – gemeint sind Kinder, die Mißbrauchshandlungen erfunden haben, und Eltern wie Helfer, die diesen Lügenmärchen auf den Leim gekrochen sind. So wird dem Sachverständigen der Anklage (Prof. Tilman Fürniss) von dem Sachverständigen der Verteidigung (Prof. Udo Undeutsch) »schlimmste Suggestion« nachgesagt. Nicht zuletzt geht es dem Autorenteam jedoch um eine Sensationsstory, als deren Quintessenz eigentlich ein Satz übrig bleibt: im Zweifel gegen die Opfer (die Kinder). Natürlich soll hier nicht der Rechtsgrundsatz »Im Zweifel für den Angeklagten« angetastet werden. Die Unschuldsvermutung muß für alle Verfahren gelten. Aber ebensowenig wie eine Vorverurteilung des Beschuldigten der Wahrheitsfindung dienlich ist, ist es auch der Versuch, die die Anklage stützenden Zeugen als unglaubwürdig hinzustellen und sie und ihre Helfer herabzusetzen.

Ohne Zweifel gibt es Personen, die unschuldig des sexuellen Mißbrauchs angeklagt werden. Vor allem im Scheidungsstreit von Ehepaaren um das Sorgerecht für gemeinsame Kinder verzeichnet der ungerechtfertigte Vorwurf des sexuellen Mißbrauchs eine steile Zuwachsrate. Sozialwissenschaftliche Untersuchungen in den USA zeigen auf, daß achtzig Prozent aller Mißbrauchsvorwürfe im Zusammenhang mit Ehescheidungen frei erfunden wurden. Vergleichbare Untersuchungen für Deutschland fehlen. Doch mehren sich die Stimmen, daß es auch hierzulande in mindestens zehn Prozent aller Scheidungsfälle zur Regel werde, ein Elternteil des sexuellen Mißbrauchs zu beschuldigen. Und zwar mit Vorliebe den Vater.

Georg Glass ist einer der Männer, die damit leben müssen, von der Exfrau zu Unrecht des Mißbrauchs ihres Kindes beschuldigt worden zu sein.

In seinem Buch »Vorwurf Kindesmißbrauch« hat Georg Glass sich den »Alptraum« der Verdächtigungen und Beschuldigungen von der Seele geschrieben.

Wie ihm zumute war, als seine Frau ihn anklagte? Georg Glass schrieb es auf: »Ich stehe, umringt von unzähligen auf mich einredenden, einschreienden Leuten und kann sie nur schemenhaft erkennen. Freunde, Bekannte, Eltern vom Kinderladen. Die aufsteigenden Tränen nehmen mir die Sicht. ... Ich werde von einer Woge aus Körpern, Sätzen, Verachtung und Haß aus dem Zimmer gespült. Sie stehen wie eine Mauer zwischen mir und der Tür. Wut und Empörung, Scham und Verzweiflung, schreien und weinen – ich könnte alles zusammen. ...«

Wie ihm zumute ist, jetzt, da die Würfel gefallen sind, seine Exfrau gemeinsam mit Tim in die USA ausgewandert ist, er seinen Sohn zumindest auf unabsehbar lange verloren hat, obwohl eine gutachterliche Stellungnahme in der Familienrechtssache eindeutig nachgewiesen hat, daß ein sexueller Mißbrauch nie stattfand? Auch darauf antwortet Georg Glass in seinem Buch:

»Für Tim ist ein Tag wie eine Woche, eine Woche wie ein Monat und ein Monat wie ein Jahr. In ein oder zwei Jahren wird er mich vergessen haben. In drei, vier Jahren wird er ›wissen‹, daß er irgendwann einmal einen Vater hatte, der ihn verlassen mußte, weil er ihn sexuell mißbraucht hat. Er wird sich an nichts Konkretes mehr erinnern können. Wer erinnert sich schon an die ersten zwei Jahre seines Lebens? Vielleicht werden einige Sätze in seinem Gedächtnis hängen geblieben sein – so, als wären sie vorgefallen.

Es gibt Stunden, in denen ich verzweifeln könnte, angesichts der Fassungslosigkeit, der grenzenlosen Ohnmacht, mit der ich diesem Wahnsinn gegenüberstehe. Die einzige Sicherheit, die ich besitze, ist mein Gefühl, daß die Wahrheit sich irgendwann als solche erweisen wird. Es ist das Vertrauen, daß mein Kind diese Wahrheit einmal wissen will und wird. Und ich hoffe, daß mir dieses Gefühl die Stärke gibt, die ich brauche, um das Kommende durchzustehen.«

Wie auch immer man zu der gegenwärtigen Kampagne gegen den Mißbrauch des Mißbrauchs stehen mag – in einem Punkt haben alle recht, die Verleumdung anprangern: Niemand darf einen anderen Menschen einer Tat bezichtigen, die dieser nicht begangen hat.

Männer oder Frauen, die wie Georg Glass zu Unrecht des sexuellen Mißbrauchs an ihrem Kind verdächtigt worden sind, stehen wie Schuldige vor den Scherben ihrer Existenz. Nach einer solchen Anklage wird nichts mehr sein, wie es früher war. Selbst dann, wenn die Anklage sich als unwahr erwiesen hat und alle Vorwürfe offiziell zurückgenommen worden sind, bleibt in der Regel der Schatten eines Verdachts zurück. Das Verhältnis zwischen vermeintlichem Täter und Kind ist gestört, wenn nicht zerstört. Das Kind selbst ist einer völlig unnötigen Zeugenbefragung unterworfen worden, in der es nicht nur gegen einen geliebten Elternteil parteiisch aussagen mußte. Nein, es erfährt und erleidet durch eine solche Befragung auch den bis zu diesem Zeitpunkt gar nicht vorhandenen sexuellen Mißbrauch. Zwar nicht körperlich, sondern auf einer Phantasieebene, jedoch nicht weniger verwirrend. Die Folgen einer solchen Befragung, die erfahrungsgemäß mehrfach und von wechselnden Personen vorgenommen wird, sind als sekundäre Viktimisierung aus dem tatsächlichen sexuellen Mißbrauch bekannt.

Wer immer Kindern eine solche Prozedur aufzwingt, macht sich meiner Meinung nach einer Grenzverletzung schuldig, die dem sexuellen Mißbrauch an Kindern und Jugendlichen an Skrupellosigkeit und Selbstsucht nicht nachsteht.

Es erscheint mir bezeichnend, daß es überwiegend scheidungswillige Frauen sind, die diese Art des Mißbrauchs praktizieren, um (ihre) Männer zu treffen. Gemäß dem im männlich bestimmten gesellschaftlichen Gefüge erlernten Wechselspiel von Ohnmacht und Macht setzen die betreffenden Frauen List und Lüge als Waffen des unterlegenen Geschlechts ein und nutzen ihren Vorteil aus. Und wie schwer fällt es Männern, die als »rechte Kerle« weder Gefühle noch Verletzlichkeit zeigen dürfen, sich gegen diese hauptsächlich Gefühle attackierende und die Ehre abschneidende weibliche Gemeinheit zur Wehr zu setzen.

Statt konkret zu sagen, daß dieser Mißbrauch des Mißbrauchs zum Beispiel in Scheidungsprozessen fehlgesteuerte und nicht nur Männern Angst einflößende Frauenpower ist, werden öffentliche Schlammschlachten angezettelt, Klischees wie das vom Mißbrauch des Mißbrauchs eingeführt und in einer Kampagne sondergleichen das gesamte Engagement einer verdienstvollen Helferschlacht zum Wohle einer unbestreitbar großen Zahl durch Erwachsene sexuell ausgebeuteter Kinder in Frage gestellt.

Selbstverständlich ist jeder Fall, in dem ein Unschuldiger diffamiert und in seiner Würde verletzt wird, ein Fall zuviel. Selbstverständlich darf die Tatsache des sexuellen Mißbrauchs an Kindern und Jugendlichen nicht zu der Verdächtigung eines jeden Mannes führen, nur weil er ein Mann ist, oder zu der im »Spiegel« aufgestellten Wahnsinnsbehauptung: »Jetzt ist niemand mehr sicher«. Selbstverständlich muß jeder Verdacht auf das gründlichste und verantwortungsvollste geprüft und mit größter Vorsicht bewertet werden.

Aber vergessen wir doch nicht, daß die große Mehrheit aller wegen sexuellen Mißbrauchs angezeigten Täter und Täterinnen tatsächlich Täter und Täterinnen sind! Dies zu verleugnen und den ohne Zweifel in einem noch geringen, wenn auch bedenklich wachsenden Ausmaß praktizierten Mißbrauch des Mißbrauchs zum Hauptanliegen unserer Gesellschaft hochzuspielen, anstatt nachdrücklich die finanziellen Mittel für einen umfassenden Opferschutz und wirksame Hilfsmaßnahmen für Täter zu fördern und einzusetzen, ist eine gefährliche Gratwanderung.

Gesetzesnovellen im sexuellen Mißbrauch – Hilfe für wen?

Viele in ihrer Kindheit und Jugend sexuell mißbrauchte Frauen und Männer hatten sie mit Spannung erwartet, die von der bundesdeutschen Justizministerin Sabine Leutheusser-Schnarrenberger angekündigte Verbesserung in der strafrechtlichen Verfolgung und Ahndung des Mißbrauchs als Straftat. Große Hoffnungen hatten vor allem die daran geknüpft, die das Ausmaß ihrer seelischen Schäden erst als Erwachsene erfassen und das ihnen von dem Täter oder der Täterin aufgezwungene Schweigen in früher Jugend nicht brechen konnten. Wenn die Verjährungsfrist fallen sollte, wollten sie handeln. Ganz gleich, wieviel Zeit verstrichen war, jetzt, als Erwachsene und leidlich gefestigte Persönlichkeiten, wollten sie die Tat zur Anzeige bringen und nachholen, was sie früher nicht vermocht hatten. Nicht allein, um persönlich von dem Makel einer lebenslang zu Unrecht mit sich herumgeschleppten Schuld freigesprochen zu werden und den wahren Schuldigen zur Verantwortung zu ziehen, sondern auch, um der Welt zu zeigen: Ja, es gibt uns, und wir sind so viele, wie keiner glauben will.

Doch dann kam alles anders. Im Mai 1994 wurde es bekannt. Die Veränderungen der Rechtslage besagen im wesentlichen folgendes:

- Der Verjährungsbeginn des sexuellen Mißbrauchs an Kindern und Jugendlichen wird künftig bis zur Vollendung des 18. Lebensjahres des Opfers ausgesetzt. Mit dieser im Bundestag beschlossenen Änderung soll betroffenen Jugendlichen die Möglichkeit eingeräumt werden, noch nach Erreichen der Volljährigkeit selbst Anzeige gegen den Täter erstatten zu können. Im Zusammenhang mit dieser Änderung wurde die bisher gestaffelte Verjährungsfrist von zehn Jahren für Mißbrauch an einem Opfer unter 14 Jahren und von fünf Jahren für Mißbrauch an einem Opfer zwischen 14 und 18 Jahren auf einheitlich zehn Jahre festgelegt. Für die Möglichkeit einer Anzeige bedeutet dies: Mit 28 Jahren ist Schluß. Danach ist alles Vorgefallene endgültig verjährt und nicht mehr strafbar.

- Sowohl für die Straftaten des Betrugs als auch des sexuellen Mißbrauchs gibt es künftig keine globale, aus unbekannt vielen gleichartigen Einzelstraftaten zusammengesetzte Gesamttat mehr, die nach einem einmal gefaßten Vorsatz beliebig oft wiederholt worden sein konnte und letztlich doch nur wie eine Straftat angesehen wurde. Statt dessen muß nun jeder gesetzwidrige Vorfall als Einzeltat beweismäßig erfaßt und gezählt werden. Die im Ermittlungsverfahren errechnete Summe der einzelnen Straftaten wird bei der Strafzumessung maßgeblicher berücksichtigt als bisher. Gleichzeitig kann durch eine solche Auflistung der Einzelvorfälle einer Straftat die gesetzliche Verjährungsfrist als Schnittstelle zwischen nicht mehr strafbaren und noch strafbaren Zeiträumen genauer ermittelt werden.

Für die betroffenen Opfer besagt dies, daß der sexuelle Mißbrauch weiterhin eine verjährungsfähige Straftat bleibt und nicht mehr angezeigt und gesetzlich geahndet werden kann, wenn die Verjährungsfrist von zehn Jahren verstrichen und das Opfer über 28 Jahre alt ist. Da gerade Mißbrauchsopfer meist viele Jahre benötigen, um ihre seelische Versehrtheit erkennen und in Worte fassen zu können, haben sie selten vor dem dreißigsten Lebensjahr die innere Stabilität gewonnen, die erst zur Anzeige und zum Durchstehen eines Prozesses befähigt. Insofern schließt auch die Neufassung des Gesetzes das Gros der Opfer von einer Anklagemöglichkeit aus.

Die zweite Gesetzesänderung, die einen Nachweis der Einzeldelikte verlangt, wird von den meisten Opfern als täterfreundliche Maßnahme verstanden, die eine Anzeige noch nachhaltiger erschwert, als dies bisher bereits der Fall war.

Warum dies so ist, verdeutlicht die Aussage einer Betroffenen. Gisela, deren Mutter den Vater anzeigte, als Gisela elf Jahre alt und bereits seit fünf Jahren sexuell mißbraucht worden war, schilderte mir im Alter von 17 Jahren ihre damaligen Erfahrungen vor Gericht.

»Wenn du als Kind von der Polizei vernommen wirst und gegen deinen Vater aussagen mußt, bist du zwar vom Alter her ein Kind, aber du bist trotzdem irgendwie kein Kind. Du hast keine Sonderbehandlung zu erwarten. Du bist ein Zeuge oder eine Zeugin.

Ganz egal, wie alt du bist. Da nimmt keiner Rücksicht, weil du noch nicht mal halb so alt und halb so groß bist wie die ganzen Männer oder Frauen um dich rum. Du wirst vernommen und nochmals vernommen und wieder vernommen. Immer wieder von anderen Leuten. Zuerst von der Polizei, dann vom Staatsanwalt und von der einen und vielleicht auch noch einer anderen Glaubwürdigkeitsgutachterin, später von dem Richter und womöglich auch noch von dem Anwalt deines Vaters. Und wenn du etwas beschreiben mußt, dann mußt du das genauso gut können, wie ein Erwachsener das machen würde. Selbst dann, wenn du noch gar kein Wort für irgend etwas kennst, was du gesehen hast oder was man mit dir gemacht hat. Ich weiß, bei mir machte der Richter dem einen Polizisten wegen der Vernehmungsprotokolle Vorhaltungen, weil ich ziemlich oft so Sachen wie ›so halt‹ oder ›halt komisch‹ oder ›irgendwie‹ gesagt hatte und keiner nachgebohrt hatte, was ich damit denn überhaupt gemeint hatte. Und du mußt auch für alles, was du da sagst, geradestehen. Du darfst dir nicht widersprechen, dich nicht in irgendwelchen Zahlen irren, heute das mal so und morgen ein klein bißchen anders erzählen. Und wenn du das doch machst, dann heißt es sofort, daß du lügst. Und wenn du lügst, dann bedeutet das, daß man dir nicht glaubt und du in ein Heim kommst oder in eine Klinik für Verrückte. Jedenfalls hat man mir das irgendwann mal so erklärt. Und davor hast du dann zusätzlich zu allem anderen auch noch Angst.

Das Schlimmste ist aber – und das ahnst du ja vorher nicht, ehe du oder deine Mutter oder sonstwer die Anzeige macht –, daß du für so ewig lange immer alles ganz genau im Kopf behalten mußt. Du darfst das ja nicht vergessen, was mit dir passiert ist. Du mußt das ja mindestens so lange, bis das Urteil gesprochen ist und bis alles endgültig vorbei ist – das mußt du ja zwei oder drei Jahre oder sogar noch länger wissen und immer ganz genauso wissen. Weil wenn du dich irrst, ist es gelogen, was du vorher gesagt hast. Du darfst dich also nicht irren. Du mußt total perfekt sein. Und da kommen dann so Fragen: Wann, an welchem Tag und um wieviel Uhr war das denn das erste Mal? Was hat der Papa genau gemacht? Was hat er zu dir gesagt? Wie hat er das Gesicht verzogen? Was hat er denn angehabt? Was hattest du selber an? Wie hat er dich denn angefaßt? Und wo ganz genau? Was hast du gemacht? Hast du geweint oder geschrien oder dich sonst irgendwie gewehrt?

Und dann mußt du das alles aus dir rausgraben und jedem das erzählen, und du schämst dich und fühlst dich zum Kotzen, weil du dich eben nicht gewehrt hast. Weil du dich ja gar nicht wehren konntest. Aber das begreifen die mit ihren Fragen und den Brillen auf den Nasen und den Tonbandgeräten und den dicken Notizblöcken ja gar nicht. Zumindest denkst du das als Kind. Du meinst ja, wenn die etwas begreifen würden, wenn die dir glauben würden, dann müßten sie doch nicht immer wieder fragen und immer tiefer nachbohren. Als Kind merkst du bloß, wie die dich aus ihren neugierigen Augen angucken, und du weißt genau, was die denken. Daß die nämlich denken, so ein schlechtes Kind, so ein böses Kind, hat es ja gar nicht anders verdient, geschieht ihm recht. Denn daß die so denken, das weißt du, weil immer alle Erwachsenen so gedacht haben, mit denen du zu tun hattest. Und da bekommst du eine Angst, daß du am liebsten schreien und weinen und dich verstecken würdest und am allerliebsten wolltest, daß alles vorbei wäre und niemand etwas gesagt hätte und du nicht reden müßtest. Aber das geht nicht, weil wenn du nicht redest und wenn die sagen, daß du lügst, dann kommst du weg und wirst in eine Zwangsjacke gesteckt, wo sie dir die Arme auf den Rücken schnallen, und du kommst in eine Gummizelle, und da kannst du schreien und schreien, und keiner kommt und holt dich raus. weil dir nämlich keiner raushelfen will, weil du das ja so verdient hast.

Natürlich ist mir heute klar, daß das alles nicht so einfach geht, daß das auch so nicht stimmt. Aber als Kind, da wußte ich das nicht. Da hab ich mich zuerst meinem Vater so absolut ausgeliefert gefühlt und hinterher den ganzen Leuten, die mit dem Prozeß zu tun hatten, noch mal. Wenn jemand nie mißbraucht worden ist, dann kann der sich so schwer vorstellen, wie das ist, wenn du Probleme damit hast, Gedanken oder Erinnerungen von dem zu unterscheiden, was geschieht. Ich habe ja als Kind ganz viel, was mir passiert ist, auf eine Gedankenebene weggedrückt. Ich habe mir dann einfach eingeredet, das war nur geträumt, das ist gar nicht wirklich gewesen. Oder das war wie im Film, wo der Tote nach den Dreharbeiten auch putzmunter wieder aufsteht, obwohl es vorher ganz echt ausgesehen hat. Das hat mir damals geholfen, mit dem Mißbrauch zu leben oder ihn zu überleben. Aber später dann, als ich erzählen sollte, was passiert war, da hatte ich so eine Mühe mit diesem Wegschieben. Da war das alles, was längst vorbei gewesen ist, auf einmal wieder im Jetzt. Da wußte ich hinterher wieder nicht mehr, habe ich das gerade eben erlebt oder habe ich es gerade eben geträumt oder was. Und alles, was ich erzählen sollte, tat auf einmal wieder weh, das war auf einmal wieder frisch und wie gerade eben wieder passiert. Daran bin ich als Kind fast kaputtgegangen. Da hat nicht viel gefehlt, daß ich verrückt geworden wäre.

Und dann kommen die jetzt mit einem angeblich so tollen neuen Gesetz und sagen, du sollst dich noch besser erinnern. Du sollst noch mehr über den genauen Tag und die genaue Zeit und das, was ganz genau gemacht worden ist, wissen und erzählen können. Als ob sich das in deinem Kinderkopf eingebrannt hätte. Als ob du dir das in die Haut geritzt hättest. Als ob du Tagebuch geführt hättest. Als ob du, wenn du überhaupt hättest schreiben können, als es anfing, als ob du dich da getraut hättest, Tagebuch zu schreiben. Und das, was du vielleicht später mal geschrieben hast, das ist ja dann doch längst nicht alles, woran du dich erinnerst. Aber woher sollst du das noch alles wissen, woran du dich erinnerst? Wer hilft dir denn da, das auszugraben und dir selbst das zu glauben, was du vor dir immer abgeleugnet hast, um überhaupt mit alledem leben zu können, um überleben zu können?

Ich glaube, die das Gesetz geändert haben, die haben noch niemals selbst mit Kindern gelebt, denen das passiert ist. Die haben bestimmt noch nie mit angehört und mit angesehen, was wirklich geschieht. Die haben alle in wunderbar heilen Familien mit Wunderpapas und Wundermamas ein Superleben gehabt und kapieren gar nichts von dem, was in einer wie mir vorgeht, wenn sie diese ach so tolle Neuigkeit liest. Die müssen ja auch nicht leben mit diesem Gesetz. Die müssen ja nicht das Allerschlimmste aus sich rauspulen lassen und das Innerste zuäußerst stülpen, damit so ein Richter da vorn dann erst mal begreifen kann, daß es so etwas überhaupt gibt, was ihm da zu Ohren gekommen ist. Wo doch jeder Depp auf der Straße weiß, daß Kinder am liebsten den Mund zum Lollilutschen und Lügen aufmachen.«

Daß es vor Gericht sehr häufig »im Zweifel gegen die Opfer« geht, belegt unter anderem eine 1994 veröffentlichte Studie der Sozialwissenschaftlerin Sabine Kirchhoff mit dem Titel »Sexueller Mißbrauch vor Gericht«. »Die bestehenden Gesetze«, formuliert sie darin, »sind nicht geeignet, um der Situation der Opfer gerecht zu werden. … Die Interessen der Opfer sexueller Gewalt sind im Strafprozeß belanglos.« Denn, und hier führt sie massive Kritikpunkte an:

- Die Strafprozeßordnung belastet die Opfer mit mehrfachen Vernehmungen (Polizei, Staatsanwaltschaft, Gutachter, Gericht).

- Viele Richter tragen zur sekundären Viktimisierung bei, indem sie die Opfer die qualvolle Vergangenheit im Verfahren noch einmal durchleben lassen.
- Das Strafrecht konzentriert sich auf die Täter, schwächt so die Position der Opfer.
- Opferschutzgesetze werden vielerorts nicht konsequent genug angewendet.

Auch der Pädagoge Dirk Bange von der Frauen und Männern offenstehenden Beratungsstelle »Zartbitter e.V.« in Köln weist in der Zeitschrift »Focus«, Ausgabe 21/1994, darauf hin, wie wichtig es für betroffene Menschen ist, »die Sache hinter sich zu bringen«. Dies aber wird gerade durch die praktizierte Zeugenvernehmung des betroffenen Kindes oder Jugendlichen in seiner Funktion als Beweismittel Nummer eins verhindert, indem unterschiedliche Personenkreise in unterschiedlichen Vernehmungsmaßnahmen genaueste Detailerinnerungen aus meist viele Jahre umfassenden Zeiträumen abfragen.

Dies hängt auch damit zusammen, daß in unserer Rechtsprechung der Grundsatz gilt, daß dem Angeklagten die Tat nachgewiesen werden muß. Da der Angeklagte ein Recht auf Zeugnisverweigerung hat, also Stillschweigen bewahren kann, muß das Opfer als meist einziger Tatzeuge die Fragen der mit der Ermittlung befaßten Personen möglichst ausführlich, genau und umfassend beantworten. Verweigert es dies, kann die Anklage nicht oder nicht umfassend erfolgen.

Im Endeffekt, so die Sozialwissenschaftlerin Sabine Kirchhoff, bedeute jede Unklarheit in der Zeugenaussage eine Unschuldsvermutung bezüglich des Angeklagten. Aus dem in der Rechtsprechung praktizierten Satz *Im Zweifel für den Angeklagten* wird so die erschreckende Umkehrung *Im Zweifel gegen das Opfer.* Dies, so Sabine Kirchhoff weiter, läge auch in der Verantwortung der Richter, die aus Zeitgründen und um Revisionen möglichst auszuschließen nur an der »prozessualen Wahrheit«, nicht aber an der eigentlichen interessiert seien und sich aus diesen Gründen häufig nicht die Mühe machten, letzte Zweifel an der Aussage eines Kindes auf dem Ermittlungswege auszuschließen. Aus diesem Grunde fordert die Sozialwissenschaftlerin eine Änderung des Paragraphen 247 des Strafgesetzbuches. Dieser bietet gegenwärtig den Ausschluß des Angeklagten bei der Zeugenvernehmung des sexuell mißbrauchten Kindes als Kann-Lösung an. Nach dem Kirchhoffschen Vorschlag sollte dies eine Muß-Lösung werden. Darüber hinaus erscheint es ihr unerläßlich, daß jeder Jurist während seiner Ausbildung eine pädagogische und psychologische Schulung absolviert, um auf seine Aufgaben im Umgang mit Kindern im Zeugenstand besser vorbereitet zu sein.

Daß im Zusammenhang mit der Vernehmung von Kindern als Zeugen »über die tatsächliche Anwendung der grundlegenden Vorschriften noch zu wenig bekannt ist«, mußte selbst Bundesjustizministerin Sabine Leutheusser-Schnarrenberg gegenüber der Zeitschrift »Focus« (21/1994) zugeben. Eine Forschungsstudie über den Schutz der Kinder in der Strafpraxis wurde daher bereits in Auftrag gegeben. Ebenso ein Gutachten über die Verfahrensweisen in den einzelnen Bundesländern, diesmal im Auftrag der hessischen Jusitzministerin Christine Hohmann-Dennhardt, in deren Landesbereich Staatsanwaltschaften und Polizei bereits eng zusammenarbeiten, um Kinder im Zeugenstand möglichst nicht doppelt vernehmen zu müssen. Von einer Verwirklichung der Forderungen der Sozialwissenschaftlerin Sabine Kirchhoff sind wir trotz der jüngsten Gesetzesänderungen im Zusammenhang mit dem sexuellen Mißbrauch an Kindern und Jugendlichen leider noch weit entfernt. Wie weit, zeigt der nachfolgende Fall.

Walter ist 43, nach fast 16jähriger Ehe geschieden und Vater von drei Kindern im Alter von heute 15, 13 und zehn Jahren. Vor drei Jahren zeigte ihn seine damalige Ehefrau und Mutter seiner Kinder wegen sexuellen Mißbrauchs an der ältesten, mongoloid geborenen Tochter an. Gleichzeitig wurde er durch eine einstweilige Verfügung des Familiengerichts aus der gemeinsamen Wohnung verwiesen. Wenige Monate später wurde die von der Mutter eingereichte Scheidung ausgesprochen. Nach einer einjährigen Ermittlungszeit gegen der verdächtigen Vater kam er einige Wochen vor Prozeßbeginn in Untersuchungshaft.

Auf Anraten seines Anwalts legte Walter kein Geständnis ab. Statt dessen beteuerte er, seine Frau habe sich schon seit Jahren immer intensiver in Frauengruppen engagiert und auch verschiedene Vorträge über sexuellen Mißbrauch besucht. Seitdem habe sie immer sonderbarer auf ihn als Mann und Vater reagiert. Seit einiger Zeit sei sie auch aktives Mitglied eines Vereins von Frauen für Frauen, die sich für Mißbrauchsopfer einsetzen. Dadurch habe sie immer weniger Zeit gehabt, den Haushalt zu versorgen und sich um die behinderte Tochter zu kümmern. Als er sich kurz vor der Anzeige geweigert habe, diese Tochter aus dem Haus und in ein Pflegeheim abzugeben, habe sich seine Frau alle Anzeigepunkte aufgrund ihrer außerhalb der Familie erworbenen Kenntnisse aus den Fingern gesogen und die behinderte Tochter durch ganz gezielte Befragungen zu Aussagen gegen ihn beeinflußt. In Wirklichkeit wolle sich seine Frau nur schnellstmöglich von ihm scheiden lassen und das alleinige Sorgerecht für die Kinder erhalten. Dadurch wolle sie freie Hand haben, die behinderte Tochter endlich aus dem Haus geben zu können, und außerdem möglichst viel und möglichst lange Geld aus ihrem Mann herausquetschen. Da sie immer schon eine äußerst faule und bequeme Person gewesen sei, habe sie nämlich nicht im geringsten die Absicht, selbst für ihren Lebensunterhalt aufzukommen, sondern wolle wie bisher versorgt werden.

Anders als Walter erwartet hatte, erwiesen die Ermittlungen der Justizbehörde seine Schuld. Es stellte sich nämlich heraus, daß die Mutter nicht aus bloßem Interesse an einem gesellschaftlich bedeutsamen Problem Informationsangebote über den sexuellen Mißbrauch an Kindern und Jugendlichen wahrgenommen, sondern gegenüber Verantstalterinnen und betroffenen Frauen von Anfang an erklärt hatte, sie wisse, daß ihr Mann die gemeinsame behinderte Tochter mißbrauche, und suche aus diesem Grund Hilfe. Auch der die Tochter behandelnde Kinderarzt sowie ein auf Anraten des Kinderarztes aufgesuchter Frauenarzt waren über den Mißbrauch im Bilde und sagten, nachdem die Mutter sie von ihrer Schweigepflicht entbunden hatte, im Prozeß entsprechend aus.

Aufgrund dieser Zeugenaussagen und seines hartnäckigen Leugnens wurde Walter zu einer Haftstrafe von vier Jahren Freiheitsstrafe verurteilt, auf die die Untersuchungshaft angerechnet werden sollte. Die Höhe des Strafmaßes war nicht zuletzt wegen der Behinderung des mongoloiden Kindes zustande gekommen, das dem Vater deshalb besonders hilflos ausgeliefert gewesen war.

Abermals auf Anraten seines Anwalts legte Walter Revision gegen das Urteil ein. Als Revisionsbegründung führte der Anwalt an, daß die Schlußfolgerung des Gerichts, Walter habe bereits bei dem ersten Mißbrauch seiner behinderten Tochter den Beschluß zu weiteren Mißbrauchshandlungen gefaßt, als falsch »zu rügen« sei. Daher müsse das Strafmaß neu festgesetzt werden.

Da der Revisionsantrag nicht umgehend bearbeitet werden konnte, wurde Walter weiterhin in Untersuchungshaft behalten und nicht in den normalen Strafvollzug überführt. Auf der Grundlage der bereits zitierten, im Mai 1994 erfolgten Gesetzesänderung wurde Walters Revisionsantrag stattgegeben. Und zwar ausdrücklich nicht wegen eines Zweifels an der Schuld des Angeklagten, sondern wegen des Strafmaßes von vier Jahren. Für den Fall, daß die Mutter nicht eindeutig nachweisen kann, innerhalb von welchen Zeiträumen es wie oft zu sexuellen Mißbrauchshandlungen an der behinderten Tochter gekommen ist, kann es nämlich geschehen, daß das Gericht ein weit geringeres Strafmaß für angemessen hält. Selbstverständlich würde die bereits abgesessene Untersuchungshaft angerechnet. Mit etwas Glück käme Walter womöglich sogar umgehend aus der Haft frei.

»Wie soll ich denn für meine Tochter nachweisen, wann das alles angefangen hat?« fragte mich die Mutter des behinderten Mädchens in unserem Gespräch. »Ich habe erstmals ungefähr ein Jahr vor der Anzeige etwas davon mitbekommen. Damals hatte ich gerade wieder in meinem Beruf als Nachtschwester zu arbeiten angefangen. Mein Mann hatte als Lehrer zwar ein ganz nettes Gehalt, aber wenn man ein behindertes Kind hat, rollen oftmals Ausgaben auf einen zu, die eine nicht betroffene Familie nicht abschätzen kann. Und nur, weil ihre älteste Schwester behindert ist, sollten unsere beiden gesunden Kinder nicht auf Urlaub oder jedes bißchen Luxus verzichten. Die beiden kommen sowieso schon immer zu kurz, wenn man ihr Leben mit dem von Kindern vergleicht, die kein behindertes Geschwisterkind haben. Ich hatte damals darauf gedrängt, daß unsere behinderte Tochter in den großen Ferien erstmals mit einer Behindertengruppe an die Nordsee verreisen sollte. Aber mein Mann hatte dies strikt abgelehnt und meine Idee so ausgelegt, als wolle ich das Kind abschieben. Das wollte ich allerdings ganz und gar nicht. Ich bin einzig und allein der Ansicht, daß ein so lebhaftes und lebenslustiges mongoloides Kind wie meine Tochter es durchaus genießen kann, für zwei, drei Wochen unter Gleichaltrigen zu sein und nicht permanent von besorgten Eltern gegängelt zu werden. Wobei ich auch den Vorteil sehe, daß es für mich als Mutter oder für uns als Eltern und unsere beiden gesunden Kinder herrlich gewesen wäre, in eben diesen zwei, drei Wochen mehr oder minder rücksichtslos draufloszuleben. Man darf das ja öffentlich kaum aussprechen, aber es ist schwer, mit einem behinderten Kind zu leben. Und das hat mit Liebe oder Nichtliebe gar nichts zu tun.

Da mein Mann das, wie gesagt, anders gesehen hat, habe ich dann um des lieben Friedens willen nicht groß gedrängt, sondern die beiden anderen Kinder, wie sonst auch, für zwei, drei Wochen zu den Großeltern in Ferien gegeben. Dagegen hatte mein Mann nichts einzuwenden.

In diesen Ferienwochen vor jetzt gut vier Jahren habe ich meinen Mann und meine Tochter erstmals zusammen auf dem Wohnzimmersofa überrascht. Ich war, glaube ich, zum Großeinkauf mit dem Auto unterwegs gewesen. Als ich nach Hause kam, hatte mein Mann unsere Tochter untenrum ausgezogen und seine eigene Hose offen um den Bauch hängen. Er machte einen aufgekratzten Eindruck. Unsere Tochter wirkte verstört und griff sich immer wieder zwischen die Beine. Da sie nicht sprechen kann, ist man bei ihr ziemlich auf Körpersprache und Rätselraten angewiesen. Daran gewöhnt man sich zwar, aber es bleibt doch meistens so ein Restzweifel. Es ist nicht so einfach. Trotzdem denke ich heute, es war verdammt eindeutig. Aber mein Mann, als ich ins Zimmer kam, der grinste nur und sagte, unsere Tochter hätte sich mal wieder naß gepinkelt und er hätte keinen frischen Schlüpfer für sie in der Wäschekommode gefunden. Seine eigene offene Hose erklärte er nicht. Und ich habe auch nicht danach gefragt. Es war mir zu peinlich. Es hätte ja auch sein könne, daß wirklich nichts war.

Ich war aber doch ein bißchen mißtrauisch geworden. Als Krankenschwester kriegst du ja auch in der Klinik schon mal was mit. Da gibt's ja auch Pfleger oder Pflegerinnen, die sich an Behinderten zu schaffen machen, und all so was. Wenn du in dem Beruf steckst, dann ist das alles für dich vielleicht nicht so weit weg. Das kannst du dir vielleicht eher vorstellen als andere Leute. Und dann wirst du automatisch auch vorsichtiger oder mißtrauischer, was weiß ich. Jedenfalls habe ich von dem ersten Mal an mehr darauf geachtet, ob solche Situationen wieder passierten. Und ich habe angefangen, mich ganz allgemein zu informieren, Bücher zu lesen, Vorträge zu besuchen, Fernsehfilme anzugucken. Wenn ich sagen soll, wie ich das mit meinem Mann empfunden habe, damals – kann ich nicht. Er hatte so ein Doppelgesicht für mich. Eins, das ich sehen durfte, und eins, das er vor mir versteckte. Aber ich habe oft auch gedacht, daß auch ich selbst ja vielleicht so ein Doppelgesicht hatte, weil mein Mann nur das sehen konnte, das ich sehen ließ. Wir hatten jeder unser Geheimnis vor dem anderen. Er hatte das, was er machte. Und ich hatte das, was ich vermutete. Nur daß ich bei der Vermutung immer mal sicherer und mal unsicherer war. Das schwankte. Und je nachdem hatte ich meinem Mann gegenüber schon auch ein schlechtes Gewissen. Weil, das war ja doch ein ziemlich starkes Stück, was ich ihm heimlich unterstellte. Manchmal mochte ich ihn überhaupt nicht mehr in meiner Nähe haben. Nicht nur, weil ich dachte, er tut es. Sondern auch, weil ich mir selbst mies vorkam. Unter dem Zustand hat er wohl auch gelitten. Weil, ich hatte da ja ziemlich oft keine Lust, mit ihm ins Bett zu gehen oder so. Die Beziehung zwischen uns, die war ja sowieso schon lange nicht mehr so toll, eigentlich seit wir unsere behinderte Tochter hatten. Da hatte sich mein Mann ziemlich oft klammheimlich aus dem Staub machen und uns sitzenlassen wollen. Als ob ich etwas dafür gekonnt hätte, daß unsere Tochter behindert ist. Kein Mensch würde sie lieber als ich gesund machen und normal aufwachsen lassen. Aber mein Mann, der tat damals, als hätte ich das zu vertreten, als wäre ich schuld. Und das hat sich schon auf mich ausgewirkt und Narben gemacht. Das ist nicht so spurlos an mir vorbei. Trotzdem hatten wir schon noch ziemlich oft zusammen geschlafen. Bis ich dann den Riegel da so vorschob. Ich hatte einfach immer stärker ein blödes Gefühl meinem Mann gegenüber, so eine Ahnung, die immer sicherer wurde. Vor allem auch, weil meine beiden jüngeren Kinder sich nach den Ferien immer öfter beschwerten, daß der Papi das Wohnzimmer abschließen würde, wenn er mit der behinderten Tochter fernsehen wollte.

Meine behinderte Tochter hatte dann ihre Periode bekommen. Weil mir ihr ziemlich sexualisiertes Verhalten auffiel – sie hatte eigentlich fast immer die Hand zwischen den Beinen und manipulierte an sich herum – und ihre Betreuerin aus dem Tagesheim mir berichete, daß da etwas mit einem jungen Zivi vorgekommen wäre, der in der Gruppe meiner Tochter immer als Busbegleiter mitfuhr, daß sie dem richtig an die Hose gegangen wäre, vereinbarte ich einen Termin bei unserem Kinderarzt. Dieser stellte eine Blasenentzündung und eine ziemlich breite Pilzinfektion im Genitalbereich meiner Tochter fest, was den Juckreiz erklärte, und überwies uns an den Frauenarzt. Von ihm erfuhr ich, daß meine Tochter bereits Geschlechtsverkehr gehabt haben mußte, da ihr Jungfernhäutchen gerissen war. Da ich selbst bei der notwendigen Untersuchung anwesend war, konnte ich außerdem mit ansehen und mit anhören, wie meine Tochter sich die mir persönlich immer ungemein lästige und unerfreuliche Untersuchung auf dem gynäkologischen Stuhl ganz eindeutig lustvoll gefallen ließ und die Hand des Arztes festzuhalten versuchte. Wegen dieser Beobachtungen empfahl mir der Frauenarzt, mich mit meinem Mann über eine eventuelle Sterilisation unserer Tochter zu beraten, zumindest aber dringend dafür zu sorgen, daß sie die Pille nähme. Da sie sexuell offensichtlich ohne mein Wissen aktiv sei, müsse ich die Folgen einkalkulieren und dafür sorgen, daß meine Tochter nicht schwanger würde.

Als ich meinem Mann von diesem Gespräch erzählte, war er sofort mit allem einverstanden. Er sagte, daß er sich schon lange Sorgen gemacht hätte, was wir wohl machen würden, wenn unsere Tochter sich mal verlieben und womöglich ein Kind bekommen würde. Ich wüßte ja, wie verrückt sie auf Schmusen und Sex wäre. Wir beschlossen, ihr zunächst also die Pille zu geben und in ein paar Jahren vielleicht wirklich einem operativen Eingriff zuzustimmen, denn Mutter konnte unsere Tochter natürlich nie sein.

Wenn ich jetzt mal über alles nachdenke, verstehe ich mich eigentlich selbst nicht mehr. Ich meine, daß ich damals nicht schon alles hingeschmissen und meinen Mann angezeigt habe. Ich hatte da doch eigentlich jeden Beweis. Aber irgendwie wollte ich das immer noch nicht glauben. Ich habe mich da wirklich selber für dumm verkauft und mir das, was ich gesehen oder gehört oder gemerkt hatte, wieder ausgeredet. Ich hatte so eine panische Angst davor, was denn aus uns allen werden sollte, wenn rauskäme, daß mein Mann so was macht. Das war ja nicht nur das Geld, obwohl das schon schlimm genug war. Das war ja auch, was das mit unseren Kindern machen würde. Wie die damit fertig werden würden, daß sie so einen Vater haben. Ich weiß, daß ich damals oft gedacht habe: Wenn er doch wenigstens bloß die Bank ausgeraubt hätte oder etwas in der Art.

Nachdem meine Tochter die Pille bekam, ließ mein Mann auf einmal die letzten Hemmungen fallen, denn jetzt vertuschte er nicht mehr, was er mit ihr trieb. Ich konnte jetzt mitansehen, wenn er sie zum Beispiel in der Badewanne schrubbte und am liebsten immer zwischen den Beinen oder wenn er mit ihr auf dem Sofa vor dem Fernseher saß und eine Hand durch ihren Ärmel steckte und ihr den Busen drückte oder wenn er sie sich auf dem Schoß setzte und eine Erektion hatte oder wenn er sich von ihr massieren ließ, wobei er sich anfangs nur bis zur Hüfte, dann aber immer ganz auszog. Obwohl ich das alles ganz deutlich mitansehen konnte und auch bemerkte, daß er sexuell stark erregt war, habe ich mir immer noch weisgemacht, daß es nicht stimmt. Das war schon ein ganz bewußtes Verdrängen. Heute ist mir das klar. Aber damals, das war wie eine innerliche Lähmung. Ich bin immer mit meinen beiden anderen Kindern weg, wenn ich merkte, daß es wieder soweit ist. Spazierengegangen, Eis essen, zur Oma, in den Park, ins Kino. Alles mögliche. Aber ich war auch oft ganz schön wütend. Das war so eine hilflose Wut, weil ich immer das Gefühl hatte, nichts machen zu können. Bis ich dann in die Selbsthilfegruppe gegangen bin und dort die Möglichkeit hatte, mich auszusprechen und mir Hilfe zu holen, und dann auch Kraft hatte, meinen Mann anzuzeigen.

Aber jetzt? Wie soll ich das denn jetzt im einzelnen nachweisen? Meine Tochter kann mir dabei doch nicht helfen. Sie ist schließlich behindert, auch und gerade geistig. Sie kann ja nicht einmal sprechen. Wie soll sie mir denn sagen, das war an dem und dem Tag und so und so oft, Mama. Und ich, ich habe doch kein Tagebuch geführt. Ich habe doch nicht jedesmal rot im Kalender angestrichen, wenn es wieder soweit war. Ich kann das doch bloß ungefähr angeben. Ich kann ja höchstens sagen, das war vielleicht einmal die Woche oder zweimal. Aber vielleicht war es ja auch jede Nacht, wenn ich Nachtschicht hatte. Wie soll ich denn wissen, was mein Mann da gemacht hat? Ich war ja nicht dabei.

Mein Anwalt sagt, da wird ein Mittelwert errechnet. Da legt man fest, das war schätzungsweise zwei Jahre lang jede Woche zweimal, und zwar bis zum vollzogenen Geschlechtsverkehr. Das wären dann rund zweihundert Einzeldelikte. Und das würde eine Mindeststrafe von drei Jahren ergeben. Vielleicht war es aber viele Male mehr. Vielleicht hat es mein Mann mit seiner eigenen Tochter jede Woche mindestens viermal getrieben oder auch sechsmal oder siebenmal. Ich habe immer einen sehr festen Schlaf. Ich würde nie mitkriegen, ob er sich aus dem Schlafzimmer schleicht. Ich war von der Belastung Haushalt, Kinder, Behinderung und oft auch noch Nachtschicht vollkommen geschafft. Ich konnte nicht auch noch am Schlaf knausern. Wenn mein Mann gewollt hätte, häte er es sogar mehrmals am Tag mit ihr machen können. Er ist ein potenter Mensch. Und als Lehrer ist er beruflich nie so eingespannt gewesen, daß er davon schachmatt gewesen wäre. Die paar Stündchen Arbeit, daß ich nicht lache! Der hätte morgens, mittags und abends können. Jeden Tag. Und wenn's ihm gefallen hat, konnte er eine halbe Stunde danach schon wieder. Damit hat er mich schon ich weiß nicht wie oft genervt. Du willst doch einmal auch wieder deine Ruhe. Einmal muß doch Schluß sein mit dem ganzen Scheiß. Aber nein, der Mann stand wie ein Stehaufmännchen. Wenn ich dachte, jetzt war's das, und mich umdrehen und schlafen wollte, stand der schon wieder und wollte. Er hat ja in der Zeit sowieso nicht nur mit meiner Tochter geschlafen. Er hat ja anfangs nebenher auch mit mir geschlafen. Das war ja ein Grund, warum ich das so lange gar nicht wirklich glauben wollte. Weil, ich konnte mir das nicht vorstellen. Daß es einer mit der Mutter und der Tochter macht und ist der eigene Vater und der eigene Mann, nee, das ging mir nicht in den Kopf rein. Das konnte ich einfach nicht glauben. Das wollte ich auch nicht. Der Mensch hatte mir schließlich jedesmal gesagt, daß er mich liebt. Und wenn du eine Frau liebst, dann tust du ihr doch so was nicht an. Das ging mir nicht in den Kopf. Daran hatte ich immer wieder zu knacken.

Und vielleicht hat die Geschichte mit meiner Tochter ja schon viel früher angefangen. Ich habe es vielleicht viel zu spät bemerkt. Nur daß ich es nicht nachweisen kann, weil ich nicht alles gesehen habe und meine Tochter es nicht aufzählen kann, weil sie nicht sprechen kann. Vorher, ehe dieses neue Gesetz da war, hat das, was ich sagen konnte, genügt, damit mein Mann seine Strafe bekam. Aber jetzt? Was ist, wenn der Richter sagt, es reicht nicht? Wenn er sagt, daß mein Mann höchstens ein Jahr bekommt oder noch weniger oder nur Geld bezahlen muß? Soll das dann alles gewesen sein? Und nur, weil ich nicht genau weiß, wie oft er das gemacht hat? Ist das nicht ein Witz? Mein Anwalt hat gesagt, daß mein Mann sicher nicht weniger Strafe bekommt als vorher. Ich müßte nicht mehr Fälle aufzählen können, sondern nur mehr Einzelheiten aufblättern, damit man besser sehen kann, was passiert ist. Er sagt, ich brauchte keine Angst zu haben. Die Änderungen wären nur eine Verbesserung gegenüber vorher. Aber ich denke, das muß er sagen, weil es sein Job ist. Er kann ja schlecht gegen seine eigene Arbeit anstinken. Was ich weiß, ist, daß ich wieder neu über alles reden muß. Daß ich wieder nächtelang nicht schlafen kann. Daß meine Tochter wieder durch die Mühle gedreht wird und untersucht wird und beobachet wird. Wenn ich vorher gewußt hätte, wie das alles kommt, ich weiß nicht, ob ich meinen Mann wirklich angezeigt hätte. Ob ich das alles für meine Tochter und für mich in Kauf genommen hätte. Manchmal denke ich, wenn es eine andere Möglichkeit gegeben hätte, daß er nicht straffrei ausgeht, daß er merken muß, was er angerichet hat und wie weh das tut, dann hätte ich lieber das gemacht als diesen ganzen Zirkus vor Gericht. Aber es gibt ja nichts anderes. Man hat ja keine Wahl. Und irgend etwas muß man doch machen. Es kann doch nicht sein, daß einer so etwas tun kann und sich hinterher bloß ins Fäustchen lacht. Aber ehrlich, wem hat die Reform dieser Paragraphen denn nun genützt? Doch nur der Polizei und dem Gericht, damit die besser durchblicken, und ganz sicher noch dem Täter. Meiner Tochter oder mir wohl kaum.«

Sabine, eine heute 31jährige Frau, hatte mein Gespräch mit der Mutter des behinderten Mädchens aufmerksam verfolgt. Beide Frauen kennen einander aus einer Selbsthilfegruppe ihrer großen süddeutschen Heimatstadt. Ihr jeweiliges Schicksal ist ihnen aus der Gruppenarbeit vertraut. Als die Mutter des Mädchens schwieg, schüttelte Sabine den Kopf.

»Du hast es ja noch gut«, meinte sie und reichte der anderen einladend eine bereits angebrochene Zigarettenschachtel. »Du hast deinen Mann wenigstens anzeigen können. Guck mich an! Was kann ich? Nichts! Ich bin zu alt. Für mich ist die Klappe dicht, der Affe tot. Und selbst wenn das anders wäre, selbst wenn ich noch Zeit hätte, könnte ich den Mann nicht anzeigen, weil ich mich nicht konkret genug erinnern kann. Für eine Anzeige mußte ich nach der neusten Verbesserung der Paragraphen ja wohl ein Gehirn haben wie ein Roboter und auf Knopfdruck eine Sammeldatei mit allen Daten und Einzelheiten der Sexszenen mit meinem Vater ausspucken können. Das kann ich nicht. Das traue ich mir auch nicht zu. Und ich habe schon ziemlich viele andere gehört, die sich das auch nicht zutrauen. Aber das ist ja wohl, was im Endeffekt mit dieser angeblichen Verbesserung bezweckt werden soll. Daß man nämlich von einer Anzeige derart abgeschreckt wird, daß man die Finger davon läßt. Wenn dann keine Anzeige mehr erfolgt, ist der Staat fein raus. Dann können die, die Kohle rüberschieben und den ganzen Folgenberg bezahle müßten, sich fein die Hände reiben und sagen: ›Tja, wo kein Kläger ist …‹ Und schon ist das ganze leidige Problem vom Tisch. Ist doch clever gemacht.«

Aus unserem Vorgesprächen wußte ich, daß Sabine den Mißbrauch durch ihren Vater mit Hilfe einer lange Jahre dauernden Therapie wie ein Mosaikbild aus ihrer verschütteten Erinnerung hervorgeholt hat und keine konkreten Zeiträume und objektiv beweisbaren Einzelheiten vorweisen kann. Bereits Jahre zuvor, als eine Strafanzeige gegen den Vater noch möglich gewesen wäre, hatte ihre Therapeutin ihr aufgrund der nur als Gefühlsstörung und als Symptom nachweisbaren Fakten davon abgeraten, vor Gericht zu gehen. Und auch die in Mißbrauchsfällen gewiefte Rechtsanwältin, die Sabine vom Frauenhaus empfohlen worden war, hatte nur den Kopf geschüttelt. Die Mühle, durch die Sabine vor Gericht gedreht werden würde, sei zu mörderisch. Nie könne sie den Belastungen der Glaubwürdigkeitsgutachten und den Fragen der Verteidigung des angeklagten Vaters standhalten. Ganz davon abgesehen, daß der Vater damals bereits ein Greis von 77 Jahren war und mit Rücksicht auf sein Alter kaum ein hohes Strafmaß zu erwarten gehabt hätte. Sabine hatte ihre Absicht frustiert aufgegeben. Als die Diskussion über die Abänderung und Verbesserung der maßgeblichen Mißbrauchsparagraphen begann, hatte sie jedoch neuen Mut geschöpft und jede Pressemeldung verfolgt. Den Vater doch noch zur Verantwortung ziehen zu können, ihn doch noch dazu bringen zu können, öffentlich für seine Tat Verantwortung zu übernehmen, war für Sabine eines der dringlichsten Anliegen ihres Heilungsprozesses und ist es geblieben. »Hoffnungslos!« wie sie heute meint.

»Was bei der Überarbeitung und Verbeserung der Paragraphen letztendlich herausgekommen ist, heißt für mich im Klartext, daß alles das, was mein Vater mir in meiner Kleinkinderzeit und Kinderzeit angetan hat, straffrei bleibt. Wenn ich mir überlege, daß jede Vergewaltigung an einer erwachsenen Person zwanzig Jahre lang nicht verjährt und angezeigt und bestraft werden kann, dann kriege ich bei dieser als Fortschritt gepriesenen Neuerung das Heulen.

Sind Kinder denn nur weil sie klein sind weniger schützenswert als Erwachsene? Wird das Strafmaß am Gewicht gemessen oder an der Körpergröße oder an der Schambehaarung oder woran? Oder wie erklärt sich das, daß ein sexueller Mißbrauch an Kindern vom Strafmaß her als Kinkerlitzchen abgetan wird und schon nach zehn Jahre verjährt? Ist denn ein erzwungener Sexakt mit einem Kind keine Vergewaltigung? Passiert da etwas anderes als zwischen zwei Erwachsenen, von denen der eine nicht will? Und ist ein über Jahre hinweg vollzogener sexueller Mißbrauch an einem Kind keine hundertfach vorgenommene Vergewaltigung? Noch dazu nicht an einer erwachsenen Person, die sich vielleicht wirksam hätte wehren können, sondern an einem Kind, das diese Chance nie auch nur in Ansätzen hatte?

Wo liegt denn da der den Täter begünstigende Unterschied? Wie will man diese Mißachtung des Kindes denn rechtfertigen? Glauben solche Leute wie Justizminister und Richter und wie sie alle heißen, glauben die denn allen Ernstes, daß sie diese juristische Spitzfindigkeiten einem normalen Menschen erklären können? Haben die überhaupt schon einmal darüber nachgedacht, aus welchem Grund und mit welcher Berechtigung sie die Vergewaltigung eines Kindes mit einem so milden Wort wie sexueller Mißbrauch bezeichnen und damit indirekt ausdrücken, daß ein Kind und sein Körper zum Gebrauch – und zwar zum Gebrauch durch einen Erwachsenen – bestimmt ist?

Daß eine Verbesserung der Gesetze nötig gewesen ist, stimmt. Aber daß eine Verbesserung erreicht worden ist, stimmt nicht. Die hätte ich erst dann gesehen, wenn man die Vergewaltigung eines Kindes mindestens so hoch angesetzt hätte wie die Vergewaltigung eines Erwachsenen und auch die Verjährung zumindest gleichgestellt hätte. Wobei ich glaube, daß die Vergewaltigung eines Kindes etwas so zutiefst Verwerfliches ist, daß die nie verjähren dürfte. Aber im Gegensatz zu den Leuten, die diese Gesetze machen, weiß ich ja auch, wovon ich rede. Ich habe es ja am eigenen Leibe erfahren. Und das ist dann wohl der entscheidende Unterschied.«

Juristen, deren Augenmerk aus beruflichen Gründen eher dem verbesserten Wortlaut und der verbesserten Anwendbarkeit der Gesetzesparagraphen gilt, sehen die Entwicklung deutlich gelassener. Für sie ist mit der eindeutigeren Formulierung der Gesetzesvorschrift eine klarere Richtung der Ermittlungsziele ausgewiesen und gleichzeitig der individuellen Interpretation der Tat ein Riegel vorgeschoben. Aus dieser Sicht ein Fortschritt, auch im Interesse der Opfer. Wie sich die Gesetzesnovellen in der Rechtspraxis bewähren, bleibt abzuwarten.

Täter im Strafvollzug – Realität und Visionen

Einer der engagiertesten mir bekannten deutschen Staatsanwälte ist Burkhart Denger vom Sonderdezernat für sexuellen Mißbrauch an Kindern und Jugendlichen bei der Staatsanwaltschaft Landau (Rheinland-Pfalz). Mit ihm führte ich im Mai 1994 ein höchst informatives Gespräch, dessen Zusammenfassung ich in diesem Kapitel wiedergebe.

Vom Verdacht zu ersten Schritten gegen den Täter

Nehmen wir das Beispiel, daß eine Kindergärtnerin ein Kind in ihrer Gruppe hat, von dem sie vermutet, es könne sexuell mißbraucht werden. In der Regel hat eine solche Erzieherin es ja mit sehr kleinen Kindern zu tun, häufig mit solchen, die sich nicht sehr deutlich verbal äußern können, sondern die Verdachtsmomente auf einen Mißbrauch im Spiel oder durch sexualisiertes Verhalten hervorrufen. Sobald derartige Verdachtsmomente einmal da sind, wird sich die Erzieherin mit einer Fachberatungsstelle zusammentun müssen. Der weitere Weg müßte sein, einerseits das Kind zu stärken, indem man ihm klar macht, auf welcher Seite die Erzieherin steht, und andererseits zu gucken, wer könnte der Täter sein, könnte es überhaupt sein, und wie sind die Familienverhältnisse. Ein Ansprechpartner, eine Vertrauensperson für das Kind müßte gefunden werden. Man müßte also ein Stützungsnetz für das Kind aufbauen. Eine sehr mühsame und verantwortungsvolle Geschichte! Und je kleiner das Kind, desto schwieriger. Natürlich müßte man auch überlegen, ob man irgendwann versucht, den Verdächtigen mit dem Verdacht zu konfrontieren. Auch das ist unglaublich schwierig. Wie das im einzelnen ablaufen soll, kann man nie für alle Fälle gleich beantworten.

Aber was man auf keinen Fall machen darf, sind Schnellschüsse. Daß man also einen Verdacht schöpft und gleich zur

Polizei rennt. Das wäre wirklich verheerend. Man muß ungemein vorsichtig und sensibel mit so einer Sache umgehen. Das muß alles wohldurchdacht und begründet sein.

Bei uns in Landau haben wir als sehr fähige Hilfsorganisation zum Beispiel den Kinderschutzdienst. Dort sitzen sehr qualifizierte Leute, mit denen man gut arbeiten kann. Ich, in meiner Aufgabe als Staatsanwalt, versuche immer, jeden Mitarbeiter persönlich kennenzulernen, und die ihrerseits auch mich, so daß wir die Arbeit ein Stück weit aufeinander abstimmen können. Aber auch das Jugendamt zieht hier bei uns sehr gut mit.

Keine Anzeige ohne Folgen für das Opfer

Obwohl ich Staatsanwalt bin, mache ich nirgendwo Reklame dafür, zu sagen, zeigt jeden sexuellen Mißbrauch in erster Linie mal an. Ob so ein Schritt richtig ist, das muß jeder selbst wissen. Und ich rate eigentlich jedem, überleg dir gut, ob du's tust. Wir als Justiz können ein faires Verfahren anbieten und vermeiden, daß das Opfer in solche Mühlen reingerät, die mehr schaden als nützen. Aber das Dilemma, wenn es gegen den Vater oder den Großvater oder die Mutter geht, das können wir keinem Opfer nehmen. Und dieses Dilemma ist ein durch nichts zu überbietendes Problem.

Viele Kinder wollen ja gar nicht, daß der Täter jetzt in den Knast kommt. Sie wollen, daß der Mißbrauch aufhört, und irgendwann, meist sind sie dann schon älter, wollen sie auch, daß der Täter öffentlich die Verantwortung dafür übernimmt, was er gemacht hat. Das muß aber nicht heißen, daß das Opfer dem Täter für alle Zeiten die Existenz kaputtmachen will. Denn mit so einer Anzeige, da geraten die Täter in ganz große Schwierigkeiten hinein, die natürlich auch mit der Strafhöhe zusammenhängen. Wir haben eine Mindeststrafe von sechs Monaten für diese Geschichten. Die Höchststrafe beträgt zehn Jahre. Und in diesem Rahmen müssen wir von der Justiz das Strafmaß bestimmen.

Wenn jemand zum Beispiel drei Jahre die eigene Tochter in der Woche einmal sexuell mißbraucht, dann kommt da schon etwas zusammen. Dann haben wir eigentlich von der Absicht des Gesetzgebers her etwas, was wir bei der Strafzumessung nicht mehr im unteren Drittel abmachen können. Das wiegt dann eigentlich schon so schwer, daß wir sagen müßten, er bekommt drei, vier Jahre Freiheitsstrafe dafür oder mehr. Diese Strafe können wir nicht mehr zur Bewährung aussetzen. Die Grenze liegt bei zwei Jahren. Was darüber hinaus geht, ist von Gesetzes wegen nicht mehr aussetzbar. Der Täter muß also in den Knast rein, wenn er mehr als zwei Jahre kriegt. Frage: Was bedeutet das nicht nur für diesen Menschen, sondern was bedeutet das auch für seine Opfer?

Wenn's enge Verwandte sind, müssen sie nun nicht nur mit dem Mißbrauch leben, der nicht mehr abzuwaschen geht, sondern vielleicht auch noch damit, daß sie den eigenen Vater oder die eigene Mutter – je nachdem, wer es war – in den Knast gebracht haben. Da gibt es zum Beispiel die besondere Härte, daß es vielleicht schon der zweite Ehepartner war. Die Mutter hat vielleicht schon in der ersten Ehe Schiffbruch erlitten, jetzt hat sie einen, der bringt das Geld heim und säuft nicht, und dann so was, dann macht der das. In so einem Fall will die Frau von einer Anzeige oft nichts wissen. Die will den Mann nicht verlieren. Das haben wir in erschreckend vielen Fällen. Und wenn das dann vor Gericht kommt, macht es das auch für uns schwierig, weil wir sehen, wenn wir die Strafe geben, die eigentlich vom Gesetzgeber her vorgesehen ist, dann kommen wir in Bereiche rein, die nur noch zerstören.

Und deshalb denke ich, es bleibt uns als Justiz nicht erspart, für den sexuellen Mißbrauch Modelle zu entwickeln, die uns den Umgang mit Tätern erleichtern und vermeiden helfen, daß unbeteiligte Dritte mitbestraft werden.

Was ist Strafrecht?

Natürlich verstehe ich, daß die Opferseite oft Wut und Zorn empfindet, wenn der Täter mit einer scheinbar geringen Strafe davonkommt. Wenn man als Opfer quasi lebenslänglich an dem Mißbrauch zu leiden hat und der Täter sitzt seine Strafe auf einer Backe ab oder nicht mal das, weil er eine Geldauflage kriegt und fertig. Das ist wirklich elend, wenn man das so sieht. Aber auf der anderen Seite ist es nach dem geltenden Recht auch zu kurz gedacht, wenn man die Augen davor verschließt, ob man durch eine härtere Strafe nicht noch eine weitere und größere Bedrängnis für das Opfer und die Familie hinzuschafft. So daß die Strafe letzten Endes nur noch eine Vergeltung und sonst nichts mehr ist.

In diesem Zusammenhang wird die Frage ganz entscheidend wichtig, was ist Strafrecht überhaupt? Ist Strafrecht wirklich die

Sühne, die Reaktion darauf, du hast jetzt etwas gemacht, hast gegen das Gesetz verstoßen, also mußt du, egal wie, dies und jenes jetzt dafür erleiden oder erdulden. Diese Einstellung dazu kann man begründen. Das sehen auch viele so. Ich sehe eigentlich mehr, daß wir Verantwortung dafür übernehmen müssen, wie es weitergeht. Daß wir sowohl Vorsorge für den möglichen Wiederholungsfall treffen müssen als auch aus einem christlich humanen Ansatz heraus handeln. Dieser bloße Sühnegedanke, der paßt für mich nicht. Wenn ich den erfüllen müßte, egal, um welchen Preis, dann hätte ich, wie ich meine, meinen Beruf wirklich verfehlt.

Eine Anzeige ist ein Kann, aber kein Muss

Immer wieder stelle ich bei Seminaren oder Vorträgen fest, daß die wenigsten Leute wissen, daß es im sexuellen Mißbrauch keine Anzeigepflicht gibt. Daß man keine Privatperson, auch keine Lehrerin oder Kindergartenerzieherin, wegen zum Beispiel unterlassener Hilfestellung belangen kann, wenn sie von dem sexuellen Mißbrauch an einem Kind erfährt und nicht zur Polizei geht. Dabei kann von einer strafbaren unterlassenen Hilfestellung nur die Rede sein, wenn man bei einer soeben, akut begangenen Straftat nicht einschreitet. Hier geht es hingegen um einen Fall, in dem man akut nicht mehr helfen kann, weil er bereits in der Vergangenheit begangen wurde. Selbst die Mitarbeiter im Jugendamt, die dazu berufen sind, Kinder zu schützen, dürfen zwar nichts unternehmen, müssen aber nicht strafanzeigen. Wobei man prinzipiell berücksichtigen muß, daß eine Strafanzeige nur eine von vielen Möglichkeiten ist und in meinen Augen eher ein Weg, die Verantwortung auf die Strafjustiz abzuschieben. So etwas kann man machen, muß es aber nicht.

Bis vor allem die Jugendämter das begriffen haben, das hat lange gedauert. Die haben früher automatisch angezeigt. Automatisch sofort der Gang zur Polizei und zur Staatsanwaltschaft, dann waren sie die Sache los, und die Justiz, die konnte sehen, was sie damit macht. Heute ist das kein Automatismus mehr. Wobei man allerdings immer nocht nicht sicher sein kann, daß alle Jugendämter hier Flagge zeigen und alle anderen Möglichkeiten abklopfen, ehe nur noch der Weg der Justiz bleibt. In manchen Bundesländern, vor allem in denen, wo es keine Sonderdezernate gibt, ist man da noch ziemlich rückständig. Da haben wir in Landau ziemlich Pionierarbeit geleistet, das denke ich schon.

Eine der wirksamsten Möglichkeiten, einen Täter ohne unmittelbare Anzeige nachhaltig zu beeinflussen, ist, seine Angst vor einer Anzeige als Druckmittel zu benutzen. Dem Täter zu sagen, wenn du das weitermachst und keine Therapie besuchst, wirst du angezeigt. Es kann auch im Einzelfall die Möglichkeit geben, daß aus dem persönlichen Umfeld des Täters sich jemand so für ihn verantwortlich fühlt, daß er versucht, sich mit ihm an einen Tisch zu setzen und mal zu schauen, was läuft, was für einer das ist, was ihn dazu gebracht hat, daß er meinte, das tun zu müssen. Und dem Täter dann auch klarzumachen, daß es ja vielleicht gut für ihn ist, wenn er eine Therapie annimmt. Aber das sind Einzelansätze. Da ist nichts institutionalisiert. Gar nichts.

Das grosse Plus der Strafjustiz

Die größte Möglichkeit des Zugangs zu dem Täter hat ohne Zweifel die Strafjustiz. Und wie gesagt, wenn man sich die Folgen für das Kind ganz genau überlegt hat, wenn man dessen Bedürfnisse und vor allem dessen seelische Stabilität berücksichtigt hat und zu dem Schluß gekommen ist, daß man Anzeige erstatten will, ist das eine gute Sache. Denn jeder, der sagt, ich lasse es, ich zeige nicht an, weil mein Schützling dann noch größere Schwierigkeiten haben wird, oder weil, weil, weil – der läßt im Grunde den Täter vollkommen unbehelligt. Und das ist klar, wenn das für ihn keine Folgen hat, keine Sanktionen, dann gibt es nichts, was ihn dazu bringt, sich mit seinem Tun auseinanderzusetzen. Hier liegt ganz eindeutig der Vorteil der Strafjustiz, die, wenn sie ein gescheites Modell anzubieten hätte, wirklich über Einwirkungsmöglichkeiten auf den Täter verfügt, wie sie andere nicht haben. Und das könnte eine modellhaft arbeitende Strafjustiz so erfolgreich leisten, daß man jedem Opfer nach bestem Wissen und Gewissen raten könnte, Strafanzeige zu erstatten, um sowohl sich selbst als auch dem Täter wirksam zu helfen. Den Optimismus habe ich. Nur darf man sich nicht in die Tasche lügen, indem man sagt, die Strafjustiz wird's richten, weil die die strafrechtlichen Zwangsmittel hat. Mit Zwang ist der Sache nur sehr begrenzt beizukommen. Ein gewisser Druck kann ausgehen, aber im Grunde muß dann die Eigeninitiative des Täters kommen.

Vom Weisungsrecht der Strafjustiz zur Heilbehandlung eines Täters

Nach unseren Erfahrungen wird sich der Täter, der ein Kind sexuell mißbraucht hat und dafür im Gefängnis sitzt, nicht ändern, denn im Knast besteht gegenwärtig kaum eine sinnvolle Möglichkeit, sein strafbares Sexualverhalten positiv zu beeinflussen und zu ändern. Unsere Anstaltspsychologen sind zu diesem Zweck weder ausgebildet noch zeitlich in der Lage, eine solche Aufgabe zu übernehmen. Sie müssen ja in der ihnen zur Verfügung stehenden Zeit eine ganze Menge Häftlinge betreuen. Und wenn doch hin und wieder einmal ein Gespräch mit einem Täter stattfindet, der ein Kind sexuell mißbraucht hat, ist dies nicht mit einer Therapie zu vergleichen. Ambulante Psychologen, die die Anstalt gezielt aufsuchen, um mit einem bestimmten Sexualstraftäter eine Therapie durchzuführen, gibt es derzeit allenfalls in Einzelfällen.

Da sich ein stupide seine Zeit absitzender Täter aus diesen Gründen nicht ändern wird oder auch nicht ändern kann – so daß die Strafe zwar der Sühne der Tat, nicht aber der Besserung des Täters dient –, vertrete ich die Auffassung, daß die Justiz eine Alternative entwickeln muß, die von der Strafandrohung her genauso wirksam ist, aber ohne Inhaftierung auskommt, also eine zur Bewährung ausgesetzte Freiheitsstrafe darstellt, die mit entsprechenden Auflagen verbunden ist.

Dafür gibt es rechtliche Möglichkeiten. Eine Vorschrift im Strafgesetzbuch, die solche Auflagen oder Weisungen expressis verbis vorsieht, ist der Paragraph 56 c. Darin heißt es, »das Gericht erteilt dem Verurteilten für die Dauer der Bewährungszeit Weisungen, wenn er der Hilfe bedarf, um keine Straftaten mehr zu begehen. Dabei dürfen an die Lebensführung des Verurteilten keine unzumutbaren Forderungen gestellt werden.« Das ist also der Ausgangspunkt. Anschließend folgen Beispiele für Weisungen, etwa die Weisung, sich einer Heilbehandlung zu unterziehen, was ja für einen Kindesmißbraucher der Fall wäre, die allerdings »nur mit Einwilligung des Verurteilten erteilt werden« darf. Aufgrund dieses Paragraphen ist es heute also theoretisch möglich, daß das Gericht zu einem Täter sagt, wir geben dir Bewährung, aber wir weisen dich an, dich einer Heilbehandlung durch Therapie zu unterziehen, wenn du zustimmst. Jetzt, und das ist der entscheidende Punkt, wird es aber in der praktischen Durchführung schwierig.

Das Gericht könnte sich zwar der Zustimmung des Angeklagten versichern, die meistens auch gegeben wird, weil sie ja eine Strafentlastung mit sich bringt. Aber gleichzeitig tauchen eine Menge heute noch völlig ungelöster Fragen auf. Nämlich erstens, *wohin* schicken wir diesen Menschen jetzt?

Es ist ja kaum angebracht, es dem Betreffenden zu überlassen, sich einen Therapeuten zu suchen. Dazu ist er meistens auch nicht in der Lage. Und die Therapeuten, die stehen ja nun auch nicht Schlange. Die sind also wie die Stecknadel im Heuhaufen zu suchen.

Daraus folgt das zweite Problem, *wer macht* so eine Therapie heute überhaupt? Wer bietet das denn an? Wer bietet das vor allem so an, daß es dem Täter etwas bringt? Es gibt ja keine geschützte Berufsbezeichnung *Sexualtherapeut,* keine spezielle Ausbildung in dieser Richtung. Da fehlt uns alles. Im Augenblick haben wir nur Leute, die sich langsam und vorsichtig ein bißchen an dieses Feld herantasten. Und es sind sehr wenige, die sich das überhaupt zutrauen.

Und dann die dritte Schwierigkeit, *wer finanziert* das alles am Ende?

Ob die Krankenkassen sich darauf einlassen, wage ich zu bezweifeln. Wenn das Ganze weitere Kreise zieht, werden die sich das sehr überlegen. Man ist ja ohnedies gezwungen, immer mehr Leistungen abzubauen. Und sich dann so eine Geschichte zuzumuten – da habe ich ernstlich Bedenken. Obwohl man natürlich sagen muß, daß die Kassen viele Therapien in einem teilweise beträchtlichen Umfang finanzieren. Das wird man also prüfen müssen, was in einem solchen Zusammenhang möglich ist. Aber ich bin sicher, daß es im Augenblick darüber keine bundesweit gültigen Richtlinien gibt. Auf dem Rücken des Angeklagten kann dies alles nicht ausgetragen werden. Das wird man nicht von ihm verlangen können. Man wird ihm von seiten der Justiz her etwas anbieten müssen, ein Modell, das er, wenn er sich dem stellen will, auch annehmen kann. Das heißt, man wird genau abwägen müssen, was man ihm zumuten kann.

Der vierte, der in meinen Augen komplizierteste Fragenkomplex im Zusammenhang mit einem solchen Modell wäre, *wer kontrolliert* das? Denn natürlich läßt sich ein derartiges Modell ohne Kontrolle nicht erfolgreich durchziehen.

Aber da wird es ganz schwierig, weil sich der Therapeut eines Täters sagen wird, wenn ich detailliert Rechenschaft über meine Therapie ablegen muß, dann kann ich das vergessen. Das wird nicht funktionieren, weil ich ja meinem Klienten sagen muß, daß ich alles, was er mir hier anvertraut, bei der Justiz melden muß. So verständlich diese Bedenken sind – man wird nicht auf jegliche Kontrolle verzichten können. Ohne Kontrolle verliert das Modell seine Berechtigung als Bewährungsanweisung. Man wird also versuchen müssen, zwischen diesen beiden extremen Positionen einen Kompromiß zu erzielen, der einerseits eine Art Rahmenkontrolle der Justiz gewährleistet, zumindest was den regelmäßigen Besuch der Therapiestunden betrifft, denn eine Erfolgsgarantie kann man nicht verlangen. Darauf würde sich kein Therapeut einlassen. Und andererseits müßte der Therapeut sinnvoll arbeiten können, indem er zum Beispiel nur bestimmte Eckdaten weitergeben muß, aber keine Details. Wie das im einzelnen aussehen sollte, daß müßte dann mit Richtern, Staatsanwälten, Therapeuten, Bewährungshelfern und anderen erörtert werden.

Daß *angeordnete* Therapien immer ihre eigene Problematik haben, ist dabei als fünfter Fragenkomplex noch gar nicht berücksichtigt. Es muß ja eine Bereitschaft des Klienten da sein, sonst können wir die ganze Therapie vergessen. Es kommt immer wieder vor, daß ein Täter zwar der Weisung des Gerichts folgt, aber innerlich so blockt, daß die Therapie nicht greift. Vielleicht kann er gar nicht. Vielleicht ist der vom Typ her gar nicht der Mensch, der sich öffnen kann. Vielleicht paßt der auch nicht zu dem angebotenen Therapeuten. Das wäre ja denkbar. Es gibt Leute, die können einfach nicht miteinander. Was dann?

Man muß da ganz ungemein aufpassen, daß man nicht einfach zu einem Täter sagt: Du kriegst den und den Vorteil, wenn du eine Therapie machst. Die meisten Täter haben ja zunächst mal gar kein Unrechtsbewußtsein. Weit eher als Versprechungen müßte am Anfang der Versuch stehen, bei dem Täter ein Problembewußtsein zu wecken und damit verbunden dann auch die innere Bereitschaft, etwas zu tun. Das könnte vielleicht so laufen, daß man mal probiert, so ein Warming up zu machen; fünf Stunden, acht Stunden, so eine Testphase für die Therapie. Dann, denke ich, könnte so ein Therapeut sehen, das hat einen Sinn für die Zukunft. Oder eben nicht.

Und wenn die Therapie misslingt?

Die große Frage ist natürlich, was macht die Justiz, wenn die Therapie keinen Erfolg hat? Wenn der Täter seine vereinbarten acht Probestunden pünktlich hinter sich gebracht hat, und es kommt nichts dabei heraus.

Ist das dann bereits ein Verstoß gegen die gerichtliche Weisung zur Heilbehandlung? Oder ist es kein Verstoß? Ist es nur ein Fehlversuch? Muß der Täter es dann noch einmal bei einem anderen Therapeuten probieren? Oder kommt er nach dem ersten Fehlversuch direkt in den Knast?

Auch in diesen Fragen sind wir noch absolut rückständig. Da fehlen uns noch alle Vorstellungen, jeder Lösungsansatz. Und ich denke, wir können als Justiz erst sagen, daß wir eine wirklich verantwortungsvolle, gute Arbeit leisten, wenn wir dafür, für dieses Problem, ein wirkungsvolles Modell entwickelt und anzubieten haben. Daß wir endlich darangehen müssen, uns über ein solches Modell den Kopf zu zerbrechen, ist sicher nicht nur meine Vision. Aber es gibt im Augenblick noch keine breite Diskussion darüber.

Was es gibt, sind erste offizielle Fortbildungsangebote für Therapeuten, die bereit sind, sich auf eine Tätertherapie einzulassen. Diese Angebote werden hier in Rheinland-Pfalz in Trägerschaft des Sozialpädagogischen Fortbildungszentrums im Landesamt für Jugend und Soziales vom Ministerium für Arbeit, Soziales, Familie und Gesundheit zusammengestellt. Aber man kann nicht erwarten, daß darauf gleich viele Leute eingehen. Das steht alles erst am Anfang. Das ist ein Anfang. Ich bin froh, daß es etwas gibt, was sich weiterentwickeln kann. Trotzdem sind wir in diesem gesamten Bereich noch weit, sehr weit von einem sinnvollen, erfolgversprechenden Umgang mit Tätern entfernt.

Geständnisse als Chance

Ich selbst zum Beispiel, ich mache sehr viel mit Tätern. Ich bestelle sie ein – ich muß ja zunächst sagen, die Verdächtigen – und konfrontiere sie mit dem Vorwurf. Und zwar zu Zeiten, wo die Kinder bereits gehört sind, auch von mir selbst, damit ich einen eigenen Eindruck von der Tat gewinne. Mein Ziel bei einer solchen Konfrontation ist es, einen geständigen Täter zu bekommen. Denn natürlich läßt sich mit einem geständigen Täter in der Verhandlung sinnvoller arbeiten als mit einem, der später behauptet, ich war es nicht. Und das mache ich so, daß ich dem Verdächtigen genau sage, welche und wieviel Strafe auf die Tat steht, daß ich ihm aber gleichzeitig auch zu verstehen gebe, daß er für mich menschlich gesehen kein Schwein ist. Daß ich ihn also nicht ausgrenzen und als Schwein behandeln will, sondern als Menschen, der ein schweres Problem hat, das behandlungsbedürftig ist, unbedingt, aber auch behandlungsfähig. Und daß der Täter als Mensch durchaus in seiner Person bleiben kann und nicht total in die Ecke abgestellt wird.

Sie glauben nicht, wie viele Geständnisse ich in den letzten Jahren auf diese Weise erzielen konnte! Gerade weil ich dem Täter zu erkennen gebe, daß ich nicht die Absicht habe, ihn als minderwertig abzustempeln. Was nicht heißt, daß bei mir keine Aggressionen aufkämen, wenn ich sehe, was da geschehen ist. Ich mache kein Hehl daraus, daß ich das alles für eine schlimme, sehr schlimme Geschichte halte. Das erwarten Täter aber nicht, daß ich das verharmlose.

Aber gerade weil es sich hier um einen schlimmen Fall handelt, sage ich jedem Täter, daß er zusehen muß, wie er diese Sache für sein zukünftiges Leben geregelt bekommt, so daß er das nicht mehr machen muß. Und dann bemerke ich bei vielen, daß sie den Mißbrauch an dem Kind eigentlich auch lieber lassen würden. Daß sie es lieber lassen würden, wenn sie wüßten wie. Und daß sie es vielleicht auch schwer haben, aus der ganzen Sache wieder rauszufinden. Aber daß sie es tun müssen, das sagt ihnen sonst keiner.

Es gibt Leute, die weinen in solchen Situationen, wenn ich denen das sage, wenn sie einfach mal auf diese Seite der Medaille angesprochen werden, daß sie nämlich auch ihr eigenes Leben damit versauen. Die erwarten ja nur, daß ich sie zur Schnecke mache. Und dann kommt das ganz anders. Auf einmal geht vielen auf, daß ich als Staatsanwalt ja gar nicht der geborene Feind von Gesetzes wegen sein muß, sondern vielleicht auch mitdenken und mitfühlen kann. Und das ist vom Psychologischen her ein Ansatz, daß ich dann auch schon mal sagen kann: Wenn Sie eine Bewährungschance haben, dann nur mit einem Geständnis.

Selbstverständlich muß ich immer aufpassen, daß ich keine falschen Sicherheiten erwecke. »Sie kriegen Bewährung«, das kann ich nicht sagen. Das sage ich auch nicht. Da bin ich sehr vorsichtig. Ich kann immer nur sagen, nach meinen Erfahrungen haben Sie nach einem Geständnis eine gute Chance. Und ich sage immer noch dazu, überlegen Sie mal, ob es nicht für Ihre eigene seelische Situation besser ist, wenn Sie sich ein bißchen erleichtern wollen. Wenn man immer nur mit so einem fürchterlichen Druck herumläuft, immer nur Angst hat, daß es rauskommt, daß man sich damit als Täter ja auch nicht wohl fühlt. Das tun die meisten ja nicht. Außer die Kaltschnäuzigen, die gibt es ja auch. Es gibt sie ja alle. Es gibt einen bestimmten Prozentsatz, den erreiche ich nie. Bei dem habe ich ohne Beweise keine Chance. Aber dieser Prozentsatz ist gar nicht mal so riesig. Ich denke, daß der andere Teil, der erreichbare, größer ist, wenn es gelingt, ihn richtig anzusprechen.

Dabei spielt aber auch der Verteidiger eine große Rolle. Wenn der von vornherein mauert, dann habe ich keine Chance auf ein Geständnis. Wenn der sagt, mein Mandant kommt nicht zu dem Gesprächstermin, der hat nichts zu sagen, dann ist der Täter in meinen Augen zwar schlecht beraten – aber ich kann ihn nicht zwingen, bei mir auszusagen.

Viele Verteidiger kennen mich aber von meiner Arbeit hier im Sonderdezernat her. Die wissen also, wie ich mit den Leuten umgehe und daß ich niemanden linke. Das sage ich auch jedem Verdächtigen gleich, von vornherein, mit dazu. Ich habe noch nie jemanden in meinem Beruf gelinkt, das werde ich auch niemals tun. Und wenn ein Verteidiger das, was ich erreichen will, unterstützt, wenn er kooperativ ist, dann erweist es sich immer wieder, daß es besser für den Mandanten ist, reinen Tisch zu machen, als wenn wir eine lange Verhandlung führen und eine unnötige Quälerei für das Kind entsteht. Gut, solange ein Verdächtiger nicht überführt ist, hat er eine Chance, freigesprochen zu werden. Das kann ich nicht völlig ausschließen. Aber ich erwarte ja auch nicht, daß sich ein Unschuldiger bezichtigt und ein Geständnis ablegt, das sage ich ihm auch so. Wenn ich es schaffe – und das gelingt hier in meinem engen Büro, bei direktem Augenkontakt und fast schon auf Tuchfühlung, viel besser als draußen bei der Hauptverhandlung, im Riesenverhandlungssaal –, wenn es zu einem Geständnis kommt, dann ist die Luft aus der ganzen Sache raus. Alles, was schwierig ist in dieser juristischen Geschichte, in der Beweisführung, das hat dann kaum noch Bedeutung, weil ich ja ein Geständnis habe, zu dem der Täter steht und das er später, in der Verhandlung, wiederholen kann. Wenn ich das schaffe, daß dieses Geständnis schon vor der Hauptverhandlung vorliegt, müssen wir uns nicht darum kümmern, ob wir das Kind als Zeugen befragen müssen, ob wir (was auch immer wieder vorkommt) Glaubwürdigkeitsgutachten brauchen. Statt dessen können wir uns in aller Ruhe damit befassen, welcher Tatbestand vorliegt und welche Maßnahmen wir für den Täter am besten und sinnvollsten ergreifen. Wenn wir dafür ein Modell hätten, das wäre optimal.

Daß zum Teil erhebliche Strafnachlässe gewährt werden, wenn Geständnisse vorliegen, ist übrigens nicht nur in Landau so, sondern bundesweit. Jede Kammer versucht Bewährungen zu geben, wenn Geständnisse vorliegen. Auch wenn das nicht immer geht, weil die Sache manchmal einfach zu dick ist, vom Tatablauf her. Dann ist selbst bei einem Geständnis nichts mehr möglich.

Die Vision vom runden Tisch

Manchmal überlege ich mir, wir bräuchten eine andere Justiz. Man könnte zum Beispiel Stellen verlagern. Das heißt, man müßte Aufgaben und Leute von den Gerichten zu den Staatsanwaltschaften abgeben. Das sind ja zwei sehr verschiedene Behörden.

Wenn ich mich heute in der Staatsanwaltschaft hinsetze und überlege einen halben Tag, wie kriege ich den und den Täter zu einem Geständnis, und schaffe das dann auch, und das sieht bei Gericht als Endergebnis so aus, daß man dort nicht zwei oder drei oder noch mehr Tage verhandeln muß, sondern bloß einen – dann könnte man theoretisch sagen, wir nehmen dort, bei den Gerichten, Kapazitäten weg und schieben diese zu den Staatsanwaltschaften rüber. Aber das ist natürlich nur so eine Idee. Und manchmal, vor allem in letzter Zeit, wenn ich gar nicht genug Hände haben kann, um einen Fall zu bearbeiten, denke ich, daß ich es mir viel leichter machen könnte. Daß ich vor mir selbst damit zufrieden sein könnte, daß der Täter nicht gestanden hat, wir das Kind vernehmen und ein Glaubwürdigkeitsgutachten einholen und fertig. Nach mir die Sintflut. Aber im Endeffekt kann ich so nicht arbeiten, will es auch nicht.

Wir aus der alten Runde, die wir zusammen die Opfergeschichte angekurbelt und bewegt haben, wir haben uns kürzlich einmal überlegt, ob wir eine Arbeitsgemeinschaft bilden sollten, in der wir diese Fragen des Modells für Täter im sexuellen Mißbrauch mit verschiedenen Berufsgruppen aufarbeiten. Aber ich traue es mir nicht mehr zu. Ich habe in unserem Bezirk hier wirklich viel für die Opferseite bewegt. Ich denke nicht, daß ich die Kraft noch einmal aufbringe, dies auch für die Täterseite zu leisten. Was da allein im Vorfeld anfällt an schwierigsten, sensibelst zu behandelnden Bereichen, das ist im Grunde nur noch über die Freizeit zu leisten. Und wenn ich meinen Beruf hier so verantwortungsvoll und akribisch sehe wie bisher, dann kann ich so eine große Aufgabenstellung nicht mehr nebenher bewältigen. Das ging wirklich nur noch über die Freizeit. Und auf die kann ich heute nicht mehr so verzichten wie noch vor einigen Jahren. Ich habe ja auch noch private Bedürfnisse und muß mich mal ausruhen.

Ich traue mich an dieses Modell wirklich fast nicht mehr ran. Obwohl es mich juckt. Obwohl es eine absolut reizvolle und spannende Aufgabe wäre. Wer weiß, vielleicht bekomme ich ja noch einmal die Energie dazu. Aber ich weiß schon jetzt, zumindest der Startschuß müßte wieder von mir kommen. Und dann hätte ich die ganzen Probleme erst einmal auf dem Tisch.

Das fängt schon damit an, wen beteilige ich an einer solchen Arbeitsgruppe um den runden Tisch. Ich weiß, daß zum Beispiel Juristen und Psychologen oft nur schwer miteinander können. Und die wären beide wichtig. Da würde es also schon hapern. Wer sind die Leute, die wirklich an der Sache Interesse haben? Die Leute, die nicht sich selbst profilieren wollen, sondern miteinander an einem Strick ziehen. Das auszutüfteln und zusammenzustellen würde schon eine Menge Vorarbeit bedeuten, ehe ich überhaupt zum erstenmal mit einer arbeitsfähigen Gruppe zusammensitzen und darüber nachdenken könnte, welche Ziele wir denn eigentlich verfolgen. Auf jeden Fall müßten es Richter und Bewährungshelfer sein, Ärzte und Psychologen, Anwälte und und und, die mit mir um den runden Tisch sitzen. Die Leute von den Kassen müßten wir eventuell getrennt einspannen, obwohl die natürlich äußerst wichtig sind. Aber die Arbeit mit ihnen ist ein anderer Ansatz. Das müßte völlig anders angegangen werden.

Und dann wären da schließlich die Fragen: Wie geht man mit einem Täter um? Was bietet man ihm an? Wer leistet diese Angebote? Wie kann man sie kontrollieren? Alles zusammen, das wäre das Modell. Wie gesagt, wenn ich die Zeit dazu hätte – eine wirklich reizvolle, spannende Aufgabe mit einem, wie mir scheint, zwingend notwendigen Ziel. Denn wenn die Justiz im sexuellen Mißbrauch mehr sein soll als nur ein Rächer der bösen Tat, kann dies bloß mit einem Modell wie diesem gelingen.

Eine Chance für die Reue – Christophs Geschichte

Christoph sagt, zu Hause sei er überall. Ein richtiges Zuhause, einen Ort, in dem er dazugehört, der ihm einfällt, wenn ihn einer fragt, wo er zu Hause sei, habe er nie gehabt. Er habe immer nur einen Geburtsort gehabt und einen Wohnort. Und er habe sich immer als Franke gefühlt.

»Das kam wegen meiner Eltern«, erklärte er, als wir uns in einem schmuddeligen Café nahe der Autobahnabfahrt zu Christophs derzeitigem Wohnort trafen. »Meine Eltern waren Vollblutfranken. Die hatten ihr Lebtag Heimweh, egal, wo wir gerade wohnten. Und natürlich haben sie uns Kinder, meine Schwester und mich, auch dazu erzogen, so ein Heimweh zu spüren, obwohl wir nie auch bloß einen Tag bewußt in Franken gelebt hatten. Wir waren Zirkusleute. Mein Vater war als junger Bursche aus Abenteuerlust in einem Wanderzirkus mitgezogen. Meine Mutter war eines Tages an ihm hängengeblieben. Eines Tages hatte mein Vater beschlossen, sich selbständig zu machen, und hatte seinen eigenen Zirkus aufgemacht. Er selbst spielte die erste Geige, daß heißt vom dummen August bis zum Dompteur einfach alles. Meine Mutter hatte früher ein bißchen auf dem Seil getanzt. Als sie dann mit meiner Schwester und bald danach mit mir schwanger war, spielte sie bloß noch die Drehorgel und half bei der Hundedressur mit. Meine Schwester war ein Talent, die hatte Gummiknochen. Die stand schon auf der Bühne, als sie kaum laufen konnte. Ich war ein dicker Plumps und zu nichts gut als zum Clown und Stehaufmännchen. Aber gelacht haben die Leute am meisten über mich.«

Kennengelernt habe ich Christoph 1993 durch seine jetzige Frau, mit der ich mich schon einige Jahre zuvor, als sie Christoph noch nicht kannte, während der gemeinsamen Sangesstunden in einem gemischten Chor angefreundet hatte. Daß ich Bücher schreibe und mich unter anderem mit dem sexuellen Mißbrauch an Kindern und Jugendlichen befasse, war kein Geheimnis.

Trotzdem hatten wir Frauen nie darüber gesprochen. Daher war ich vollkommen überrascht, als eines Tages eine kurze Kartennotiz in meinem Briefkasten lag, in der mich der mir gänzlich unbekannte Ehemann meiner Bekannten um ein Treffen ohne seine Frau bat. Er müsse sich einmal mit einem Menschen aussprechen, der ihn verstehen könne. Neugierig geworden und auch etwas skeptisch, rief ich die von ihm angegebene Geschäftsnummer an und vereinbarte einen Termin. Bereits wenige Tage später trafen wir uns in jenem schmuddeligen Café an der Autobahnabfahrt. Dies, glaubte Christoph, sei ein Platz, an dem man uns zuallerletzt vermuten würde. Und dort begann er auch, mir seine Geschichte zu erzählen, die für mich untrennbar mit dem nachfolgenden Brief verbunden ist, den er mir als eine Art Einführung zu unserem ersten Treffen mitbrachte.

Heute, mit einigen Monaten Abstand, denke ich, dieser Brief war ein Test. Es war kein Brief, den ich mir in die Handtasche stecken und in Ruhe zu Hause lesen sollte. Nein, Christoph verlangte, ich solle ihn augenblicklich lesen, hier, bei dem durch die verstaubten Butzenscheiben einfallenden Dämmerlicht, hier, beim Tanz der Stubenfliegen unter der Hängelampe, hier, in Christophs Beisein. Während ich las, wollte er mich ansehen können. Zurückgelehnt in den kippelnden Stuhl, die Augen hinter Zigarettenrauch versteckt, wollte er Gedanken und Gefühle erspüren, die ich vielleicht nicht aussprechen würde. Ich war mir nicht sicher, ob ich das zulassen wollte. Christoph spürte meine Unsicherheit sofort. »Ohne den Brief fangen wir gar nicht erst an. Ich muß erst wissen, was Sie davon halten. Dann ist es egal. Dann können wir reden.«

»Wovor haben Sie solche Angst?« frage ich und faltete die drei mit einer kleinen, festen Handschrift in erstaunlich weitem Zeilenabstand bedeckten Blätter auseinander, die er mir gereicht hatte. »Angst?« Christoph ließ Rauchkringel steigen. Den Kopf hintenüber gelehnt, blinzelte er mich an. »Wovor sollte ich Angst haben? Lesen Sie!« Und ich las.

Meine liebe Silke!
Ich weiß, daß ich Dich nicht mehr so anreden darf. Ich habe mir das Recht verspielt. Trotzdem möchte ich Dich so anreden, weil mir das, was ich Dir schreiben will, leichter fallen wird, wenn ich mir vorstelle, daß Du mich noch immer ein bißchen lieb hast.

Meine liebe kleine Silke, Du hat mich einmal – oder war es viele Male? – gefragt, warum ich Dir das antu. Was ich meine, weißt Du schon. Ich habe Dir damals nicht darauf geantwortet. Ich weiß, ich bin auch wütend geworden. Ich habe Dich geschlagen. Und Du hast geweint. Du hast überhaupt viel geweint. Heute will ich zumindest versuchen, Dir eine Antwort auf diese Frage zu geben. Doch glaube mir, meine Kleine, ich kann es nicht. Ich weiß nicht, was über mich gekommen ist. Ich weiß nicht, wie ich mich so vergessen konnte. Ich weiß nicht, was mit mir los war. Ich weiß nur, daß ich Dich immer geliebt habe.

Du warst mein Augenschein, Silke. Vom ersten Tag an warst Du für mich das Größte, was einem Mann im Leben widerfahren kann. Ich habe Dich nicht nur geliebt, ich habe Dich in mein Herz hinein genommen, bis Du ein Teil von mir warst und ganz eng zu mir gehört hast. Wenn Du als kleines Mädel geweint hast, Silke, das ging mir durch und durch. Und wenn ich Dich dann oft geschlagen habe, dann eigentlich nur, weil ich Deinen Kummer nicht aushalten konnte und wollte, daß er aufhört.

Heute, wo ich Dich Jahre nicht gesehen habe und vielleicht nie mehr wiedersehen werde, weil Du mich verlassen hast, wo ich all die Jahre Zeit hatte, über mich nachzudenken und über Dich, Silke, da kann ich Dir nur sagen, daß es mir leid tut, daß ich Dir das nie hätte antun dürfen. Ich kann mit der Verzweiflung über mich selbst kaum leben. Irgendwann an jedem Tag sehe ich mich im Spiegel an und denke, du bist ein Schwein. Irgendwann an jedem Tag! Verstehst Du, was das für einen Mann bedeutet? Wenn man sich selbst nicht mehr achten und respektieren kann? Und wenn man auch Angst vor sich selber hat, weil man sich auf einmal nicht mehr trauen kann? Und wenn man bei jedem schiefen Blick denkt, der weiß es, der hat es gehört. Kannst Du Dir vorstellen, wie einem Mann da zumute ist, Silke?

Für Dich, meine Kleine, für Dich war es schlimm, was ich Dir angetan habe. Ich habe mich da wirklich wie ein Unmensch benommen. Ich hätte mir das nie zuschulden kommen lassen

dürfen. Es war wohl wirklich so etwas wie ein *Mißbrauch.* Aber ich glaube, für mich ist es mindestens ebenso schlimm. Ich leide wie ein Tier, Silke! Und darum bitte ich Dich, verzeih mir, Silke! Ruf mich an oder schreib mir (bitte postlagernd. Meine Frau hat von allem keine Ahnung. Ich möchte auch nicht, daß sie es erfährt), nur bitte laß von Dir hören. Laß mich nicht so verdammt allein mit dieser alten Geschichte. Laß sie uns endlich aus der Welt schaffen. Wir sind doch heute zwei erwachsene Leute. Wir müssen doch endlich reinen Tisch zwischen uns machen. Du darfst mich einfach nicht so hängen lassen, Silke. Du kannst doch nicht so einfach aufhören, meine Tochter zu sein, nur weil ich diesen Scheiß gemacht habe! Gib mir eine Chance, Silke. Wenn Du schon nicht mehr meine Tochter sein willst, was ich ja verstehen kann, dann laß uns doch wenigstens wieder Freunde sein.
In Liebe, Dein Vater

Christophs Geschichte, wie ich sie nach und nach erfuhr

Ich bin am 12. August 1952 geboren. Als Geburtsort wurde die Stadt zugrunde gelegt, in deren Nähe meine Eltern unsere kleine Zirkuswagenburg auf einem Campingplatz zusammengestellt hatten, um die Niederkunft meiner Mutter mit ihrem zweiten Kind abzuwarten. Da die telefonisch bestellte Hebamme und der Kinderarzt einen weiten Anfahrtsweg hatten und nicht sofort erreichbar gewesen waren, brachte meine Mutter mich ohne sachkundige Hilfe zur Welt, und mein Vater band mir die Nabelschnur ab. Ich war ein strammes Kerlchen von fast neun Pfund. Wie das in einem kleinen Familienzirkus so üblich ist, wuchsen meine ein Jahr ältere Schwester und ich ziemlich wild und uns selbst überlassen auf. Wir konnten eher mit unseren Pudeln reden als mit unseren Eltern und eher ein Rad schlagen als einen Baum malen. Da wir die Schule nur unregelmäßig besuchen konnten und unsere Eltern kein Geld für einen Privatlehrer hatten, sah es mit dem Lernen schlecht aus. Bis ich zehn Jahre alt war, konnte ich kaum mehr als meinen Namen richtig schreiben. Das änderte sich erst, als ich merkte, daß das Zirkusleben für mich nichts war. Die Leute lachten zwar über mich, wenn ich neben meinem Vater als Clown mit der roten Plastiknase und den viel zu großen Schuhen durch die Manege latschte und vor echtem Ungeschick besser stolperte als einer mit einer echten Nummer, aber ich hatte keine Lust dazu. Ich wollte lieber zur Schule gehen, lernen und einen seßhaften Beruf ergreifen. Aus diesem Grund ließen mich meine Eltern schließlich bei einer Schwester meiner Mutter zurück, die mich als ihren Sohn aufzog. Das war nun aber auch nicht das, was ich gewollte hatte. Ich hatte Heimweh, meine Schwester fehlte mir, und in der Schule kam ich auch nicht zurecht. Weil ich wirklich ziemlich wenig gelernt hatte, stufte man mich zwei Jahre zurück,so daß ich mit meinen zehn Jahren zwischen den Zweitklässlern saß und mir vorkam wie der letzte Depp. Ich wurde dann ziemlich ehrgeizig, weil meine Tante mir gesagt hatte, daß ich Nachprüfungen machen könne und dann die Klassen überspringen dürfe, so daß ich mit meiner eigenen Altersgruppe eingestuft werden würde. Mit wochenlangen Nachhilfestunden und Fleißaufgaben noch und noch schaffte ich es, innerhalb eines Jahres die zwei Jahre Abstand aufzuholen, und kam nach der Versetzung in meine richtige Klasse. Womit ich nicht gerechnet hatte, war, daß die anderen mich nicht akzeptierten. Nach einer relativ kurzen Schnupperphase, in der jeder mal neben mir sitzen und mal mit mir nach Hause kommen wollte, ließen sie mich ziemlich links liegen. Ich paßte wohl nicht so ganz dazu. Ich war anders aufgewachsen, hatte halb Europa gesehen, sprach ziemlich fließend Spanisch und Italienisch, machte allen in Sport etwas vor. Ich hatte auch diese Hemmungen nicht, vor der Klasse zu stehen und aus meinem Heft vorzutragen. Andererseits konnte ich kein Tennis spielen, trug keine feinen Klamotten, machte mir nicht viel aus Fußballstars und hatte im Grunde auch nie Taschengeld. Vor allem aber, und das machte mich den Eltern ziemlich verdächtig, kam ich vom Zirkus. So einer war ihnen nicht gut genut für ihre Kinder. Von so einem war doch nur Schlimmes zu erwarten. Ich weiß nicht, wie oft das an mir hängenblieb, wenn in der Schule etwas geklaut worden war. Wie oft der Lehrer meinen Ranzen gefilzt hat. Wie oft ich aus der Bank aufstehen und meine Hosentaschen leeren mußte. Bloß, weil einer aus der Klasse seinen Radiergummi verschlampt oder fünf Mark in der Jackentasche vermißt hatte. Am Anfang hatte ich versucht, mich anzupassen. Später versuchte ich nur noch, mich nicht anzupassen. Ich glaube, das war so eine Art Schutz, den ich mir da aufgebaut hatte. Wenn die mich nicht wollten, dann wollte ich sie schon dreimal nicht. Nicht die anderen durften mich ablehnen, sondern ich von mir aus lehnte die anderen ab. Wenn ich dann allein war, war ich es zwar, aber ich war es, weil ich es wollte, und nicht, weil ich keine Wahl hatte. Das tat weniger weh. Und wenn es doch weh tat, dann war es aber ein stolzer Schmerz, einer, bei dem ich mir nichts vergeben hatte. Das war mir damals als junger Mensch schon ungemein wichtig, daß ich nichts ertragen mußte, sondern höchstens etwas ertragen wollte. Ein Duldertyp war nicht mein Typ. Ich war ein Macher.

Als ich Silkes Mutter kennenlernte, war ich mir fast auf den ersten Blick sicher, daß sie die Frau fürs Leben für mich sei. Sie war so eine Feine, Zarte, Schüchterne mit großen braunen Rehaugen. So eine, die sich bei mir anlehnte und sich hinter mir versteckte. Mit ihr zusammen, das gab mir ein Gefühl von Kraft wie mit keinem anderen Menschen sonst. Sie war so schwach. Ich mußte sie stützen und beschützen. Ohne mich war sie nichts. Und das zeigte sie mir auch. Mit ihr war ich innerlich so richtig auf den Wolken gelandet. Sie war das, was ich gebraucht hatte. Auch sexuell. Es klappte einfach alles zwischen uns. Wir haben recht schnell geheiratet. Ich hatte damals das Glück, eine gut bezahlte Anstellung in der Entwicklungstechnik einer großen Automobilfirma angeboten zu bekommen, wegen der ich allerdings umziehen mußte. Umzüge waren mein Problem nicht. Eher das Seßhafte. Das war mir vom Zirkusleben meiner Kindheit zurückgeblieben. Aber meine Frau, die hatte Probleme. Sie war ja noch nie aus ihrem Heimatort rausgekommen, hatte dort ihre große Familie, ihre Freunde, ihren Beruf. Für mich mußte sie alles aufgeben. Und daß sie es tat, wie sie es tat, mit dieser Liebe, das war schon groß. Damals waren wir eine wirklich vollkommene Einheit. Wenn mir damals einer vorausgesagt hätte, daß sie sich mal von mir lösen würde, den hätte ich bloß ausgelacht.

Ein Jahr nach der Hochzeit wurde unsere Tochter Silke geboren. Wohl wegen des erheblichen Größenunterschiedes zwischen meiner Frau und mir war unsere Tochter ein ziemlicher Brocken und zerriß meiner Frau die Gebärmutter so nachhaltig, daß eine Totaloperation notwendig wurde. Das hieß, wir würden nie mehr als dieses eine Kind zusammen haben können. Für mich war das ein harter Schlag, denn ich hatte mir immer eine große Familie gewünscht. Ich konnte das kaum verwinden. Ich muß zugeben, das ließ ich meine Frau dann auch spüren. Ich habe ihr das schon vorgeworfen. An manchen Tagen, wenn mir das Dilemma aus irgendeinem Grund besonders bewußt geworden war, habe ich es kaum über mich gebracht, mit ihr zu reden, geschweige denn, sie in den Arm zu nehmen. Die Sexualität war sowieso ein heikles Thema zwischen uns geworden. Seit der Operation konnte ich sie als Frau nicht mehr so ganz akzeptieren. Mir war das einfach schleierhaft, wie sie ohne Gebärmutter noch Erfüllung haben könnte. Ich habe das irgendwie immer mißtrauisch verfolgt, wenn sie zum Höhepunkt kam, und habe das dann mit dem inneren Erinnerungsbild verglichen, das ich von ihr aus der Zeit vorher hatte. Ich habe sie auch ziemlich oft gefragt, ob sie das auch wirklich genießt. Meine Frau hat mir das später, als unsere Ehe schon ziemlich schief hing, immer vorgeworfen. Ich hätte sie belauert, sagte sie immer. Ich hätte ihr das Spontane genommen. Sie hätte deshalb Hemmungen bekommen und sich nicht mehr gehenlassen können. Auf jeden Fall konnte sie bald nicht mehr mit mir zusammensein. Wir schliefen praktisch kaum noch zusammen. Und das, obwohl wir beide erst Mitte Zwanzig waren.

Vielleicht war die Silke aus diesem Grund mein Lebensinhalt oder mein Lebenszweck. Sie war eigentlich alles, was ich hatte. Ihr konnte ich all meine Liebe geben, die ich meiner Frau nicht mehr geben wollte. Ich war innerlich wie mit dem Kind verwachsen. Wenn ich sie auf dem Wickeltisch hatte oder sie badete, dann habe ich oft geflennt vor lauter Liebe, weil sie süß war und so ganz und gar neu, so komplett und heil. Das war eine unbeschreibliche Dankbarkeit in mir, auch Gott gegenüber, daß dieses Kind, das aus mir gekommen war, so vollkommen war. Ich hatte damals gelesen, daß der Samen des Mannes das Geschlecht des Kindes bestimmt. Das hatte ich sehr verinnerlicht, zumal ich mir um alles in der Welt immer ein kleines Mädchen gewünscht hatte, das meiner Schwester ähnlich sein sollte. Und Silke war schon als Säugling von den Kinderbildern meiner Schwester kaum zu unterscheiden.

Wie aus meiner Beziehung zu Silke eine sexuelle geworden ist, kann ich im Grunde nicht wirklich erklären. Das wuchs so ganz langsam. Das war ja auch nichts Einseitiges. Das ging schon auch von Silke aus, nicht nur von mir. Sie küßte mich zum Beispiel schon als kleines Mädel immer mit offenem Mund. Das war so süß, wenn sie mich mit der Zunge zu küssen versuchte. Das hat mich schon sehr erregt. Später dann, als sie sitzen konnte, wollte sie alles anfassen. Und damit meine ich wirklich alles, auch an mir. Und sie wollte immer auf mir liegen, wenn sie bei mir im Bett lag. Das mußte für sie einfach sein. Wenn ich sie mal nicht lassen wollte, schrie sie, bis sie blau wurde. Ich mußte das zulassen. Im Grunde hatte ich ja auch nichts dagegen. In der ersten Zeit hatte ich manchmal ein schlechtes Gefühl, wenn ich von meiner eigenen Tochter erregt wurde. Wenn meine Frau dann dazu kam, habe ich mich schon sehr bemüht, das zu unterdrücken und sie nichts merken zu lassen. Mir war das peinlich. So ein kleines

Kind, das den eigenen Papa anmacht. Das wollte ich einfach nicht, daß sie das mitbekommt. Sie sollte auch nicht noch eifersüchtiger werden, als sie schon war, weil sie meinte, daß ich die Kleine zu sehr verwöhne. Und ich wollte auch nicht, daß sie womöglich mit der Kleinen schimpft. Das zwischen Silke und mir war so natürlich. So stellte ich mir vor, daß das bei Naturvölkern sein kann.

Wie das dann zum erstenmal mehr geworden ist zwischen der Silke und mir, das war eigentlich aus so einer Schmusesituation hervorgegangen. Ich hatte sie zu Bett gebracht, ihr eine Geschichte vorgelesen und ihr den üblichen Gutenachtkuß gegeben, und sie bekam nicht genug. Sie wollte immer noch ein Küßchen und immer noch eins und hielt mich total mit beiden Armen fest. Und da haben wir zuerst das Kitzelhalsspiel gespielt, bei dem ich ihr immer in den Nacken pusten und sie so ein bißchen beißen mußte, und dann das Beinchenspiel, bei dem ich so an den Innenseiten der Schenkel dasselbe gemacht habe. Und da hat sie gekreischt und sich gefreut und gejauchzt. Und dann habe ich sie zwischen den Beinen geküßt, und das hat ihr auch gefallen. Ja, und dann hat es sich zu so einem Ritual entwickelt. Das war dann jeden Abend. Das hat die Kleine auch haben wollen. Die war wirklich verrückt darauf. Die hat mir den Kopf von ganz allein in die richtige Stellung geschoben und den Po angehoben, damit ich gut drankomme, und gelacht. Und wie sie dann gemerkt hat, daß ich total erregt war, da hat sie mit den Füßchen so ganz sachte getrampelt und mich da auch immer wieder angefaßt. Ja, und dann ist es eben passiert. Das hat sich echt so ergeben. Das war überhaupt nicht geplant. Das war wie in jeder anderen Liebesbeziehung auch. Du schmust und küßt und streichelst, und auf einmal ist es mehr, und das ist alles richtig, weil es gar nicht anders sein kann.

Natürlich war ich zuerst schon erschrocken und habe mir auch Vorwürfe gemacht, weil die Kleine ja schließlich meine eigene Tochter ist. Ich habe mir dann Bücher gekauft und gelesen, wie das so bei anderen Völkern und in anderen Kulturen ist und daß das je eigentlich überhaupt nichts wirklich Verbotenes ist, wenn Eltern und Kinder sich lieben oder wenn Gechwister heiraten. Daß das in Wahrheit etwas absolut Anerzogenes ist, etwas künstlich Aufgezwungenes, etwas, das vom Gesetzgeber mit einem Federstrich geändert werden könnte, wenn der wollte. Früher bei den alten Ägyptern gehörte die Geschwisterliebe sogar dazu, allerdings nur in den Dynastien. Da war das eine Auszeichnung. Und die haben auch nicht alle bloß bekloppte Kinder gezeugt. Die haben sogar Superkinder gezeugt, die bis heute wegen ihrer Schönheit und ihrer Neuerungen berühmt sind. Darüber verliert heute kein Mensch ein schlechtes Wort. Das zu wissen hat mich dann schon etwas beruhigt. Das muß ich zugeben. Vor allem, weil ich gespürt habe, daß die Silke mich total gewollt hat.

Als die Silke dann älter geworden ist, so ungefähr sechs, sieben, acht Jahre, da hat sie dann schon manchmal gesagt, sie will das nicht. Aber ich war vollkommen verrückt nach ihr. Sie hat mich auch sexuell total von sich abhängig gemacht. So wie sie hat es keine andere Frau für mich machen können. Sie und ich, das war einfach eine Einheit. Ich mußte da nichts erklären. Die wußte das von ganz allein, wie sie das machen mußte, damit es für mich schön war. Und daß ich es für sie schön machte, das habe ich an ihrem Körper gemerkt. Das war ja schon, als sie noch ganz klein war, daß sie dann ab einem gewissen Punkt den Urin nicht halten konnte und vor Lust gepinkelt hat. Heute weiß ich, daß ich das hätte ernst nehmen müssen, als sie gesagt hat, sie will nicht. Aber damals, da war das einfach zuviel verlangt. Du läßt doch nicht einfach das Vollkommenste von dir weg, was du je gemacht hast. Das tust du doch nicht. Klar hätte ich es tun müssen. Klar hätte ich ihr damals zeigen müssen, daß ich sie ernst nehme und auf sie eingehe. Aber ich hatte so eine Angst, so eine wirklich lebensbedrohliche Verlustangst. Und nur aus dieser Angst heraus habe ich sie damals dann praktisch vergewaltigt. Ich wollte, daß sie mir gehört. Daß ich der erste Mann für sie bin. Daß sie mich nie mehr vergessen kann. Daß sie mich nicht verläßt. Natürlich weiß ich heute, daß das falsch war. Daß ich dazu kein Recht hatte. Aber manchmal gehen einfach alle Gefühle mit einem durch. Manchmal machst du etwas, obwohl du weißt, daß es falsch ist, weil du nicht anders kannst. Und ich hatte schon ein paarmal zu oft erfahren, wie das ist, wenn dich einer verläßt. Ich wollte nicht verlassen werden. Nie mehr. Das habe ich nie so genau gewußt wie damals.

Und danach dann, als es dann passiert war, danach hat die Silke eigentlich auch nie mehr gesagt, daß sie das nicht mehr will. Ich hatte eher das Gefühl, daß sie es genauso will wie ich. Und sie hat das ja auch weidlich ausgenutzt, daß sie mich um den Finger wickeln konnte. Die hat alles von mir bekommen. Ich hätte mir das letzte Hemd für sie abnehmen lassen. Bis sie dann angefangen hat, mich irgendwie auch damit zu erpressen. Bis sie mir – da war sie vielleicht zehn, elf – gedroht hat, sie sagt es, wenn ich ihr das und das nicht schenke, wenn ich sie dort und dort hin nicht mitnehme, wenn ich ihr das oder das nicht erlaube. Ich gebe zu, das hat mich damals ziemlich überfordert. Ich habe mir da oft nicht anders zu helfen gewußt, als daß ich der Silke mal handfest den Hintern versohlt habe. Und daraus ist dann eine neue Dimension unserer sexuellen Beziehung geworden. Das ging wieder nicht mal so eindeutig von mir aus, sondern eher von Silke. Wenn sie ihren Trotzbock los war, wenn sie so richtig schmiegsam war, dann hat sie mich regelrecht verführt. Dagegen konnte ich gar nichts machen. Als Mann hast du einfach die Abwehrkraft nicht, wenn du gereizt wirst. Das ist etwas, was Frauen einem nie abnehmen. Die haben das ja auch nicht, das Problem. Für die spielt sich Lust immer total geheim, immer total im Innern ab. Aber als Mann, da bist zu verraten und ausgeliefert. Da zeigst du die Lust für jeden deutlich sichtbar, und da bist du auch immer an der richtigen Stelle manipulierbar, und da bist du auch viel empfindlicher und reaktionsschneller. Da kannst du gar nichts machen. Und das hat die Silke schon ziemlich früh auch so verstanden. Ohne daß ich ihr das erst hätte erklären müssen.

Zu Ende war der Mißbrauch, wie alles andere auch, aus Silkes freier Entscheidung heraus. Sie war damals ungefähr 15. Heute ist sie 17. Sie war einfach aus meinem Leben verschwunden und ihre Mutter, meine damalige Frau, gleich mit. Auf dem Telefontisch stand ein Brief. Darin teilte mir meine Frau mit, daß Silke ihr alles anvertraut habe und sie zu ihren Eltern zurückgekehrt sei und Silke mitgenommen habe. Silke wolle nichts mehr von mir wissen. Ich solle sie in Ruhe lassen, andernfalls werde sie mich wegen sexuellen Mißrauchs vor Gericht bringen.

Das habe ich natürlich nicht so auf sich beruhen lassen. Ich habe wirklich alles versucht, die beiden zurückzugewinnen. Aber meine Frau hatte der Silke den Kopf ziemlich gründlich gewaschen. Da war nichts mehr zu machen. Ich habe sie zwar ein paarmal von weitem gesehen, als ich sie von der Schule abholen wollte, aber die Silke ist weggerannt. Dann hat mir meine Frau einen Schrieb von einer Anwältin geschickt, daß ich angezeigt werden würde, wenn ich es wieder versuche. Was zur Folge hatte, daß ich die Scheidung beantragt und jeden weiteren Kontakt abgebrochen habe.

Heute bin ich wieder verheiratet, habe eine nette Frau, keine Kinder, auch diesmal also in der Beziehung Essig. Meine Frau kann keine Kinder kriegen. Das wußten wir vor der Hochzeit beide nicht.

Schon aus diesem Grund möchte ich mich mit der Silke

unheimlich gern versöhnen. Ich möchte so gern, daß mein einziges Kind zu mir, als dem Vater, ein gutes Verhältnis hat, daß sie zu mir kommen, mich besuchen kann, vielleicht mal Enkelchen mitbringt. Ich bin ja bereit zuzugeben, daß ich Mist gebaut habe, daß ich das mit Silke nicht hätte zulassen dürfen. Ich gebe es wirklich zu, und es tut mir auch leid. Es würde nie wieder vorkommen. Unter Garantie. Aber ich bin doch wegen diesem einen Fehler kein komplettes Schwein. Ich bin doch immer noch ein Mensch, der Gefühle hat und Wünsche. Da kann mich doch die eigene Tochter nicht so einfach ausradieren wollen. Das muß doch zu bereden sein miteinander. Da muß es doch einen Weg zurück geben.

Christophs Geschichte und ich

Christophs Geschichte hatte mich zutiefst erschüttert und mitgenommen. Was sich hier wie ein kurzer Bericht liest, war in Wirklichkeit ein viele Stunden währendes Puzzlespiel aus Fragen und Antworten, aus ernsthafter Arbeit und auch aus Momenten, in denen Christoph aufbrauste, nichts mehr sagen wollte, oder ich aufstand und fast wortlos gehen mußte. Eine solche Geschichte zu gestehen und anzuhören, das ist nicht leicht zu ertragen. Nicht für den Erzähler und nicht für den Zuhörer. Selbst das Niederschreiben fällt schwer.

So schwer, daß ich mich dabei weitaus häufiger als sonst vertippt habe. Das Chaos der Buchstaben scheint mir das Chaos meiner Gefühle und meine Verwirrung im Umgang mit Christophs Geschichte widerzuspiegeln. Es kommt mir vor, als habe mein Verstand in die Trickkiste gegriffen, um mich durch ein paar lästige Tippfehler von der eigentlichen Sache abzulenken. Als habe ich selbst, halb unbewußt, einen Verdrängungsversuch unternommen und mir so eine Möglichkeit erschlichen, eine Pause in der Aufarbeitung dieser Geschichte einlegen zu dürfen. Zu sagen: Da seht ihr, ich kann nicht einmal mehr richtig schreiben, so arg überfordert bin ich damit.

Es wäre gelogen, wollte ich behaupten, durch Christophs Geschichte und die damit verbundenen Gespräche nicht an die Grenzen dessen, was ich leisten kann – und oftmals auch darüber hinaus –, gefordert zu sein. Und es wäre auch gelogen, wollte ich bestreiten, daß sie mir unter die Haut gegangen sind. Es gab Stunden, in denen ich mich wie ein Dampfkessel unter Hochdruck fühlte, jede Sekunde zum Platzen bereit, jede Sekunde kurz vor dem Herausschreien dessen, was ich wußte und außer mit Christoph mit keinem Menschen diskutieren konnte. Nicht einmal mit meinem Mann, dem mir vertrautesten Menschen, mit dem ich sonst über alles rede, ohne Tabu. Christophs Geheimnis begann in mir zu wirken, wie das Geheimnis des Vaters in sexuell mißbrauchten Kindern wirken muß. Allerdings mit dem schwerwiegenden Unterschied, daß ich erwachsen bin und im Laufe meines Lebens mit mir und meinen Gefühlen umzugehen gelernt habe. Daß es meine aus freien Stücken eingegangene Entscheidung war, Christophs Geschichte als vertraulich zu behandeln, bis er mich von meinem Schweigen entbinden würde. Doch das war nicht alles. Manchmal, wenn ich nach einem Gespräch zu meiner Familie nach Hause kam, die mit dem Abendessen auf mich gewartet hatte, habe ich mich zuvor unter die Dusche stürzen müssen, als ob das Wasser auch das von mir abwaschen könne, was in meine Seele gefallen war. Und ich ertappte mich nachher, wenn meine Kinder und ich einander begrüßten und vor allem mein jüngster Sohn mich drückte, bei der schreckhaften Überlegung, ob dies nur mir oder auch ihm gefalle, ob die Zärtlichkeit zwischen uns mehr mein Wunsch sei oder auch der seine.

An anderen Tagen mußte ich mich überwinden, einen zugesagten Gesprächstermin mit Christoph einzuhalten. War stundenlang, bis zur letzten Minute vor dem letztmöglichen Aufbruchtermin, in Versuchung anzurufen, abzusagen. Tat es nicht, fuhr hin und schaffte es letztlich doch nicht, Christoph zuzuhören. An solchen Tagen rauschte das, was er mir erzählte, meist an mir vorbei. Oder machte mich wütend. Dann vor allem, wenn zufällig Schlüsselwörter fielen, die in mir eigene Erinnerungen an schrecklich beklemmende Situationen, an Situationen, in denen ich nur eigene Hilflosigkeit erlebte, hervorriefen, und auf diese Weise meine innere Distanz zu Christophs Tochter Silke oder seiner damaligen Frau aufgehoben wurde.

Und manchmal mußte ich mich sogar überwinden, wenn ich Christoph nur ansehen sollte. Wenn sich seine Lippen auf eine bestimmte Art um die Zigarette schlossen und mich bei seinen Worten Bilder von einem ein Baby küssenden Mann bestürmten. Oder wenn sich seine Hände im Bemühen um ein passendes Wort krampfhaft öffneten und schlossen und mir die Kraft bewußt wurde, mit der er die dünnen Oberärmchen seiner Tochter gedrückt haben mochte, damit sie ihm zu Willen war. Da kam so manches Mal die Frage in mir auf: Warum hast du dich bloß darauf eingelassen? Und auch das Bewußtsein, daß ich darauf keine wirklich schlüssige, alles umfassende Antwort habe.

Ich habe es gemacht, weil ich mich für Menschen interessiere. Weil sich in mir eine gute Portion Wißbegier mit journalistischem Jagdtrieb mischt. Ganz sicher auch, weil ich eine nach mir ausgestreckte Hand nicht wegstoße. Weil ich sehr verinnerlicht habe, daß wir Lebewesen nicht jeder für sich auf einer Insel, sondern miteinander leben und ohne jeden von uns das Uhrwerk des Lebens anders verzahnt wäre, anders ticken würde, einen anderen Sinn hätte. Und ich habe mich auch darauf eingelassen, weil dieser Mann der Ehemann meiner Freundin ist und über sie eine ganz persönliche Beziehung zu mir hergestellt hat. Ich steckte unversehens in dieser Geschichte drin. Nicht nur ein wenig, sondern bis zum Herzen.

Doch ganz gleich, wie wenig perfekt ich die wachsende Vertrautheit zu Christoph gemeinsam mit ihm aufbaute und aushielt, ganz gleich,wieviel Energie es nicht nur mich, sondern auch ihn kostete, Brocken um Brocken seiner Geschichte aus den geheimsten Kammern seiner Erinnerung freizulegen, wir pflügten uns durch. Keiner von uns beiden dachte anders als flüchtig daran, dem jeweils letzten Gespräch endgültig kein nächstes mehr folgen zu lassen. Bis zu dem Abend, an dem Christophs jetzige Frau, meine Freundin, bei mir anrief, um mir zu sagen, sie fände es mehr als nur höchst merkwürdig, daß und wie oft ihr Mann sich mit mir treffen würde. Ob ich vergessen hätte, daß er zu ihr gehöre und ich selbst ebenfalls Mann und Kinder zu Hause habe?

Mit keinem Gedanken war mir in den Sinn gekommen, daß meine Freundin eifersüchtig auf mich sein könnte. Mein Interesse an ihrem Mann war so ganz anderer Natur. Aber wie sollte ich ihr dies glaubhaft machen? »Wenn nichts zwischen euch ist, könnt ihr mich einbeziehen in eure Geheimnisse«, sagte sie. »Aber glaubt nicht, daß ich mir den Zirkus noch länger bieten lasse. Entweder ihr legt die Karten auf den Tisch, oder ich packe meine Sachen und gehe.«

»Gib mir zwei Tage, um alles zu regeln«, bat ich. »Ich kann das nicht ohne Christoph entscheiden. Vertrau uns noch ein bißchen. Ich bin sicher, alles klärt sich auf.« Und dann rief ich Christoph an.

Sein Schweigen am anderen Ende der Leitung schien Minuten zu dauern. Als er endlich zu reden begann, konnte ich sein inneres Zittern hören. Ich solle mit seiner Frau reden, bat er. Ich könne dies doch jetzt, kenne sie doch, wisse, wie man so etwas formuliere, sei als Frau doch viel besser geeignet, mit einer solchen

Sache umzugehen. Und ich dürfe ihn jetzt nicht im Stich lassen. Er brauche meine Hilfe. Er könne es nicht ertragen, wenn ihm in dieser Beziehung wieder alles unter den Händen zerbrechen würde. »Sie ist alles, was ich habe. Daß ich mit Ihnen über alles rede, daß ich mit meiner Tochter reinen Tisch machen will, das ist alles für sie. Wenn das jetzt in die Hose geht, wenn das alles umsonst gewesen ist, wenn sie mich jetzt deswegen hängen läßt, wegen einer so albernen Sache, bloß weil sie da einen falschen Verdacht hat – das halte ich nicht aus. Da gehe ich drauf. Da will ich nicht mehr. Dann ist mir alles Wurst. Sie müssen mir helfen. Sie müssen mit ihre reden.«

Kennen Sie das Gefühl, als koche es tief in Ihnen? Als siede Ihr Blut bis unter alle Haarwurzeln? Als zöge sich Ihr ganzes Innere wie im Zeitraffer sternförmig zusammen? So war mir zumute, als ich nein sagte und Christophs scharfen Atemzug an meinem Ohr hörte. Rasch, ehe er wieder loslegen konnte, setzte ich hinzu: »Wer rät, gerät hinein. Das ist ein altes Sprichwort. Ich bin schon drin. Ich habe Ihnen schon so viel geraten. Aber ich werde mich jetzt nicht vor Sie stellen und Ihnen die Verantwortung für Ihr Leben abnehmen. Ich werde mich nicht zu Ihrem Werkzeug machen lassen. Dies ist Ihre Geschichte und Ihr Leben. Sie müssen dafür geradestehen, nicht ich. Auch wenn es noch so schwerfällt. Alles, was ich will, ist, zusammen mit Ihnen zu Ihrer Frau zu gehen und dabeizusein, wenn Sie einen Gesprächsanfang mit ihr machen. Danach können wir dann alle miteinander weiterreden.«

Christoph legte stumm den Hörer auf, aber ganz leise, ganz langsam. Mir war schlecht.

Fast drei Wochen vergingen, in denen ich nichts von Christoph hörte, auch seine Freu nicht sah. Bekannte erzählten mir, sie seien in Urlaub gefahren, gemeinsam. Ob Christoph in dieser Zeit wohl die Energie aufbringen würde, mir ihr zu reden? Sich ihr anzuvertrauen? Ich glaube, selbst in der Anfangsphase unserer Gespräche hatte Christophs Geschichte mich nicht so belastet und innerlich mitgenommen wie in diesen Wochen voller Ungewißheit und Befürchtungen.

Als ich schon nicht mehr damit rechnete, rief meine Freundin aus dem Urlaub bei mir an. Christoph, sagte sie, habe ihr alles erzählt. Sie wisse noch nicht, wie sie damit leben solle, daß er zu einer solchen Tat fähig sei. Aber sie habe ihm versprochen, ihn nicht zu verlassen. Er brauche sie jetzt. Und ihr sei klar, daß auch sie ihn brauche. Ein Leben ohne ihn könne sie sich nur unglücklicher vorstellen als eins mit ihm. Ganz egal, was er getan habe. Ob ich nicht Kontakt zu seiner Tochter aufnehmen wolle? Nicht Vermittler zwischen ihr und Christoph sein könne?

Die Antwort der Tochter

Tagelang ging ich mit mir selbst zu Rate. Wenn ich es tun würde, warum? Aus menschlicher Anteilnahme oder aus journalistischer Neugier? War es in Ordnung, wenn ich nicht nur als Mensch, sondern auch aus beruflichem Interesse die verlorene Spur von Mutter und Tochter aufnähme? Schließlich kam ich zu dem Schluß, daß ich die Spürnase der Journalistin nie verleugnen könnte. Und daß ich es letzendlich auch nicht wollte. Also nahm ich mir vor, tatsächlich mit Silke zu sprechen. Aber ich würde kein Bandgerät und nichts zu schreiben mitnehmen. Es sollte allein von Silke abhängen, ob ihre Geschichte Teil meiner Arbeit werden könnte oder nicht.

Einmal so weit entschlossen, war es leicht, Silkes Anschrift zu finden. Ehe ich mich allerdings mit Silke selbst in Verbindung setzte, bat ich ihre Mutter um ein Gespräch. Es war mir wichtig zu erfahren, ob Silke innerlich so weit gefestigt sei, mit mir über ihren Vater und den durch ihn erfolgten massiven sexuellen Mißbrauch sprechen zu können. Die Mutter zögerte, wollte sich zunächst mit Silkes Therapeutin besprechen. Diese war es, die mich knapp eine Woche später anrief, um mir zu sagen, daß Silke bereit sei, sich mit mir zu treffen, allerdings im Beisein der Mutter und der Therapeutin. Bei diesem ersten Gespräch händigte ich Silke den Brief ihres Vaters aus, den sie scheinbar völlig ungerührt entgegennahm.

Vier Monate später fand ich einen Brief Silkes an mich in meinem Postkasten vor, den ich hier mit ihrer Erlaubnis, wie auch mit Erlaubnis ihrer Mutter, im vollen Wortlaut wiedergeben darf.

Guten Tag, Frau Jäckel!
Entschuldigen Sie, daß ich nicht früher geschrieben habe. Ich konnte nicht. Es ist schwer, über alles zu schreiben. Ich habe so lange nichts gesagt. Jetzt kommt alles zu schnell und alles auf einmal. Ich kann es fast nicht aushalten. Ich stehe sehr unter Druck. Das ist eine Spannung in mir, die halte ich nur schlecht aus.

Ich habe Bilder in meinem Kopf. Meistens wie Träume. Darin sehe ich, wie alles war, das mit meinem Vater. Ich sehe, was er gemacht hat. Und ich sehe das kleine Mädchen, das zu ihm hingeht. Das genau weiß, was er macht. Und das doch zu ihm hingeht, freiwillig. Weil es so einen Hunger hat. So einen schrecklichen Hunger, daß er es in den Arm nimmt und es schaukelt im Schoß und es streichelt und küßt. Ich kann das kleine Mädchen ganz gut sehen. Es hat die Augen immer fest zu und keinen Mund, nur ein schwarzes blutendes Loch, da, wo er hingehört. Ich schreie, wenn ich davon träume. Meine Mutter sagt, ich schreie so schrecklich, daß sie meint, ich verliere den Verstand.

Vielleicht hab ich ihn ja auch schon verloren. Denn ich kann es nicht sehen, ich kann es ja nicht am Gesicht erkennen. Aber ich weiß, daß das kleine Mädchen aus mir selber kommt und daß es immer noch zu seinem Vater geht. Heute noch, immer noch. Daß es immer noch so einen Hunger hat, weil es zuwenig Liebe bekommen hat. Ich weiß, daß es innerlich vertrocknet ist vor lauter Hunger. Da innen kann ich im Traum ein Loch im Bauch sehen, wo alles ausgehöhlt ist, wie rausgefressen, mit einem Löffel rausgeschöpft, nein rausgekratzt. Nur die Knochen sind noch da, und die sind weiß und ganz nackt. Und wenn das kleine Mädchen sich bewegt, dann brechen sie, einer nach dem anderen. Das kommt, weil der Vater das kleine Mädchen so fest drückt, wenn er es auf den Schoß nimmt und Hoppe-hoppe-Reiter reiten läßt und das Bauchloch mit klebrigem Schleim vollstopft, bis er dem kleinen Mädchen aus dem Mund quillt.

Liebe Frau Jäckel, Träume wie diesen hatte ich schon immer. Es ist nur einer von vielen, die immer wiederkehren. Es ist der, der am häufigsten wiederkehrt. Sie liegen wie ein schwarzer Sack über mir und meinem Leben. Sie liegen mir im Nacken und auf der Seele. Ich kenne sie gut. Aber ich weiß erst seit kurzer Zeit, daß der Vater aus meinen Träumen nicht irgendein Vater, sondern mein eigener Vater ist. Und ich weiß auch erst seit kurzer Zeit, daß das kleine Mädchen nicht irgendein kleines Mädchen ist, sondern mein inneres kleines Mädchen. Ebenso wie ich erst seit kurzem weiß, daß diese Träume Botschaften aus meinem Inneren sind, daß sie Wahrheiten mit sich ans Licht tragen und keine eingebildeten geisteskranken Phantasien sind, wegen denen man mich eigentlich in eine Irrenanstalt einweisen müßte.

Seit ich dieses weiß, kann ich den Mann, der mein Leben

gezeugt hat, nicht mehr sehen. Ich kann ihm nicht vergeben. Ich kann nicht wieder mit ihm sprechen. Ich kann ihm nicht mehr seine Tochter sein.

Da Sie sich zum Mittler zwischen ihm und mir angeboten haben und ich Vertrauen zu Ihnen habe, möchte ich, daß Sie ihm dies mitteilen: Der Vater, den ich liebe, ist tot.

Bitte verstehen Sie, daß ich auch zu Ihnen keinen weiteren Kontakt haben möchte. Ich könnte es nicht ertragen. Ich erlaube Ihnen aber, meinen Brief und meine Geschichte in Ihrem neuen Buch abzudrucken, wenn Sie meine persönlichen Daten so verändern, daß sie nicht zu mir hinführen können.

Mit freundlichen Grüßen, auch von meiner Mutter und meiner Therapeutin,
Silke

Als ich Christoph Silkes Brief zeigte, weinte er. Es sah aus, als liefen Tränen aus den Augen einer Sphinx. Meine Freundin, seine jetzige Frau, legte die Arme um ihn. Sie mußte nicht sagen, daß ich besser ginge.

Was danach geschah

Seitdem sind lange Wochen vergangen. Christoph und ich stehen nach wie vor in Verbindung. Längst schon duzen wir uns. Er ruft fast täglich an. Neuerdings oft spät abends oder auch nachts. Ich habe den Eindruck, daß er unmäßig in seinen Ansprüchen an mich und meine Kraft geworden ist. Und ich habe den Eindruck, vor einer neuen Prüfung, einem weiteren Test zu stehen. Dem letzten wohl, denn an dieser Stelle spüre ich, daß meine Energie und meine rein intuitive Hilfe nicht mehr ausreichen. Ich kann den Ansprüchen, die Christoph an mich stellt, nicht allein, nicht ohne fachkundige Hilfe genügen. Mit anderen Worten, Christoph braucht einen Therapeuten oder eine Therapeutin, in jedem Fall jemandem, der ihm mehr und umfassender Hilfe anbieten kann als ich.

Als ich ihn erstmals darauf hinwies, begann er zu lachen. So ein freudloses, bitteres Lachen, das wohl eher ein Ersatz für Tränen ist. »Schiebst du mich also ab!« sagte er. »Das mußte ja so kommen. Auf den Tag habe ich gewartet. Von Anfang an.« Ich war zutiefst erschrocken und bestürzt. »Nein, nein!« widersprach ich, für

Christophs Ohren vielleicht verdächtig hastig, obwohl ich es ehrlich meinte. »Ich habe nicht die geringste Absicht, dich oder deine Frau im Stich zu lassen. Aber ich habe mir überlegt, daß ich allein mit dem, was du brauchst, überfordert bin. Es war gut, daß wir geredet haben. Es war ein Anfang. Aber für den restlichen Weg brauchst du andere, kompetentere Leute.« Christoph schüttelte nur den Kopf. »Entweder du mit mir oder ich mit keinem. Bei dir weiß ich, du verstehst mich. Bei dir kann ich das alles rauslassen. Wenn wir das noch ein, zwei, drei Monate durchhalten, gibt's nichts mehr zu sagen. Dann habe ich das im Griff. Bestimmt.«

Ich habe nicht mehr zu drängen versucht. Vor allem deshalb nicht, um diese gerade erst angestochene Quelle nicht zum Versiegen zu bringen. Christoph muß reden. Er muß sich mit seiner Tat beschäftigen und lernen, dafür Verantwortung zu übernehmen. Solange er dies nicht kann, besteht Gefahr, daß er es wieder tun könnte, wenn sich die Gelegenheit ergäbe. Ein schrecklicher Gedanke, ich weiß. Aber einer, der mich zusehends beschäftigt.

Nicht nur aus diesem Grund habe ich versucht, einen Therapeuten oder eine Therapeutin zu finden, der beziehungsweise die sich Christophs Fall einmal aus der Distanz annehmen würde. Jemanden, der sich mittels meines Materials mit Christophs Schicksal befassen und mit seiner Stellungnahme sowohl Christoph als indirekt auch vielen anderen Tätern Mut machen würde, sich Hilfe zu suchen und sich helfen zu lassen. Denn zu diesem Zeitpunkt hatte ich bereits vor, Christophs Geschichte in mein Buch über die Täter und Täterinnen aufzunehmen.

Mir war nicht ganz wohl in meiner Haut, als ich Christoph bat, sich doch einmal in aller Ruhe zu überlegen, ob er sich mit einer Veröffentlichung nicht nur seiner Geschichte, sondern auch seines sehr persönlichen Briefes an Silke und ihrer Antwort einverstanden erklären könne. Doch zu meinem Erstaunen war Christoph fast augenblicklich dafür.

»Ein bißchen wegen dir«, sagte er. »Weil ich weiß, wieviel dir an diesem Buch liegt und an deinem Job. Aber vor allem wegen mir. Du weißt, daß ich nichts von Halbheiten halte. Entweder ich will das schaffen, und dann richtig, oder gar nicht. Seit klar war, daß ich mit meiner Frau reden muß oder den kürzeren ziehe, spätestens seitdem war klar, was ich will. Die Geschichte hat lange genug was mit mir gemacht. Jetzt bin ich dran. Jetzt mache ich, verstehst du. Und ich schaffe das. So oder so. Daß du hier und da was veränderst, damit ich nicht als bunter Hund rumrenne, und mich oder die Silke auch sonst nicht outest – logo. Aber ansonsten hast du freie Hand. Auch von meiner Frau aus. Ich hab sie gefragt. It's up to you now!«

Von der Schwierigkeit, einen Therapeuten oder eine Therapeutin zu finden

Meine Suche nach einem Fachmann oder einer Fachfrau erwies sich als ungeahnt schwierig. Erstens gibt es in Deutschland zur Zeit nur sehr wenige Therapeuten und Therapeutinnen, die mit sexuell mißbrauchenden Menschen arbeiten. Zweitens kenne ich von diesen wenigen nur eine verschwindend kleine Anzahl. Drittens hatte ich bis zur vertraglich vereinbarten Abgabe meines Manuskripts nur noch wenige Wochen Zeit, konnte also niemandem Muße und Ruhe lassen, sich mit meiner Bitte auseinanderzusetzen. Viertens hatten die Fachleute, die ich erreichen konnte, selbst keine Zeit zu verschenken. Und fünftens hatten die meisten von ihnen Bedenken, sich auf etwas so Abenteuerliches und Ungewöhnliches einzulassen wie die Art Ferndiagnose, die ich mir erhoffte. Ohne die Vermittlung einer guten Bekannten, die keine Psychologin ist, jedoch auf einem anderen Sektor als Fachfrau über den sexuellen Mißbrauch arbeitet und meine Arbeitsweise kennt, hätte ich vermutlich keinen Erfolg gehabt und mein Buch nicht mit der von mir angestrebten hoffnungsvollen, Zuversicht ausstrahlenden »Chance für die Reue« enden lassen können.

Dank der Beziehungen meiner Bekannten und ihrer Fürsprache erhielt ich jedoch eine Telefonnummer und einen Namen sowie die Gewißheit, daß Herr Friedebach mir mit einem gewissen Wohlwollen zuhören würde. Und nach mehreren vergeblichen Versuchen erreichte ich ihn dann auch am Telefon.

Von meiner Bekannten wußte ich, daß Wolfgang Friedebach Diplompsychologe ist und als Therapeut am Kinderschutzzentrum in Heidelberg arbeitet. Ich wußte ebenfalls, daß er sich dort seit etwa fünf Jahren in seiner therapeutischen Arbeit unter anderem mit sexuell mißbrauchenden Jugendlichen und Erwachsenen befaßt. Was ich nicht wußte, war, wie er mein Anliegen auffassen würde. Wie offen er für ungewöhnliche Wege war. Ob er wohl bereit wäre, seine eigene sicher knappe und daher kostbare Freizeit in mein Projekt zu investieren.

Ein wenig aufgeregt, doch ohne Umschweife legte ich Wolfgang Friedebach gleich in diesem ersten Gespräch meine Karten auf den Tisch. Erklärte in groben Zügen Christophs Geschichte und meinen Bezug dazu. Bot zur weiteren Information die komplette Erstfassung des betreffenden Kapitels meines Buches an. Versprach für den Fall eines Mitwirkens, nichts, aber auch nicht das geringste Wort ohne verbindliche Rücksprache und einvernehmliche Absprache zu schreiben. Und fragte schließlich in aller Form, ob er sich vorstellen könne, als Therapeut und Fachmann zu dieser Geschichte einen Kommentar abgeben zu wollen. Wie zu erwarten gewesen war, erhielt ich natürlich keine Blankozusage. Aber es gefiel mir, wie Wolfgang Friedebach Interesse bekundete. Er war unverhohlen gespannt auf das, was ich zu schicken versprach, und auch grundsätzlich bereit, sich trotz seines reichlichen Arbeitspensums bald mit meinem Material zu beschäftigen. Doch vorerst hieß es warten.

Christoph, den ich von Anfang an in mein Vorhaben eingeweiht hatte, feixte. »Das klappt nicht. Du wirst sehen.« Aber ich las aus seinem Blick, daß er ebenso ungeduldig auf Antwort wartete wie ich.

Und dann, eine knappe Woche voller bangem Warten später, rief Wolfgang Friedebach mich an. Er habe sich die Rohfassung von Christophs Geschichte durchgelesen. Es beeindrucke ihn, wie Christoph und ich damit umzugehen versucht hätten. Die eingeschlagene Richtung und der Ansatz schienen ihm wertvoll zu sein. Ja, er wolle versuchen, aus therapeutischer Sicht etwas dazu zu sagen.

Gleich rief ich Christoph an. Er sollte sich mit mir freuen. Doch Christoph reagierte skeptisch. Da merkte ich erst, wieviel Angst unter seinem zur Schau getragenen Mut versteckt war. »Tut es dir leid?« fragte ich. »Soll ich alles abblasen? Noch ist das kein Problem. Noch kannst du zurück. Du mußt es nur ehrlich sagen.« Aber Christoph wollte kein Zurück. »Ich schaff es«, sagte er. »Bleib du am Ball!«

Von diesem Moment an war Wolfgang Friedebach an der Darstellung von Christophs Geschichte intensiv beteiligt. Seine Sichtweise, seine Anregungen und Vorschläge, die wohldurchdacht waren, halfen mir. Nicht nur in meiner Aufgabe als Autorin. »Haben Sie Christoph einmal damit konfrontiert, was passieren würde, wenn Sie nicht mehr weiter könnten?« wollte er einmal am Ende eines ausführlichen Gesprächs von mir wissen und legte damit den Finger voll auf eine meiner persönlichen Wunden. So direkt hatte ich Christoph nie gefragt. Im Gegenteil, ich hatte in letzter Zeit kaum noch gewagt anzudeuten, daß meine

Kraft zur Neige geht. Mit der Sorge um seinen gerade erst mühsam betretenen Weg zu sich selbst und zu einem wirklich verantwortungsbewußten Handeln war ich manipulierbar geworden und wie in einen Sog in Christophs Leben geraten. Es tat mir gut, Verständnis durch einen Fachmann zu erfahren, auch für mich einen Rat zu finden. Staunend stellte ich es fest. Mir war gar nicht klar gewesen, daß ich einen Rat gebraucht hatte, daß ich in dieser verzwickten Geschichte auch für mich nach Hilfe gesucht hatte.

»Fragen Sie ihn, was er tun würde, wenn er morgen am Blinddarm operiert werden müßte«, schlug Wolfgang Friedebach mir mit seinem sympathischen Lachen vor. »Fragen Sie ihn, ob er dann etwa auch zu Ihnen käme. Geben Sie ihm ein Rätsel auf, das er lösen muß. Lassen Sie ihn die Entscheidung selbst finden. Und dann bieten Sie ihm an, mit ihm zusammene einen Fachmann oder eine Fachfrau zu suchen. Ihn dorthin zu begleiten, falls er dies wünscht. Ihm beizustehen. Aber weisen Sie ihn auch darauf hin, daß der erste Versuch nicht unbedingt erfolgreich sein muß. Daß er sich von einem Mißerfolg nicht abschrecken lassen darf, sondern weitersuchen muß. Daß es nicht mit jedem Therapeuten klappen muß. Therapeuten sind auch nur Menschen. Und bieten Sie ihm an, auch mich anzurufen, wenn er dies möchte. Ich bin gern bereit, mit ihm zu arbeiten. Er muß es nur wollen.«

Schon am Abend nach diesem Gespräch rief ich Christoph an. Er hatte meditiert, wie er dies in jüngster Zeit häufiger versuchte. Ich machte keine langen Umschweife. Ob er auf ein Glas Wein vorbeikäme, fragte ich. Es gäbe da etwas zu bereden. »Du hast also das Ei des Kolumbus gefunden«, meinte er nur. »Ich hab keine Zeit heute abend. Aber du kannst es mir auch so sagen. Schieß los.«

Ich tat mich ein wenig schwer, meine Neuigkeiten in ein Telefongespräch zu verpacken. Es hing so viel davon ab, ob und wie gut ich alles rüberbrachte. Doch Christoph hörte zu, ohne mich zu unterbrechen. »Die Botschaft hör ich wohl, allein mir fehlt der Glaube«, meinte er schließlich mit diesem trockenen Husten, den ich so gut kenne. »Schütte doch jetzt das Kind nicht mit dem Bade aus. Laß mir damit Zeit. Kann schon sein, daß ich mal darauf zurückkomme, wenn der Blinddarm zu dick wird. Ich bin ja auch zu dir gekrochen, als ich es mit mir allein nicht mehr ausgehalten habe. Aber dafür, zu mehr, du, so weit bin ich noch nicht. Das mußt du jetzt einfach mal so hinnehmen. Okay?«

»Okay«, sagte ich.

Wie schon gesagt, Wolfgang Friedebach ist Diplompsychologe. Im Kinderschutzzentrum Heidelberg arbeitet er unter anderem mit Familien, die von einem sexuellen Mißbrauch betroffen sind. Seit etwa fünf Jahren widmet er sich in besonderem Maße auch sexuell mißbrauchenden Jugendlichen und Erwachsenen. Diese kommen entweder gemeinsam mit ihren Angehörigen oder erst später, wenn die Familie bereits ausprobiert hat, wie eine Therapie so abläuft, um mit ihm in einem eigenen, geschützten Raum des Zentrums über ihre Handlungen und sich selbst zu reden. Selten kam in diesen fünf Jahren ein Mann spontan und aus alleinigem Antrieb zur Therapie.

Optimale Vorbedingungen für die Arbeit mit einem Täter sind für den Therapeuten oder die Therapeutin:

- daß bereits eine gründliche Aufdeckungsarbeit mit dem betroffenen Kind geleistet wurde und er/sie selbst auf der Basis dieser Arbeitsergebnisse über die erfolgten Handlungen informiert ist;
- daß der Schutz des betroffenen Kindes sowohl auf der verbalen wie auch auf der Handlungsebene gewährleistet ist.

»Wie dieser Schutz im einzelnen aussehen kann«, so Wolfgang Friedebach, »muß sorgfältig erwogen werden. Entscheidungsfaktoren sind das Alter des Kindes und die Frage, wie weit es sich bereits selbst schützen kann. Zum Beispiel, indem es erlebt hat, daß sein Nicht-Wollen und sein Nein, daß seine Verweigerung erfolgreich waren und es seinen Willen durchsetzen konnte. Weitere Entscheidungsfaktoren sind, ob man einen Schutzpartner für Kind *und* Täter findet, der einesteils das Kind vor den Übergriffen des Täters schützen will und kann und andernteils den Täter vor seinem Bestreben zur Wiederholung der Tat. Kann all dies nicht verbindlich gewährleistet werden, ist es in der Regel hilfreich und sinnvoll, das betroffene Kind außerhalb der Familie unterzubringen oder den Täter zu einem Verlassen der gemeinsamen Wohnung zu bewegen.«

Doch auch ohne die Gewährleistung dieser Wunschbedingungen hat Wolfgang Friedebach sich schon auf Gespräche mit Tätern eingelassen. »Das wichtigste ist«, erklärte er mir, »daß man mit einem Täter menschlich respektvoll umgehen kann und weiß, das will dieser Mensch seinerseit mit mir auch. Wenn ich einem Täter gegenübersitze und bereit bin, mit ihm eine Therapie zu versuchen, teile ich ihm dies sehr deutlich mit. Ich sage ihm: ›Ich habe beschlossen, darüber mit Ihnen zu reden.‹ Und frage, ob er das auch will. Dabei achte ich sehr darauf, seine Körperhaltung in seine Antwort mit einzubeziehen und zum Beispiel Augenkontakt zu halten. Erfahrungsgemäß sind diese nonverbalen, also nicht mit Worten, sondern mit Hilfe des Körpers ausgedrückten Mitteilungen ungemein wichtig. Vor allem deshalb, weil sehr viele Täter gewohnt sind, auf einer wortlosen, einer Handlungsebene zu agieren, und auf dieser Ebene auch die entscheidenden Rückmeldungen erwarten.«

Für jeden Therapeuten oder jede Therapeutin sind die ersten Kontakte »nur« Beratungsgespräche im Vorfeld einer Therapie. Sie dienen dem gegenseitigen Kennenlernen und der Prüfung, ob sich Vertrauen entwickeln und eine Therapie begonnen werden kann.

»Meinerseits«, führte Wolfgang Friedebach aus, »heißt das, transparent zu machen, was meine Bedingungen für eine Therapie sind. Dazu gehört:
- daß über alles offen gesprochen werden kann und jede Frage erlaubt ist;
- daß sowohl über die geschehenen sexuellen Handlungen mit dem Kind als auch über das gesamte sexuelle Verhalten gesprochen wird;
- daß auftauchende Hemmungen, Schwierigkeiten, schlechte Gefühle nicht verschwiegen werden, sondern Vorrang vor anderen Gesprächsinhalten haben;
- daß von vornherein abgeklärt wird, daß es auch schwierige Phasen im Therapieverlauf geben wird und genau dann besondere Achtsamkeit nötig sein wird;
- daß gemeinsam die Probleme, Verstrickungen und Schwierigkeiten benannt werden;
- daß in zeitlich abgesprochenen Abständen die anderen Betroffenen in die Therapie einbezogen und informiert werden.

Mit diesen Punkten erfolgt so eine Art Grundsteinlegung und erste Skizze für die anstehende therapeutische Arbeit. Dazu gehören dann auch die Zusicherung eines jeden Therapeuten oder einer jeden Therapeutin, mit dem Erfahrenen vertrauchlich umzugehen.«

Daß eine in Jahren entstandene und sich fortentwickelnde

sexuelle Mißbrauchshandlung nebst der ihr eigenen täterspezifischen Dynamik nicht innerhalb weniger Stunden in Nichts aufgelöst werden kann, liegt auf der Hand. Wie lange aber kann eine Therapie dauern?

»In der Regel solange«, sagte Wolfgang Friedebach, »bis mein Klient für sich und sein Leben einen neuen tragfähigen Rahmen geschaffen hat. Bis dahin bedeutet es oft, mühsam taugliche und untaugliche Lebensstrategien auseinanderzusortieren. Wie ein Puzzle: Was paßt an welcher Stelle in welcher Weise hinein. Es heißt aber auch oft Konfrontation mit gelebten Verhaltensweisen und deren mit Eigenlogik konstruierten Rechtfertigungen. Das sind oft Kraftproben: Wieso, weshalb, warum soll das so sein und nicht anders. Therapie bedeutet hier, den eigenen Sumpf trockenzulegen. Bis sicherer Boden erreicht ist, dauert es seine Zeit. Oft zwei, drei Jahre. Zunächst gibt es hier und da trockene Inseln, dann Landbrücken, später Bodenflächen, auf denen man sich sicher bewegen kann.«

Einen solchen sicheren Boden zu erreichen ist schwer. Immer wieder wird die Therapie zu einem Rätselraten und zu einer Nagelprobe für den Therapeuten. Immer wieder wird ihm vom Täter zum Beispiel etwas verschwiegen. Wird das Verschweigen zu einem Test für den Therapeuten.

»Was kann ich rauslassen? Wieviel begreift er von allein? Wie weit kriegt er mit, was ich nicht rauslasse?« Vor allem diese angstvollen, niemals laut gestellten Fragen des Täters bestimmen den Verlauf der Therapie. Nur im Lauf der Zeit wird zögernd, nach und nach, ein Mosaikstein nach dem anderen aufgedeckt.

Auch für die öffentliche Einrichtung Kinderschutzzentrum sind die finanziellen Mittel begrenzt. Sparmaßnahmen der Regierung sind hier ebenso einschneidend spürbar wie in anderen Institutionen. Personalknappheit und begrenzte Leistungsangebote gehören leider zum therapeutischen Alltag. Obwohl die bisher angebotenen Therapien von der Institution des Kinderschutzzentrums bezahlt und getragen werden, können längst nicht alle Anfragen positiv beantwortet und alle gewünschten Therapien geleistet werden. Einen Teilbeitrag zum Erhalt der Therapieeinrichtung erbringen einige der Klienten heute bereits selbst, indem sie die Arbeit des Kinderschutzzentrums durch eine Spende unterstützen und auf diese Weise ihre Dankbarkeit für die dort erfahrene Lebenshilfe ausdrücken. Trotzdem kann dies die Mittel der öffentlichen Hand nicht ersetzen. Hier noch weiter zu streichen und zu kürzen verschiebt die anfallenden Kosten nur von der linken in die rechte Hosentasche, denn was präventiv nicht geleistet wird, muß in der Nachsorge geleistet werden. Und die wird erfahrungsgemäß immer teurer.

Erste therapeutische Gedanken zu Christophs Geschichte

Als Wolfgang Friedebach sich einverstanden erklärte, Christophs Brief an seine Tochter Silke nebst ihrer Antwort sowie Christophs gemeinsam mit mir erarbeitete Geschichte als *Aufdeckungsarbeit* zu akzeptieren und auf dieser Grundlage einen ersten therapeutischen Kommentar zu Christophs Persönlichkeit und zu seiner Verstrickung in den sexuellen Mißbrauch an Silke zu versuchen, waren wir beide uns des damit verbundenen Wagnisses sehr wohl bewußt. Ein schriftlicher Vorgang kann einen persönlichen Kontakt nicht ersetzen. Angesichts der gelungenen Vorarbeit von Christoph und mir war Wolfgang Friedebach jedoch bereit, sich mit seiner fachlichen Meinung in diese Geschichte einzubringen.

»Ich kann es allerdings nur machen, wenn ganz klar ist, daß meine Beobachtungen und Interpretationen als ein erster Versuch verstanden werden müssen«, sagte er. »Wenn klar ist, daß alles, was ich hier herausfinden und äußern kann, noch unausgefeilt ist und in manchen Punkten zu ergänzen oder zu vertiefen bleibt. Und wenn meine Gedanken und Anmerkungen nicht stärker bewertet werden, als dies üblicherweise nach einer ersten therapeutischen Schnupperstunde geschieht. Nur mit dieser Einschränkung lasse ich mich auf einen Versuch ein.«

Wieviel Wolfgang Friedebach aus Christophs Geschichte herauslesen konnte, ist mit Sicherheit nicht nur eine Überraschung für mich. Im folgenden habe ich versucht, seine in einem ausführlichen, sehr intensiven Gespräch mit mir geäußerten Gedanken zusammenzufassen.

»Aus der Sicht eines Therapeuten stellen Christophs Brief und seine Geschichte einen kleinen Schatz dar. So viel steckt darin. So viel Grundsteinlegendes für das, was später geschieht.

Wenn ich in einem ersten Gespräch mit ihm zusammentreffen würde,wäre es mir wichtig, Christoph zuerst zu verstehen zu geben, daß er in seinem bisherigen Leben Enormes geleistet hat. Zum Beispiel, daß er es in seiner Kindheit fertigbrachte, einen ganz bestimmten Lebensweg als für sich richtig anzusehen und diesen dann auch konsequent einzuschlagen. Zum Beispiel, indem er sich von seinen Eltern löste und den für ein Kind in seinem damaligen Alter heftigen Trennungsschmerz, das Heimweh und das Fremdheitsgefühl überwinden lernte und bei seiner Tante durchhielt. Oder indem er es schaffte, daß sein Wunsch nach einem regelmäßigen Schulbesuch Wirklichkeit wurde. Oder indem er Ehrgeiz entwickelte und mit einem beachtlichen Leistungswillen schulische Lehrstoffe aufholte, Klassen übersprang und auf diese Weise einen keineswegs selbstverständlichen Gleichstand mit seinen Altersgenossen erreichte.

Für den heranreifenden Jugendlichen haben diese Anstrengungen drei für sein weiteres Leben maßgebliche Ergebnisse hervorgerufen. Erstens die Erkenntnis, daß er etwas erreichen kann, wenn er es erreichen will. Zweitens die Angst vor dem Schmerz des Verlassenwerdens und der Trennung. Drittens die Enttäuschung, daß Leistung nicht zwingend mit Liebe belohnt wird. Denn statt Anerkennung und Freundschaft bei seinen Klassenkameraden zu finden, erfährt Christoph Ablehnung. Gute Zeugnisnoten und fließende Fremdsprachenkenntnisse zählen nicht. Um integriert zu werden, fehlen ihm die Designerklamotten, das Geld und die anderen noblen Prestigeobjekte, die zum Leben einer gewissen gesellschaftlichen Schicht zu gehören scheinen.

Spätestens mit dieser Erkenntnis, daß andere ihn nicht wollen und daß er nicht in die Gesellschaft integrierbar ist, beginnen Christophs innere Verletzungen, über die ich als Therapeut sehr eingehend mit ihm würde sprechen wollen. Sie sind ein zentraler Punkt in seinem Leben. Um den aus dieser Ablehnung erwachsenden Schmerz nicht zu spüren, baut er sich einen Schutzwall auf. Getreu dem Gesetz der Gewalt, wenn mir einer eine haut, schlage ich so wirksam zurück, daß ich nicht wieder zurückgeschlagen werde, faßt Christoph für sich den Beschluß: Wenn die mich nicht wollen, will ich sie schon dreimal nicht. Auf diese Weise dreht er den Spieß um. Statt von anderen abgelehnt zu werden und sich passiv in die Dulderrolle abdrängen zu lassen, ergreift er die Initiative und lehnt selbst die anderen ab. Die Abneigung, die ihm nun entgegenschlägt, hat er selbst aktiv bewirkt. Daher erlebt er sie als weniger schmerzhaft als in einem passiven Erleiden.

Was auf den ersten Blick wie eine Stärke aussieht und wie ein Schutz vor seelischen Schmerzen, entpuppt sich auf den zweiten Blick als Schwäche. Ein Mann, der wie Christoph als Grundsatzentscheidung seines Lebens beschlossen hat, nie mehr etwas erdulden zu wollen, also ›kein Duldertyp zu sein, sondern ein

Macher‹, muß als erste Überlebensstrategie immer unter Dampf stehen, muß immer machen.

Mit dieser Strategie hat Christoph für sich den innersten Kern seiner Persönlichkeit gebildet. Das ist in Ordnung so. Trotzdem stellt sich für mich als Therapeuten an dieser Stelle die Frage: Wie geht Christoph damit um, wenn er etwas will, was ein anderer nicht leisten kann?

Wir sehen zum Beispiel, daß Christoph sich eine Familie wünscht und gern viele Kinder hätte. Als seine Frau schwanger wird, fühlt er sich in seiner Rolle als Macher sehr glücklich und kann seine harmonische Ehebeziehung unbeschwert genießen. In dem Moment, in dem seine Frau bei der Geburt der gemeinsamen Tochter solche körperlichen Schäden davonträgt, daß sie keine weiteren Kinder mehr bekommen kann, erfährt Christoph darin den alten, niemals wirklich bewältigten Kinderschmerz der Enttäuschung und der Ablehnung neu. Seine Frau erfüllt ihm den Wunsch nach einer großen Familie nicht. Anders kann er die Tatsachen nicht sehen. Und prompt findet er sich in der Dulderrolle wieder, die er nicht ertragen kann.

Um den Schmerz der Enttäuschung nicht ertragen zu müssen, setzt Christoph sich mit seinen Gefühlen nicht auseinander. Und da er von seiner Frau von nun an nichts anderes mehr als weitere Enttäuschungen, weiteren Schmerz erwartet, setzt er sich auch mit ihr nicht auseinander. Statt dessen weicht er ihr künftig aus. Er nimmt sie nicht mehr in den Arm, schläft nicht mehr mit ihr und belauert voller Mißtrauen ihre körperlichen und seelischen Zustände. Auf diese Weise gelingt es ihm, den durch die Unfruchtbarkeit seiner Frau empfangenen Schmerz an sie zurückzugeben und die verhaßte Dulderrolle in die gewollte Macherrole seines Lebens umzuwandeln. Gleichzeitig wendet er sich seiner Tochter zu und nimmt sie quasi für sich in Besitz. Bis zu diesem Zeitpunkt ist alles, was geschehen ist, ein mehr oder minder alltägliches Familiendrama, das sich so oder in ähnlicher Form zwischen vielen Paaren abspielt. Noch hat dies alles mit Mißbrauch nichts zu tun.

Erst als sich in Christoph das Motto seines Lebens *Ich mache, was ich will* in ein *Ich will, daß sie will, was ich will* verwandelt, verstrickt er sich in den Polen und Gegenpolen von Stärken und Schwächen seiner Persönlichkeit und bereitet den Boden für den sexuellen Mißbrauch vor. In seinem Bestreben, nicht enttäuscht und weggeschoben zu werden, wird er blind für die Wünsche und Bedürfnisse anderer. Er sieht nicht mehr, was seine Tochter Silke möchte, sondern vermischt ihre Person so weit mit seiner

Person, daß er seine Bedürfnisse für ihre Bedürfnisse hält. Gleichzeitig fängt er an, in dem Baby Silke eine kaum zu unterscheidende Ähnlichkeit mit seiner Schwester festzustellen und seine Tochter so zu behandeln, als ob sie schon bedeutend größer und älter und seine Schwester wäre. Wie wir sehen,verleitet ihn nun sein ungeheurer Wunsch nach zärtlicher Nähe zu Handlungen, die den Mechanismus der sexuellen Gewalt in Gang setzen.

Bei der Beschreibung seiner Beziehung zu Silke als Baby führt er uns den Säugling vor, der ihn, wie Christoph dies ausdrückt, mit der Zunge zu küssen versuchte. Das kann so gewesen sein. Aber: Gleichzeitig teilt er mit, daß ihn diese Zungenküsse sexuell erregten, die Erregung selbst ihm aber peinlich war, weil er befürchtete, seine damalige Frau könne etwas davon bemerken. Keine Rede davon, daß ihm die Erregung peinlich war, weil sie unpassend und gegenüber einem Säugling unangebracht ist.

Keine Rede davon, daß die Erregung in seiner, Christophs, Verantwortung lag.

In Christophs Darstellung ist das Baby verantwortlich. Dieses hat versucht, ihn mit der Zunge zu küssen. Dieses hat die sexuelle Erregung hervorgerufen. Dieses will Sex und macht dadurch Christophs Frau eifersüchtig. Und darum ist das Baby plötzlich kein kleines Mädchen mehr, sondern eine kleine Frau.

Mit dieser Verdrehung der Tatsachen hat Christoph sich eine erste Rechtfertigung für den sexuellen Mißbrauch an seiner Tochter gegeben.

Als er die ihn immer heftiger erregenden Schmusestunden mit seiner Tochter erlebt, verklärt er diese in romantischer Weise. So natürlich und unkompliziert, meint er, müßten Naturwölker untereinander zärtlich gewesen sein. So und nicht anders sollte es zwischen allen Menschen sein, die sich lieben. So und nicht anders will er es für sich und Silke haben.

Weitergehend hat dies zur Folge, daß er seine sexuellen Übergriffe auf seine allmählich heranwachsende Tochter als Spiel definiert. Als Kußspiel, als Kitzelspiel, als Pustespiel, als Sexspiel. Alles völlig harmlos. Alles reine Lust – und zwar für sie beide.

Immer mehr weitet Christoph seine Erlaubnis zum Mißbrauch aus. Obwohl er Silkes sexuelle Entwicklung aktiv fördert, muß er gleichzeitig vor sich selbst erklären, daß sich alles zwischen ihm und Silke wie ganz von selbst und in vollkommener Unschuld ergäbe. Daß sie einander streicheln und küssen und zärtlich berühren und dann auch miteinander schlafen wollten, wie jedes andere Liebespaar auch.

Ab einem bestimmten Stadium der sexuellen Beziehung zu seiner Tochter liest Christoph zur Beschwichtigung seines immer noch latent schlechten Gewissens zahlreiche Bücher. Da er weiß, daß die körperliche Liebe zwischen Vater und Tochter strafbar ist, bekommt er allmählich immer mehr Angst, Silke könne etwas ausplaudern. Aus diesem Grund bedeutet es eine große Beruhigung für ihn, als er liest, daß die Gesetzeslage zum Thema Inzest weltweit keineswegs einhellig ist. Wenn dies in unterschiedlichen Ländern unterschiedlich gewertet ist, lebt er mit Silke nur im falschen Land. Na und?

Bei den alten Ägyptern zum Beispiel gehörte es zum guten Ton, daß Bruder und Schwester heiraten. Und verblödete Nachkommen hatten sie auch nicht. Im Gegenteil, aus ihren Verbindungen gingen bis heute bewunderte Schönheiten und kluge Köpfe hervor. Also war es auch für Christoph nur okay, wenn er Silkes Verhalten so für sich auslegte, als wolle sie ihn nun *total*. In Wahrheit verbirgt sich hinter diesem Schlüsselwort *total* nur Christophs Eingeständnis, daß er nun alle Hemmungen überwinden wollte. Daß er sein Begehren restlos befriedigen wollte und sich jegliche Erlaubnis erteilt hatte, mit Silke nach seinem Willen zu verfahren.

Resultat: Als Silke ein klares Nein gegen die sexuellen Übergriffe des Vaters wagte und den Mißbrauch zu beenden versuchte, vergewaltigte er sie. Ihr Widerstand durfte nicht sein. Ein Zugeständnis an Silke wäre für Christoph das Eingeständnis der eigenen Schwäche gewesen. Wenn er nicht machen konnte, daß sie wollte, was er wollte, wäre er automatisch wieder einmal in die verhaßte Dulderrolle verfallen. Nur durch eine Vergewaltigung und das Durchsetzen seines Willens konnte er der Macher bleiben, der er sein will. Gleichzeitig aber übernahm er für diese Vergewaltigung keine Verantwortung. Um diesen ihm selbst bewußten Widersinn zu erklären, schiebt er alle Schuld allein Silke zu, indem er sagt, sie habe ihn immer verrückt gemacht und Sex mit ihm gewollt. Und nun, da sie einmal nicht will, habe ihr Verrücktmachen bewirkt, daß er verrückt nach ihr gewesen sei. Er habe nicht mehr anders gekonnt, als mit ihr zu schlafen, da er als Mann keine Abwehrkraft gegen seine sexuelle Lust habe. Wie Legobausteine legt Christoph sich nach dieser Vergewaltigung Argumente zurecht, egel, ob sie zueinander passen, egal, wie das ganze aussieht.

Im Laufe der Jahre des sexuellen Mißbrauchs an seiner Tochter muß Christoph sich viele solcher Erklärungen gegeben haben. Er brauchte sie, um sich vor sich selbst zu rechtfertigen, daß sein körperliches Begehren nach seiner eigenen Tochter keine verwerfliche Schwäche darstellte, sondern vielleicht gesetzlich verboten, aber menschlich in Ordnung war. Er brauchte dieses System der Rechtfertigungen, um die Mißbrauchshandlung fortsetzen zu können. Um nicht zugeben zu müssen, daß er es einmal mehr in seinem Leben nicht geschafft hatte, andere dazu zu bringen, ihn zu lieben.

Heute, sagte Christoph über sich selbst, sei ihm bewußt, daß er seine Tochter vergewaltigt habe, um sie nicht zu verlieren. Er habe der erste Mann bei ihr sein wollen, damit sie nie mehr von ihm loskäme, ihn nie mehr vergesse. Heute wisse er auch, daß er dazu kein Recht gehabt habe. Damals aber sei dies zuviel verlangt gewesen. Er habe es damals nicht geschafft, das Vollkommenste, das er je gemacht habe, von sich weggehen zu lassen. Er habe eine lebensbedrohliche Angst gehabt, daß Silke ihn verlasse. Und nur aus diesem Grunde habe er sich später gefallen lassen, daß Silke ihn ausnutzte und das, was er ihr vorgelebt hatte, in einer Rückanwendung an ihn zurückgab.

Für mich als Therapeuten zeigt diese Aussage, daß Christoph seine Tochter nicht als eigenständige Person, als Persönlichkeit angeschaut hat. Er hat in ihr immer nur *sein* Geschöpf gesehen. Er hat sie so *gemacht*. Und weil er sie so vollkommen gemacht hat, kann er sich nicht von ihr trennen. Die Angst, sie zu verlieren, ist die Angst davor, die ›Macher‹-Macht loszulassen und dadurch zum Dulder zu werden. In diesem Sinne ist es wirklich eine Christophs Leben im Kern bedrohende Angst. Aber in Wahrheit ersetzt hier nur eine Angst die andere. Zwar hatte er gegenüber Silke seine sexuelle Lust nicht mehr im Griff, zwar hat er sie sogar vergewaltigt, um seinen Willen durchzusetzen, aber hätte Silke nicht nein gesagt, hätte er keine Angst bekommen, sie zu verlieren, und sich auch nicht vergewaltigen müssen. Wieder einmal liegt also die Verantwortung allein bei Silke.

Als keinen Zufall sehe ich es an, daß Christoph bei dem ersten und einzigen Mal, als er das Wort Mißbrauch verwenden muß, in seinem ansonsten gänzlich fehlerfreien Brief einen Rechtschreibfehler einbaut und Mißrauch schreibt. Nach meinem Dafürhalten kann er sich so wenig mit diesem Begriff auseinandersetzen, daß er Schwierigkeiten hat, ihn richtig zu schreiben, ja, daß er ihn nicht einmal richtig zu denken wagt.

Darauf weist auch hin, daß er das Ende des Mißbrauchs – ebenso wie alles andere – als freien Willen und freie Entscheidung seiner Tochter bezeichnet. Daß er sie gezwungen hat, seine sexuelle Lust zu ertragen und mit ihm zu schlafen, will er sich nicht eingestehen. Täte er es, wäre dies das Eingeständnis seiner Ohnmacht, nicht seiner ›Macher‹-Macht. Und zugleich wäre es die Bankrotterklärung für weite Teile seines Lebens. So weit aber ist Christoph in seiner Entwicklung noch lange nicht.

Zwar beteuert er Silke in seinem Brief, es tue ihm leid, er sehe ein, daß er Mist gebaut habe, verspreche auch, daß es nicht mehr geschehen werde. Ich aber habe daran meine Zweifel. Warum?

Christoph gibt zu, *einmal einen Fehler* gemacht zu haben. Aber in Wirklichkeit kann er sich bis heute das Ausmaß dessen nicht vorstellen, was er wirklich angerichtet hat. Und dies wird er ohne Hilfe von außen auch nicht sehen können. Allein wird er diese Einsicht nicht erreichen.

Christoph hat nicht nur einen Fehler gemacht. Er hat viele Fehler gemacht, andere, die er jetzt gar nicht wahrnimmt. Er hat nicht nur Mist gebaut. Er hat große Wunden geschlagen. Und er kann sich nicht vorstellen, daß diese nicht mit einem ›Es tut mir leid‹ zu heilen sind. Genausowenig, wie er sich vorstellen kann, daß diese Wunden bei einem Wiedersehen in Silke erneut aufbrechen würden. Oder daß er Angst verbreitet. Daß Silke Angst vor ihm hatte und immer noch hat, weil sie befürchten muß, daß er seine alten Fehler wieder begehen würde. Daß er wieder keine Verantwortung übernehmen würde.

Wenn Christoph zu mir in eine Therapie käme, sollte er begreifen lernen, was mit den Fehlern geschehen ist, die er begangen hat. Welche Folgen diese Fehler hatten und noch immer haben. Warum er dafür Verantwortung zu übernehmen hat. Und wie er damit umgeht, wenn er sie endlich übernimmt. Indem er zum Beispiel Schmerz ertragen und auch zeigen lernt, ohne andere für diesen Schmerz zu beschuldigen. Indem er seine eigene Schwäche aushalten lernt, ohne sie in Macht umwandeln zu müssen. Indem er seine Angst in positive Energie umlenkt und neue Grundsätze für sich entwickelt. Indem er für sich und sein Leben einen neuen Ansatz findet. Vielleicht sogar in einer ganz anderen, verantwortungsvollen Weise noch einmal auf Silke zugeht, indem er anerkennt, was *sie* braucht, um die Vergangenheit bewältigen zu können. Und dies selbst dann anerkennt, wenn dadurch schmerzliche Antworten auf schmerzende Fragen nötig würden oder auch eine fortwährende Trennung, bis Silke von sich aus bereit ist, Kontakt zu ihm aufzunehmen. Vor allem aber, indem er ihr wünschen kann, daß sie ein Leben für sich führen kann.

Daß Christoph es wirklich ernst meint mit seinem Willen, das Vergangene aufzuarbeiten, geht für mich als Therapeuten aus seiner Beziehung zu seiner jetzigen Frau hervor. ›Sie ist alles, was ich habe‹, sagte er einmal. Alles, was er zur Bewältigung seiner Vergangenheit unternehme, sei ›für sie‹. Zwar drückt er auch in diesen Sätzen wieder aus – wie zuvor bei Silke –, daß er etwas nur für andere tut, nicht für sich selbst, aber es ist eine Veränderung spürbar. Christoph möchte reinen Tisch machen. Er versucht, seine jetzige Frau nicht in die Verstrickungen hineinzuziehen und ihr trotzdem nichts zu verbergen. Dies ›für sie‹ zu tun heißt, daß er spürt, mit ihr zusammen verantwortungsvoll leben zu wollen. Enorm wichtig für die Therapie! Es zeigt mir, daß Christoph es ernst meint mit seinem Veränderungswillen.

Wichtig auch: Als Vertrauensperson hat er sich Sie, Frau Jäckel, die Freundin seiner Frau, ausgesucht. Unbewußt hat Christoph geahnt, daß er so irgendwie zum Erfolg kommt und die Hilfe erhält, auf seine Frau zuzugehen. Zunächst allein und dann mit Ihnen hat er die Angst ausgehalten, sich zu öffnen und zu reden. Das ist der Beginn seines Eingeständnisses, daß etwas schiefgelaufen ist und daß er Hilfe benötigt.«

Christophs Reaktion

Obwohl mir nur mehr Stunden bis zur letzten Abgabeminute meines Skriptes blieben, nahm ich mir die Zeit, Christoph die Gedanken »meines« Therapeuten mitzuteilen. Ohne ein letztes Mal seine Zustimmung zur Veröffentlichung einzuholen, sollte diese so persönliche Geschichte nicht unter die Leute kommen. Da Christoph in seinem Büro eingehende Faxseiten immer als erster in die Hand bekommt und liest, bestand kein Risiko, ihm das Geschriebene quasi zur Endabnahme zuzuschicken.

Und dann das Warten. Die innere Unruhe, die Frage: Was wird er denken? Was wird er fühlen? Wie nimmt er es auf? Der Blick auf die Uhr. Jetzt hat er es gelesen. Jetzt denkt er noch nach. Jetzt nimmt er den Hörer. Jetzt müßte es klingeln, hier bei mir. Aber es klingelt nicht. Was ist los?

Als Christoph endlich anrief, hatte ich schon zehnmal oder öfter nach dem Hörer gegriffen, um ihn selber anzurufen, und jedesmal in letzter Sekunde die Hand wieder weggezogen. Nein, ich wollte ihn nicht drängen. Er sollte mich anrufen. Er sollte mir sagen, was er mir sagen wollte. Seine Entscheidung sollte es bleiben, wie immer sie ausfiel. Es war mir schwergefallen. Und nicht zum erstenmal war mir dabei bewußt geworden, wie leicht man Gefahr läuft, aus der Rolle eines um Hilfe Gebetenen in die Rolle des Hilfe Aufdrängenden auszurutschen. »Hallo!« sagte Christoph nur. Er hatte geweint. Ich hörte es seiner Stimme an. »Hallo!« gab ich zurück, wartete.

»Liest sich nicht schlecht«, sagte Christoph. »Auf den ersten Rutsch jedenfalls. Hab zu knacken dran. Denkst du dir, was? Wolltest du ja auch, weiß ich. Ist ja auch okay. Ich meine, daß du das wolltest. Trotzdem geht's mir jetzt unter die Haut, verdammt.«

»Merke ich«, murmelte ich halblaut. »Und jetzt?«

»Jetzt gibst du erst mal dein Buch ab und fährst in Urlaub«, sagte Christoph. »Was sonst?«

»Möchtest du meine Telefonnummer?« fragte ich.

»Nee«, sagte er. »Jetzt ist Funkpause. Diesmal mache ich meine Hausaufgaben allein. Und wenn du zurück bist, machen wir zusammen ein Faß auf. Versprochen?«

»Versprochen«, antwortete ich und spürte wie so oft, daß der Christoph des sexuellen Mißbrauchs nicht der ganze Christoph ist. Daß ich neugierig bin auf den Tag, an dem die Krebsgeschwulst dieser Handlung in seiner Seele vernarbt ist.

Anhang

Kleine Literaturliste

Backe, Lone, Nini Leick, J. Merrick, Niels Michelsen (Hrsg.): Sexueller Mißbrauch von Kindern in Familien. Deutscher Ärzte-Verlag 1986.

Berentzen, Detlef: Erregte Öffentlichkeit. Sexueller Mißbrauch und die Rolle der Medien. In: Psychologie heute 7/1994

Bieler, Manfred: Still wie die Nacht. Memoiren eines Kindes. Hoffmann und Campe 1989

Braun, Gisela: Gegen sexuellen Mißbrauch an Mädchen und Jungen. Ein Ratgeber für Mütter und Väter. Arbeitsgemeinschaft Kinder- und Jugendschutz, Landesstelle NRW e.V., nachgedruckt vom Innenministerium Baden-Württemberg 12/1993

Broek, Jos van den: Verschwiegene Not. Sexueller Mißbrauch an Jungen. Kreuz Verlag 1993

Bruder, Klaus-Jürgen, Sigrid Richter-Unger (Hrsg.): Monster oder liebe Eltern? Sexueller Mißbrauch in der Familie. Aufbau Verlag 1993

Ebbinghaus, Angelika: Opfer und Täterinnen. Greno Verlag 1987

Ender, Ursula, Johanna Stumpf: Mütter melden sich zu Wort. Sexueller Mißbrauch an Mädchen und Jungen. Volksblatt Verlag 1991

Friedrichsen, Gisela, Gerhard Mauz: Jetzt ist niemand mehr sicher. In: Der Spiegel 25/1994

Glass, Georg: Vorwurf Kindesmißbrauch – Tagebuch eines Alptraums. Patmos Verlag 1994

Glöer, Nele, Irmgard Schmiedeskamp-Böhler: Verlorene Kindheit. Jungen als Opfer sexueller Gewalt. Kunstmann Verlag 1990

Godenzi, Alberto: Bieder, brutal – Frauen und Männer sprechen über sexuelle Gewalt. Unionsverlag 1991

Haertel, Florian: Sexueller Mißbrauch. Studie: Im Zweifel gegen die Opfer. In: Focus 21/1994

Hassenmüller, Heidi: Ein Tabu wird abgebaut. Erfahrungsberichte, Analysen, Interviews zum sexuellen Mißbrauch. Bitter Verlag 1993

Heyns, Claudia: Täterinnen. Offene und versteckte Aggression von Frauen. Kreuz Verlag 1993

Hirsch, Mathias: Realer Inzest. Psychodynamik des sexuellen Mißbrauchs in der Familie. Springer Verlag 1994

Jäckel, Karin: Du bist doch mein Vater. Der schockierende Bericht eines Inzest-Opfers. Heyne 1994 (Neuauflage)

Jäckel, Karin (Hrsg.): Monika B. Ich bin nicht mehr eure Tochter. Scherz 1993

Kazis, Cornelia (Hrsg.): Dem Schweigen ein Ende. Lenus Verlag Basel 1988

Kiper, Hanna: Sexueller Mißbrauch im Diskurs. Eine Reflexion literarischer und pädagogischer Traditionen. Deutscher Studien Verlag 1994

Kirchhoff, Sabine: Sexueller Mißbrauch vor Gericht. Band 1: Beobachtung und Analyse. Leske + Budrich Verlag 1994

Klein, Jörg: Inzest. Kulturelles Verbot und natürliche Scheu. Westdeutscher Verlag 1991
Lautmann, Rüdiger: Die Lust am Kind. Porträt des Pädophilen. Klein Verlag 1994
Lempert, Joachim, Burkhard Oelemann: Bundestagsanhörung 1992 – Männer gegen Männergewalt. Hamburg
Levend, Helga: Mißbrauch. Der doppelte Skandal. Mit dem gefährdeten Kind wird Politik gemacht. (Ein Gespräch mit Reinhard Wolff über den Mißbrauch des Mißbrauchs und die Praxis des Kinderschutzes) In: Psychologie heute 7/1994
Männer gegen Männer-Gewalt: 10 Jahre Männer gegen Männer-Gewalt. Pressemappe und Dokumentation. Ausgewählte Pressemitteilungen von 1984 bis 1993
Meyer, Kristina: Das doppelte Geheimnis. Weg einer Heilung. Analyse und Therapie eines sexuellen Mißbrauchs. Herder Verlag 1994
Neuhauser, Uschi: Ich habe still geweint, Mama. In: Stern 15/1994
Oelemann, Burkhard: Vom Mißbrauch des Mißbrauchs. Über die Ideologisierung der sexuellen Mißhandlung von Jungen. In: männerforum 9/1993
Piontek, Maria: Mißbraucht. Meine verratene Kindheit. Heyne 1992
Schiffer, Christina, Klaus Przybilla: Väter sind (auch) Täter. Qualitative Analyse über die Ursachen von sexuellem Mißbrauch in der Familie und Fallstudien anhand von strukturierten Interviews zu sexuellem Mißbrauch in der Familie. Unveröffentlichte Diplomarbeit an der Universität zu Köln 1993
Tavris, Carol: Der Streit um die Erinnerung. Kann sexueller Mißbrauch »verdrängt« werden? In: Psychologie heute 6/1994
Teegen, Frauke: Sexuelle Kindesmißhandlung durch Frauen. Mißbrauchserfahrung, Folgeschäden und Bewältigungsversuche aus der Sicht erwachsener Opfer. In: Verhaltenstherapie und psychosoziale Praxis 3/1993
Teegen, Frauke, Maren Beer, Brigitte Parbst, Sabine Timm: In der Kindheit mißhandelt – Empfindungen von erwachsenen Opfern. In: Beiträge aus der Universität Hamburg, Forschung XXVII/1992
Timm, Sabine: Sexueller Mißbrauch. Vergleich der Aussagen von Frauen und Männern zum Erleben des Mißbrauchs, Folgeschäden und Bewältigungsversuche. Veröffentlichte Diplomarbeit an der Universität Hamburg 1992
Wetzels, Peter: Sexueller Mißbrauch. Neue Zahlen. In: Psychologie heute 7/1994
Wirtz, Ursula: Seelenmord. Inzest und Therapie. Kreuz Verlag 1989
Wyre, Ray, Anthony Swift: Und bist du nicht willig … Die Täter. Volksblatt Verlag 1991

Einen Gesamtkatalog über Materialien und Literatur zum Thema kann man gegen Einsendung von DM 7,50 erhalten bei:

DONNA VITA
Fachhandel und Verlag für Materialien gegen den sexuellen Mißbrauch an Mädchen und Jungen
Postfach 5/Post Husby
24973 Ruhnmark
(Unter anderem können hier auch Luftballons, Aufkleber und Anstecknadeln für Kinder mit der Aufschrift »Kein Küßchen auf Kommando« oder »Für einen Kuß gibt's kein Muß« bestellt werden.)

1. Anlaufstellen für von (sexueller) Gewalt betroffene Männer

Aachen
Praxis für Sexual- und Partnerschaftsberatung – Fachberatung bei männerspezifischen Problemen
Wilhelmstr. 35 52070 Aachen
Tel. 0241/534407

Berlin
mannege
Uhlandstr. 161 10719 Berlin
Tel. 030/8822370

Bielefeld
Männerberatung »Mann-o-mann«
c/o Verein für Sozialtherapie, Gruppenarbeit und Beratung e.V.
Teutoburger Str. 106 33607 Bielefeld
Tel. 0521/68676

Bremen
Männerbüro Bremen e.V.
c/o Gesundheitsladen
Braunschweiger Str. 53b
28205 Bremen
Tel. 0421/4988634

Darmstadt
Pro Familia (Martin Erhardt)
Landgraf-Georg-Str. 120
64287 Darmstadt
Tel. 06151/68191

Düsseldorf
Männerbüro Düsseldorf e.V.
c/o Jürgen Dörr
Lindenstr. 99 40233 Düsseldorf
Tel. 0211/8985237

Duisburg
HerrMann – Informations- und Beratungszentrum für Männer e.V.
c/o Heinz Aust
Max-Reger-Str. 15 47057 Duisburg
Tel. 0203/376965

Essen
Arbeiterwohlfahrt Essen
(Rudolf Slobodian)
Lützowstraße 32 45141 Essen
Tel. 0201/312051

Frankfurt a.M.
Informationszentrum für Männerfragen e.V.
Neuhofstr. 41 HH 60318 Frankfurt
Tel. 069/5970959 = Männertelefon Frankfurt

Männercafé
Siemensstraße 9 60594 Frankfurt
Tel. 069/62445

Göttingen
Männerbüro Göttingen e.V.
Groner-Tor-Str. 16 37073 Göttingen
Tel. 0551/46161

Hamburg
Männer gegen Männer-Gewalt e.V.
Mühlendamm 66 22087 Hamburg
Tel. 040/2201277

Hechingen/Schlatt
Herbert Roling
Am Kirchenköpfle 3
72379 Hechingen/Schlatt
Tel. 07477/1862

Heidelberg
Männer gegen Männer-Gewalt e.V.
Rohrbacher Str. 42 69115 Heidelberg
Tel. 06221/411469

Köln
Zartbitter e.V.
Kontakt- und Informationsstelle gegen den sexuellen Mißbrauch an Mädchen und Jungen
Stadtwaldgürtel 89 50935 Köln
Tel. 0221/405780

München
Münchener Informationszentrum für Männer e.V.
Daiserstr. 22 81371 München
Tel. 089/774465

Münster
Zartbitter e.V.
Kontakt- und Informationsstelle gegen den sexuellen Mißbrauch an Mädchen und Jungen
Rothenburgerstraße 35
48143 Münster
Tel. 0251/58419

Männerbüro Münster e.V.
Sophienstr. 16 48145 Münster
Tel. 0251/33742

Neubrandenburg
Frauen- und Kinderschutzhaus e.V.
Männerberatung (Hr. Marschner)
Gartenstr. 7 17033 Neubrandenburg
Tel. 0990/2019

Neuss
Männergruppe Gewalt im Treff für Männer/Väter
c/o Beratungsstelle für Eltern, Kinder und Jugendliche
Kapitelstr. 30 2. Stock 41460 Neuss
Tel. 02131/274074

Remscheid
Männerberatung beim Sozialdienst Katholischer Frauen
(Stefan Baake)
Schützenstr. 33 42853 Remscheid
Tel. 02191/41408

Schwerin
Sozialministerium Mecklenburg-Vorpommern
Referat: Männer und Gleichstellung, gleichgeschlechtliche Lebensweise
Werderstr. 124 19055 Schwerin

2. Beratungsstellen für alle von sexuellem Mißbrauch betroffene Familienmitglieder

Berlin
Kind im Zentrum e.V.
Sozialtherapeutische Hilfen für sexuell mißbrauchte Kinder und ihre Familien
Sybelstraße 30 10629 Berlin
Tel. 030/3247090

Kind im Zentrum e.V.
Neue Schönhauser-Str. 16 10178 Berlin
Tel. 030/2828077

3. Ärztliche Beratungsstellen

Aachen
Ärztliche Beratungsstelle bei Kindesmißhandlung, Deutscher Kinderschutzbund, Ortsverband Aachen e.V.
Pontstraße 85 52062 Aachen
Tel. 021/23161

Bielefeld
Ärztliche Beratungsstelle gegen Vernachlässigung und Mißhandlung von Kindern e.V.
Ernst-Rein-Straße 52 33613 Bielefeld
Tel. 0521/141717

Datteln
Ärztliche Beratungsstelle gegen Mißhandlung und Vernachlässigung von Kindern e.V.
Vestische Kinderklinik
Lloydstr. 5 45711 Datteln
Tel. 02363/6071

Dortmund
Ärztliche Beratungsstelle gegen Vernachlässigung und Mißhandlung von Kindern e.V.
Hohe Straße 16 44139 Dortmund
Tel. 0231/144686

Düren
AG Ärztliche und psychosoziale Hilfe. Beratungsstelle für mißhandelte und vernachlässigte Kinder und ihre Eltern e.V.
Krankenanstalten Düren
Roonstraße 30 52351 Düren
Tel. 02421/301458 und 301374

Düsseldorf
Anlauf- und Betreuungsstelle bei Kindesmißhandlungen und -vernachlässigungen. Kinderneurologisches Zentrum der Städtischen Kliniken
Gräulingerstraße 120 40625 Düsseldorf
Tel. 0211/2800630

Ärztliche Ambulanz bei Vernachlässigung und Mißhandlung für Kind und Familie
Evangelisches Krankenhaus
Fürstenwall 91 40217 Düsseldorf
Tel. 0211/3800380

Eppelheim
HORUS, Nächstenliebe für das Kind, den Jugendlichen und die Familie e.V.
Hebelstraße 7 69214 Eppelheim
Tel. 06221/767776

Essen
Ärztliche Beratungsstelle gegen Vernachlässigung und Mißhandlung von Kindern e.V.
Weberplatz 1 45127 Essen
Tel. 0201/236611

Esslingen
Ärztliche Beratungsstelle beim Deutschen Kinderschutzbund, Kreisverband Esslingen e.V.
Vogelsangstraße 22 73728 Esslingen
Tel. 0711/352955

Hamm
Ärztliche Beratungsstelle gegen Vernachlässigung und Mißhandlung von Kindern in der Kinderklinik St. Elisabeth und Marienhospital
Nordenwall 22 59065 Hamm
Tel. 02381/181034

Ludwigshafen/Rhein
Beratungsstelle gegen Kindesmißhandlung
Hemshofstraße 69 67063 Ludwigshafen
Tel. 0621/525211

Mannheim
Psychologische Beratungsstelle für Kinder, Jugendliche und Eltern
Relaisstraße 164 68219 Mannheim
Tel. 0621/896045-6

Münster
Ärztliche Beratungsstelle bei Vernachlässigung und Mißhandlung von Kindern e.V.
Zumsandestraße 25–27 48145 Münster
Tel. 0251/392449

Oberhausen
Ärztliche Beratungsstelle gegen Vernachlässigung und Mißhandlung von Kindern e.V.
Steinbrinkstraße 188 46145 Oberhausen
Tel. 0208/663986

Oldenburg
Vertrauensstelle Benjamin – Ärztliche Beratung und psychosoziale Hilfe für mißhandelte und vernachlässigte Kinder und ihre Eltern e.V.
Friederikenstraße 3 26935 Oldenburg
Tel. 0441/17788

Osnabrück
Ärztliche Beratungsstelle gegen Vernachlässigung und Mißhandlung von Kindern e.V. – Haus der Jugend –
Große Gildestraße 6-9
49074 Osnabrück
Tel. 0541/28087 und 288087

Ratingen-West
Beratungsstelle für Kinderschutz – Psychosoziale und ärztliche Beratung und Hilfe
Berliner Platz 6 40880 Ratingen-West
Tel. 02102/499149

Remscheid
Ärztliche Beratungsstelle Bergisch Land gegen Kindesmißhandlung und -vernachlässigung, Deutscher Kinderschutzbund, Ortsverband Remscheid e.V.
Peterstraße 39 42853 Remscheid
Tel. 02191/27190

St. Augustin
Beratungsstelle des Deutschen Kinderschutzbundes, Ortsverband St. Augustin, in Zusammenarbeit mit der Johanniter Kinderklinik St. Augustin
Mendener Str. 23 53757 St. Augustin
Tel. 02241/28000

Wuppertal
Ärztliche Beratungsstelle vom Deutschen Kinderschutzbund Wuppertal e.V.
Alte Freiheit 26 42103 Wuppertal
Vogelsangstr. 106 42109 Wuppertal
Tel. 0202/755366

4. Kinderschutzzentren und Deutscher Kinderschutzbund, Hilfsangebote für alle Mitglieder einer vom sexuellen Mißbrauch betroffenen Familie

Berlin
Kinderschutzzentrum Berlin
Karl-Marx-Str. 262 12057 Berlin
Tel. 030/6843064
Strausberger Str. 5 13055 Berlin
Tel. 030/99764794

Bremen
Kinderschutzzentrum Bremen
Vor dem Steintor 87 13055 Bremen
Tel. 0421/70037-8

Essen
Deutscher Kinderschutzbund
Weberplatz 1 45127 Essen
Tel. 0201/234061
Kinderschutzhaus
Altenessenerstraße 273 45326 Essen

Frankfurt a.M.
Zentrale Beratungsstelle des Deutschen Kinderschutzbundes e.V.
Wielandstraße 31
60318 Frankfurt am Main
Tel. 069/598189
(Hier erfahren Sie die für Sie zuständigen regionalen Beratungsstellen in Ihrer Wohnortnähe)

Freiburg
Deutscher Kinderschutzbund
Talstraße 21 79102 Freiburg
Tel. 0761/72200

Gütersloh
Kinderschutzzentrum Gütersloh
Schulstraße 26 33330 Gütersloh
Tel. 05241/14999

Heidelberg
Kinderschutzzentrum Heidelberg
Gaisbergstraße 53 69115 Heidelberg
Tel. 06221/10004

Kiel
Kinderschutzzentrum Kiel
Zastrowstraße 12 24116 Kiel
Tel. 0431/16931

Köln
Kinderschutzzentrum Köln
Spichernstraße 55 50672 Köln
Tel. 0221/520086

Mainz
Kinderschutzzentrum Mainz
Lessingstraße 25 55118 Mainz
Tel. 06131/613737

München
Kinderschutzzentrum München
Pettenkoferstraße 10a 80336 München
Tel. 089/555356

5. Vereine gegen sexuelle Gewalt an Kindern und Jugendlichen

Wildwasser e.V.
Zentrale Mädchenberatungsstelle
Mehringdamm 50 10961 Berlin
Tel. 030/7865017
(Hier erfahren Sie auch die für Sie eingerichteten regionalen Beratungsstellen in Ihrer Wohnortnähe)

Zartbitter e.V.
Zentrale Kontaktstelle gegen den sexuellen Mißbrauch von Jungen und Mädchen
Stadtwaldgürtel 89 50935 Köln
Tel. 0221/405780

Dolle Deerns e.V.
Juliusstraße 16 22769 Hamburg
Tel. 040/4394150

IMMA e.V.
Baldestraße 8 80469 München
Tel. 089/2014770

Aufschrei e.V.
Ortenauer Verein gegen sexuelle Gewalt an Kindern und Erwachsenen
Hildastraße 53 77654 Offenburg
Tel. 0781/31000

Wendepunkt
Kontakt- und Informationsstelle gegen den sexuellen Mißbrauch an Mädchen und Jungen
c/o Deutscher Kinderschutzbund
Talstraße 21 79102 Freiburg i.B.
Tel. 0761/72200

6. Notrufzentralen und Beratungsstellen bzw. Frauenhäuser

Bamberg	0951/58280 oder 66205
Bielefeld	0521/178857 oder 177376
Berlin	030/2512828
Braunschweig	0531/343474
Bremen	0421/349573
Bremerhaven	0471/22696
Darmstadt	06151/376814
Düsseldorf	0211/7103488 oder 773269
Duisburg	0203/62213 oder 370073
Essen	0201/666868
Frankfurt a.M.	069/709494
Freiburg i.B.	0761/31072
Gießen	0641/31438
Göttingen	0551/48320
Gütersloh	05241/34100 oder 170187
Hamburg	040/5603015
Hannover	0511/698646
Heidelberg	06221/833088
Hildesheim	05121/515546
Itzehoe	04821/61712
Kassel	0561/772244
Kiel	0431/681825
Köln	0221/562035
Krefeld	02151/800571
Mainz	06131/221213
Marburg	06421/14830
Minden	0571/20702
Moers	02841/28600 oder 504531
München	089/645169 oder 3548311
Münster	0251/374488 oder 44474
Nürnberg	0911/333915 oder 3788878
Offenbach	069/816557 oder 886139
Oldenburg	0441/71017
Pforzheim	07231/52211
Reutlingen	0721/300778
Saarbrücken	0681/36767
Solingen	0212/54500
Stuttgart	0711/296432
Tübingen	07071/43870
Ulm	0731/619906
Wuppertal	0202/423946 oder 711426

7. Weitere Anlaufstellen

Örtliche Gleichstellungsstellen und Jugendämter stehen im Telefonbuch unter Stadtverwaltung oder Kreisverwaltung.
Sie heißen entweder:
Frauenamt oder Frauenbüro
Frauenbeauftragte oder
Gleichstellungsbeauftragte
Gleichstellungsstelle
Aber auch:
Allgemeiner Sozialer Dienst oder
Jugendamt
Caritas
Jugendschutz oder Kinderschutz
Kreisstellen für Diakonie im Diakonischen Hilfswerk

Spezielle Angebote bieten:
Anlauf- und Beratungsstellen für Mädchen und Frauen
Beratungsstellen für Frauen und Mädchen
Beratungsstelle für Eltern, Jugendliche und Kinder
Beratungsstelle für Arbeiterwohlfahrt
Evangelische Beratungsstelle
Frauenberatungsstelle
Frauen helfen Frauen
Frauen-Notruf
Frauenzentrum
Katholische Beratungsstelle
Kinderschutzambulanz
Kontakt- und Informationsstelle gegen sexuellen Mißbrauch (an Jungen und Mädchen)
Mädchenberatung – Mädchenhaus – Mädchentreff – Mädchenzentrum
Notruf
Pro Familia
Psychologische Beratungsstelle
Sorgentelefon
Verein gegen sexuelle Gewalt
Verein zur Prävention

Ein Fortbildungsangebot für psychotherapeutische Fachkräfte zur psychotherapeutischen Behandlung sexueller Devianz und sexueller Deliquenz bietet seit Januar 1994 – im Auftrag des rheinland-pfälzischen Ministeriums für Arbeit, Soziales, Familie und Gesundheit – das
Sozialpädagogische Fortbildungszentrum im Landesamt für Jugend und Soziales von Rheinland-Pfalz
Hartmühlenweg 4
55122 Mainz
Tel. 06131/378-175
unter der Lehrgangsleitung Frau Dr. Edith Burger (Tel. 06131 – 571395) sowie zahlreicher Fachkräfte als Dozenten und in Gruppensupervisionen an. Über die Zulassung der schriftlich angemeldeten Teilnehmer entscheidet das Fortbildungszentrum.

8. Beratungsstellen in Österreich

8020 Graz
Notruf und Beratung
Tel. 0316/912545

6020 Innsbruck
Arbeitsgruppe gegen sexuellen Mißbrauch
Postfach 15

5020 Salzburg
Notruf und Beratung
Hadystr. 6
Tel. 0662/881100

1040 Wien
Frauen beraten Frauen
Lehargasse 9/2/2/17
Tel. 01/586750

9. Beratungsstellen in der Schweiz

4000 Basel
Triangel, Hilfe für Inzest-Betroffene
Postfach 36

3000 Bern
Nottelefon und Beratungsstelle
Postfach 4007

1200 Genf/Genève
Frauengesundheitszentrum Rosa Canina
Rue du Moële 4

8000 Zürich
Psychologische Beratungsstelle
Vogelsangstr. 52

8057 Zürich
Verein gegen sexuellen Mißbrauch von Kindern und Jugendlichen
Postfach 8052

10. Beratungsstellen in Südtirol (Italien)

39100 Bozen
Obstplatz 31
Tel. 0471/978198

39031 Bruneck
Stadtgasse 46